古玩晴缘

青花瓷

冬雪晚晴 著

作家出版社

图书在版编目（CIP）数据

古玩情缘·青花瓷 / 冬雪晚晴著．—北京：作家出版社，2015.1

ISBN 978-7-5063-7807-9

Ⅰ．①古… Ⅱ．①冬… Ⅲ．①长篇小说－中国－当代 Ⅳ．① I247.5

中国版本图书馆 CIP 数据核字（2015）第 025787 号

古玩情缘·青花瓷

作　　者：冬雪晚晴
责任编辑：张　平
装帧设计：视觉共振设计工作室
出版发行：作家出版社
社　　址：北京农展馆南里 10 号　　　邮　　编：100125
电话传真：86-10-65930756（出版发行部）
　　　　　86-10-65004079（总编室）
　　　　　86-10-65015116（邮购部）

E-mail:zuojia@zuojia.net.cn

http://www.haozuojia.com（作家在线）

印　　刷：北京市玖仁伟业印刷有限公司
成品尺寸：170×240
字　　数：382 千
印　　张：21.5
版　　次：2015 年 4 月第 1 版
印　　次：2015 年 4 月第 1 次印刷
ISBN 978-7-5063-7807-9
定　　价：39.00 元

目录

第一章 财神让位　　　　　〇〇一

第二章 摸玉诊金　　　　　〇〇七

第三章 金缕玉衣　　　　　〇一二

第四章 穷则独善其身　　　〇一七

第五章 如意金钱　　　　　〇二二

第六章 美玉蒙尘　　　　　〇二七

第七章 有朋自远方来　　　〇三二

第八章 传说之物　　　　　〇三七

第九章 美人心计　　　　　〇四一

第十章 老照片　　　　　　〇四六

第十一章 怀疑　　　　　　〇五〇

第十二章 青铜　　　　　　〇五四

第十三章 黄沙村　　　　　〇五九

第十四章 稀奇事情　　　　〇六三

第十五章 蝠镯　　　　　　〇六七

第十六章 斗古　　　　　　〇七二

第十七章 玉壶春　　　　　〇七七

目录

第十八章 青丝称金　　　　　　　〇八二

第十九章 怀璧其罪　　　　　　　〇八七

第二十章 旧友　　　　　　　　　〇九二

第二十一章 住院　　　　　　　　〇九七

第二十二章 碰瓷（1）　　　　　　一〇一

第二十三章 碰瓷（2）　　　　　　一〇五

第二十四章 碰瓷（3）　　　　　　一一〇

第二十五章 业有专精　　　　　　一一五

第二十六章 盛世珠宝（1）　　　　一一九

第二十七章 盛世珠宝（2）　　　　一二四

第二十八章 情义无价　　　　　　一二九

第二十九章 枫清影寒　　　　　　一三四

第三十章 海蓝之星　　　　　　　一三八

第三十一章 知识就是力量　　　　一四二

第三十二章 古瓷　　　　　　　　一四七

第三十三章 绢本旧画　　　　　　一五三

第三十四章 初露端倪　　　　　　一五八

第三十五章 卖肉的和文盲　　　　一六三

目录

第三十六章 洗玉　　　　　　一六八

第三十七章 红颜自古多是非　一七三

第三十八章 收藏　　　　　　一七八

第三十九章 玉璜　　　　　　一八三

第四十章 宴请　　　　　　　一八八

第四十一章 伺玉篇　　　　　一九四

第四十二章 消费观念　　　　一九九

第四十三章 业精于勤荒于嬉　二〇三

第四十四章 狗打醋　　　　　二〇六

第四十五章 渊源　　　　　　二一二

第四十六章 盛世藏金　　　　二一七

第四十七章 美人相邀　　　　二二二

第四十八章 赵宋官窑晨星看　二二七

第四十九章 黄绢　　　　　　二三二

第五十章 恶劣房客　　　　　二三七

第五十一章 玉主人　　　　　二四二

第五十二章 堪叹时乖玉不光　二四七

第五十三章 买玉　　　　　　二五一

目录

第五十四章 袖珍棺　　　　　　　二五六

第五十五章 青花釉里红　　　　　二六一

第五十六章 鸡缸杯　　　　　　　二六六

第五十七章 传说　　　　　　　　二七一

第五十八章 木秀于林　　　　　　二七六

第五十九章 惊天大案　　　　　　二八一

第六十章 扑朔迷离　　　　　　　二八六

第六十一章 财帛动人心　　　　　二九一

第六十二章 千门天子　　　　　　二九六

第六十三章 观赏动物　　　　　　三〇二

第六十四章 稀世瑰宝　　　　　　三〇七

第六十五章 白玉观音　　　　　　三一二

第六十六章 画圣真迹　　　　　　三一七

第六十七章 黑麟　　　　　　　　三二二

第六十八章 失之交臂　　　　　　三二七

后记：你若安好，便是晴天！　　三三二

第一章 财神让位

　　林枫寒今年二十五岁，长相温雅清俊，不胖不瘦，不高不矮。扬州的水土好，养人，不管是女人还是男人，都缺乏北方男人的那种粗犷，多了几分文雅之气。

　　就算如此，林枫寒也一向认为，他就是一个普通之极的人。像他这么普通平常之人，理应这么一辈子，也都是这么平平常常，祖上也没什么钱，父母早逝，只留给他一间不足三十平方米的房子。

　　爷爷在扬州城里古街上租了一家铺子，卖一些扬州城的特产，比如说，漆器、仿古的瓷器、香料等等；由于扬州城是著名的旅游胜地，有着丰富的历史内涵，前来此地旅游观光的游客总想多少要买点儿纪念品，因此生意不好不坏，勉强能够糊口。

　　自从三年前爷爷过世，林枫寒接管了这家铺子之后，大概是他年轻，不善于经营，生意更是日渐冷清。

　　冬天的夜，比普通时候要来得早一些。下午五点过后，暮色深沉，林枫寒看了一眼外面的天色，准备出去买点吃的，就这么打发一顿。

　　但是，就在他准备出门的时候，突然听得外面传来隆隆的声音，似乎是有重型大车从附近的街面经过，由于车子的载重量太大，导致开过去的时候，附近的地面、窗户都有些轻微的震动。

　　林枫寒微微皱眉，这扬州古街附近，哪里来的重型载货卡车？由于扬州本身乃是千年古城，为了保护一些文物，自然也不会大规模地开发，尤其是在古街附近。扬州虽然有着诸多景点，有着悠久的历史文化底蕴，但是，如果没有了古街，这扬州城势必失色不少。

　　心中想着，却也不在意，正欲出去，却听得背后传来"砰"的一声响。

　　林枫寒愕然转身，不禁呆住：只见原本供在神坛上的一尊财神老爷的金身，竟然倒在地上，砸得粉碎。

既然是开门做生意的，林枫寒自然也和所有人一样，在店铺里面供着一尊财神，希望财神老爷能够保佑他生意兴隆，财源广进。

如今财神老爷让位，可不是什么好事，照着迷信的说法，他要破财。

可是转念想想，他还要怎么破财啊？他已经够穷的了：如果他没有记错，他已经半个月没有开张了，就连这个叫做"宝典"的铺子租金，也已经有两个月没有交了。昨天房东大妈还和他说，要是他下月再不交租金，那么说不得，她可要收回房子，让他挪个地方。

如今那财神像砸碎了，是不是意味着他真的只能够把铺子转出去，出去打工养家糊口？林枫寒不禁苦笑，走到近前看了看，顿时就明白过来：想来是今天早上他打扫卫生的时候，挪移了一下子这尊财神老爷，然后就没有放好。刚才也不知道这附近哪里来的重型卡车路过，就导致地面有些轻微的震动，这震动本来不大，是不会影响什么的。可是，偏生他没有把财神老爷放好，导致这位财神老爷生气了，又略略地挪移了一下子位置，于是，就这么"啪"的一声，从上面掉了下来。

林枫寒转身走到一边，拿起笤帚簸箕，准备收拾了财神像再说。

不知不觉间，他突然想起小时候爷爷给他说的一个故事——普通人家，砸掉了财神像，自然就意味着破财，但是还有一个说法。

普通人家做生意，供个财神老爷，自然也不会太大，无非就是图个吉利，祈求生意兴隆，财源广进。自然，这财神老爷的金身也不会太大，而他店铺里面供奉的这个，也是小巧玲珑得很，也有了年代，似乎从他们家开这个铺子开始，这尊财神老爷就一直在的。

但是，如果是财神庙塑造的财神金像，却又不同，高大魁梧无比，如果是清平盛世，生意人一来求财，二来也求个平安，财神庙自然是香火鼎盛。

旧时候一些生意做大了的商号，都会捐资修建财神庙，供奉财神老爷，而不是把一尊小财神像请回家里这么简单。

据说，你家的财神有多大，就意味着你的财富有多少，一旦财神金身小了，容不下你的财势，财神就会自动让位，不敢接受你的香火供奉。

当然，这等荒唐无稽之谈，林枫寒是一点也不相信的，因此，他拿着笤帚簸箕准备直接收拾了再说。但是，就在这个时候，他陡然发现，在财神像的碎片里面，居然还有一样别的东西。

林枫寒很是好奇，当即蹲下身子，把里面的东西捡了起来——那是一只小小的绣囊，蓝色的底色上面绣着很好看的牡丹花，看绣工，应该是纯粹手工的苏绣，和他店铺里面卖的几块钱一只的绣囊荷包，完全就是天壤之别。

这只绣囊有些年代了，看起来很是破旧，绣囊的一端，被人缝了起来，里面似乎装着什么东西。

出于好奇心，林枫寒找来剪刀，小心地挑开绣囊，看了看，里面竟然是一份很是普通的信笺，叠成了方胜，还有几张照片底片。

打开信笺，几行黑色钢笔写的正楷映入眼帘：

父亲大人在上

不孝子林君临拜上——我因不听您老劝告，误信妖女周惠娉，导致祖传元代青花龙纹鼎失窃，追查无果，反在京城身染重病，时日无多。

我一死固不足惜，无奈幼子小寒无人照顾，望父亲念在小寒乃是林氏血脉，代我抚育成人，君临虽死亦可瞑目！

林君临绝笔！

壬申年冬月！

林枫寒愣愣地看着这么一封信，他有些激动，还有一些紧张，甚至他整个人都有些微微地颤抖——信笺之上，连上日子，不过寥寥百余字，但是这却是他那位父亲大人临终托孤，求乞爷爷将他抚养成人。这封信也写得半文半白，似乎有一种欲说还休的感觉，透着一种沉重的无奈。

在记忆中，父亲的模样早就模糊，甚至他都快要想不起来。他自幼和爷爷相依为命，幼时也曾经羡慕别人有着父母宠爱，也问过爷爷，自己的父母去了哪里，但是爷爷却什么也没有说。

随着年龄稍大，林枫寒就再也不问这个问题了，他知道，自己的父母势必已经早逝，这是爷爷心中最痛的伤，他自然不会再去剥开爷爷的伤口，追根究底。

这些年来，他一直都认为，自己的父母只不过是不长寿，应该是患上了不治绝症，英年早逝。但是看到这封信的时候，林枫寒顿时就明白过来，他父母的死，绝对不是这么简单。

元代青花龙纹鼎？

近年来，青花瓷被炒得沸沸扬扬，元青花由于存世量稀少，更是弥足珍贵，自从2005年英国佳士得拍卖公司拍出两亿三千万的高价之后，元青花更是身价百倍。

但是，林枫寒计算了一下子时间，壬申年是一九九三年，那时候元青花应该还没有炒到这么高的价钱，不过，青花在古玩瓷器中本来就有着独特的地位，有人盯上林家的这么一件宝贝，也在情理中，只是可怜他那位老爹，被一件瓷器弄得家破人亡。

匹夫无罪，怀璧其罪！

一九九三年的冬天，他才五岁，他的父亲应该是二十八岁……

拿起那么几张照片底片数了数，不多不少，正好九张。对着光看了看，底片很小，也模糊得很，看不出来什么，只能够依稀分辨出来其中三张应该是两个人的合影，看其模样，应该就是他的父母。

另外六张，都是一个器皿，看来应该就是那只元青花龙纹鼎了。

明天，找个影楼把照片洗出来，他要好生看看那个元青花的龙纹鼎到底是什么模样的——就是这东西，弄得他家破人亡，成了一个孤儿。想到这里，林枫寒忍不住用力地握了一下子拳头——如果将来有那么一天，他一定要追回宝物，否则，只怕父亲死不瞑目。

爷爷这一生，如此的辛苦，最后郁郁而终，想来也是因为这个元青花。

不知道为什么，眼睛里面似乎有些滚烫的液体滑落，灼烧得他感觉有些痛。小心地把底片和信笺一起放在绣囊里面，然后锁在桌子底下的保险柜里面。

这个保险柜还是爷爷在的时候安装的，平日里放一些现金和贵重物品，现在，他没有贵重物品也没有现金存放，保险柜一直空着。

收拾了财神像的破碎瓷片，搁在一边，就准备出门去买点儿吃的，他都快要饿死了，是活人总不能够被活生生饿死。

但是，就在他准备出门的瞬间，却看到门口站着一个年迈的老婆婆，伸头向着"宝典"里面探望着。

林枫寒不禁多了一个心眼，暗道："这人要做什么啊？"瞧那老婆婆的年纪，实在不小，大概有七旬开外了，一头乱糟糟的头发全白了，布满皱纹的脸上有着斑斑点点的老年斑，加上在冷风中冻得发红，看着狼狈不堪。

"婆婆，你要买点儿什么吗？"林枫寒招呼道，这老婆婆实在太老了，不知道这天都要晚了，她跑出来做什么，加上这天也冷，因此，虽然他看着她的样子，实在不像是要买东西。这个老婆婆让他想到了含辛茹苦把自己养大的爷爷。

子欲养而亲不待，爷爷老了，自己还没有来得及孝敬，他就这么去了，至于父亲……想到那么寥寥几个字的绝笔信，林枫寒肺腑中就缠绕着一股酸楚之气。

"小……老板……"老婆婆看了看林枫寒，有些紧张地问道，"你家收……东西吗？"

林枫寒看了看自家门口的招牌，当初爷爷就是打着卖古玩的名号，出售一些工艺品、旅游纪念品而已，但是，门口却写着"高价收购古玩、玉器、金银器"之类的字样。

如今是全民收藏的年代，谁都知道古旧玩意儿值钱，自然也不会有人拿出来随便卖了，能够收就收着，或者碰到手头紧，也会找人掌掌眼，或者找国家鉴定机构鉴定一下子，然后再出手不迟。

因此，林枫寒三年来，还从来没有碰到有人上门卖古旧玩意儿的，真有奢侈品或者金银玉器，在他前面不远处，就有一家典当行，至少也是品质保证。

所以，林枫寒有些为难地看着那位老婆婆。

但是，那个老婆婆着急啊，伸手就一把抓住林枫寒，叫道："小老板，你看看，你看看再说……"

林枫寒的目光落在老婆婆只剩下一层老皮的手背上，和她的脸上一样，她的手背上，也有着斑斑点点的老年斑，这还不算，她的食指和中指上面，还红肿着老大的冻疮。

一瞬间，林枫寒的心就软了，忙着叫道："婆婆，外面冷，你进来坐吧！"说着，他忙着把老婆婆让进店铺里面，还特意把取暖器拎了过来，接上电源，说道："婆婆，你暖暖手。"

"小老板，你看看这玩意儿，你这里收吗？"老婆婆在一张竹椅上坐了下来，然后就哆哆嗦嗦地从衣服里面掏出来一只平扁的纸盒子。

林枫寒刚才还有些奇怪：这个老婆婆右手一直抱在胸前做什么呢？原来是宝贝似的抱着这么一只纸盒子。

纸盒子很是破旧，似乎是上了年代了，上面原本应该有着什么花纹图案，但如今已经有些模糊不清了。

林枫寒接过手的瞬间就知道，这个纸盒子顶多十多年的历史，而且还是现代粗制滥造之物，绝对不值钱。但是眼见老婆婆如此谨慎，他也不敢掉以轻心，当即小心地打开盒子。

盒子里面的东西，让他感觉有些诡异。

一块块比麻将牌略大的白色或者青色的石头，用黑黝黝的铁线连接在一起，林枫寒小心地铺开看了看，不禁皱眉。这东西放在盒子里面的时候，是折叠着的，如今展开，宽度大概有四十公分，长度大概有五十公分，呈现梯形，但以他的经验来看，这东西应该是被人强行拆开的，并非是完整的。

　　"婆婆，这是什么啊？"林枫寒皱眉问道。

　　"我不知道！"老婆婆摇头道。

　　"不知道？"林枫寒瞬间有些崩溃，她都不知道是什么，她怎么就想得起来拿出来卖啊？这年头儿，不管是做什么生意，似乎都要找个噱头，好生忽悠一下子，哪怕是街口卖牛皮糖的老王，都会忽悠人说：这牛皮糖乃是扬州城的特产，嚼劲好，满口生香，百吃不腻；你要是来过扬州，没有吃过牛皮糖，你就是白来了这么一趟扬州城了——甚至他还恬不知耻地说，古时候有人"腰缠十万贯，骑鹤下扬州"，就是为着吃牛皮糖。

　　好吧，林枫寒认为，牛皮糖确实是扬州一大特色，来了扬州不吃牛皮糖，是有些说不过去。

第二章 摸玉诊金

这个老婆婆想要卖个古旧玩意儿，好歹也学学街口的老王，编一点儿故事，套一点儿人文典故，然后忽悠个二傻子掏钱买了。

"小老板，你行行好，我急等着钱用。"老婆婆有些焦急地说道。

看着老婆婆那焦急无助的模样，林枫寒又心软了：好吧，就当是日行一善，今天他家财神老爷都砸了，果然是要破财的，但是，如果破财能够帮得了这个老婆婆，他也认了。

"婆婆，这玩意儿，你要卖多少钱？"林枫寒皱眉问道，不管这玩意儿是不是古旧物件，但有一点他可以肯定，就是这玩意儿不是完整的，不管是什么东西，只要不是完整的，都卖不出价钱，这一点他自然是心知肚明。

他很想好心地提醒一下子这个老婆婆，但是，看着那老婆婆满脸皱纹，两鬓苍苍的白发，他却是一句话也说不出来。

"一万块！"老婆婆急急说道。

"什么？"林枫寒差点儿没有跳起来，一万块！就这个破石头，她怎么就开得了口的？纵然他心存仁慈，有着怜悯之心，但是，他还是有些怀疑——不成，难不成这老婆婆是个托儿？他也曾经听说过，现在这年头，很多无良之士，利用他人的怜悯之心，雇佣一些老年人做托儿行骗。

"婆婆，太贵了，我买不起。"林枫寒摇头道，这三年来他的生意每况愈下，加上房租、水电费，他就没有个积蓄，如今全部家当加起来，不过一万五千块。

如今这个老婆婆开口就要一万块，他如果买了，想着还欠着房东邱大妈两个月的房租，又是三千块，这以后他还如何过日子啊？虽然他没有妻子孩子，可是自己的一张嘴，总不能够扎起来，不吃饭吧？

如今天冷，正是扬州城的旅游淡季，生意更加不好，他要真买了这个玩意儿，只怕连这个冬天都撑不过去。

"小老板，你行行好，我真的等钱用。"老婆婆急急说道，说话之间，眼泪就流了下来，老婆婆一边用手抹着眼泪，一边就这么可怜巴巴地看着林枫寒。

照着林枫寒的意思，他已经准备请这个老婆婆出去了，他还准备去街口买个炒面，打发了这么一顿再说。

可是，如今看着那年迈的老婆婆一流泪，他又开始动摇了：这老婆婆不像是个托儿，也许人家真的为难吧？

"婆婆，一万块真的太贵了，你要是便宜点儿，我就要了。"林枫寒说道，虽然他已经准备做冤大头了，但是，总不能够把自己逼上绝路吧？

"这……"老婆婆闻言，想了想，心中有些迟疑：难道说，就便宜点儿卖掉？可是便宜点卖掉，她凑不了这么多钱啊？

想着这么大冷天，她下午就出来了，在古街和玉器街转悠了一个下午，来往之人大都行色匆匆，连看都不愿意看一眼，更不要说有人问价了。

这个小老板倒是好，客气得很，而且也有购买的意图，可是，她不能够便宜卖。

"小老板，我把这个给你。"老婆婆一边说着，一边伸手到衣服里面，从脖子上取下来一样东西，看了看，有些恋恋不舍，但还是塞给了林枫寒。

"这是什么？"林枫寒有些愕然，几乎是本能地从老婆婆手中接了过来，那个老婆婆是贴身戴着的，因此还沾带着老婆婆的体温，入手温润。

可是当林枫寒看清楚手中的物件之后，顿时就呆住了，还有一种哭笑不得的感觉。

这是一枚"铜"钱，上面明明白白地写着——乾隆通宝。

这如果是一枚铜钱，哪怕是假的，林枫寒都认了，谁让今天他家财神老爷都砸了，注定要破财。

可是，这枚"铜"钱居然不是铜制的，而是石头制作，或者说，算是玉石制作？那玉石看着倒也白腻得很，勉强还看得过去，别的也和普通的乾隆通宝小平钱差不多，只不过比普通市面上的铜钱要厚得多，目测厚度有五毫米，直径也要大一些。

具体说，这枚玉石制作的乾隆通宝，至少要比正宗的乾隆通宝小平钱大了一倍。可是林枫寒还从来没有听说过乾隆年间曾经用玉石制造铜钱。

铜钱铜钱，自然都是铜制品，怎么可能是玉石？这明显就是一枚现代仿制品，而且仿制的人，脑袋还被门缝夹了，居然弄一枚玉石制品。

"那个……加上这个，总共一万块，小老板，我求求你，我真的等着用钱。"老婆婆死劲地抓着林枫寒的手，唯恐一松手，这个小老板就跑了，口中说着，她又管不住眼泪流了下来。

看看那枚玉石制作的铜钱，加上那不知道是什么东西的残缺品，如果这是别人，林枫寒绝对是二话不说，直接轰他出去了，可是，看着老婆婆那张苍老的、布满皱纹的脸上老泪纵横，他怎么都硬不起那个心肠来。

"婆婆，这'铜'钱不值钱。"林枫寒低声说道。

"我知道……我知道……"老婆婆结结巴巴地说道，"我知道这东西不值钱，可我真没有值钱的东西了，这'铜'钱我从小戴到大，你就当做好事，菩萨会保佑你的。"

林枫寒苦笑着摇头，这东西她还从小戴到大？明显就是骗人的好不好？

看到林枫寒摇头，老婆婆又着急了，想要说什么，却不知道从何说起，只是一个劲地抹着眼泪。

看着那老婆婆哭成这副模样，想想自己的爷爷，林枫寒叹了一口气：算了，自家财神老爷都砸了，就当破财消灾，不论这个老婆婆说的是真是假，这么一把年纪了，何必呢？但求老天爷开眼，让他能够查明白当年父亲死亡的真相。

从父亲那封绝笔信中，林枫寒多少有些明白，父亲不是患绝症而死，应该另有缘故。

再说，自己一个二十出头的大好青年，总不至于被一文钱逼死吧？最坏的打算，就是把店铺转让掉，出去找个工作就是了。而这个老婆婆看着年逾七旬，也许真的需要帮助。

敬老爱幼，是中华美德。

想到这里，林枫寒喟然长叹，说道："老婆婆，我买——一万块，我要了，你把东西放下，我带你去取钱，你看如何？"

"真的？"老婆婆听了，忙着说道，"你真的买？"

"是的，我买！"林枫寒说道，"走吧！"

"嗯！"老婆婆答应着。

林枫寒也爽快，既然已经同意买了，当即取出一张打印纸，写上转卖合同，让老婆婆摁了一个手印，然后他就跑去附近的取款机上，取出一万块，递给了老婆婆。

老婆婆更是千恩万谢，然后告辞离开，林枫寒却只剩下苦笑的份儿——这财神老爷让位，真是不吉利得很，他果真破财了。

明天，他去批发点儿方便面回来吧，最近这段日子，他节衣缩食，希望能够渡过难关。只希望他那个一万块，能够帮到那个可怜的老人。

虽然她出售的东西有些不靠谱，但是，老婆婆看着不像是托儿，作为一个合格的托儿，她好歹也应该编个惨绝人寰的故事骗骗他，博取他的大把同情心啊。可是她什么都没有说，甚至她也承认自己的东西不值钱……

林枫寒的目光落在那件残缺品上面，不知道为什么，刚才他没有留意，这个时候看着这个残缺品，恍惚有些眼熟……似乎就在什么地方见过。

想了一会子，林枫寒突然心中一动：难道说，这玩意儿竟然是那东西？可是这不可能啊，如果真是那玩意儿，这可是国宝级别的，怎么会沦落到被一个老婆婆廉价出售的地步？

"要不，试试爷爷教的法子？"林枫寒突然心中一动，当即关上店门，把那残缺品放在椅子上，然后闭上眼睛，摸了上去。

一般来说，鉴别古玩，考究的都是眼力，以及丰富的古玩知识。但是，林家祖上却传下一门独门秘技，称之为——摸玉诊金。

摸玉诊金——这鉴定之法，仅仅限于金石之物，对于瓷器字画，却是一点儿作用也没有。

如今，这残缺品看着像是玉器，所以，林枫寒决定用摸玉之法试试，他心中多少也有些明白，林家祖上能够收着元青花这样的宝贝，想来也是有些来头的。

大概十分钟之后，林枫寒头上有着汗水渗出，而这个时候，他也睁开了眼睛，然后他就这么愣愣地看着那件被他称之为残次品的东西。

摸玉的结果，让他有些狐疑，这东西居然是真的？真的？

难道说，这真是那东西？如果是，这玩意儿得值多少钱？一瞬间，林枫寒有些恍惚，想了想，他把那么一枚玉铜钱也拿了过来，闭上眼睛摸了上去，然后沉淀心神，细心地体会……

"这玩意儿也是真的！"林枫寒有些不明白，没听说过，乾隆年间曾经用玉石制作金钱啊？可是，摸玉诊金的结果，偏生判定这玩意儿是真的。

爷爷临终的时候，弥留之际，唯一的遗言就是——绝对不能够让任何人知道他懂得摸玉诊金，否则，会招惹无穷的麻烦。他不太明白会有什么后果，但是还是答应了。

林枫寒也没有想过，这摸玉诊金有什么用处？放在古玩店里面的金玉之物，人家都有资深鉴定师鉴定，他就算摸玉之后，能够辨别那玩意儿的真假又有什么用？看得起也买不起，何必徒惹不痛快？

至于珠宝店的金玉之物，你如果敢跑去摸个玉，然后说，这玩意儿是假的，人家不把你揍个满头包才怪。

所以，林枫寒一直认为，林家祖上传下来的这门绝活儿，就是一个鸡肋，一点儿作用都没有。当然，他今天也是第一次使用这玩意儿，因此心中也是将信将疑。

第三章 金缕玉衣

如何才能够验证？这个时候，林枫寒顾不上肚子饿得咕咕叫，心中开始盘算着……

就在椅子上坐了下来，林枫寒考虑了一刻钟，还是管不住自己的好奇心。不成，他要试试看，自家祖上传下来的摸玉诊金术，是不是真的有用，能够鉴别金玉之物？

摸出手机，林枫寒拨了一个号码，少顷，电话就有人接通了。

"小林，今天怎么有空儿想到我这个糟老头了？"电话里面，传来张德奎爽朗的笑声。

"张伯伯，你好。"林枫寒忙着笑道，"有点儿事情，想要请您帮个忙。"

他知道，张德奎和他爷爷有些渊源，早些年一直关系不错。当然，这不是重点，重点是张德奎在一家典当行做大供奉。

供奉一词，是沿用了旧时称谓，事实上就是给人家掌眼的。掌眼是古玩一行的专业用词，就是给人家鉴定真假的。

既然是典当，总免不了要收点儿东西，人家拿着古玩珠宝上门典当，总要一个能够辨别真伪的行家坐镇。否则，如果你打了眼，收了人家的假货，万贯家产也禁不起几次赔偿。

张德奎在古玩鉴定一行，名气很是响亮，而在这个圈子里面，人际交往广，也非常吃得开。

"说吧，有什么事情要找我帮忙，莫非是看上了哪家姑娘，要找我给你说媒？"张德奎取笑道。

"张伯伯，不要开玩笑，我穷得快要讨饭了，哪里还追得起姑娘啊？是这样的，我最近生意实在冷清，快要混不下去了，想要出一件旧物件，求张伯伯给拉个纤。"

林枫寒说道。

这是一句行话，旧物件指古玩，而拉纤却是要求介绍一下子买家。

你有古玩，你总不能够随便去摆个地摊卖吧？且不说城管会不会砸你摊子，没收你的财物，要求罚款——就这大路边，你知道谁有钱谁没钱？谁就是那买得起古玩的人？

所以，有东西要出手，势必也需要人介绍买家，旧时叫做拉纤，当然，这个拉纤的人，免不了也要一些中介费。

张德奎愣了半晌，这才试探性地问道："你爷爷手里的东西？"

"是！"林枫寒连迟疑都没有，直截了当地说道，"爷爷手里的开门老物件了，我实在混不下去，只能够做那个不肖子孙了。"

他总不能够告诉他，这玩意儿是他刚刚收上手的，一万块买了两件，主要是人家老婆婆可怜，而自家财神老爷也砸掉了，他本着花钱消灾的心理，买下来的。

这样的东西，哪里有买家敢上门买？想要忽悠出去，哪怕只是忽悠买家来看看，他也得找个由头。

张德奎听得他这么说，心中倒是信了，但还是忍不住问道："什么东西？你让我给你拉纤，你总得先告诉我，是什么东西啊？"

林枫寒迟疑了一下子，最后还是咬牙说道："金缕玉衣！"

"我靠！"张德奎不由自主地骂了一句粗话，叫道，"小林，你消遣着你张伯伯好玩啊？你把河南博物馆盗了，还是去扒了某个汉墓？"

"张伯伯，您别这样。"林枫寒讪讪笑道，"事实上我也拿捏不准，这不是完整的，只是一个残缺品。"

听得林枫寒这么说，张德奎心中疑惑，他知道，林枫寒的爷爷林东阁，听说颇有一些来历，既然是他手中传下来的东西，想来也有些来头。

可是金缕玉衣？他还是不太相信。当然如果是残缺件，那么另当别论。据历史记载，金缕玉衣这种殓葬风俗，延续了四百年左右，现在出土的却是极少极少。

既然中山靖王刘胜可以使用，为什么别的汉王就不可以使用了？汉代那么多王，目前出土的金缕玉衣却仅仅才五件而已。

既然有五件，自然也有可能存在第六件、第七件……何况，林枫寒也说了，他手中的是个残缺品。

"张伯伯，您还在吗？"林枫寒问道。

"在！"张德奎叫道，"我不在，我还能够去哪里啊？小林，你确定是金缕玉衣？"

"应该没错吧。"对于这个问题，林枫寒只是讪讪笑着，谁能够确保万一啊？

"小林，现在和以往不同。"张德奎说道，"要是普通东西，我还能够给你拉一下子纤，可是这玩意儿，名头太响了，反而有些麻烦。"

"那怎么办？"林枫寒皱眉问道。

"月底，扬州城有个小型古玩交流会，要不，我带你去看看，能不能出手？"张德奎说道。

林枫寒略略想了想，顿时也就有些明白了。这古玩交流会，可能就是扬州、金陵等地弄出来的——这古玩不比别的东西，有好东西在手中，想要找买家难，而真正买得起古玩的收藏家，怕买了赝品，打了眼，花了钱买个笑话儿，回去也是硌硬得慌。

旧时有专门拉纤的，但是，拉纤的同时吃两头，弄不好也会坑人，因此也没法子放心。

于是，这小型古玩交流会就应时而生，古玩商人有了好东西想要出手，可以带到交流会上；收藏家想要买点儿收藏，也一样可以去古玩交流会淘淘，说不准就有淘到合眼缘的。

这种古玩交流会，势必也有资深的鉴赏家坐镇，如此一来，买家卖家，都可以放心。当然，这样的场合，也不是你想要去就能够去的。

张德奎是某个典当行的大供奉，自然有法子带个人进去。

"具体哪一天？"林枫寒问道。

"这个月二十八号。"张德奎想了想，这才说道："金缕玉衣名头太响，要不，事先送过去，找人掌个眼，确认之后，你可以要求参与拍卖。"

林枫寒顿时就好奇了，问道："还有拍卖？"

"是的。"张德奎笑道，"有时候一些俏物，几家都想要买，弄不好反而有矛盾，或者就是价钱没有开到卖家的心理价位，谈得好端端的，卖家突然反水不卖了，也是硌硬得让人难受。所以如果真正是好东西，可以事先送去鉴定，然后到了时间，参与拍卖。"

林枫寒想了一下子，这玩意儿如果不鉴定，只怕也没有多少人愿意买，倒不如先鉴定了，然后再找卖家。至少，现在很多人买东西，都喜欢一张鉴定证书。事实上他一向认为，那张鉴定证书要作假，比作假古玩物件容易很多很多。

重点就是，如果鉴定了是真的，那么岂不是也间接地证明了林家祖传的摸玉诊金术真的有用？

"张伯伯，要鉴定费吗？"林枫寒终于问出了一个关键性的问题，他没钱，除非是免费的，否则，他连鉴定费都交不起。

"如果你鉴定后，确认是真品，放在多宝阁拍卖会上拍卖，就不需要鉴定费。如果你私下出售，多宝阁就要收取不菲的鉴定费用。"张德奎解释道，"放在多宝阁拍卖会拍卖，一旦交易成功，多宝阁要收百分之五的佣金。"

"成，这个我能够接受。"林枫寒说道，毕竟，佣金是交易成功才会支付，不成功就不用支付了，他不会有损失。

"那我帮你打个电话预约一下子，看看古老什么时候有空，今天二十一号了，想要月底送去拍卖，得加紧一点儿。"张德奎很是热心地说道。

"好好好，麻烦张伯伯了。"林枫寒忙着道谢。

"你等我电话。"张德奎说着，就挂断了电话。

挂断电话，林枫寒叹了一口气，思绪飞到从前——父亲在他很小的时候就已经过世了，大概从五岁开始，他就跟着爷爷过日子。爷爷很苦，一个人守着这个小店铺，起早摸黑，挣钱养活了他，还要供他读书。

从小他就跟着爷爷学习金石素珍之术，也学过很多古玩知识。小时候，他也嫌弃这些枯燥的东西远远地没有漫画好看，不想学习。

但一向宠爱他的爷爷，碰到他不能够好生学习，也会采取棍棒教育。他记得很是清楚，他九岁的那天，爷爷让他背素珍口诀，结果那天他跟同学借了《七龙珠》，躲在被窝里面，打着手电筒看了一晚上，哪里还记得背什么口诀。

第二天，爷爷愤怒之下，拿着竹板子，狠狠地揍了他一顿屁股。接下来有一个星期，爷爷都没有理会他。

从那以后，怕了爷爷的板子，他开始认认真真地学着。后来年龄稍长，他也知道爷爷心里很苦：他就几乎没有见到爷爷笑过。

为着讨爷爷欢心，他更是刻苦努力，把《素珍诀》、《金石录》都背得滚瓜烂熟，各种古玩知识，也都有涉猎。但是这仅仅只限于书面知识，使用摸玉诊金，他还是第一次。

就在林枫寒胡思乱想的时候，手机响了，拿起来一看，竟然是张德奎。

"张伯伯！"接通电话，林枫寒问道，"怎么说？"

"我刚刚和多宝阁的古老先生说了一声，古老先生对你的金缕玉衣也很有兴趣，让你明天下午带过来看看，方便吗？"张德奎问道。

"方便。"林枫寒说道，"但我不知道多宝阁怎么走。"

多宝阁？听名字似乎是古玩店铺？但具体坐落在什么地方，他还真不知道，他也不敢保证，扬州的出租车司机就认识这家古玩店。

张德奎想了想，说道："明天是星期六，我这边没事，下午两点，我来接你，我也顺便看看你爷爷留下的老物件。"

"那就多谢张伯伯了。"林枫寒忙着说道。

"你小子和我客气什么啊？"张德奎说道，"不过，我可说好了，小林啊，你可别随便拿一样东西忽悠你张伯伯。"林枫寒没有找他先看看，掌个眼，他也不好主动提出来，但是，他心中却是奇怪，这小子手中居然收着金缕玉衣？

"不会！"林枫寒笑道。

"那就好，没事早些歇息。"张德奎说完，就挂断了电话。

第四章 穷则独善其身

林枫寒摸了摸饿得饥肠辘辘的肚子，叹了一口气，当即把那残缺品金缕玉衣收拾好，也一并锁进桌子下面的保险柜里面。又把那只绣囊拿出来，找了一个信封把底片装了，等下出门就找个影楼把照片洗出来。

至于那个玉铜钱，林枫寒看了看，看着似乎玉质不错，白腻腻的，形状就是典型的铜钱，外圆内方，正面写着乾隆通宝，反面却是满文。根据他对铜钱的理解，反面的满文，应该也是乾隆通宝。

这枚铜钱的反面，有着黄褐色的皮子，反面的满文就巧妙地利用了这么一点点的黄褐色雕刻而成，倒让这枚原本不起眼的玉铜钱，看着多了几分古色古香。但是却有些脏，表面有着黑漆漆的污垢，镶嵌在字迹的缝隙里面，看着就让人难受。

林枫寒想了想，当即打来一盆温水，找来一柄软毛刷子，小心地刷洗着，把表面的黑色污垢全部刷洗掉。

果然，一经刷洗，那枚玉铜钱看起来好看多了，玉质看起来也白润细腻了一点儿，摸在手里的感觉好多了。

但是，老婆婆就用一根普通的黑色棉线搓成麻花绳，挂在了身上大概是有了一些时日，棉线泡了水，林枫寒用力一扯，竟然把棉线扯断了。

林枫寒把玉铜钱收好，然后就出门直奔街口，花了五块钱买了一碗炒面。大概是饿得慌了，感觉姚麻子今天的炒面炒得特别好吃，三口两口扒拉完，连着送的一碗只有几根紫菜漂浮其上的汤，他也一口气喝完。

饭后就在附近的一家玉器店买了一根黑色挂玉的绳子，把那枚玉铜钱系好，就这么挂在脖子上。回去的途中，路过一家叫做"倩影"的影楼，把底片送了过去。对方告诉他，由于照片有些曝光，让他两三天后来取就是，如果需要修复，影楼也可以代理。

林枫寒想了想，还是等照片洗出来，看过之后，再考虑修复吧。现在的影楼 PS 技术太强了，可千万别把一些关键东西给 PS 掉了，那就郁闷了。

离开影楼，回到自己正宗的蜗居，路过景萍园小区门口的时候，就听得附近众人讨论，说是这边要拆迁了。

他们这个小区就在古街不远处，附近的房子至少都是二十年前的，小区那是又脏又破，扬州这两年发展得飞快，这个小区嚷嚷着要拆迁已经不是一天两天，林枫寒也习以为常，根本没有在意。

毕竟，如果房子多的人家，拆迁还指望能够分一套新房，搬进宽敞明亮的新家，可他只有不足三十平方米的房子，就算拆迁，顶多就是补贴几个钱请他滚蛋而已。

林枫寒想了想，像他这种人，估计做勇猛钉子户的可能性很大：单身男人，没钱，拆迁补贴的钱又不够买新房，无处容身，除了做钉子户死皮赖脸求多补贴，似乎也没有什么前途了。

第二天一早，林枫寒路过超市的时候，买了一包麦片和一些方便面。他已经不敢去街口姚麻子那里吃炒面了，炒面一碗五块钱，方便面一包才两块钱不到，省多了。

至于麦片，那一包有二十小包，够他吃二十个早上了，平均算下来，一个早饭才一块多钱。

当然，林枫寒早上的生意还是冷清得要死，连着麻雀都没有飞来一只，这么大冷天的，谁没事逛古街啊？他甚至有些悲哀地想着，照着这个样子，他就算只吃方便面，也未必能够支撑到明年春天。

照着他以往的经验，这个冬天，他的生意都不会有丝毫的起色，必须要撑到明年春天，春暖花开，"故人西辞黄鹤楼，烟花三月下扬州"的时候，他的生意才会有起色。

下午两点，张德奎打了电话过来，约他一起去多宝阁。

林枫寒找了一个黑色的尼龙袋子，把东西装好，然后关上店门，坐张德奎的别克小车，前往多宝阁。

多宝阁距离古街也不远，在京华城附近，正如他所料，是一家古玩店，店面很大，至少有些五间门面。张德奎和门口穿着旗袍、漂亮的服务员打了一声招呼，就直接带着他向着后面走去。

后面有个院子，栽种着一些花木，点缀得古色古香。林枫寒打量了一下子，不仅暗暗咋舌：这多宝阁的老板可真不是普通的有钱，就前面的门面加上后面的院子，占地面积就够大的。

而后面正门进去，也有着老大的地盘。张德奎低声告诉他，古玩交流会就在这里，到时候你带着东西过来，随便找个地方一放就可以。

林枫寒顿时就明白，这地方是私人地盘，没有城管会抓你随便乱摆地摊。

"张先生来了，快，楼上请。"一个穿着明黄色旗袍的美貌女子，从木质的楼梯上下来，见到张德奎，忙着招呼道，"古爷爷刚才还念叨着，可不，这就来了。"

"古老念叨的，可不是我吧？"张德奎哈哈笑道。

"瞧您说的。"女子一边说着，一边一双剪水秋瞳就在林枫寒身上溜达了一圈。

"来来来，我给你介绍。"张德奎忙着说道，"小林，这是朱槿，古老先生这边的拍卖主持人，朱小姐，这个小林——林枫寒。"

"朱小姐好！"林枫寒忍不住打量了一下子朱槿，二十出头的年龄，长得非常漂亮，瓜子脸蛋，剪水秋瞳，樱桃小嘴，身材非常惹火，一身旗袍，更是衬托出她高挑苗条的身量来。

"好！"朱槿只是淡淡地打了一声招呼，然后就领着他们上楼，径自把他们带进一间装饰得古色古香的房间。

里面，三个老人正坐着说笑，见着他们进来，都住口不语。

张德奎看到他们三个，却是愣了一下子。

他昨天打电话告诉古老，说是有一件金缕玉衣的残缺品，有人想要出手，想要送他那边拍卖。

拍卖自然是需要送多宝阁鉴定的，这是行规，所以，古老嘱咐他今天带过来看看，如果确定是金缕玉衣，再谈送拍不迟，如果不是，另当别论。

张德奎也没有在意，但却没有想到，今天在场的，不光有古老这个东道主，还有扬州城资深的两位老鉴定师秦教授和杨先生。

这三个人无论是哪一个，都是国内有名的鉴定家，如今居然齐聚一堂，实在让他有些意外。

古老倒是客气得很，招呼他们坐下，张德奎忙着把众人给林枫寒介绍了一遍。林枫寒发现，那个古老，就是多宝阁的老板，年逾七旬，看着还精神抖擞，满脸红光。

秦教授看着年龄也有六十开外了，身材偏瘦，一双眼睛却是炯炯有神。

至于那个杨先生，看着年龄和张德奎差不多，五十左右的样子，身材微微发福，平日里大概保养得好，看起来白白胖胖的，不像是鉴定师，倒像是成功的生意人。

"小林啊，我老人家托个大，就叫你小林了，东西给我看看，我这里的规矩，想来你已经知道了？"古老看了看林枫寒，直截了当地说道。

"知道，昨天张伯伯和我说过。"林枫寒说着，就站起来，把那只纸盒子拿出来，双手捧着放在古老面前的桌子上，然后打开，退后两步，这才说道，"请您老掌眼！"

古老倒是有些意外，忍不住上上下下地打量了一下子林枫寒，这才说道："小伙子有些趣味。"

这一次，林枫寒只是淡然一笑，趣味？他也只是照着爷爷说的古玩界的规矩行事而已。

古老也没有说什么，直接从纸盒子里面把"金缕玉衣"拿出来，放在早就铺着红色绸缎毯子的桌子上，从一边拿起放大镜，仔细地看着。

古老看得很是仔细，拿着放大镜，里里外外，甚至连着金丝拆开的接口，他都详细地看过，甚至，他还尝了一下子玉的味道——让林枫寒恶寒了一下子。

昨天他为着要确定黑漆漆的金属丝是不是金丝，特意用小刀刮了一下子金属丝，被小刀一刮，黄金那暗金色的本质就暴露了出来。

事实上，他自幼蒙爷爷悉心教导，学习摸玉诊金术，对于金属的本质，他摸上手就能够辨别八九不离十。

古老放下手中的放大镜，对秦教授说道："老秦，你看看。"

"哦？"秦教授点点头，当即走到桌子前，也如古老一样，仔细地看了起来。

这个时候，林枫寒却感觉房间里面的空调温度似乎有些高。他出门的时候，穿着羽绒服，如今感觉有些热，当即就把外面的羽绒服脱掉，随手搁在一边，等着众人的鉴定结果。

秦教授也和古老一样，看了良久，然后换那个白白胖胖的杨先生看。

等着杨先生也看好了，古老端着茶盅，突然问道："小张，你看过没有？"

张德奎一愣，随即笑道："没有。"

林枫寒既然没有请他掌眼，他自然不能够随便要求看，而且，他也是昨天才知道，林枫寒手中有着这么一件物件的。

"你也看看吧，你是典当行的大供奉，这份眼力可是不差的。"古老笑道。

"我对这东西还真是好奇，如此便也开开眼界。"张德奎说着，走到桌子前，拿起放大镜仔细地看了起来。

　　林枫寒看了一下子时间，已经下午三点半了。看样子这些人的鉴定速度，比他利用摸玉诊金术还要慢得多，以后如果碰到古玩想要看看，倒也不用担心看时间久了，人家会说什么，鉴定师都是这么慢吞吞的。

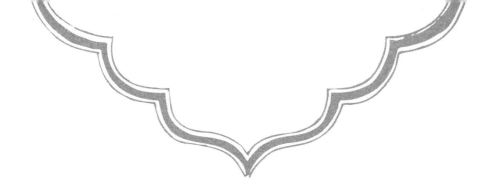

第五章　如意金钱

幸好张德奎没看多久，就放下了放大镜，然后就在林枫寒身边坐了下来。

"老秦，你怎么看？"古老放下手中的茶盅，问道。

秦教授见问，点头道："是汉玉没错，用料是新疆玉，沁色自然灵动，富有层次感，钙化自然，金丝编制工艺精湛，周边做鸟纹图案，想来应该是属于汉代皇室女子所用。"

"这种鸟纹图案，应该是汉代皇后的一种身份象征，具体地说，这是凤纹。"古老点头说道，"从形状上来看，这应该是背部的一块，只是可惜了，这是残缺品。"

林枫寒一直都只是默默地听着，这个时候，他嘴角忍不住勾起一丝笑意：如果不是残缺品，要是确定这是金缕玉衣，他敢拿出来卖？

"就我来看，这应该就是金缕玉衣的残缺品，真的可惜了，谁这么缺德，竟然把它拆开了。"杨先生似乎有些恼怒。

"小林！"古老这个时候才说道，"你确定这东西要卖？"

"我穷得快要讨饭了，不卖不成啊。"林枫寒叹气道，"否则，我也不忍心祖上传下来的东西，就这么败在我手中。"

古老闻言点点头，说道："这人嘛，谁没有一个为难的时候，祖上富裕的时候，留下一些好东西，不也都是防着子孙后代有个为难的时候，可以换个现钱应付了。只要不出国门，也不算数典忘祖，你放心，我这边的交易还算清白。"

"多谢！"林枫寒笑笑。

"我开个鉴定证书给你。"古老说着，就从一边的小抽屉里面，取出早就备好的空白证书，然后用端正的楷书写上鉴定结果，末了，他签名，摁上手印，又招呼秦教授和杨先生签名，摁上手印。

林枫寒倒是没有想到，这地方的鉴定居然是如此。但想想，古老作为多宝阁的老板，又是资深的鉴定师，亲笔写下的鉴定证书，自然要比打印纸盖上某某公章的证书更加受欢迎。

　　证书做好，古老却没有给林枫寒。张德奎向他解释了一下子，等着拍卖会开始的那天，证书和拍卖品一起拿出来，但是现在却不能够给他。

　　林枫寒想了想，瞬间就明白了：古老也防着这些送拍的人，如果有人拿到他们几个开出的鉴定证书，却不从多宝阁拍卖，自己找买家出售，那么古老他们忙活什么啊？岂不是白白给人家鉴定了，还给人笑话是傻子？

　　因此他也没有在意，就算他拿着证书和金缕玉衣，他也找不到买家的。

　　"小林，现在就请你估一下子拍卖的底价，然后我好让我这边的丫头提前准备。"古老说道。

　　"还请你老人家帮忙估一下子价钱。"林枫寒忙着说道。

　　对于这个问题，古老倒也没有推辞，想了想，说道："这是金缕玉衣没错，但却是残次品，尤其是只有这么一块。我估摸着底价不能够太高，顶多就是两千万左右，你要是认可，就这么定下来？"

　　刚才古老他们说，这玩意儿确实是金缕玉衣的时候，林枫寒还能够保持冷静，毕竟，这就是一个残缺品，这世上凡是残缺品，似乎都不值钱的。

　　但是，当古老估出这个底价的时候，林枫寒只感觉脑袋"轰隆"一声响，心跳一下子就加速了，两千万啊！他忙活几辈子，也赚不到两千万好不好？

　　好吧，他有了两千万，他要做什么？不吃方便面，天天去姚麻子那边吃炒面？

　　反正，一时半刻他也想不出有了两千万他要做什么，似乎他也没什么追求的。算了，这钱还没有到手，多想无益。

　　古老见他久久不说话，只当他嫌弃自己的底价估低了，当即解释道："拍卖是竞价形式，所以底价一般会比市价低得多，一旦竞价，真正的成交价，可能是底价的好几倍。"

　　"就照古老先生说的办。"林枫寒这个时候已经回过神来，淡然笑道，"我不太懂。"

　　"那就这么说定了，小林，你留个电话号码给我，我让槿儿给你办一张会员卡。以后如果想要淘换什么东西，或者我这里有小型交流会，你也可以过来看看。"古老说道。

"好，多谢古老。"林枫寒说着，就把自己的电话号码写给了古老，然后把东西收起来，依然装在纸盒子里面，用黑色尼龙袋装着。

看着他收好东西，古老这才招呼朱槿进来，让她给林枫寒办理一张会员卡。

"咦……"古老的目光突然落在林枫寒的胸前，叫道，"小林，你站着不要动。"

"啊？"林枫寒愕然，不解地看着古老。

"这是……"古老直接伸手，摸向他的胸前。

林枫寒一呆，低头看过去，原来他昨天把那枚玉铜钱挂在了脖子上，刚才他把外面的大衣服脱掉，这枚玉铜钱就露了出来。

"小林，把这玩意儿拿下来，给我看看。"古老忙着说道。

"好。"林枫寒也不说什么，直接就从脖子上取下那枚玉铜钱，递了给他，心中却是狐疑：难道说，这玉铜钱还有什么来历？

他昨天原本也没有在意，后来用清水洗掉上面的污渍之后，却发现这枚玉铜钱的玉质很好，白润细腻，透着淡淡的光泽，摸在手中也温润得很，加上又是一枚铜钱模样，因此心中颇为喜欢，这才花钱买了挂绳，挂在了脖子上。

古老拿着放大镜看起来，不禁说道："难道说真是那玩意儿？"

"什么？"秦教授见着古老好奇，也忍不住凑过来看着，突然就惊呼道，"如意金钱！这是乾隆皇帝的如意金钱？"

"这难道还有什么来历不成？"张德奎很是好奇，也忍不住凑过来问道。

"这个可有来头了！"古老笑道，"据说，乾隆四十二年，在他生母过世两年之后的祭日，他晚上做梦，梦到一枚铜钱，金光闪闪，从天而降，铜钱上字可辨——如意金钱。乾隆一惊之下醒过来，随即就召钦天监解梦，钦天监说，此梦乃是祥瑞之兆，梦见如意金钱，象征着国家富裕，五谷丰登。

"乾隆闻言大喜，遂命人觅得上好羊脂白玉，仿照铜钱模样，雕刻而成这么一枚如意金钱。但你们也都知道，乾隆皇帝乃是一位非常自恋的皇帝，晚年自称十全老人，可见一斑。所以，这枚如意金钱，前面就是乾隆通宝，后面的满文，才是如意金钱。

"只不过，这如意金钱从来没有面世，我原本以为，不过是荒唐不堪的传说，倒没有想到，真有这东西？"

林枫寒还真有些奇怪，这玩意儿居然有这么大的来头？

张德奎好奇，问道："古老，这后面的满文，真是'如意金钱'？"

古老点头笑道："就是'如意金钱'。刚才小林带在身上，我还不敢确定，但现在我老头子一上手就能够肯定：这确实是古玉，但和刚才那件物件不同，达不到高古玉的标准，也没有丝毫钙化腐蚀，顶多只有二百多年的历史；而不巧老头子正好还认识几个满文，这反面，可不就是'如意金钱'四个字？"

"小林，这玩意儿转给我，这个数。"杨先生偷偷地拉了一把林枫寒，竖起一根手指头，低声说道，"一千万，怎么样？"

"小杨，你可不厚道得很，这玩意儿可是老头子我先看到的，你也敢抢？"古老笑道，"小林，把这玩意儿让给我老头子，一千二百万。"

杨先生瞪了古老一眼，正欲说话，林枫寒忙着说道："古老先生，这个如意金钱是我从小戴着的。"

一千二百万，他是非常动心，从此以后都不用再吃方便面了，可是，想想金缕玉衣卖出去就可以应付眼前的困境，何必再卖这枚如意金钱？

他昨天看到老婆婆拿出来这么一枚玉铜钱，就有些喜欢，虽然他认定是现代仿制品，但挡不住他喜欢啊。

而且，他还有一点小心眼：如果金缕玉衣能够卖个大价钱，将来有机会见到那个老婆婆，可以分她一点儿钱，顺便把这枚如意金钱还给她——看得出来，老婆婆应该是很在意这枚如意金钱的，一直贴身戴着。

虽然古玩一行，从来都是买定离手，不管你是打眼了，还是捡漏了，都和卖家再也没有关系了。要是古玩商人，倒也算了。

但是对于那个可怜的老婆婆来说，林枫寒感觉，不应该用这么一条不成文的规定吧？他有些后悔，昨天没有让老婆婆留个电话号码，那么等着金缕玉衣出手，他就可以联系她。

古老有些意外，而张德奎忍不住问道："这也是你爷爷留给你的？"

"是的。"林枫寒笑笑，现在也只能够这么解释了。

"看样子，令祖留了很多好东西给你。"古老笑道，说话之间，他已经把那枚如意金钱递给他，林枫寒接了，依然挂在脖子上。

"就你这样，你还说什么穷得要讨饭？"张德奎忍不住打趣道。

"我真穷得要讨饭了。"林枫寒说道，"所以，才准备卖这玩意儿。"说着，他指了指金缕玉衣。

"没事，江浙两省很多喜欢收藏的大老板，都愿意来我这里淘换淘换。"古老笑道，"你以后有什么东西要盘出去，来我这里就成。不过，小林啊，如果哪天你那个如意金钱玩腻了，想要淘换点儿别的东西，别忘了先通知我，我可是真心想要的。"

"成！"林枫寒点头道，"哪天我要淘换点什么，一准找您。"

"你找我好不好，我给你这个数。"杨先生竖起两根白白嫩嫩的手指头。

第六章 美玉蒙尘

林枫寒知道这是表示二千万，忍不住好奇地问道："乾隆老儿的如意金钱，就这么值钱？"

杨先生笑道："乾隆年间的古玩意儿，这两年都可是炒得水涨船高，加上这如意金钱又如此地富有传奇性。当然，作为古玉，一来看人文典故，有没有历史价值，二来具体还是要看玉本身的品质。

"你手中的那枚如意金钱，有着字迹，历史朝代明确，加上富有传奇性，更重要的一点就是：这是上佳的和田羊脂玉籽料，表皮又是难得的洒金皮，自然更是身价百倍。"

林枫寒在心中暗自叹气，想着昨天那个老婆婆一把眼泪一把鼻涕地哭着，哆哆嗦嗦把这么一块古玉塞给他的可怜样子，顿时不无感慨，难道说——这就是所谓的美玉蒙尘？

想起曹老夫子的那句话——好知运败金无彩，堪叹时乖玉不光！

时运不济，美玉蒙尘，光华尽数收敛……

林枫寒知道，上好的羊脂白玉，这两年和翡翠一样，也一样身价百倍，籽料更是贵，拇指大小一小块，玉质略微好一点，就要卖到上百万。

"小林，你要出手，记得找我们。"杨先生很是友善地笑道。

"目前真不准备出手。"林枫寒笑道，"谢谢杨先生。"

正好这个时候，朱槿已经办理好会员卡，给他送了过来。

杨先生忙着和他交换了手机号码，秦教授见状，也是一样，和他交换了手机号码，约了过几天相见。

林枫寒偕同张德奎，辞别古老，离开多宝阁。

在路上，张德奎不无羡慕地说道："真想不到，你小子手中居然藏着这等好东西啊！"

林枫寒只是笑笑，也不知道怎么说才好。

"你手里还有什么好东西？"张德奎好奇地问道，"能不能给我瞧瞧？"

"真没有了。"林枫寒忙着说道，他口中说着，心中却是想着——就连这么两样东西，也不是他爷爷留给他的，而是机缘巧合买下来的。

昨天要不是那个老婆婆实在可怜，他也不会一时脑残买下来，也许，这就是好心有好报？

"你小子也不用担心什么，多宝阁的信誉很好。"张德奎说道。

"我倒没怎么担心。"林枫寒忙着说道，"这次，真是多谢您了。"

"你和我客气什么？"张德奎说道。

张德奎依然送他回去，约了二十八号再来接他，一同去多宝阁，便告辞离开。林枫寒把那残缺的金缕玉衣依然锁在保险箱里面，然后就出门四处走走，希望能够找到昨天卖东西给他的老婆婆。

他想着，那老婆婆既然在古街附近卖东西，应该就住在附近不远；可是他打听了一下子，却一点消息也没有，无奈之下，只能够回到店铺里面。晚上依然是泡面过日子，虽然古老说，那残缺的金缕玉衣能够卖到二千万以上，可是，在钱没有到手的时候，天知道会不会有变故？

他身上就剩下了这么几千块的钱，还欠着邱大妈两个月的房租，不省着点儿，这日子可如何过下去？

回去的时候，倒是听说，这次是真的要拆迁了，今天下午已经开始有人过来评估，说是要他们年底就搬出去，明年开过年来，就要动手拆这边的房子了。

林枫寒叹气，这拆迁了，自己连着一个容身之所都没有了，他那么一点点的地方，评估下来，也不值钱——顶多就是补贴几万块。

第二天一早去店铺，依然过着他麦片方便面的日子，只不过在路上的时候，他特意留意了一下子，希望能够碰到那个老婆婆。下午三点左右，林枫寒意外地接到了古老的电话，心中好奇，这个时候古老打电话给他做什么，难道说，安排拍卖有问题？想到这里，他心中不禁有些忐忑不安。

"小林，你在哪里？"手机里面，古老的声音传了过来。

"古老好，我在店铺呢。"林枫寒忙着说道，"有事吗？"

"嗯……"手机里面，古老似乎是迟疑了一下子，半晌，才说道，"小林，你那个金缕玉衣，能不能不送拍卖？"

林枫寒心中"咯噔"了一下子，真是怕什么，就来什么，他这个时候接到古老的电话，就是担心这事情，结果，还真是了。

"怎么了，古老先生，你们鉴定不是说是真的吗？"林枫寒小心翼翼地问道。

"确实是真的。"古老说道，"你别误会，是这样的，昨天你离开后，我就打电话给几个靠得住的朋友，说是有件稀罕宝物，让他们二十八号晚上过来捧捧场，你也知道的，拍卖会如果没有人捧场，这能不能卖出去，可就难说了。"

"嗯。"林枫寒连连点头，无论什么拍卖会，在拍卖之前，自然都会大肆宣传一番，古老联系朋友让人家过来捧场，自然也是这么一个意思。

"结果我这两个老朋友就说要瞧瞧，另外，老杨那边也有一个朋友，说是要看看，如果可以，他们都有意收上手，但也担心一旦拍卖，竞价太过厉害，让他们失之交臂。所以想要问问你，能不能现在拿过来，让他们看看？"古老问得很是客气。

林枫寒想了想，反正就是卖，送拍卖会和现在卖，还不都是一样？当即说道："成，现在就现好了，还在多宝阁？"

"嗯，还在多宝阁，晚上五点好不好？我有一个朋友在金陵，他得从金陵赶过来。"古老说道，"我等下让槿儿过来接你？"

"好。"林枫寒笑道。

古老倒是没有想到，林枫寒如此地好说话，因此，又客套了两句，就挂断了电话。

下午四点半左右，林枫寒昨天碰到的美貌姑娘朱槿，亲自开着一辆白色的马自达，来到古街接他前往多宝阁。

在多宝阁的停车场停下车，朱槿侧首看着林枫寒清俊的侧脸，心中暗道："这男人长得忒清俊，难道是扬州城的水好，养人？"心中想着，眼见他就要下车，忙着叫道："喂！"

林枫寒愣了愣，原本已经准备推开车门的手顿时缩了回来，看着朱槿，含笑问道："朱小姐有事？"

朱槿俏脸微微一红，想要不说，偏生又实在好奇："我听得我古爷爷说，你有一枚如意金钱？"

林枫寒心中有些失望，他和很多年轻人一样，见到一个美貌姑娘，难免心中有些爱慕之意。但是，从小在爷爷的严厉教导之下，他却竭力忍着，这一路前来，朱槿没有说话，他也一言不发，并没有主动搭讪。

刚才朱槿叫住他，他还心中窃喜过，但没有想到，人家美貌姑娘感兴趣的，只是古玉，不是他这个人。

"能给我看看吗？"朱槿再次问道。

"就是这个！"林枫寒一边说着，一边拉开外面羽绒服的拉链。而朱槿也比较大胆，不等他把如意金钱取下来，就这么爬过来，伸手托着如意金钱，凑近了细细地看着，一边看着，一边还用手摩挲着。

林枫寒鼻子里面，闻到一股淡淡的香味，像是香水的味道，又有些像是女子特有的体香，清清爽爽的感觉。

而朱槿一张白嫩的小脸，近在咫尺，让他的大脑都有些罢工，狭小的车厢内，弥漫着一种叫做暧昧的味道。

"古爷爷说，这是乾隆皇帝的东西？"朱槿观赏了好长一会子，这才坐在驾驶室的位置上，坐直了身子，问道。

林枫寒点点头，平稳了一下子呼吸，却是没有说话。

朱槿从随身携带的包包里面，取出纸笔，写下一个电话号码，冲着他妩媚一笑，说道："我的手机号码，有空儿打电话给我。"

林枫寒感觉自己的脑子有些不好使唤，但还是接过那张看着极普通的便笺，小心地叠好，放在里面的口袋里，然后他推开车门，就欲下去。

"喂——"朱槿忍不住叫道，"你木头人啊？"

林枫寒也不知道怎么一脑残，就脱口说道："我虽然姓林，但不是木头人。"

朱槿再也忍不住，被他逗得"扑哧"一声，就笑了出来，说道："我真服了你这人了，把你的手机号码也给我啊！"

林枫寒这才回过神来，美女给了他手机号码，出于礼貌，他也应该把手机号码给美女，但是他没有纸笔。

"把你的纸和笔借我用下。"林枫寒说道。

朱槿也没有说什么，直接就把纸笔递了过去，林枫寒写下自己的手机号码，递给她道："如果打不通，你就多打几次，我的手机不太好使唤。"

朱槿看了看便笺上面的字迹，忍不住又要笑了，说道："没想到你这人，倒是写得一手好字。"

林枫寒正欲说话，突然，朱槿的手机响了起来，她拿起手机看了看，说道："快走吧，古爷爷催了，想来是等得不耐烦了，我们过会子再聊。"

"好。"林枫寒也没有说什么，拎着"金缕玉衣"，推开车门走了出去。朱槿一改昨天的冷漠态度，非常热情地带着他进入院子里面，上了二楼。

还是昨天那个房间，果然，古老和杨先生都在，另外有三个人，他却都不认识。

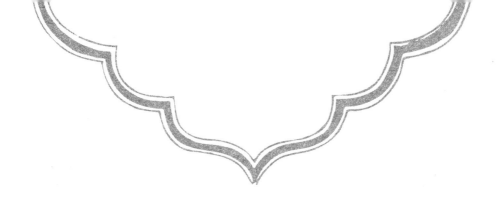

第七章 有朋自远方来

古老一见他进来，忙着招呼道："小林来了，快，里面坐！"

林枫寒笑笑，把手中的黑色尼龙袋子放在中间铺着红色绸缎的桌子上，然后就欲在旁边的椅子上坐下来，但就在这个时候，突然有人叫道："小林子？"

林枫寒一愣，小林子是他上学时候的绰号，那个时候热播《笑傲江湖》，他又姓林，就有人开始叫他"小林子"，然后叫着叫着，就这么叫出来了。

转身的瞬间，他就看到一个牛高马大的大胖子，直接走到他面前，上下打量他："小林子，真的是你？"

林枫寒也打量他，看着有些眼熟，但一下子却想不起来。

"你是？"林枫寒有些狐疑地问道。

"我是马胖子啊。"马胖子叫道，"你小子居然连着我都不认识了，枉费我当年买了那么多冰激凌、棒棒糖哄你啊！"

马胖子？林枫寒瞬间就想起来，小学五年级的时候，他曾经碰到一个比较谈得来的同桌，叫做马腾，两人关系一直不错。但是，马腾只在扬州上了一年半的学，六年级下半年就转学走了，这么多年来再没见过他，倒没有想到，今天居然在这里碰到了。

"马腾？"林枫寒一边说着，一边仔细地打量他，这马胖子小时候就是一枚胖子，如今长大了，还是一枚胖子：身高一米八开外，体重估计要有两百斤开外了，那偌大的肚子，和扬州城大明寺供奉的佛祖爷爷有的一拼。

"小林子！"马腾似乎高兴之极，竟然一把把他抱了起来，然后死劲地拍着他的肩膀，叫道，"真没有想到，能够在这里碰到你。"

马胖子说着，就把他摁在一边的椅子上，然后笑问道："你怎么还和小时候一样，就没有长一点儿肉，瘦到你这种境界，也算少有了。"

林枫寒见到马胖子，也是高兴，笑道："我穷得快要讨饭，已经吃了几天的方便面了，能不瘦吗？"心中却是嘀咕了一句，"胖到你那种境界，也是少有的。"

众人只当他说笑，都忍不住笑了起来。古老笑道："马先生认识小林？"

"认识认识，小时候的同学。"马腾忙着说道。

古老笑道："小林，这位是许先生，这位是孔先生。"

林枫寒看了看那位许先生，四旬左右，容貌端正，标准的国字脸，但却生了一双狭长的丹凤眼。

这种面相现在不怎么吃香了，但在中国古代，这种面相据说是最吃香的，叫做官相，意思是合适做官。

许先生向他点点头，算是打过招呼。

而另外那个孔先生，年龄大概在五旬上下，古老介绍是金陵人氏，听说有金缕玉衣，特意赶过来看的。

另外昨天那个杨先生也在，也和林枫寒打了一声招呼。

林枫寒知道他们的目的就是金缕玉衣，当即直接打开盒子，取了出来，放在中间。古老走过去，拿着放大镜仔细地看了看，然后冲着众人点点头，没有说话。

众人都明白，虽然说古老昨天已经鉴定过，但今天势必还要再看一次，天知道会不会有人刻意掉包？

随即，许先生和孔先生也都看了，马腾才走过去，他只是略略地看了看，然后继续坐在林枫寒身边。

"林先生。"许先生走了过来，也在他身边坐下来，直截了当地说道，"古老说，你这玩意儿有意出手？"

"是的。"林枫寒点点头，不卖，他真的连着方便面都要吃不起了。

"昨天古老估过拍卖底价，是二千万，没错吧？"许先生很是干脆，连着废话都没有，说道，"拍卖底价一般都低于市场价，我出三千五百万，你把这东西让我给吧。"

能够卖二千万，林枫寒已经很满足，听得许先生开价三千五百万，正欲点头答应，不料这个时候，孔先生突然说道："四千万，我巴巴的从金陵赶过来，可不是只为着看一眼。"

林枫寒有些为难地看着两人，而古老却是淡淡地说道："小林不用为难，虽然不是送拍，但既然几家看上同一件货，还是得竞价——我老头子这辈子还没有见过金缕玉衣，四千五百万。"

许先生和孔先生都瞪了古老一眼，而古老只是摸着茶盅笑着。

林枫寒忍不住摸了一下子胸口：四千五百万！那得多少钱？他感觉，他的心跳有些加速了，还好还好，他一向营养不良，没有高血压高脂肪，否则，他这个时候估计就有些激动得撑不住了。

"六千万！"马腾呵呵笑道，"我还是京城过来的，今晚就要急急赶去杭州，我容易嘛我？"

林枫寒愣了一下子，忍不住看了看马腾，而马腾却是冲着他笑得一脸无辜。

"八千万！"许先生淡然开口，说道，"马先生不会是故意抬价的吧？"

"我要是帮小林子故意抬价，刚才就应该装着不认识他。"马胖子冷笑道，"一亿，你可以不出价，我买。"

"我没有这个意思。"许先生摇摇头，说道，"算了，让给你吧，毕竟你们是同学！"

"一亿一千万！"古老几乎是咬牙切齿地说道，"马家胖子，你给我记着，我等下要打电话给你爷爷告状。"

古老知道马腾的老底儿，因此也知道，他绝对不可能是林枫寒的托儿，跑来给他抬价的。但是，他还是让马腾弄得有些内伤，他昨天看到这金缕玉衣，就很想把它收上手，但是，林枫寒要送拍卖，他就不好说什么。

既然是送拍，事先肯定需要宣传一下子，所以，他电话给多宝阁的几个老客户，没想到一说之下，这几个人都有兴趣，直接让他联系林枫寒，不用拍卖了，让他们先上手吧。

他们都知道，多宝阁这个小型私家拍卖会，这两年生意越做越大，慕名而来的人也越来越多，天知道一旦开拍，竞价下来，这玩意儿最后会飙到什么价？

而古老也有私心，林枫寒如果送拍，他作为东道主，理论上来说就不应该竞价，所以，他和几人一商议，就决定约林枫寒今天过来看看。

但他也没有想到，今天马胖子会过来，马胖子是秦教授介绍过来的，古老和他爷爷也是熟识，他好奇要过来看看金缕玉衣，自然也不能够拒绝。

马胖子愣了一下子，居然挥手说道，"算了，我把这玩意儿让给你这老头，我靠！免得你找我爷爷告状。"

"哼，算你小子识相！"古老仰着脑袋说道，"否则，我一准告诉你爷爷，说你调戏我家槿儿，耍了流氓还不负责。"

"古爷爷！"朱槿一直站在古老身后，听得他打趣，顿时就羞得满脸飞红，叫道，"古爷爷，槿儿这么一个女孩子，都没有人买过棒棒糖、冰激凌哄过，槿儿感觉好失败啊！"

众人想起马胖子刚才的一句话，忍不住都看着林枫寒，笑得前仰后合。

林枫寒只有苦笑的份儿，忙问道："古老，怎么交易？"

"你把银行账号给我，我转账就成。"古老笑呵呵地说道。

"好！"林枫寒直接从皮夹子里面取出银行卡，递了过去。

古老径自拿起手机打电话转账，而许先生却看着林枫寒脖子上的如意金钱，问道："林先生，你这枚如意金钱，多少钱愿意让出来？"

"这个真的不让。"林枫寒摇头道。

许先生有些失望，对于金缕玉衣，他确实有些兴趣，毕竟盛名在外，超过八千万他已经不准备再加。

但是他是一个生意人，对于这枚如意金钱，却是看重得很，非常想要把它弄上手，挂在自己的脖子上那才叫好。

"什么价钱都不可以？"许先生皱眉道，"林先生，我诚心的。"

林枫寒轻轻地摇头，如果有机会见到那个老婆婆，他是准备把这枚如意金钱还给她的，如果见不到，他也不准备卖，这枚如意金钱他是非常喜欢的。

"哇塞！你小子身上还有这等好玩意？"马胖子把椅子移动了一下子，然后直接伸手就托着如意金钱看着，叹气道，"果然是好东西啊！上好的羊脂白玉，这年头可不多见，何况还是古玉。"

而在这个时候，林枫寒听得手机短信响，忙取出来一看，顿时就愣住了，银行进账通知，那一溜儿的零，让他的血压再次升高不少，如果不是自幼受过爷爷的严格训练，他这个时候恨不得跳起来，大叫几声，表示自己的喜悦之情。

这人要说不喜欢钱，都是自欺欺人的。

紧接着，银行就有电话打过来，非常客气地告诉他：他有一笔现金进账，另外，他已经成为银行的贵宾用户，享受一些特殊服务，比如说，二十四小时电话转账，海外资金进出账等等。

"有钱，就是好啊！"林枫寒在心中叨咕了一句，连着银行都要拍他马屁。

林枫寒把银行卡收好，笑道："古老先生，金缕玉衣属于你的了。"

"哈……"古老不禁笑了一下子。

"喂——"马胖子盯着林枫寒的手机，问道，"你这手机哪里找来的？"心中狐疑，这年头还有这么破的手机？

第八章 传说之物

林枫寒见他盯着自己那个老款的诺基亚手机，当即笑道："我上大学的时候，一个同学嫌弃它旧了，想要换新的，就把这个送了给我。"

他不得不承认，诺基亚确实是很耐用的，这个手机他用了三年多，虽然已经快要不成了，但终究还是可以用的。

"换！"马胖子二话不说，直接从口袋里面掏出自己的手机来，递给他道。

林枫寒瞄了一眼马胖子那款手机，明显就是现在最新款果机，金色机身，传说中的土豪金，所以他直接摇头拒绝了。他的手机，丢地上都没有人捡，但是马胖子的这么一款，市价差不多要七八千甚至上万。

当然，他不知道，马腾的这一款，并非市场上流行的土豪金，而是特意定制的18K 金外壳，价钱自然和普通的土豪金也不是一个档次。

"不要这样嘛！"马腾笑道，"我等下给你买一堆咖啡口味的棒棒糖，你把它换给我？"

"不是咖啡口味！"几乎是出于本能的，林枫寒直截了当地说道。

马腾拍了拍脑袋，说道："可乐，是可乐口味——我靠，你小子吃个棒棒糖，能不能不要这么挑嘴？可我好多年没有见到这种口味的棒棒糖了。"

"马先生，你不会真的买过棒棒糖逗过林先生？"许先生姓许，单名一个愿，这个时候是真的感觉好玩，当即把椅子挪过来，和他们坐在一处，好奇地问道。

"买过！"马腾叹气道，"棒棒糖他只喜欢可乐口味的，冰激凌喜欢牛奶的、香草的，唉……我长这么大，我容易嘛我？"说着，他还一脸幽怨地看着林枫寒，说道："到底换不换？"

"不换！"林枫寒摇头。

"你小子信不信我揍你？"马腾终于暴怒，握着拳头对着他扬了扬。

林枫寒伸手把他硕大的拳头摁下去，笑道："你小时候也常说这句话。"他口中说着，拿起手机，直接打开后面的盖子，然后把SIM卡取下来，放在自己皮夹子里面收好，把手机递给马腾道，"这破旧玩意儿，不能当古董卖的，你要它做什么？"

"我拿去砸核桃。"马腾嘿嘿怪笑道。

"我不吃核桃。"林枫寒笑道。

"得，说正经的，我们哥俩也好久不见了，要不，我请客？"马腾低声说道，"我晚上九点的车票，还要赶去杭州，现在去，还来得及吃顿晚饭。"

林枫寒想了想，自己反正也没事，当即说道："成，我请你！"金缕玉衣卖了出去，让他的荷包一下子就鼓了起来，他也不是小气的人，见到老同学，也是开心，当即笑道。

"马家小子，你刚才不是说，要请我老人家吃饭的吗？"古老有些怨念，今天要不是马胖子，那个"金缕玉衣"的残件绝对卖不出这个价钱，他简直就是来捣乱的。

"成成成，一起，我请！"马腾说道，"现在就走，再晚就来不及了。"

孔先生是金陵赶过来特意看"金缕玉衣"的，眼见"金缕玉衣"落在了古老手中，心中有些失望，因为还要赶回去，不去吃饭。余下的众人，杨先生和许愿，还有古老，偕同朱槿一起，约了去八珍楼吃饭。

到了八珍楼门口，林枫寒看到旁边有一家果机专卖店，当即说道："你们先进去，我去买个手机，没有手机真不方便。"

"好的，我们在牡丹厅。"古老说道，"你等下让服务员带你过来就是。"

"好。"林枫寒答应着。

"等等，我陪你去。"马腾忙着说道。

林枫寒自然不会说什么，到了隔壁手机店里面，出乎他的意料：传说中的土豪金居然没有现货，需要定制。但是他没有手机，实在等不得，就要了一款黑色的，就他看来，还是黑色的好，朴素大方。

马腾说，如果他要土豪金，自己的换给他，让他给他买个黑色的就成，理由很简单：他原本以为土豪金很是霸气，结果上手之后，发现土豪金居然很娘们，很秀气，很……反正一句话，他认为他的手机配不上他胖子威武霸气的身材，所以不如换掉。

林枫寒对于这些东西，本来就是可有可无，他说什么就是什么了，再说，他突然碰到这个小时候的朋友，也开心得很。

但是，当手机店的美女服务员给他连卡都装好了，无意中说了一句——这不是土豪金，这是 18K 金镶嵌钻石的，市价绝对不是一万块能够买下来的。

林枫寒拿在手中看了看，果然，手机背面的那只苹果，竟然是用钻石镶嵌而成，顿时就明白——

上学的时候，他无父无母，爷爷守着一个小铺子过日子，他的日子自然也过得各种拮据，不管是学习用品还是别的东西都是缺乏。而马腾却是相当富有，手中的零花钱从来都是大把大把的，因此总会找各种借口给他买东西。

现在的情形，简直就是和小时候一模一样，马腾自然不会要他那个诺基亚的旧手机去砸核桃，不过是想要把自己的手机换给他使用而已。

"胖子。"出了手机店，林枫寒低声说道，"我原本确实没钱，但是卖掉那件旧玩意之后，也算囊中丰厚了，你不用这样。"

马腾拍拍他肩膀，爽朗地笑道："小林子，你真多心了，那个手机真的很娘们，给你用倒乏罢了。再说了，以后如果我想要淘换点儿什么东西，你有好的，给我便宜点儿就成。"

"好！"林枫寒点点头，他想要追查父亲当年的往事，唯一的法子就是进入古玩这一行，有着摸玉诊金术和素珍诀在手，想要淘换一点儿东西没有问题，何况，他也很重视马胖子这么一个朋友。

只不过爷爷临终前关照，不能够让人知道他懂得摸玉诊金术和素珍诀，否则，会有弥天大祸临头。他隐约感觉，父亲的死似乎不是那么简单的事情，不光是一只元青花龙纹鼎这么简单，应该和摸玉诊金术和素珍诀有关。

摸玉之术的最后一篇，他一直都是一知半解，只不过是把口诀背熟了，他问过爷爷，但爷爷每次都是含糊其辞。

想到这里，他忍不住轻轻地叹气。

"怎么了？"马腾问道，"你今天刚刚收入一亿多元，理应开心才对。"

"胖子，刚才你是不是故意抬价的？"林枫寒终于问出了心中的疑惑。

"不是！"马腾摇头道，"我真想买，可古老和我爷爷有些交情，他执着要，我就不说什么了。"

"我以为你是故意帮我。"林枫寒笑道。

"这又不是小时候砸个教室玻璃，我会胡乱替你应下来。"马腾哈哈笑道，"这是几千万的东西，我如果不真心要，就算和你交情好，也不会乱来的，做生意重在诚信，所以你安心就是。再说，那玩意儿真值这个价钱。对了，小林子，我偷偷问你，你有没有听说过玉佣？"

林枫寒摇摇头，从来也没有听说过玉佣是什么。

"那你知不知道，为什么汉代皇族会迷信死后穿着金缕玉衣？"马腾拉着他，一边走，一边小声地说道。

"我真不知道。"林枫寒说道。

"据说，在夏王朝和殷商时期，就一直传说，玉器能够让人返老还童，所以那些贵族王侯生前佩戴玉器，死后也用大量玉器殉葬。"马腾低声说道。

"这个我知道。"林枫寒说道，"历代出土的古玩文物中，也证明了这么一点。"

"我无意中听得北京城潘家园的一个老人说，这个说法就是从玉佣传下来的，据说那是一件神器，道家老祖的宝贝，人死后穿上它入殓，不但血肉不会干枯腐烂，而且生机也不会断绝，玉佣滋养人体，有起死回生的可能性。"马腾说道。

林枫寒苦笑道："你从什么地方听来这等荒唐无稽的说法，这世上哪里有起死回生的事情？不管是和田玉还是翡翠，确实对于人体健康有着一定的好处，《神农本草》和《本草纲目》中都有记载。加上玉器晶莹润泽，坚硬端庄，因此自然受到古时候的贵族们喜欢，但哪里能够起死回生了？"

"我也不相信这等无稽之谈，我胖大爷可是社会主义大好青年。"马腾笑道，"我就是好奇那个玉佣，如果真有，能够看上一眼也是好的。"

"你得了吧！"林枫寒笑道，"如果真有，我也很想看看。"

马腾点点头，两人闲话之间，已经走到八珍楼，早就有服务员过来，带着他们进入牡丹厅。

"小林，买了什么手机，给我看看。"古老笑呵呵地向着他们打招呼。

"胖子把手机换了给我。"林枫寒笑着，把手机摸出来，递给古老看。

"马先生还真把手机换给了林先生？"许愿一边说着，一边从林枫寒手中接过手机，然后熟练地摁下一个号码，拨打出去。

"许先生……"林枫寒愕然地看着他。

第九章 美人心计

许愿把手机还给他，笑呵呵地说道："我的手机号码，你也把我收藏一下子。"

"哈……"林枫寒忍不住又要笑了，这许愿的名字挺逗的，说话也挺逗的，赶得上马胖子了。

许愿已经掏出手机，备注林枫寒的名字，问道："林先生，你名字是哪两个字？以后你如果有什么好东西要出手，记得联系我。"

"枫树的枫，寒冷的寒。"林枫寒笑着解释道，"我是小寒那天生的，所以我名字叫做枫寒，表字叫做……"

话说到这里，林枫寒陡然住口，这年头，很少有人会取个表字了，因此，他也不想再说下去。

"你居然还有表字？"古老先生很是好奇，问道，"我以为只有像我们这一辈子的人，可能才会取个表字了。"

"我爸取的。"林枫寒苦涩地笑笑。

"你小子表字叫什么？"马腾问道，"我怎么从来不知道你还有表字？"

"现在不流行这个了，你又没有问过我，怎么会知道？"林枫寒说道。

"我怎么知道你有表字？"马腾一边说着，一边把剥好的花生递给他，问道，"你表字叫什么？"

"小林，你表字叫什么，说出来听听，老头子我也好奇。"古老先生说道，"现在的小伙子，有表字的实在太少了，估计再过几年，一般人都不知道表字是什么了。"

"初冰！"林枫寒说道，"初冬的初，寒冰的冰。"

古老先生忍不住在心中念叨了两句，微微皱眉，暗道："好冷的名字，名字冷，表字更冷，这到底是什么人家，居然给孩子取这么冷的名字？"

原本林枫寒说，"金缕玉衣"乃是他祖传之物，他还真不太相信，但听的说他说自己竟然有表字的时候，古老先生已经有些相信了——只有那种骨子里面喜欢这些古旧玩意儿的人家，才会给孩子取个表字。

"喂！"古老突然叫道，"你们两个谁请客？我老头子今天已经败家了，说什么也不能够做那个冤大头请客了。"

"我请！"林枫寒和马腾同时说道。

"我请！"马腾白了林枫寒一眼，骂道，"你难道没有听得古老先生说，要冤大头请客，你那个脑袋，有我大？"

许愿刚刚喝了一口茶在口中，闻言顿时毫无形象地喷了出来，而杨先生却是笑呛了，不断地咳嗽，朱槿更是笑得连着眼泪都出来了。

林枫寒也是感觉好笑，没法子，他不是胖子，还营养不良，脑袋自然没有他大了，自然也争不过他。

"菜点了吗？"胖子问道。

"点了，八珍楼新来的师傅，烧得好牛肉，另外配了一点儿小菜。"古老说道，他是八珍楼的老顾客，这八珍楼有什么好吃的，没人比他更清楚。

"牛肉好啊！"马腾说道，然后他突然像是想起了什么，叫道，"牛肉不好，有没有什么别的好吃的？"

这种大型酒店的大包厢，都有专门的服务员侍候着，听得马胖子叫唤，忙着就走了过来，赔笑说道："这位先生，古老先生刚才吩咐，牛肉已经下锅煮着了，不能够退了，你如果要别的，可以再添点儿。"

"我也没说退。"马腾挥挥手，说道，"我刚上来的时候，看到你们家说有螃蟹？给我挑极好的，煮十个过来。"

服务员忙着答应着，然后自去吩咐人煮螃蟹。

"老头子我不吃螃蟹，又腥又烦琐，真不知道有什么好吃的。"古老先生摇头道，"马胖子，我以为像你这样的胖子，应该是喜欢大块吃肉，大碗喝酒的，怎么就喜欢这么琐碎的玩意儿了？"

"古爷爷！"朱槿就坐在古老下手，这个时候搂着他手臂摇着，娇媚地笑道，"马先生这个螃蟹是点给林先生吃的，槿儿猜测，林先生估计是不吃牛肉的，哈……"

"不会吧？"杨志明刚才就被笑呛了，这个时候实在是好奇，问道，"林先生，你真不吃牛肉？"

"我从小就不吃牛肉。"林枫寒并不挑嘴，他是一天两包方便面也能够养活的对象，加上小时候家里穷，想要挑嘴也挑不起来，但是他不喜欢吃牛肉，也不知道什么缘故。

"看吧看吧，古爷爷，槿儿没有说错吧？"朱槿叹气道。

"喂！"马腾突然问道，"槿儿姑娘，你不会是喜欢上了小林子吧？"

"我……"一瞬间，朱槿满脸通红，低下头一句话也不敢说，她对于林枫寒确实有些兴趣，但她更大的兴趣，却是那枚如意金钱。

她从十八岁就来到多宝阁，被古老先生调教成拍卖主持人。这几年时间，她手中经历过的珠宝古玩拍卖不计其数，这些交易动辄数百成千万，导致的结果就是她眼界开阔了，普通人她看不上，但是她看上的，人家却又看不上她。

她今年二十八岁了，虽然平时保养得好，但是她也知道，女人三十岁一过，身价就要大打折扣了，为着自己的终身大事，她也实在烦恼不已。自从昨天知道林枫寒手中居然有着如意金钱和金缕玉衣这样的东西，加上林枫寒本来贫贱，想来也不至于太过挑剔，她就有些动心了。

这年头，好男人需要自己把握！所以她频频取笑马腾和林枫寒，就希望能够引起他的注意。

但是让马腾这么直截了当地说出来，她顿时就羞得霞飞双颊，原本白嫩嫩的一张小脸，如同是涂了胭脂一般。

"槿儿姑娘，你不会真让我说中了吧？"马腾居然还知死活地再问了一句。

"你不胡说八道，你会死啊？"林枫寒小声地骂道。

"那丫头好像真的看上你了，啧啧，这脸红的。"马腾还故意大声说着。

"我……我……"朱槿已经不知道说什么才好了。

"胖子很会欺负我家槿儿。"古老也学着林枫寒，直接叫马腾胖子了。

一顿饭，吃得算是宾主尽欢，几杯酒下肚，原本众人不算熟识，这个时候都放开了。男人喝了酒，各种荤段子都会扯出来，林枫寒被马腾和许愿抓住，也灌了两杯酒，就靠在椅子上听着他们闲扯。

只有等着螃蟹上来的时候，马胖子就吼着："服务员，给我这个兄弟挑两只好看的女的，把衣服脱掉。"

瞬间，漂亮的服务员小月就羞得面红耳赤，林枫寒想着——马胖子要是敢在别的地方说这么一句话，只怕人家美女老大的耳刮子抽他。

从八珍楼出来，外面冷风一吹，林枫寒不由自主地打了一个寒颤，马腾却是把衣服敞开，挺着大肚子，问道："小林子，你住什么地方？我从杭州回来好去找你？"

"我那边马上要拆迁，年底之前估计就要搬出来。"林枫寒想了想，这才说道，"你来了扬州，还是打电话联系我，或者去古街找我。"

"你原本住什么地方，怎么突然就要拆迁了？"朱槿跟在他们后面，好奇地问道。

"景萍园。"林枫寒说道，"老破旧的一个小区了，说要拆迁很多年了，这次终于动真格了。"

"景萍园……"马腾念叨了两句，不禁皱眉道，"你居然住在那里？拆迁补贴多少？"

"没多少。"林枫寒笑道，"最近开始评估，具体我不知道，就我那狗屋能够补贴多少啊？我最近都在考虑，我要不要做个勇猛的钉子户呢。"

"哈……"这次，古老都忍不住笑了出来，说道，"你又不差钱，你做什么钉子户？"

"也不知道那地方的房地产开发商是谁，要是补贴少了，我反正就一个人，真不在乎做个钉子户的。"林枫寒笑道。

马腾摇摇头，说道，"你等我从杭州回来。"

"好的。"林枫寒和马腾告别，准备就在八珍楼门口拦个车，打车回去。

"槿儿，你送林先生过去，我坐小杨的车回去。"古老笑呵呵地说道，"你可别说我没有给你这丫头机会。"

朱槿一张脸又红了，林枫寒连说不用，但是，朱槿拉着他就向停车场跑去。上了车，朱槿看了看林枫寒，问道："林先生，还是去古街？"

"嗯，还是去古街，麻烦槿儿姑娘。"林枫寒忙着说道。

"没事。"朱槿说着，调转车头，直奔古街。

林枫寒不再说话，只是看着车窗外的景色，朱槿几次想要说话，竟然都不知道从何开口。

她发现，这个表面上看起来温雅清俊的男子，似乎并不喜欢多说话。一顿晚饭吃下来，众人都很热络，但是他却始终没有说什么，除了那个马胖子逗他，他才会说几句话，否则，他就这么一脸淡然地看着他们说笑。

他的性子很冷，一如他的名字。

送他到古街，林枫寒也只是礼貌地道谢，似乎一点儿也没有请她进去坐坐的打算。朱槿叹了一口气，调转车头离开。

林枫寒自然不知道朱槿的这些心思，看了一下时间，天色还早，才晚上七点多，他们吃饭吃得早了，当即打开"宝典"的门，拧亮灯，走了进去。

第十章 老照片

不料他刚刚在椅子上坐下来，就看到房东邱大妈急冲冲地走来，进门就叫道："小林，你下午跑什么地方去了？怎么这个时候才回来？"

林枫寒看到邱大妈，顿时就有些不好意思，忙着说道："邱大妈，我这就把房租给你，真不好意思。"如今卖掉"金缕玉衣"，他也算是荷包股实起来了，因此自然也不好意思欠着房租不给了。

邱大妈今天五十开外，身体发福，听得他这么说，就在他对面的椅子上坐下来，说道："小林，不是房租的事情，我有事找你。"

"啊？"林枫寒愕然，不是房租的事情，邱大妈找他做什么？

邱大妈叹了一口气，说道："你也知道，茵茵要结婚了。"

林枫寒忙笑道："恭喜大妈！"今年上半年他就听的说，邱大妈的闺女茵茵，在上海找了一个男朋友，家境不错，如今就要准备结婚了，对于邱大妈来说，自然是一大喜事。

不料邱大妈听了，却是忍不住叹了一口气，半晌才说道："恭喜什么？本来我们也想过，把这房子楼上装修了，给茵茵做新房，我们连装修公司都请好了。我们老两口，反正还有一套老房子，也不过来和他们挤。"

"这不是蛮好？"林枫寒笑道，"你家这楼上可是有一百六十多个平方，两个人住着，足够了，将来就算添个孩子，也是宽裕得很。"

"是啊！"邱大妈听的说，再次叹了一口气，继续说道："我那个亲家说，俩孩子都在上海工作，希望就在上海买一套房，大一点儿，将来等茵茵生了孩子，他们就可以搬过去照顾孩子。"

这一次，林枫寒没有说话。

邱大妈看了看，有些为难地说道："要买房，我手里哪里有那么多钱？所以我准备把这边的房子卖掉，楼上的房客前几天就都搬走了；你隔壁的老王，本来就准备要租个大一点的铺子，前几天就搬了；如今就剩下你……小林，你趁着年底，也赶紧另外找个铺子租吧。"

林枫寒心中很是明白，邱大妈这次是真来收店面的，不是和他闹着玩了。

看着林枫寒不说话，邱大妈再次说道："小林，我知道这样一来，你很是为难，但大妈也是没法子，你那两个月的房租，我也不收你的了。趁着年底，有些人家的房租到期了，你正好问问，赶紧搬吧，大妈真的等不得。"

林枫寒看了看这家店铺，心中有些舍不得，爷爷在这里租了十来年啊！

考虑一下子，林枫寒终于问道："大妈，你这房子连着店面一起卖？"

"是啊！"邱大妈说道，"自然是连着店面一起卖了，否则，根本就卖不起价钱。"

"你准备卖多少钱？"林枫寒再次问道。

"二百万！"邱大妈说道，"我这房子在古街，加上有两个店面，楼上也够大，值这个钱。"

林枫寒点点头，知道邱大妈说的是实情。这两年房价疯涨，这房子占据的地理位置极好，在古街上，邱大妈如果不卖，每个月的租金都有七八千，小日子过得惬意着呢，但如今为着女儿，她连房子都要卖掉了。

"邱大妈，我实在不想搬。"林枫寒说道。

"小林，这次大妈不是逗着你玩，你必须得搬。"邱大妈忙着说道。

"邱大妈，我的意思是，反正你要卖这房子，我买你的房子，我一点儿也不想挪窝。"林枫寒直接说道，"二百万，我买这个房子。"

邱大妈愣愣地看着他，林枫寒租他们家的房子开这么一个店铺，他的根底她自然也是一清二楚，如今听得他突然说要买下这房子，邱大妈顿时脑子就有些回不过神来。

"小林……你不是开玩笑？"邱大妈结结巴巴地问道。

林枫寒点点头，笑道："这天寒地冻的，我真不想动，所以我把你这房子买下来，这样我就不用搬家了。最近我把我爷爷手中的一件老物件卖掉了，也准备买个房子，把生意做大一点儿，我看着你这里就很合适。你看看，你家茵茵都要嫁人了，我也要考虑找个女朋友，这年头没房没车，谁嫁你啊！"

"你说得很有道理，但我……要现钱。"邱大妈说道，"一分都不赊欠。"她急等着要钱，女儿那边已经催促过好几次了。

另外，邱大妈心中也是狐疑，林枫寒真有二百万，他不会是开玩笑吧？

"当然，我知道邱大妈等着钱给女儿置办婚房，当然不会欠账。"林枫寒笑道，"你找个人，挑个好日子过户给我，我就直接给钱，二百万，我也不还你价，但两个月的房租，我也不给了！"

邱大妈想了想，还是有些不放心，问道："小林，你确定你不是开玩笑？"

"当然！"林枫寒说道，"我家那边要拆迁，我要是不买房子，很快就要露宿街头了。"

"你……你有二百万，你居然还欠着我的房租不给？"邱大妈顿时就来火了，这小子就是装穷啊！

林枫寒一脸无辜地看着她。

"得，我不和你这混账小子说。"邱大妈说道，"我这就回去看看好日子，然后找人给你过户，我女儿那边也急等着。"

"成！"林枫寒笑道，"你有事打我电话就是。"

等着邱大妈走了，林枫寒略略坐了一会子，就关门离开回自己家，路过影楼的时候，顺便去取照片。

虽然那些底片有了年代了，但是洗出来的效果还不错。其中有六张都是那元青花龙纹鼎，各个面拍得很是详细。

从照片上看，青花龙纹鼎应该不大，鼎口周围都有葵花花纹，鼎身上是一条团龙，典型的三足两耳。

另外三张照片，都是父亲和一个漂亮之极的女子合影：父亲就穿着一身很普通的休闲服；而照片上的女子，却是穿着大红绣金丝旗袍，从照片上看，身材似乎比朱槿还要好，就连模样儿，也比朱槿更漂亮。

"林先生。"影楼的陈老板端了一杯茶过来，低声说道，"这照片上的人，是你父母？"

"嗯？"林枫寒愕然，抬头看着陈老板。

"你妈妈长得可真漂亮，像大明星一样。"陈老板不无感慨地说道，"难怪你也长得俊。"

林枫寒苦笑，确实，他看到照片上穿着大红旗袍的女子，心中就明白过来，这个人就是他的母亲，他的模样长得酷似她。

他的父亲长得也不赖，相貌端正，看起来透着一股儒雅气息，但绝对称不上出类拔萃。而那个女子，却是美艳得如同电影大明星一样。

林枫寒心中有些失望，原本以为爷爷珍藏在财神像里面的照片，应该是父亲和那个女人的合影，可现在，三张照片竟然没有一张是那个弄得他们家破人亡的女子的照片。

连着照片都没有，只有一个名字，他想要追查，却从什么地方查起？

林枫寒想了想，也不得要领，付了钱，揣着那叠照片，辞别影楼老板，他就径自走了出来，向着自己家走去。就在走到门口，摸出钥匙准备开门的瞬间，他突然手指颤抖了一下子，钥匙就这么掉在地上。

他的母亲叫什么？

林枫寒就这么靠在自家门上，只感觉全身冰冷……他的记忆里，竟然没有母亲的名字……

他的容貌和照片上的女子如此相似，毋庸置疑，这照片上的女子就是他的母亲。但是，为什么他竟然不知道，他的母亲叫什么？爷爷从来没有说过，自小上学，填写父母那一栏的时候，他知道父亲的名字，却不知道母亲的，都是写上——已逝！如果没有特殊缘故，爷爷不会连着他母亲的名字都吝啬告诉他。

难道说，他的那位母亲，竟然是最后弄得他们林家家破人亡的人？

如果真是如此，那么，他算什么东西？想到这里，林枫寒只感觉眼睛模糊了，心痛得厉害……

也不知道在黑暗中呆了多久，他手脚都冻得麻木了，他才摸索着在地上找到钥匙，颤抖着开了门，如同行尸走肉一般地走进去，然后就一头倒在床上，睁着眼，看着天花板发呆。

如果他的猜测都是真的，那么，他该怎么办？

最后，他也不知道怎么模糊着睡着的。等着他再次醒来的时候，已经是第二天早上六点钟了，挣扎着从床上爬起来，却发现自己就穿着衣服在床上睡了一夜，大概是没有睡好，加上着了冻，他只感觉鼻塞声重，头也痛得厉害。

爬到卫生间洗了一下子脸，冰冷的水让他的神智清醒不少，虽然头依然痛得厉害，但人反而精神了。看着镜子里面自己那张白皙清俊的脸，委实酷似照片上的女子，林枫寒低声说道："不管你是谁，我都要把你找出来！"

是的，不管那个叫做周惠娉的女子是不是他的母亲，他都必须要把她找出来。可是，他该从何入手，林枫寒想了一气，也没有想出一个好法子来。

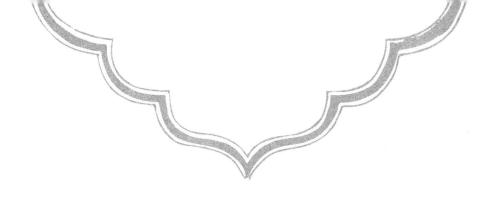

第十一章 怀疑

时隔二十年之久，这事情又涉及他父亲的隐私，他也不便寻找他人帮忙，想要调查，谈何容易？

从父亲简单的绝笔信中可以得知，周惠娉是为着古玩瓷器而来，除非，他手中能够有足够让人动心的古玩，让她自动找上门来？

他现在手中是有一亿多现金，如果不乱来，吃喝一辈子是不用愁了。可是在古玩一行，尤其是在国际拍卖行，这一亿多连水花都溅不起一朵。而普通的古玩之物，他有摸玉诊金术在手，想要收点儿上手，自然不成问题，可想要吸引人，却是千难万难。

林枫寒突然有些后悔，昨天不应该卖掉金缕玉衣，这东西的噱头也很大的。

想想，他又摇头了，金缕玉衣除非是完整的，否则，残缺件也整不起个噱头来。没来由的，他突然想起来，昨天马胖子说的玉佣，那是传说中才有的宝贝。

先进入古玩这一行，挣钱，以藏养藏。她既然喜欢古玩，只要她还没有死，那么，早晚终会打听到一些消息的。

想到这里，林枫寒也渐渐地镇定下来，二十多年都过去了，何必急在一时？再说这事情，急也急不来，不如慢慢来，徐徐图之，说不准机缘巧合就能够在茫茫人海中找到周惠娉。

想到这里，林枫寒简单地梳洗了一下子，然后把那套照片慎重放好，出门自己向店铺走去。路过一家药店的时候，他买了一包板蓝根，外加一些感冒药。至于早饭，还是一包麦片打发了。

今天林枫寒的生意还算不错，卖掉了一只香囊，但是买香囊的美眉至少在他那里挑了二十多个，最后挑出来一个，嫌弃他家的香囊绣工不好，买回去也就是看看不能够用。

林枫寒心中思忖着，不如等着把房子买下来，然后定制一些高档的漆器、螺钿首饰盒，还有纯粹手工绣制的香囊、荷包、绣囊等等，姑娘家买回去，也不至于白搁着，完全可以实际使用。

　　至于漆器，他也可以去景德镇定制一些符合现代审美观的瓷器，买回去放在家里可以做装饰品。

　　到了傍晚时分，吃了四杯板蓝根，感冒却是一点儿也没有缓解，反而有着更加严重的趋势，头也一直昏昏沉沉地痛着。

　　不料林枫寒却接到邱大妈的电话，说是明天就是好日子，问他有没有空，可以办理房产过户手续吗？

　　林枫寒想想，他有什么事情？当即点头答应了，约了明天九点见。

　　第二天忙活了一天，到下午五点半，才算把一切手续办理妥当。林枫寒也爽快，直接打了一个电话给银行，转账给了邱大妈二百万，"宝典"的房子，算是彻底归他了。回去的时候，正好碰到隔壁的老王。

　　林枫寒考虑了一下，当即找老王商议，把自己店内的东西，除了爷爷留下的几样东西，其余的一应低价转给老王，他想要走精品路线。

　　老王反正也就是卖这些的，他的东西虽然不怎样，但胜在便宜。老王捡了个便宜，约定了明天找货车过来拖。

　　林枫寒吃了几天的方便面，加上如今重感冒，更是一点儿胃口也没有，看到面条就厌烦。索性打车前往美食街，找到李记淮扬菜，直接就推门进去。

　　正巧这个时候是晚饭的高峰期，他刚刚进去，就有服务员过来，一脸歉意地看着他，说道："先生，不巧得很，我们家已经没有位置了，您……"

　　"我找你们老板！"林枫寒没有等她说完，直接说道。

　　"啊？"服务员有些糊涂了，难道说，这个看着清秀俊美的男子，竟然是跑来找茬的？几乎是出于本能地，她直接就说道，"我们老板不在。"

　　林枫寒直接摸出手机，拨打了一个号码，少顷，电话就接通了，一个爽朗的男子笑道："小寒，你怎么有空给我电话？"

　　"李家大少爷，我在你家门口，我要死了……"林枫寒感冒得实在难受，说道，"我要吃饭！"

　　"我这就来！"李记淮扬菜馆的老板，是林枫寒的同学兼好友，毕业后就在扬州美食街开了这么一家特色淮扬菜馆，生意做得红红火火。

林枫寒没等两分钟，就看到高高瘦瘦的李少业从里面走了出来，一看到他，就忍不住叫道："小寒，你怎么把自己弄成这副德行了？"

"我感冒……"林枫寒也不知道说什么才好，他以前感冒，都是随便买点药吃吃就好了，但这次不知道为什么，他都吃了两天的药了，一点好感都没有，反而更加严重。

"去去去，挪个小包厢出来，快点儿。"李少业对着站在一边的服务员挥手说道，说着，他又对林枫寒说道："走走走，先去我办公室说话，你别站在我家门口，影响我生意。"

林枫寒笑笑，他这重感冒的，一脸憔悴，看着就是好死不活的样子，确实影响人家生意。

"你小子是跑来吃饭的，还是有事？"李少业带着他到办公室坐下来，就直截了当地问道，"如果有什么难处，你只管开口。"林枫寒的状况，他是知道的，也曾经劝过他，把那个小铺子卖掉，来他这边帮忙，都比守着那个小店铺好。

但林枫寒执意不肯，他也没法子，如今看着林枫寒一副憔悴潦倒的模样，李少业本能地认为，他可能有难处，需要自己帮忙。

"倒真有事找你帮忙！"林枫寒一边说着，一边就感觉嗓子干燥得发痒，难受得紧，当即握着咽喉叹气道，"另外我吃腻了方便面，有些想念你的手艺。"

"你这小子啊，有什么事情，只管说，我们自家兄弟，没什么不好开口的。"李少业忙着说道。

"你有个堂姐夫，是做装修的？"林枫寒问道。

"呃？"李少业一愣，他都准备弯腰去开保险箱，先给他一点儿钱，让他去治病要紧——他本能地认为，林枫寒就是找他借钱的。

"是的，你问这个做什么？"李少业好奇地问道。

"我买了一座房子，想要装修。"林枫寒说道，"我不认识什么人，因此跑来找你——好歹是熟人，想来也不至于宰了我。"

"你小子发财了？"李少业愕然，问道，"居然买房子了，在什么地方？多大？"

"就古街，我原本的店铺加上楼上卧房——东家要嫁闺女，准备把房子盘出去，好去上海买新房，我不想挪窝，就把她的房子买了下来。"林枫寒解释道，"我把我爷爷的一件老东西卖掉了，唉……"

说着，他实在忍不住，抓过一张面纸，捂着嘴巴，死劲地咳嗽。

这一次，李少业没有说话，心中有些羡慕，林枫寒爷爷手中的老物件，想来是一件古玩，难怪卖掉了，就能够买房子了？想着有一句老话——要得饱，隔夜饱；要得好，得祖上好。这祖上富裕，随便留个东西下来，卖掉就可以买房子了。

林枫寒咳嗽了一阵子，这才说道："我赶得急，年底就要搬进去，你帮我问问你堂姐夫，最近可有空？我那边拆迁，年前就要搬走。如果年前赶不了，我就要露宿街头了。"

"我打个电话给你问问我姐夫。"李少业说道，"你小子感冒怎么就弄成这副德行？"

林枫寒摇摇头，说道："别提了，我感觉我都要死了。"他那天就和衣睡了一个晚上，房间里面又没有暖气，他没有冻死已经算是万幸了。

李少业也是办实事的人，当即就打了一个电话问他姐夫。他姐夫姓何名起，说来也巧，正好手里一个大工程完工了，另外一个工程，要到春节过后，这个时候正好空闲。听说是李少业的朋友，二话不说就答应下了，约了明天去古街具体看过之后，就画设计图给他。

林枫寒自然没什么意见，李少业非常热情，命厨师炒了几个小菜请他吃饭。无奈他感冒得实在难受，就算不是方便面也一样没胃口。从美食街打车回来，已经是晚上八点半了，想着明天老王要过来拖东西，他应该先把要留下的东西收拾一下子，免得闹不必要的误会。

不料就在他准备开门的时候，却看到一个老头坐在"宝典"门口不远处吧嗒吧嗒地抽烟。

林枫寒皱眉，这么冷的天，这老头晚上坐街道上做什么，不怕冻死啊？

心中想着，他开门进去，把爷爷留下的几样东西收拾好，另外放着。这些东西虽然不值钱，但终究是爷爷留下的，将来留着做个念想吧。

等着他出门的时候，已经是晚上九点过了。不料他走到门口，就看到那个老头依然坐在他家门口不远处抽着烟。

林枫寒皱眉，这老头不会准备就坐在这里一个晚上吧？想想，他就穿着衣服在自家床上睡了一个晚上，结果就冻得感冒咳嗽，弄得要死不活的。这老头看着一把年纪了，如果在室外坐个一晚上，天知道会不会真的冻死？

第十二章 青铜

"喂!"林枫寒走到老头面前,蹲下身来,叫道,"老人家,天黑了,你怎么还不回去?"心中想着,这老头不会是有些毛病?

他听说,很多老人由于记忆力衰退,有时候出门散步都会迷路,该不会这老头就是迷路了?

他得问清楚,如果就是这附近的人,他就好心送他回去,如果不是,他就打电话报警,交给警方处理,否则,让这老头待在外面冻一个晚上,真会冻死的。

老头似乎愣了一下子,抬头看了看林枫寒,带着浓浓的外地口音说道:"你和我说话?"

林枫寒点点头,这个时候街上人已经很少了,他不和老头说话,还能够和谁说话啊?

老头把手向衣袖里缩了一下子,这才说道:"我没钱⋯⋯"

"啊⋯⋯"林枫寒问道,"你家在哪里?要不,我给你点钱,你买车票回去?"说话之间,他已经掏出皮夹子,从里面摸出来五张红皮,准备递给他。

老头看了看他,摇摇头,问道:"你家收不收破烂?"

"呃?"林枫寒愕然,最近他怎么老是碰到这样的,以前虽然也有,但大部分都是典当金银之物,或者就是一些玉器珠宝,一般碰到这种情况,他都是直接介绍对方去张德奎的典当行。

"我们能不能到你屋里说,这外面实在冷。"老头打了一个寒战,看着他说道。

"好!"林枫寒这才留意到,老头的脚边,放着一个破破烂烂的麻袋,想来就是装垃圾的,而他出来被冷风一吹,又开始咳嗽起来。

"进来说吧!"林枫寒推开门,直接说道。

老头也没有和他客气，一脚就走了进去，然后就在他的椅子上，一屁股坐了下来。林枫寒倒了一杯热茶给老头，故意盘问道："老人家，你家在哪里啊？"

"啊……我家远着呢。"老头说道，"在黄沙村。"

"这黄沙村是什么地方？"林枫寒还真的从来没有听说过黄沙村，想来中国农村有这么多村子，他哪里弄得清楚了？

别说远的了，就连扬州附近的村子，他也完全是两眼一抹黑。

"黄沙村就是黄沙村，在黄河边，你难道不知道？"老头一边说着，一边比划着，用看白痴的模样看着林枫寒。

让林枫寒真的感觉自己就是一个白痴，从老头的叙述中，他才知道，原来在黄河的中下游，有着这么一个黄沙村，村里面的男人都是靠着挖黄沙，然后卖到别的地方而过日子的。

这黄河的历史实在太过悠久了，在漫长的岁月里，还经过多次改道，当黄河改道的时候，不知道冲毁了多少古墓，农村，甚至城镇。

而黄沙村的人在沙子里面讨生活，偶然就会挖出来一些破旧玩意儿，这老头听人说，这破烂东西在南边值钱，于是，他就挑了几样东西，买了一张火车票，跑来了扬州城，怀揣着发财梦。

可是事与愿违，很多人一看他那模样，就直接把他轰走了，有些人抱着好奇心看一看东西，最后还是把他轰走。

从老头的说法中，林枫寒很快就了解到，这老头被人轰走，有一半就是活该的，因为他很会胡说八道。

"成成成，你老人家不要说了。"林枫寒匆忙打断老头的话，说道，"我知道你从沙子里面挖点东西不容易，好吧，你给我看看，都是一些什么东西啊？"

这老头可真会扯的，刚才在外面冻得直打哆嗦，这个时候在屋子里面暖和了一点，他就开始尽胡扯起来了。甚至，林枫寒已经知道，这老头隔壁就住着一个寡妇，男人让什么黄河水鬼吃掉了，林枫寒估计他是在黄河中淹死了。

反正总之一句话，寡妇死了男人，现在还很漂亮，这老头动过寡妇的脑筋，还挨过寡妇的揍。

真的，林枫寒感觉，这老头就是欠揍的，他要不是忍着，他也准备揍老头了。

"小伙子，我和你说，那寡妇真的漂亮，你要是见着，连着饭都吃不下。"老头一边说着，一边从麻袋里面往外掏东西。

林枫寒可以保证，就冲着老头这么一句话，他不被人轰走，那是天理难容。

但当他看到老头从麻袋里面取出来的东西后，他就有些愕然了，忘记了那老头的胡说八道。

那是一件青铜酒樽，呈圆形，下面是典型的三条腿，上面是圆形，但在圆樽的一边，却是一只小小的兽首，仔细地看了看，应该是羊首，羊角卷曲，面目温和，旁边缀以云纹花式。

林枫寒伸手拿了起来，放在手中仔细地摩挲了一下子，忍不住就皱了一下子眉头，这玩意儿竟然是真的？

而在这个青铜酒樽的上面，竟然还有一个铭文，他仔细地辨认了一下子，竟然是一个"月"字，也不知道是什么含义，或者是一个叫做"月"的人？月字的旁边，还有他认不出来，不知道是花纹，还是文字的东西。

这老头还真有本事，带来的三样东西，竟然都是青铜器。除了这个酒樽，另外还一个盘子，看着比脸盆小一点，但比平日里装菜的盆子又要大，模样也像菜盘子，上面的花纹和酒樽上面相似，但大概是大物件，似乎更加细腻精美，盘子边沿也有一个"月"字，和看不懂的图案。

另外还有一只青铜酒樽，也是圆樽，但没有精美的羊首了，只在酒樽本身有着"云雷文"一样的花纹，上面也没有铭文，保存得也不像另外两样东西完好，锈迹斑斑，还有些氧化，幸好没有残缺。经过他辨认，加上摸玉诊金术，他可以肯定这三样东西都是西周青铜器。

"喂，小伙子，这垃圾你要不要？"老头低声问道。

"要，老人家，你开个价钱吧。"林枫寒用诊金术摸过，这三样东西都不假，这要是以前，他想要收，必须要考虑一下子有没有钱，能不能收得起，但现在却是好，想来普通东西，他还算收得起吧。

"这个——"老头想了想，这才低声说道，"小伙子，我和你说，前年我们村子里去了一个很体面的城里人，就在村头二牛家，收走了四样东西，给了五千块，你能不能也给我一个五千块啊？"

林枫寒看了老头一眼，点头道："没问题！"

老头一听，顿时就来劲了，忙着说道："真的，小伙子，你真是太好了，哈哈……我老头子告诉你，自从二牛赚了钱，隔壁小花他娘就三天两头借口往二牛家跑，如今老头子我发财了，等着我回去……"

林枫寒听得目瞪口呆，敢情这老头大冷天的，扛着东西来南边，居然只是指望着卖掉了，能够回去泡隔壁的寡妇？

"老头，你有老婆吗？"林枫寒终于忍不住问出心中的疑惑。

"你小子是不是看着我像讨不起老婆的人？"老头顿时就恼怒了，叫道。

"没有没有。"林枫寒连连摇头，他可没有说老头讨不起老婆，但看模样，这老头应该就没有老婆，他口中说着，只感觉嗓子发痒，就弯着腰，死劲地咳嗽。

"喂喂喂……"老头着急了，忙着给他背上拍了两下子，叫道，"小伙子，你怎么年纪轻轻的就患上了痨病啊，这可不成，有病要趁早治。"

林枫寒咳嗽了一起，终于忍不住骂道："死老头，你胡说八道什么？我就是感冒而已，什么痨病？"

"小伙子，我被你一打岔，就差点忘掉了。"老头一边说着，一边卷起袖子，说道，"我怕撞坏了，就戴在了手上，你瞧瞧。"

林枫寒向老头手腕上看了一眼，顿时就挪不开眼睛了，这是碧玉？

老头见他似乎有兴趣，忙着从手腕上褪下来，塞在他手中道："看看，这玩意儿可以卖钱吗？"

东西入手，林枫寒就可以肯定，这玩意儿是碧玉无疑，而且这老头由于已经贴身戴过一段日子，把表面的一些杂质都盘掉了，显出原本碧玉晶莹润泽的光泽来。

让林枫寒感觉有些诧异的是，这只碧玉镯子保存得非常好，甚至他都看不出氧化的痕迹。

如果不是有着摸玉诊金术，可以确定这是古玉，他都要误认为，这就是现代珠宝店里面出售的碧玉镯子。

更让他感觉完全不可思议的是——这个古玉上面有一个黑色的斑点，他知道这是硌尖晶石，是属于和田碧玉的特征。

这本来不稀奇，可稀奇的就是，整个镯子，就只有一块拇指指甲那么大小的黑点，而这个黑点，怎么看怎么像一只蝙蝠，余下的部分，都是通体碧绿，没有一点瑕疵。

玉的质地很是细腻光滑，这两天他没事盘玩那枚如意金钱，对于和田玉的质地，还真的变得比较敏感起来，凭着感觉，这碧玉的质地绝对不比如意金钱差。而那一块黑色的斑点，不但没有让这只镯子掉价，反而更是让它身价百倍。

这只镯子上面，只有两朵云纹雕刻，就在黑色斑点下面，显然是衬托出那只蝙蝠的。

"老头，这玩意儿你哪里来的？"林枫寒很是好奇。

"我今年夏天在沙子里面捡到了，还有一块这么大的东西，也是这样的，丢我家呢。"老头一边说着，一边比划道，"我看着这东西像个镯子，想要去哄隔壁小红他妈，可那死婆子，就是不鸟我！"

第十三章 黄沙村

　　林枫寒很是好奇，问道："这东西你戴多久了？"

　　"大概几个月。"老头说道，"我捡到后的时候，身上没有口袋，怕弄丢了，就这么把它戴在手腕上了，怎么了，这东西你有没有兴趣要？"

　　林枫寒自然有兴趣要的，这样的好东西，上哪里去找啊？可让他感觉有些疑惑的是，这东西照着老头说的，他从沙子里面捡到，到现在才半年而已。

　　这老头明显不懂得盘玉，自然也不会像古玩玉器商人一样，刻意盘玩，大概是因为这镯子玉质太好，仅仅半年时间，就逐渐地回复了原本碧玉应有的润泽晶莹。

　　凡是做古玉生意的人，这玉嘛，一看人文故事，有没有法子和历史扯上点儿关系，如果能够和历史名人挂钩，这古玉自然身价百倍。

　　第二还要看盘工，通过盘玉，可以让原本色泽暗淡的古玉整旧如新。这盘玉可是大有讲究，如果古玉入土时间太久，会导致氧化、瓷化、钙化等等，还有各种你想象不到的质变。这个时候，就要把古玉贴身带着，然后细细地盘玩，让古玉渐渐地恢复原本玉质的莹润光泽。

　　当然，这个法子非常慢，要见功效，常常需要三五年甚至十多年不止，对于专门做古玉生意的人来说，自然等不起。

　　于是，一些古玉商人就先贴身戴着，把古玉养个半年，然后再雇佣人，拿着白色棉布的小袋子装着古玉，日夜不停地摩挲拭擦，以求回复美玉原本的光泽。

　　但是，不管你怎么盘，玉器本身的质地却是放在那里的，最后鉴定一块玉的价值，重点还是要看玉质。

　　就像现在翡翠商人卖翡翠一样，一块普通的翡翠，哪怕你利用巧夺天工的雕刻技术，可以让它身价倍增，但是，碰到真正的上等玻璃种翡翠，它依然是不够看的——

再好的雕刻工艺也拯救不了它。

这只碧玉镯子的质地真的太好了，因此仅仅半年时间，却是光华尽显，如同人家盘玩了十多年的古玉一样。

大概是看到林枫寒点头，老头竟然抓过他左手，直接就把镯子往他手腕上戴。

"痛——"林枫寒对被他采用蛮力把自己的手塞进镯子里面表示抗议，但那老头看着一把年纪了，干巴巴的，一只脚似乎都要踩进棺材了，可是手劲却是出奇地大，林枫寒挣扎了一下子，竟然没有能够挣脱。

而且他也不敢乱动，唯恐争执之下，把那只古玉镯子给打碎了。

那老头居然还对着他手上吐了一口口水做润滑剂，差点没有把林枫寒恶心死。

"你这死老头，你恶不恶心啊？"林枫寒感觉，自己的手被他死劲地抓了一下子，痛得有些麻木了。想着这老头曾经说过，他是黄河边淘沙的，手上自然有力，"这镯子内径应该有六十毫米，要带进去，只要抹一点润肤乳就好，或者用肥皂洗洗也成，你吐什么口水啊？"

老头瞪着眼睛，气鼓鼓地说道："我怎么知道啊？我刚才脱下来的时候，也是吐了口水抹着脱的，你怎么不说？小子，我告诉你，现在这镯子都戴你手上了，你要是敢说你不要，哼哼哼，老头我揍你，就你小子这样，你肯定打不过我老头。"

林枫寒这个时候才明白，原来这老头死劲地拿着镯子戴在他手腕上，还不顾他挣扎，竟然是这么一个缘故？

林枫寒白了他一眼，心中还真不相信，自己一个大好青年，会打不过他一个年过百半的死老头了？算了，当是敬老爱幼，不和他计较了。

他心中想着，当即就走到一边的自来水龙头边，拿着肥皂洗手。那老头真够猥琐的，竟然在他手上吐口水，够恶心的，顺便就想要把那只镯子脱下来。

"喂喂喂，你小子不能脱下来。"老头居然跟着他走了过来，叫道。

"为什么？"林枫寒问道。

"你不能够出尔反尔，你刚才说了要的。"老头居然一本正经地说道。

林枫寒试了一下子，他比较瘦，手腕也不粗，而这镯子的内径也够大，想要脱下来并非难事，毕竟，原本那老头就是一直戴在手上的。想了想，如果能够把这镯子买下来，也需要戴着身边盘玩盘玩，否则，这古玉是最禁不起搁置的，一旦放下来，很快就会显得暗淡无光。

"你准备卖多少钱？"林枫寒问道，他是想要，但是，价钱不能够太贵。

"小伙子，你不能够不讲诚信，我们刚才不是谈好价钱了？"老头急忙说道。

"我们什么时候谈好价钱了？"林枫寒有些糊涂了，他什么时候和这个老头谈过价钱？他是感冒头痛，但是，他还没有糊涂啊？

"你刚才不是答应给我五千块吗？"老头急得在房间里面团团乱转，说道，"小伙子，你可不能够白逗我开心。"

林枫寒有些糊涂了，五千块？那是三样青铜器，不是这个镯子啊？虽然他知道，那三样青铜器如果他转手出去，瞬间就可以赚个盆满钵满，算了捡了大漏了，可是没有说这个玉镯啊？

"小伙子，你行行好，给我五千块吧，我也不想出去跑了。"老头拉着他的手说道，"你如果喜欢这些破烂玩意儿，我回去给你拉一大箱子过来。"

林枫寒叹气，忙着说道："那三样东西五千块，这个镯子多少钱？你老不要着急，我没有说不要。"

听得林枫寒这么说，老头算是松了一口气，再次在他的椅子上坐下来，说道："你小子说话也不说清楚，害得我老人家急得直上火，想要揍人。你给我五千块就好，那个镯子送你玩了。"

林枫寒感觉，他有必要和这个老头说说清楚：这个镯子玉质非常好，哪怕不当古玩卖，当珠宝卖，也一样价值不菲。

但是，林枫寒跟老头解释了一番，老头终于有些不耐烦了，骂道："小子，你是不是傻啊？"

林枫寒不明白，他怎么就傻了？

"你说，这镯子很值钱，对吧？"老头瞪着眼睛，气鼓鼓地说道，"我已经和你磨了半天的嘴皮子，这镯子我当添头，送你了，只要你要这三样破烂，给我五千块就好，你还蘑菇什么啊？你爽爽快快地给我钱，让我滚蛋不就成了？还有你别老是坐在我对面咳嗽，我老头子要是让你传染上痨病，小花他娘肯定不会要我的……"

"老头，我觉得你才傻。"林枫寒想要憋着不咳嗽，可是嗓子实在痒，说了这么一句话，他又开始咳嗽了。

"得得得，你小子什么也不要说，东西如果要，你给我钱，我就走，我算是怕了你了，你可别真把痨病过给我。"老头一脸不耐烦地说道，"我有些怀疑你小子没安好心。"

"你有银行卡吗，我转账给你。"林枫寒说道，他也不想和这个老头子磨嘴皮子了。重点就是，他咳嗽还咳得嗓子痛，这个时候，不知道是不是感冒药的药效上来，他直打瞌睡，感觉累得慌。

"没有，银行卡是什么东西？"老头摇头道。

"那好吧，我们去前面取款机上取钱，怎样？"林枫寒征求老头的意见。

"成！"老头爽快地点点头。

林枫寒也不说什么，找了一只袋子，把那三样东西装了。幸好三样东西都不是很大，拎在手中也不重。然后他就这么拎着东西，关了门，招呼老头一起。

古街口就有自动取款机，林枫寒也没有说什么，直接取出银行卡，拿了五千块现金给他，说道："老头，你数数。"

老头接了钱，塞在里面衣服的口袋里面，绕着取款机转悠了一圈，低声问道："小子，这大机器会吐钱？"

"喂，你要做什么？"林枫寒忙着叫道。

"我想要把它砸开看看啊。"老头一边说着，一边就要找趁手的工具。

吓得林枫寒一手拎着东西，一手拉着他就走，解释了老半天，才让老头打消了砸开取款机看看的打算。

跟着林枫寒走到景萍园小区门口的时候，老头低声说道："小子，你老实给我一句话，这些破烂真能够卖钱？"

林枫寒点点头，他相信自己的摸玉诊金术，这些都是上好的古玩真品，自然能够卖钱了。

"那我回去给你整个一车过来，你要不要？"老头低声说道。

林枫寒愕然，一车，这老头知道他在说什么吗？人家古玩都是论件数卖的，他居然论车卖？一般的古玩店铺，能够有一两件上好的东西镇个门面，就算很不错了，可他倒好，开口就是一车？

"老头，你确保你有一车，都是这样的东西？"林枫寒皱眉问道。

"不都是破铜烂铁，还有破碗碎盘子、石头、破布之类的东西。"老头说道，"我们村上没人要这破烂玩意儿，捡到了，就随便一摆。你如果要，我帮你拉过来。"

"当真？"林枫寒还真是奇怪了，那个黄沙村到底是什么地方啊？居然有这么多的破烂玩意儿？

"真的，我偷偷和你说，我家还有两样好看的石头，因为怪重的，我老头子拎着走不方便，所以就没有带出来。"老头子说道。

第十四章 稀奇事情

林枫寒好奇地问道："是什么东西？"

"一个是像你手上的镯子一样，绿色的，模样儿活似一只西瓜，我看着蛮好看的，就搬了回去，丢在床底下。"老头一边说着，一边比划着，"还有一个是白色的，像是一只小狗，又有些像是狮子，我捡到有些日子了，也在我家床底下。前年有个外乡人，跑去我们那边收破烂，我本来想要给他看看的，但那外乡人忒不是东西，后来我就没有给他看。"

林枫寒听着老头子比划，心中无限狐疑，碧绿的，像西瓜，难道说就是传说中的碧玉西瓜？

他曾经听的说，慈禧太后陪葬的诸多物品中，有着一对翡翠西瓜，但那是翡翠的，不是碧玉的。

偏偏又有传说，说当年慈禧太后收藏的一对翡翠西瓜，乃是昆仑山自然形成，因此弥足珍贵。

这昆仑和缅甸，可是天南地北的差距，具体如何，他自然不清楚，也没有关注过。

但是，和田县在新疆最南端，地处喀喇昆仑山与塔克拉玛干大沙漠之间，难道说，当年清宫中收藏的那对玉石西瓜乃是碧玉的，并非翡翠？由于慈禧太后喜欢翡翠，以讹传讹，就都以为是翡翠的了？

可就算如此，那对西瓜也不会跑去黄河边啊？

"老头，你说的都是真的？"林枫寒忙着问道。

"是啊，怎么不真了？"老头忙着说道，"你要是有兴趣，我就给你扛过来。我可说好了，扛过来，你可不能够说不要，否则，我这大老远的，扛着石头跑来，岂不是白跑了？"

"真的就和这镯子一样？"林枫寒再次确认道。

"嗯。"老头认真地点头道。

"你们那地方，怎么会有这么多稀奇古怪的东西？"林枫寒不解地问道，他心中很是狐疑，这黄沙村在什么地方啊，他以前怎么从来没有听得人说起过？

"黄河里什么东西没有？"老头摸出香烟来，冲着林枫寒晃了晃。林枫寒摇摇头，他咳嗽咳得要死了，哪里还敢抽烟？

"忘了你小子有痨病，抽不得烟。"老头说道。

林枫寒能够理解，为什么这老头这么不受欢迎了，他一张嘴够刻薄的。

老头点燃香烟，美滋滋地抽了一口，这才说道："我和你说，这事情大概过去二十多年了，那个时候你估计还没有出生，我那时候还年轻，壮得像一头牛一样，什么也不怕。那年夏天，发了大水，把河滩都淹没了。村长和我说，让我去场子那边照看着点儿，防个汛。我睡到半夜，就听得外面打雷，就跑起来看看水位涨得高不高。小子，你猜猜，我看到了什么？"

"看到龙王了？"林枫寒好奇地问道，"黄河龙王？"

"差不多！"老头抽着烟，说道，"我出去穿着雨衣，跑到高地方一看：啧啧，不得了，那水又涨上来很多。我心里有些紧张，想着这水要是冲上来，我们这小村子就算完蛋了，所以我也不敢睡觉了，准备看着点儿，如果情况不妙，就立刻招呼人，撒腿跑路要紧。

"结果远远的，我就看到河中心漂着什么东西，老大老大的，我也看不清楚，也没有在意。结果正好天空打雷，一个闪电下来，我看清楚了：我的乖乖啊！这么大一只老乌龟。"

老头一边说着，一边还比划着，说道："比你这个小区门还要大一点，至少也有三四丈那么长。"

林枫寒知道，一丈等于三米多，三丈就是十米，确实够大的。

"这黄河大，有一只老乌龟也不值得你大惊小怪的。"林枫寒笑道，黄河这么大，有一只老乌龟，值得他大惊小怪吗？

"你小子知道个屁啊，如果是一只老乌龟，我值得和你说吗？"老头骂道，"那老乌龟身上，驮着东西呢！正巧那个时候电闪雷鸣的，老头子那时候还年轻，眼睛好，看得分明，那老乌龟背上，用铁链子绑着一具老大的棺材，看着真够吓人的。"

林枫寒想想，一头老乌龟，背上还驮着棺材，也难怪这老头当稀奇事情说给他听了。但是，他却有些不相信，又下雨，又是夜里，他哪里看得清楚了，说不准根本就不是老乌龟，不过是什么漂浮物，这老头看错了。

"你老头就尽胡说八道吧。"林枫寒摇摇头，表示不相信。

"切，我老头胡说八道？这是真有的，我亲眼所见。"老头忙着辩白道。

"除非你就是那头老乌龟，否则，我还就不信了。"林枫寒哈哈笑道。

老头愣了一下子，然后骂道："你小子真够缺德的，怎么见得我老头子就是给人家驮棺材的？我不和你说了，你还是尽早把你那痨病治治好。"说着，他居然转身就走。

林枫寒倒没有想到，这老头居然还真生气了，有心想要道歉，不料，他还没有来得及开口，老头走了几步，又回过头来，问道："我下次要找你，还是去你店铺？"

"嗯。"林枫寒忙着笑道，"我店铺这两天要装修，估计要半个月的时间。"

"我老头子走一趟，也没有这么快。"老头子笑道。

"老人家，刚才对不起。"林枫寒忙着道歉，毕竟，把人家比作乌龟，都有些过分了。

"哈……"老头笑笑，挥手道，"我老人家不和你小孩子家计较的，走了。"说着，他就这么挥挥手，走得干脆利落。

林枫寒笑着摇头，这老头还真是有趣。回到自己家，他把那三样青铜器又拿出来看看：对于那只青铜盘子和青铜羊首酒樽，他很是喜欢；至于那只云雷纹酒樽，他准备过几天带去古老的古玩交流会看看，有没有人有兴趣，能不能卖掉，换点"宝典"的装修钱。

把三样东西包裹好，就藏在床底下的暗格内，走到爷爷的遗像前，上了一炷香，祈祷爷爷在天之灵，能够保佑他找回元青花龙纹鼎，查出父亲死亡真相。

似乎，自从他发现了财神老爷金身里面的秘密后，他的运气突然就变得很好。

第二天一早，老王来拖走一些东西之后，李少业的姐夫何起就匆匆赶来，看了一下子房子大小，然后询问林枫寒的意见。

林枫寒也没有什么意见，要求他这边的店铺门面，还是照着原本的格局，只是重新装修。由于当初邱大妈是把联通的铺子分开租给两个人的，所以，他让何起给他把中间的墙壁拆掉，另外一边做成客厅，来个客人可以聊聊天，喝个茶。

楼梯在后面，也全部打通，另外把厨房、洗手间、楼梯下面的小储物间隔开就好。楼上他没有什么要求，只要书房中给他在墙壁上镶嵌古玩架子，用的玻璃必须是钢化防弹玻璃，这个东西不能偷工减料，他会拿着砖头砸的，砸破了，他不付钱。

一席话，顿时就把何起说笑了，他也知道，这种东西真不好偷工减料的，否则，一旦出了事情，人家索赔，问题就大了。

另外，林枫寒也就是要求在卧房内装个大保险箱，有贵重物品，他要装入保险箱内。对于这个要求，何起也表示能够理解，毕竟，做古玩生意的嘛，这贵重古玩，能够不妥善存放吗？

所以，在和林枫寒敲定几个细节之后，他就着手开始画设计图。两个小时之后，基本上设计搞定，林枫寒不是太过挑剔的人。

然后林枫寒支付了他十万元预付，商议了一下子大概价钱，就把这边交付给他，自己打车直奔扬州漆器厂，定制一些漆器首饰盒。忙活了一天，晚上回到家，咳嗽咳得他感觉支气管都开始痛了。

第二天早上起来，他就直奔医院挂水，在家休息了两天，才感觉略略好点，只不过还是咳嗽，嗓子发痒难过。

大概下午四点左右，他意外收到了朱槿的电话，约他晚上来多宝阁参加古玩交流会，千万不要忘记了。

林枫寒这才想起来，今天已经二十八号了，这一周的时间，过的真够荒唐的。古玩交流会八点才开始，看看时间还早，当即就烧了一点儿开水，泡了一包方便面当晚饭，爬床上睡觉到七点半，这才带着云雷纹青铜酒樽，前往多宝阁。

在多宝阁并没有如愿看到朱槿，另外一个小姑娘接待了他，告诉他，去大厅里面，随便把要出售的东西放在桌子上，或者，想要买什么，随便看就成了。

走到里面大厅，由于他来得不算太早，这个时候，大厅里面已经有着好些人，三三两两地聚集在一起，讨论着一些东西，无非就是瓶瓶罐罐，或者就是用那猥琐老头的话——破铜烂铁。

林枫寒不认识人，也没有人和他搭讪，所以，他走了一圈，就走到一边的休息区坐下来，给自己端了一杯加热过后的果汁，慢吞吞地喝着。

偏生就在这个时候，他鼻子里面突然闻到淡淡的香味，随即，一双小手蒙住他的眼睛。

"嗨，猜猜我是谁？"一个俏皮的声音响了起来。

"槿儿姑娘。"林枫寒不用猜，听着这声音，他就知道了。

第十五章 蝠镯

"不好玩，你就不能够装着猜不到啊？"朱槿松开手，绕到沙发这么一边，问道，"你怎么一个人坐在这里？"

林枫寒没有吭声，抬头打量朱槿，朱槿今天穿着一身大红的旗袍，上面用金色绣线绣着漂亮的牡丹花纹，这旗袍的款式，他感觉出奇地熟悉。

林枫寒用力地握了一下子拳头，这旗袍的款式，和那张照片上他母亲身上的旗袍款式非常相似。

"喂，你怎么了？"朱槿见他不说话，伸手在他面前晃了一下子，说道，"生气了？"

"没有，我不认识什么人，就在这边坐坐，槿儿姑娘，你今天真漂亮。"林枫寒称赞道。

朱槿是真地很漂亮：身高大概有一米七的样子，漂亮的鸭蛋脸，水杏眼儿，挺巧的小鼻子，樱桃小嘴，五官搭配在一起，相当精致；身材苗条，尤其是那腰围，纤细得简直不够盈盈一握，也难怪她敢穿旗袍。

事实上，旗袍是非常非常挑身材的衣服，一般的姑娘都不敢穿，腰上有点儿肉，穿上旗袍，立刻原形毕露。

"哈……"朱槿忍不住笑起来，说道，"你也别夸我，这女孩子一化妆，不都很漂亮？我等下要主持拍卖会，所以就先弄好了，免得等下忙乱。"

林枫寒这才想起来，张德奎曾经向他介绍过，朱槿是多宝阁主持拍卖的人，也相当于多宝阁的品牌代表了。

"这边拍卖，一般都是你主持？"林枫寒好奇地问道。

"不一定，如果是这样的小型古玩拍卖，都是我主持。如果是珠宝拍卖，就不一定了。"朱槿在他身边坐下来，笑呵呵地说道。

"还有珠宝拍卖？"林枫寒愕然，多宝阁不是做古玩生意的吗？

"哈……"朱槿见问，顿时掩口而笑，"你不是和张德奎熟悉吗？怎么连这个都不知道？多宝阁是正宗拍卖行啊，而且还是国家级别的。"

林枫寒想了想，顿时就明白了：如果古老这个多宝阁不具备拍卖资格，那么他开古玩拍卖就是违法的，但是，很明显的，它是正规拍卖公司，有着注册的。

既然是正规拍卖公司，自然不会只拍卖古玩了，珠宝、奢侈品之类东西，它也会拍卖。

"十二月底有个珠宝拍卖，你有兴趣，过来看？"朱槿说道，"时间定下来后，我打电话给你？"

"好啊。"林枫寒点点头。

"你今天带什么东西来了？"朱槿指着他带来的黑色尼龙袋子，问道，"我可以看吗？"

"不是什么好看的东西，你看吧！"林枫寒笑道。

朱槿笑笑，打开黑色尼龙袋子，里面用旧报纸裹着一个像是杯子一样的东西，她也不敢大意，唯恐是瓷器之类的，这"啪"的一下，听个响声就什么也没有了，而且古瓷之物，价值不菲，她可赔不起。

林枫寒看着她小心翼翼的样子，忍不住笑道："不是瓷器，你放心就是。"

"我还是小心点儿。"朱槿笑道。

林枫寒正欲说话，却感觉嗓子发痒，忙着用纸巾捂着嘴巴，忍不住就死劲咳嗽。

"喂，你怎么了？"朱槿皱眉问道。

"感冒……"林枫寒叹气道，"想来我是穷命，自从上次我把我爷爷留下的一件东西卖掉后，就一直感冒不好。"

"你就胡扯吧！"朱槿笑着摇头道，"最近天气不好，又干燥，感冒的人多了，怎么就是穷命了？"说话之间，她已经打开旧报纸，看着那只酒樽，好奇地问道，"青铜器？"

"嗯！"林枫寒点点头，笑呵呵地说道，"我都说了，不是什么好看的，你看看这铜锈斑斑的，有什么好看了？"

"我靠！小林，你从哪里弄来的这东西？"突然，有人说话道。

林枫寒抬头一看，只见杨志明、古老，还有许愿一起走了过来，然后见到他那只青铜器，都忍不住忙着观看，一时间，倒把他和朱槿都撂在一边。

古老一边看着，一边还摸出了放大镜，想来这随身工具，他是随身携带的。

朱槿见他们三个围着看那青铜器，自然也不好和他们争什么，就坐在林枫寒身边。突然，她的眸子就被林枫寒手上的碧玉镯子吸引住，当即忍不住就抓过他的手臂，伸手摸着，问道："林先生，你这镯子哪里买的？这个黑色斑点竟然是蝙蝠？"

她刚才就见到林枫寒手上带着的碧玉镯子，也没有在意，她是年轻的姑娘，平日里并不怎么喜欢碧玉，她喜欢翡翠。

但是，刚才近距离之下，她目光正好落在那只碧玉镯子的黑色斑点上。

让她惊诧的是——那个黑色斑点，活生生就是一只展翅飞翔的蝙蝠，下面唯一的雕刻，就是两朵云纹。

朱槿在多宝阁工作多年，自然也懂得和田碧玉，知道那黑色斑点乃是和田碧玉的标志——在和田碧玉中，想要找出完全没有一点儿瑕疵的碧玉，实在稀少。而黑斑天然成图形的，更是难得。

"你从哪里买来的，好可爱？"朱槿不无羡慕地说道，"我怎么就从来没有见过这么好玩的东西？"

"这是古玉。"林枫寒低声说道。

"不会吧？"朱槿愕然，古玉？她手中拍卖出去的古玉就不少，很多时候，人家把古玉说得多么多么美，但是站在她的立场来看，她还是喜欢新鲜的，珠宝店里面的玉器，灯光之下，熠熠生辉。

林枫寒身上那枚如意金钱，她听得古老私下说过，那东西估计就没有入土，或者说，就算入土，时间也不长，毕竟是乾隆年间的东西，然后就一直被人戴着盘玩，才会整旧如新。

而林枫寒手上的这么一只镯子，就她看来，真地就像珠宝店里面卖的碧玉镯子一样：典型的圆条型镯子，颜色碧绿，晶莹润泽，光线之下并不像翡翠那么通透，光华内敛，凝润细腻。

听得他们说话，许愿好奇，走了过来，只瞄了一眼，忍不住就叫道："古老……古老……你过来看看！"

古老这个时候完全被那只云雷纹青铜酒樽吸引住，听得许愿叫他，当即也凑了过来，问道："怎么了？"

"你看小林手上的镯子？"许愿一边说着，一边忍不住就伸手过来摸。

"我脱下来给你们看。"被许愿一说，这个时候，杨志明和古老也凑过来，林枫寒忙着说道。

让朱槿这个大美人伸手摸摸就算了，他可不想被三个老男人在他手上乱摸。

"好好好。"许愿忙着点头道。

林枫寒找朱槿要了护手霜，涂抹了一点儿作为润滑剂，很是轻松地把镯子脱了下来，放在桌子上。心中忍不住再次咒骂那个老头，好端端的，吐口水在他手上。

古老伸手取了，这一次，不光是放大镜，连着手电筒都拿了出来，对着镯子反复看着，然后又递给杨志明。

等着他们轮番看了一阵子，许愿忍不住问道："古老，你怎么看？"

"这难道是合德蝙镯？"古老微微皱眉，在沙发的另外一边坐了下来，说道。

"古爷爷，什么是合德蝙镯？"朱槿好奇地问道。

"你这个丫头，平日里让你多看点书，你偏生不看，这个时候还有脸问？连合德是谁都不知道？"古老摇头叹气，一副恨铁不成钢的样子。

"喂……"朱槿俏皮地吐吐小舌头，偷偷问林枫寒道，"合德是谁？"

"赵合德，赵飞燕的妹妹，听说非常美貌，专宠汉室后宫，最后成帝就死在了赵合德床上。"林枫寒小声地解释道。

"比她姐姐还漂亮吗？"朱槿故意问道，赵飞燕可是传说中的四大美女之一。

"是的，据说比她姐姐还要美貌，赵飞燕比较瘦，而赵合德却是肌骨清滑。据说，汉成帝买通她的侍女，偷窥她沐浴——若三尺寒泉浸明玉，可见，这赵合德是真漂亮。"林枫寒小声地解释道，说着，他眼见朱槿近在咫尺的一张小脸，白嫩细腻，加上她还敷了淡粉，灯光之下，更添俏丽，当即低声说道，"就我看来，不管是赵飞燕还是赵合德，都没有你漂亮。"

"哈……"许愿再也忍不住笑了出来，忍不住打趣道，"槿儿姑娘，你可不要听他胡扯——小林平日里香艳小说没有少看啊。我怎么不知道，汉成帝偷看过赵合德洗澡，这什么'三尺寒泉浸明玉'，明显就是某些香艳小说上面的说辞，正史上可从来没有见过记载。"

古老不无感慨地说道："在正史上，除了那个唯一的则天女皇，有详细记载的可不多。但是，你也不想想，这赵氏姐妹能够后宫专宠十多年，想来也是有些手腕的。汉史记载，皇后之尊，才可以居住椒房殿，而这赵合德不过是一个昭仪，自然是没有这等权利的。"

"所以汉成帝命人给她修建了昭阳宫，据说那昭阳宫中'中庭彤朱，而殿上髹漆。切皆铜沓，黄金涂白玉阶，壁带往往为黄金釭，函蓝田璧，明珠、翠羽饰之'，后世金碧辉煌的来由，就是出于此处。合德体态丰腴，玉肌冰肤，汉成帝曾赐予碧玉蝠镯一只，说是皓腕翠镯，更增美态。"

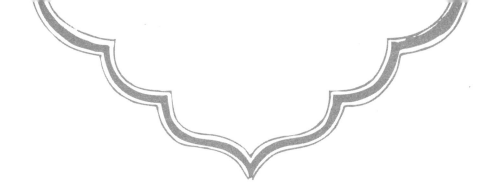

第十六章 斗古

杨志明叹气道："倒没有想到，这镯子有这么大的来头？"

古老想了想，这才说道："在合德册封昭仪的时候，汉成帝喜欢，赐碧玉福镯一只。一直以来，都以为就是普通的镯子。毕竟，镯子是中国传统首饰，加上镯子又是圆的，有圆满平安之意，不管是民间还是宫廷之中，都有这种风俗。但想来可能记载时有误，这所谓的福镯，应该是蝠镯，就是这么一只有着蝙蝠的碧玉镯子。"

"就算如此，也不能够证明这就是赵合德的。"林枫寒把那只镯子拿起来，依然用了一点儿护手霜做润滑，戴在自己的手腕上，笑道，"现在它是我的。"

"哈……"古老闻言，忍不住也笑了起来，说道，"对对对，这镯子是汉玉没错，根据沁色来推断的话，这绝对没错的——我还相信我这双眼睛，但是，这镯子是不是合德美人戴过的，我就不知道了。"

"小林，这镯子出手不？两千万，你看如何？"杨志明忙问道，这蝠镯美人戴过与否不重要，重要的是，这镯子确实是汉玉无误，而且还保存完好，璀璨如新。

"不！"林枫寒摇摇头，指着放在桌子上的青铜酒樽说道，"那个卖。"

"那个酒樽你要出手？"古老似乎有些意外，问道，"那也是你爷爷留下来的？"

这一次，林枫寒只是笑笑。

"小林，来来来，我们谈谈这酒樽的价钱。"许愿虽然也对那只碧玉蝠镯很有兴趣，但是，听得林枫寒说不卖，他的目光立刻就瞄上了青铜酒樽。刚才古老和杨志明都看过，虽然这两只老狐狸什么都没有说，但是，许愿知道，这青铜酒樽绝对是真品。

这年头儿，青铜器精品流出来的并不多，想要淘换一只好一些的青铜器，绝非容易的事情。

"我对西周青铜器的价钱不太了解。"林枫寒微微皱眉。

摸玉诊金术让他可以轻易地辨别出古玩的真伪,而他自幼跟着爷爷学习各种古玩知识,想要准确辨别出年代来,也不成问题。

可是这市价……他还真不知道,让他开价,他就两眼一摸黑了。开低了,他心中难受,开高了,又怕把买家吓跑了。

"古老,请你估个价。"林枫寒忙着说道。

"这个——"古老迟疑了一下子,这才说道,"西周青铜器皿,这只酒樽保存得不错,没有明显残缺,典型的云雷纹,市价应该在三百万到五百万之间。"

"来来来,小林,我们来谈谈价钱。"许愿非常热心地招呼他。

林枫寒正欲点头同意,不料就在这个时候,多宝阁一个侍者,匆忙走了过来,在古老耳畔低声说了几句。

一瞬间,古老的脸色就变得极端不好看。

"怎么了?"杨志明和古老交情不错,两家还有些渊源,见状忙问道,"出什么事情了?"

"有人过来砸场子。"古老沉着脸说道。

"什么?"朱槿和林枫寒都是愕然,砸场子?这可不是古时候,跑江湖开武馆的,一时意气之争,跑去人家地盘砸个场子,也不是什么大事。

现在可是清平盛世,砸人场子是犯法的。

"让他们进来。"古老冷着脸说道,"欺我老头子年纪大了,还是欺我扬州城没人了?中间给我安排下两张桌子,铺上红毯子,准备斗古。"

侍者答应了一声,匆匆去了。这里古老站起来,招呼朱槿,低声吩咐了几句。朱槿见有正经事情,也不敢和林枫寒玩笑,忙着就去安排。

"我过去看看,是怎么回事。"杨志明皱眉,他和古老关系匪浅,怎么着也不能让人来多宝阁捣乱。

休息室这边,只剩下林枫寒和许愿。

"喂喂!"许愿小声地说道,"林先生,趁着他们都不在,我们商议一下子这青铜酒樽的价钱,刚才古老也说了,市价大概三百万到五百万的样子,我捡个便宜,三百五十万,如何?"

他看得出来，刚才古老和杨志明明显也都想要收上手，只是不知道出了什么事情，两人都急冲冲地去了，倒是成全了他。

"好。"看了一眼云雷纹青铜酒樽，林枫寒点点头，笑道，"我把银行账号给你。"说着，摸出手机，把银行账号编辑成短信，直接发给许愿。

许愿也干脆利落，走到一边打了一个电话，没几分钟，林枫寒手机短信就显示银行进账消息，当即笑笑。他装修的钱，走精品化进货的钱，全部都有了。

"这破铜烂铁归你了。"林枫寒笑道。

"你家还有这破铜烂铁吗？"许愿小声地问道，"如果有，你一并都卖给我，我等下去你那边看看？"

林枫寒迟疑了一下子，摇头道："我那边装修，乱着呢，你等我弄好了再说。"

"如此说来，你小子手中还有好东西啊！"许愿嘿嘿笑道，"我不问，你还不说？对了，你上次还装什么可怜，你穷得要讨饭了？"

"我要不是穷得要讨饭，我也不会卖古玩。"林枫寒低声说道，"我爷爷不太希望我进入古玩一行，我是实在穷得没法子了。而且屋漏还偏生碰到连夜雨，我那边房子要拆迁，就我那狗屋，拆迁补贴也补贴不了几个钱。我那铺子的房东还说要嫁女儿，准备把房子卖掉，让我另外找地方租门面，我都吃了好几天的方便面了，我哪里还有钱去租门面？"

"哈……"许愿轻笑，说道，"你可以做个勇猛的钉子户啊！"

"再怎么做钉子户，我那狗屋也补贴不了几个钱。"林枫寒摇头道。

"难说。"许愿呵呵笑道，"如果你做钉子户，我估计，那家开发商会补贴你一幢别墅楼。"

林枫寒咳嗽了两声，实在笑得不成，说道："许先生，你不要开玩笑好不好？你是没有见过我那狗屋，不足三十平方米，又小又乱，也没有装修，人家开发商就算钱多人傻，也不会补贴我一幢别墅。"

"人家开发商没有钱多人傻，就会买棒棒糖和冰激凌哄你了，何况现在钱多人傻了？"许愿大笑不已。

他对马胖子是一肚子的怨念，他私下里曾经听得古老和杨志明说过，他们估计，那件"金缕玉衣"的残缺品，就算林枫寒抬个价钱，顶多到五千万。金陵的孔先生并非势在必得，如果没有马胖子横插一手，最后就是他和古老竞价而已，怎么也不会到一亿多的高价。

事后，许愿心中实在不痛快，就查了一下子，扬州是他的地盘，他要查点儿东西，还不简单？一查之下，顿时就知道了马胖子的老底。

这年头，房产开发商哪一个不是钱多人傻的？而要命的是，景萍园那边就是马胖子买下来的。

别人做钉子户，马胖子肯定是该怎么办就怎么办。但如果林枫寒想要做一下勇猛的钉子户，要一幢别墅楼，以马胖子对他的在意，他是绝对不会说什么的。

"是他？"林枫寒有些意外，低声说道，"这些年他生意做得这么大？"

"哈哈……"许愿笑道，"你安心做个钉子户就是，让马家胖子拿着别墅和洋房哄你，可千万别被他用棒棒糖哄了啊！"

"我小时候吃了他那么多的棒棒糖，这个时候还真不好意思做钉子户了。"林枫寒笑道。

"我还真好奇，你和马胖子是怎么回事？"许愿好奇地问道，"你要是一个漂亮女孩子，我就认了，可你是男人啊！虽然你确实长得很不错——但站在我的角度，我绝对不会拿着棒棒糖哄男同学。"

林枫寒苦笑道："你胡扯到哪里去了？我们那个时候还小，小学五年级——他给我买棒棒糖，我给他写作业，银货两讫的交易。而且最开始的时候，他是强迫的，我不给他抄作业，他就揍我，你看看他那个体魄？

"我偷偷和你说：在我之前，就有女同学被他揍得不敢来上学的前例——你说，我敢不给他抄吗？"

"那胖子还有这么生猛的事迹啊？"许愿忍不住也笑起来。

两人说笑之间，古玩交流的大厅里面，中间已经摆下两张大大的八仙桌，上面都铺着大红毯子；外面，两个保镖簇拥着两个人走进来，其中一个是穿着鹅黄色长裙、梳着麻花辫、年约二十的年轻美貌姑娘。

另外一个，却是一个佝偻着身子，看着六旬左右的老者，相貌清癯。

那黄裙女子走到中间桌子边，拿起早就放在桌子上的麦克风，然后说道："小女子黄绢，来自北京潘家园，听得南方多宝阁有这种盛会，因此特带着一件宝物前来，想要和各位在场的前辈们斗个古，以古会古，希望各位捧个场。"

"喂——"许愿明显没见过这样的事情，忍不住低声问道，"真砸场啊？这古玩怎么斗？难道说，像临潼斗宝那样，比谁的古玩值钱？"

　　林枫寒笑着摇头道："如果是比谁的古玩值钱，想来也不至于让古老先生气成这样。看吧，他们很快就会宣布斗古规则。"

　　"你好像懂得这个？"许愿有些好奇。

　　"略知一二。"林枫寒轻笑道。

第十七章 玉壶春

许愿很是好奇，想要问。但这个时候，在黄绢的示意下，其中一个保镖已经拎来一只牛皮密码箱子，放在桌子上。

黄绢打开箱子，取出两只飞鹰黄金古印，放在桌子上，说道："这是两只飞鹰黄金古印，乃是东汉之物，汉章帝私印——当然，既然是古印，自然只有一只真的，另外一只就是现代的仿制品。"

黄绢说话的同时，已经拿出两只玻璃罩子，罩在了两只金印上。然后她身边的那个老者，从另外一个保镖手中，又接过一个皮箱子，取出一只青花玉壶春瓶子，放在桌子上，说道："这是今儿斗古的彩头——明代青花玉壶春瓶，品相完好，无碰无裂，市价二百万左右。"

许愿走到一边，先把自己的青铜酒樽收好，然后倒了两杯红酒，递了一杯给林枫寒，问道："这是做什么？"

林枫寒摇摇头，自己咳嗽咳得要死不活的，哪里还敢喝酒？当即低声解释道："如果你想要上手看看那飞鹰金印，就需要拿出同等的彩头来，如果你能够辨别出真伪，那么你不但可以赢得彩头，还可以赢得真的飞鹰金印……嗯，这汉章帝有私印传下来吗？"

"既然是来砸老夫场子的，想来也不至于拿着假货过来。"古老不知道什么时候，再次走到休息室，皱眉说道，"小林居然知道这等规矩？"

"我听爷爷说起过。"林枫寒低声说道。

大厅之中，似乎一下子就炸了锅了，乱成一团。

不过，古老先生早就有安排，已经命侍者过去，跟众人解说清楚规则问题，而他居然就坐在休息室，开始慢慢地喝着红酒。

许愿看着好奇，问道："古老，你不过去？"

"我过去干什么？"古老问道，"这古玩交流会，高手云集，我就不信黄家一个黄毛丫头，也能够撑起盘面来。"

"这明青花可是好东西啊，多的是愿意出手试试的人，我急什么啊？"古老淡定地说道。

林枫寒看了他一眼，心中骂道："果然不愧是老狐狸，把这烫手山芋给了别人。"刚才他没有解释，如果今晚没有人能够破了黄绢的这盘，古老这个多宝阁的古玩交流，就不能够开了。

这是真正过来砸场子的。

但是，不知道为什么，他发现作为彩头的那只明青花玉壶春，怎么就这么眼熟啊？似乎，他在什么地方见过的？

而这个时候，已经有人开始上前查看青花玉壶春。

正如古老所说，既然是古玩交流会，来这里的人，谁没有两把刷子，想要以假蒙真，那是不可能的。

有人看，却没有一个人愿意上前试试。足足过了半个小时，竟然只有人看看那只玉壶春，不到片刻，所有人都能够确定，那只明青花玉壶春是真的。

事实上，林枫寒都不用看，也知道那明青花玉壶春就是真的。毕竟，这是来多宝阁砸场子的，就是来挑衅的，拿着一只现代仿品前来，岂不是自己打自己的脸？这一旦让人鉴定出来，彩头是假的，不管你那飞鹰金印是不是真的，你都只能够灰溜溜地立刻收摊子走人。

半个小时过去之后，黄绢等得有些不耐烦了，当即笑呵呵地说道："怎么，难道南边这么大的世面，竟然没有一个人有些眼力担当？敢出来和小女子斗个古？"

黄绢此言一出，大厅之中，顿时就有人开始窃窃私语，乱成一团。

"如果没有人斗古，会怎样？"许愿低声问道。

由于有着古老在，林枫寒没有说话，只是看了一眼古老。

"小子，你敢情是来看我老人家笑话的？"古老看了一眼林枫寒，忍不住低声咒骂道，"我突然发现，你这小子也很不厚道。"

"古老先生，我什么都没有做，怎么就不厚道了？"林枫寒忙着说道，他又没有带着东西过来斗古砸场子，他是带着青铜酒樽过来捧场的。

"你就是看笑话的。"古老摇摇头，真不知道说什么才好。

"怎么回事？"许愿忙着问道。

"如果没人斗古，而古老又不愿意出手，拿出东西来封盘就是。"林枫寒只能够解释道，"一般来说，封盘之物，要求是斗古彩头的双倍身价。古老先生，我说了你要叫我看笑话，事实上，你要是不愿意接这个盘，现在封盘，那是再好不过。那只明青花还是很诱人的，再等等，只怕就有些难说了。"

"你小子是不是想要说，我现在拿着东西封了盘，损失也是有限，先把这丫头打发走了再说？"古老说道。

"现在是法制社会，那些江湖规矩，你可以不遵守。"林枫寒笑呵呵地说道，"我不信这丫头能够把你怎么了？"

"那我这张老脸，我还能够出去见人吗？"古老反问道。

"今天的天气很不好。"林枫寒走到一边，找来一只纸杯，把板蓝根倒在里面，找一个侍者给他拿热水泡了，端了过来，就坐在休息室，继续看着。

他发现，古老这个休息室设计得非常有讲究，几乎大厅里面的一切，他都能够一目了然。

想来，平日里古玩交流会，古老都是坐在休息室里面，和几个同好说说闲话，看看交流，各种悠闲。

古老恨不得把那杯黑漆漆的板蓝根泼他清俊的脸上去，想想，自己第一次见他，还感觉这小子很厚道，很懂规矩。他妈的，他是很懂规矩，懂规矩地在看笑话。

黄绢身边的一个保镖，又说了几句话，带着几分挑衅。果然，顿时就有人坐不住了，一个笑得像弥勒佛一样的老头，首先走到前面，弯腰笑道："黄小姐好，我们南边人都谦虚，没有人愿意接小姐的盘，小老儿也没有想到，会有这等事情，因此出来得匆忙，也没有带什么好东西，你看看，这玩意儿做彩头可好？"

这弥勒佛一样的胖子，乃是翠玉坊的老板，天生长得一副笑脸，姓游，人称游胖子，平日里专门做玉石生意的。今天他身上带的玉器，也不是古玉，不过是民国年间的上好羊脂玉籽料而已，他在考虑了良久之后，终于决定冒险试试。

东汉飞鹰金印乃是好东西，尤其还是皇室之物，放市面上，至少也是价值数千万，再加上那只玉壶春青花瓷的彩头，如果能够侥幸赢了，他赚大发了。

就算输掉，也就是一块上好的和田玉籽料而已，虽然是民国年间的老料，但也不是市面上没有的好东西。

所以，游胖子在考虑再三之后，终于准备试试。

黄绢客客气气地接了游胖子递过来的东西，就递给身边的老者，那老人看了看，点点头，随即就放在玉壶春一边。

黄绢指着放在桌子上的两只飞鹰金印，笑道："请！"

游胖子也不客气，当即就拿起一只金印，开始仔细地看了起来，放大镜、手电筒，甚至，他还舔了舔金印上面粘着的印泥，然后又把两只金印反复对比。

但是，十分钟过后，游胖子头上的冷汗热汗都密密麻麻地渗透出来，最后只能够放弃，老老实实地说道："小老儿眼拙，实在分辨不清。"说着，他擦了一把头上的汗水，就这么站了起来。

由于有了游胖子开了头，接下来不到两分钟，居然又有一个三十左右的青年人上前，拿着一幅郑板桥的《寒竹图》做彩头，要求斗古。但是结果他也和游胖子一样，无功而返，反而搭上了一张《寒竹图》。

时间过得飞快，眼看就十点过了，这期间又两个人上前斗古，结果，彩台上多了一只清代乾隆粉彩瓷碗、一只唐代武则天年代的凤纹莲花铜镜。

这个时候，杨志明急急走进休息室，走到古老身边，低声说了几句。

"你去吧，小心点儿。"古老微微皱眉，低声嘱咐道，"马上拍卖就要开始了，总得先让这黄家丫头走人。"

"我明白！"杨志明答应着，一边，朱槿捧着一个锦盒走了过来。

杨志明接了锦盒，径自向着黄绢走了过去。

这个时候，林枫寒的板蓝根和感冒药都吃完了，而药效上来，他居然就靠在沙发上开始打起瞌睡来。

"喂。"许愿就坐在他身边，当即低声说道，"这么精彩的场面，你居然能够睡觉？"

林枫寒轻笑，睁开眼睛，看了看杨志明，低声笑道："我要看着，古老又要说我是看笑话的，这感冒药就是容易打瞌睡。"

"你小子就不是好人。"古老愤然骂道。

"呵呵……"林枫寒只是笑着，他怎么不是好人了，他又没有来开盘挑衅斗古，古老这怨气发泄的？

"杨先生和您老是什么关系？"林枫寒好奇地问道。

"杨先生是他表侄。"许愿直接解释道。

杨志明的彩头，竟然是一只明代折枝梅花银盘，银盘保存得非常完整，梅花錾刻精湛，清雅挺秀，让人一看就喜欢。

"古老手中的好东西不少啊！"林枫寒笑呵呵地说道。

古老白了他一眼，连话都懒得说，因为这个时候，杨志明已经开始全神贯注地鉴赏那两只飞鹰金印。

第十八章 青丝称金

　　林枫寒这才想起来，杨志明也是多宝阁的鉴定师，在扬州古玩圈子里面，有着一定的身份地位。如果他鉴定不出来，是不是就意味着，这飞鹰金印做得可以以假乱真？

　　这玩意儿如果流入市场，只怕能够鉴定的人更加少吧？据说国家鉴定机构，可以动用一些高科技的仪器，和这种仅仅凭着放大镜和手电筒，完全考眼力和知识面的鉴赏不同。

　　想来动用仪器的话，这飞鹰金印应该是真伪立辨。

　　这个时候，古老明显也紧张起来，竟然站了起来，不安地在休息室走来走去。

　　林枫寒能够明白他的心态，这个时候他还真输不起了，封盘吧，用他自己的话，他丢不起那个老脸；而且这个时候封盘，彩台上的彩头多了，封盘的损失太大了。

　　这种斗古，封盘是很有讲究的，要封盘，就要封所有彩头的双倍。原本黄绢只带着明青花玉壶春而来，封盘也不值什么，如今让人加了彩头斗古，台上已经有了四件玩意儿，价值千万。

　　这封盘就要封全部的，古老确实有钱，砸个数千万买点儿古董玩器，他老人家估计连着眉头都不会皱一下子。毕竟，当初他买他的金缕玉衣，一亿多砸下去，他连着眉头都没有皱一下子，转账那叫一个干脆。

　　可现在不同啊，不是砸钱买玩意儿，这一旦封盘，就意味着——他几十年的老脸都丢尽了。

　　不封吧，如果杨志明鉴赏不出个结果来，他就只能够自己上了，如果他分辨不出来，他也一样是一辈子的老脸算是丢尽了，古玩这一行还真没法子混了。

　　但是古老越是着急，杨志明还越是迟疑不决，大概过了十五分钟之后，杨志明竟然推案而起，就这么站起来，转身向着休息室走来。

"完了完了。"许愿做梦也没有想到，杨志明竟然也没有能够分辨出个真伪，当即一把抓过林枫寒的手，讷讷念叨道。

"你——"古老见到杨志明，忍不住就说道，"你竟然分辨不出来？"

杨志明也不说话，颓废地一屁股坐在沙发上，面色苍白如纸，连手指都在微微颤抖，半晌，他才颤抖地说道："叔父……对不起……"

杨志明很少愿意在外人面前，如此称呼古老先生，因为他也是多宝阁的鉴定师之一，如果让人知道他和古老先生有着这么一层关系，怕人担心他们是亲戚，信任不过。

但是今天杨志明却感觉，他连一个金印的真伪都分辨不出来，他还有什么脸面做多宝阁的鉴定师？

"古爷爷，现在怎么办？"朱槿长这么大了，还是第一次见到这样的场面，拍卖会马上就要开始了，可是不把黄绢等人打发了，多宝阁能够开拍卖会吗？

古老先生从一边取过一根烟来，点燃，狠狠地抽了一口，开始思忖着，怎么办？是的，他该怎么办，杨志明一出去，只怕是没有人愿意试验一番了，接下来，要么他自己出马，要么他拿出珍宝来——封盘。

林枫寒掩口，轻轻地咳嗽，看着古老先生说道："古老先生，您手里应该还有价值二百万左右的好玩意儿吧？这黄家小姐也够厚道的，居然没有要求彩头叠加。"

古老一愣，他自然明白，所谓的彩头叠加，就是第一个斗古的人，只需要拿出等同于明青花玉壶春的古董，倘若输了，你拿出的古董，就作为添加的彩头，放在了彩台上。而第二个人去斗古，就需要拿出等同于彩台上价值的古董，从原本的二百万左右，变成四百万左右，如此反复叠加，斗古的人越多，彩头越多，越到后面，彩头越发昂贵。

现在，黄绢也就是要求平等彩头，你要斗古，只要拿出等同于明青花玉壶春的彩头就好，而你赢了，就可以拿走所有的彩头和那枚真的飞鹰金印。

因为有这么一重诱惑，重利之下，很多人都愿意去冒险搏一把——斗古的风采，也会在这么一刻，展现得淋漓尽致。

但是，古老有些不明白林枫寒的意思，忍不住问道："你什么意思？"

"我对那明青花玉壶春有兴趣。"林枫寒直截了当地说道，"但我身边没彩头，您借个彩头给我。"

"呃？"古老愕然，想了想，这才问道，"输赢怎么算？"

"输了，您老继续坐这里伤脑筋不迟。"林枫寒突然就忍不住笑了，这老头还真是老狐狸啊，这个时候居然还能够冷静地考虑输赢问题。

"如果我侥幸赢了，您借我的东西，我自然归还，别的东西都归我所有。"林枫寒说道，彩台上的东西，还是很可观的，加上那枚飞鹰金印，如果他今晚能够赢，那绝对收获丰富。

古老看了他半天，这才愤然骂道："你小子果然就不是好人。"

林枫寒笑着摇头道："古老先生，那你继续坐着伤脑筋，要不你自己上，或者封盘，我无所谓。我吃了那该死的感冒药，实在瞌睡得紧，我先告辞。"说着，他当真站起来，拿起搁置在一边的羽绒服，转身就要走。

"你小子站住。"古老叫道，"槿儿，你上楼把天字二十八号抽屉里面的东西，给我拿过来。"

"是！"朱槿看了看林枫寒，答应了一声，匆忙上楼而去，不过片刻，就捧着一只小小的锦盒走了过来，递给古老。

古老接了，打开看了看，随即就递给林枫寒道："给你，小子，就看你的了。"

林枫寒把锦盒打开，忍不住轻笑了一下子：古老手中收的好东西果然不少，看样子金银器皿也不少。这是一只纯金酒杯，他看了一眼，猜测应该是盛唐之物，因为没有动用摸玉诊金术，具体如何，他就不知道了。

"小子，我老头子可是把多宝阁押在你身上了。"古老说道。

"古老先生，我必须要申明一点。"林枫寒已经拿着金樽准备走了，听得古老说这么一句话，当即站住脚步说道，"我输掉，您顶多就是像现在一样继续伤脑筋而已；我赢了，解决了您的麻烦，我反而招惹了一屁股的麻烦，事实上是您老欠着我的，别说得您老多委屈似的。"

古老摇头叹气，这小子简直水都泼不进，当即说道："你去吧，希望你能够解决我的麻烦。"

"槿儿跟我来。"林枫寒把手中的金樽递给朱槿，叫道。

"呃？"朱槿有些意外。

"槿儿，你去吧。"古老挥挥手，示意她跟着林枫寒出去，而许愿好奇，也站起来一起跟了出去。

林枫寒走出休息室，就闻到一股烟味，大厅虽然很大，但是，无奈今晚着实热闹，自然就免不了有人抽烟，而这烟味让他这个咳嗽咳得要死不活的人，实在难受。

所以当他走到黄绢面前，在椅子上坐下来的时候，就忍不住咳嗽。

站在黄绢身边的老头冷冷地看了他一眼，说道："小伙子，有病得趁早治。"

林枫寒咳得一下子连话都说不出来，哪里还有空儿理会他，只是挥挥手，命朱槿把金樽给了那老头。

那老头只是看了看，就把金樽放在了彩台上，黄绢似乎比那老头好说话得紧，居然冲着林枫寒笑道："先生，请！"

林枫寒直到这个时候，咳嗽才略略好点，缓过一口气来，看了看彩台上的那只明代青花玉壶春，如果他没有记错，他绝对是见过这玉壶春的……就在自己家。

这只玉壶春是从什么时候不见的，他有些记不住了，记忆里面的印象非常模糊——如果不出所料，这东西应该原本是属于爷爷的，只是不知道后来为什么落在了黄家人手中。

或者，爷爷卖掉了，或者，别的缘故？

"槿儿，把你的头发借我一根。"林枫寒低声说道。

"呃？"朱槿愕然，要她的头发做什么？但是，她看了看林枫寒，也没有多问，当即就直接打开头发，挑了一根，直接拔下来，递给他道，"做什么？"

林枫寒也不答话，打开一号玻璃柜子，取出那只飞鹰金印，直接把头发穿过飞鹰金印的钮孔，然后提了起来，把两股头发并做一股，然后右手对着飞鹰金印弹了过去。

飞鹰金印被头发吊起来，这个时候被他轻轻一弹，自然而然地旋转起来，一圈一圈地缠绕着，林枫寒的目光落在金印上，一动不动。

直到金印彻底停止转动，他才放了下来，然后小心地把金印再次放入一号玻璃罩子中，取出二号里面的飞鹰金印，用同样的法子做了一遍。

黄绢茫然不解，而那个跟着黄绢的老者，这个时候却是神色凝重。

林枫寒把穿在飞鹰金印钮孔里面的青丝抽了出来，缠绕在手指上把玩，这才慢吞吞地说道："二货就是二货，果然是假的。槿儿，这金印送你玩儿了，含金量百分之八十三点七，你找人熔了，提炼出纯金来，可以打个金镯子戴。"

说话之间，他已经把原本放在二号玻璃罩子里面的飞鹰金印递给了朱槿。

黄绢抬头看向那个老者，而那个老者却冲着她点点头，神色颇为黯淡。

"这位先生，你确实是鉴定无误，小女子佩服得很，但是，能不能请你解释一二？"黄绢心中很是狐疑，非常好看的新月眉微微地皱着，嘟着小嘴，看着林枫寒道，模样儿似乎有些像是撒娇。

"这也没什么，金玉之物，分量比别的东西偏重。"林枫寒笑了笑，这才说道，"而古旧之物，不管是埋于地下，还是历代相传，总免不了风蚀水侵，加上氧化，分量会比仿古的偏轻。

"而在仿古的时候，为着不被人看出端倪，自然也会刻意地做得一模一样，包括各种腐蚀氧化痕迹都是一样，自然黄金比例就更加是严格按照古方来了，对吧？"

"没错！"站在黄绢身边的老者也姓黄，单名一个淳字，当即点头道，"这枚金印的黄金比例配方，就是严格按照真品来做的。"

"这就对了。"林枫寒揉揉嗓子，感觉嗓子又痛又痒，如果可以，他真不想说话，可人家大美人还非要他解释，"黄金的密度相当稳定，哪怕是千年之久，它也不会变动多少。但是，你这个金印不是纯金的，掺和了别的金属在内，别的金属就不具备这样的稳定性，数千年之久，自然会有轻微的质变，分量相对来说，就会比仿古的较轻，因为你仿古的，只是通过现代手法氧化侵蚀，并没有长时间的搁置，所以不会影响它内在分子结构。

"当然，这种分量上的差距非常细微，就算用现代的电子秤，也称不出差距来，所以，我才不得已用头发试验。人的头发非常细腻、敏感，还有一定弹性，就这么一点儿弹性，让我看出来一号玻璃罩子中的飞鹰金印，比二号略略地轻了一点点。"

说到这里，林枫寒忍不住又捂着嘴，趴在椅子上，死劲地咳嗽起来，该死的，这个咳嗽真是坑死他了。

黄淳向黄绢使了一个眼色，这青丝称金乃是一门绝活，据说在民国初年就已经失传，却没有想到，今天居然在一个二十出头的年轻人身上看到了。

第十九章 怀璧其罪

林枫寒说得很是简单，但是，黄淳却是知道的，想要利用头发的细微弹性，分辨出金印细微之极的差距，真不是那么容易的事情。

"给我找个锤子来。"林枫寒吩咐道。

"哦？"朱槿不知道他要做什么，但还是忙着吩咐侍者去找了一把小锤子给他。

林枫寒也不说什么，从侍者手中接过锤子，然后把那枚仿品飞鹰金印放在桌子上，死劲地砸着。

黄绢的脸色有些不好看，黄淳却是轻轻地叹气，他知道林枫寒要做什么，这枚金印倾注了黄家太大的心血，几乎可以以假乱真，只要不动用某些仪器，单单靠着眼力想要分辨出来，真的很难。

林枫寒担心它流入市场，因此，采用暴力把它破坏了。

黄绢连着场面话都没有交代，就这么带着人走了，留下了那枚真的汉代飞鹰金印和明青花玉壶春，还有一桌子的彩头。

"好了。"林枫寒把那枚仿品飞鹰金印砸得面目全非之后，递给朱槿，笑道，"反正需要熔掉，先砸了再说，免得有人利用它骗人。"

朱槿只是笑笑，这枚金印做得很是精细，和真的一模一样，所以刚才林枫寒说要送给她，她还是很开心的，她也没有准备熔掉，而是准备留着做个纪念，如今让林枫寒给砸掉，她却不知道说什么才好。

"林先生，这枚真的飞鹰金印，你准备出手吗？"许愿是跟着林枫寒一起走出休息室的，这个时候，急冲冲地问道。

"嗯。"林枫寒点点头，这枚金印保存得并非很完好，甚至连金印上面的篆刻都模糊不清，飞鹰钮也锈迹得很是厉害，他没有什么收着把玩的兴趣。

大概是因为他还年轻，他还是比较喜欢保存完好的、新鲜的玩意儿，比如说，那枚如意金钱，或者是碧玉蝠镯这样的东西，看起来灿烂如新。

"我今天实在困得很，许先生，如果你有兴趣要，不如过几天，我们谈谈价钱？"林枫寒说道。

许愿看着他一脸疲惫的样子，笑道："没问题，只不过，林先生可不要食言，一准要给我留着。"

"放心。"林枫寒忙着点头道，然后他又询问朱槿，他能不能在多宝阁租个保险柜，存放一下子这些东西。他筹划着明天就去景德镇定制一批好看的瓷器，然后再去一趟苏州定制一些纯手工刺绣的荷包、绣囊等等，如此一来，年底就可以重新开张做生意了。

一开过春，不用多久古街就会热闹起来，因为古街所处的地理位置比较特别，从"个园"出来，古街乃是必经之地，他的店铺还是占据很大的地理优势的。

如今"宝典"装修，他那个破屋也需要拆迁，这些东西比较扎眼，他还准备出门，因此还不如存放在多宝阁。

众目睽睽之下，他租保险柜，他也不怕谁敢坑了他。

对于这个问题，朱槿跑去跟古老说了一声，古老自然不会说什么，忙着让人安排，给他租了一个保险柜，存好东西，林枫寒就直接告辞。

林枫寒走到门口的时候，游胖子拦住了他。

"呃？"林枫寒看着游胖子，刚才他在休息室看得分明，游胖子是第一个去鉴别飞鹰金印的，但是他眼力不够，把自己一块上好的羊脂白玉给搭上了。

"林先生。"游胖子一脸的笑意，笑得像是一尊弥勒佛。

"游先生有事？"林枫寒忙问道。

"是那样的……"游胖子感觉有些难以开口，想了想，还是说道，"我的那块玉，你有兴趣出手吗？二百万……要不，我再加点儿……加点儿？"

林枫寒瞬间就明白了，那块玉虽然不是古玩之类，但想来也是游胖子一直随身携带的，如今想想，大概是有些舍不得了，因此想要买回去。

对于别的东西，林枫寒还真没有太大的兴趣，可对于那块羊脂白玉，他还是很有兴趣的。

他刚才看过，那块羊脂白玉有些大，至少有三两开外，不是市场上那么一星点儿的，上面有着黄褐色的表皮，巧妙地雕刻成了云纹和灵芝草的图案，非常美观。

加上大概是游胖子一直在手中把玩，导致那块玉被把玩得细腻光滑，油脂和色泽都是出奇得好，他看着就颇为喜欢。

　　"游先生，我实在咳嗽得难受。"林枫寒想着，过几天再说吧，他今天实在没心情，如果到时候游胖子坚持，就卖给他吧，君子不夺人所好，"过几天再说行吧？"

　　游胖子看着他的样子，当即点点头，感冒确实是蛮难受的。

　　"林先生，我送你回去。"许愿跟了出来，忙着说道。

　　"啊？你不看拍卖会了？"林枫寒愕然问道。

　　如今，黄绢已经带着人走了，刚才他和古老告辞的时候，他还挽留他看拍卖会，但是，他由于感冒一直不好，因此加重了药剂用量，这个时候实在困得很，连着眼睛都睁不开。

　　所以他决定回去睡觉，不看拍卖会了。

　　"我对你那枚金印有兴趣，别的东西就不看了。"许愿摇头道，今晚的拍卖会就那么几样东西，他没有特别有兴趣的；他今天运气很好，买下来林枫寒的那只青铜酒樽，如果能够把那枚金印也收上手，就更加完美了。

　　许愿开着一辆黑色的奔驰，表面上看着比较低调。

　　林枫寒靠在车椅上，伸手拉过保险带，忍不住问道："许先生，这车多少钱？"

　　"一百多万，不算太贵。"许愿发动车子，缓缓开车，问道，"怎么，你想要买一辆？"

　　"嗯……有些。"林枫寒笑笑，说道，"等我那个狗屋装修好了，到时候找你给我参谋参谋。"

　　"哈……"许愿轻笑，对于林枫寒的心思，他还算是明白的，男人，谁不爱个车啊！没钱就算了，有钱了，想要买一辆车开着，太正常不过了，"你想要买奔驰？"

　　"嗯。"林枫寒点点头。

　　"我以为像你这样的年轻人，会考虑保时捷、法拉利之类的车。"许愿笑道。

　　"我不太懂这个，到时候看看吧，事实上我要求不高，四个轮子能够滚着走就好。"林枫寒笑道。

　　"普通车子，二三十万就可以了。"许愿轻笑，说道，"你好歹也有着亿万身家，可以考虑买个好一点儿的车子开开，要低调点儿，可以选择保时捷。"

　　"哈……"林枫寒笑问道，"那高调我应该选择什么？"

　　"法拉利或者是兰博基尼。"许愿说道，"这两款跑车都比较炫，符合你们年轻人的心态，我就不成了，老了，还是这种车子比较好。"

"那种跑车车身都比较低吧？"林枫寒摇头道，"未必舒服，我就图个舒服而已。如果只是炫，不舒服，就算了。"

许愿只是笑笑，确实，那种跑车的车身比较低，反而没有普通车子舒服，空间也不是太大，因此他也不喜欢。

"我还有些晕车。"林枫寒说道，"也没有飙车的爱好。"

"哈哈……"这一次，许愿要笑了，他居然晕车，他一个大男人，居然晕车……

"你别笑！"林枫寒叹气道，"我也很是苦恼，有人说，只要多坐坐就好了，可是我似乎没有什么改进，短途还好，长途实在受不了。后来我请教过一个老中医，他说——这是一种遗传病，不是我想不晕就不晕的。"

"这要是后天的，倒也算了，如果是先天遗传，还真没法子。"许愿说道，"不过，我听的人说，如果身体好，状况也会改善。林先生，一天两包方便面，你营养不够，体质太弱——你是男人，不需要减肥。"

"你怎么知道我一天吃两包方便面？"林枫寒愕然，他虽然戏言，自己说过一次，但是，想来许愿不会知道吧？

"我……"对于这个问题，许愿也感觉有些尴尬，他是让马胖子给闹得有些硌硬，才查过林枫寒的底细，知道林枫寒确实是走投无路，吃了几天的方便面，不得已只能够卖祖传之物。

当然，许愿也不知道，"金缕玉衣"并非林家的祖传之物，而是林枫寒近来收来的。

"匹夫无罪，怀璧其罪！"林枫寒嘴角浮起一丝讽刺的笑意。

"林先生，我没有恶意。"许愿忙着说道。

"我知道，你是以为，马胖子是我请的托儿？"林枫寒问道。

许愿点点头，他确实怀疑马胖子是他请的托儿——如果马胖子不是全国有名的大房地产开放商，他真以为马胖子是林枫寒请的托儿。

"我和他很多年没见了。"林枫寒说道，"那次在多宝阁见到他，我也意外。"

"所以我才鼓励你，做个勇猛的钉子户，反正，马胖子有钱，你做钉子户，他绝对会补贴你一幢别墅楼的。"许愿笑道，"景萍园到了。"

两人说话之间，已经到了景萍园。林枫寒道谢过后，就下了车，和许愿告辞，径自回去，而许愿也调转车头离开。

第二天，林枫寒就买了车票前往景德镇，找了厂家定制各种花瓶。他还把那套元青花龙纹鼎的照片带了过来，让人给他仿制。

对于现代工艺来说，如果只是单纯仿制元青花瓷器，不需要做旧的可以以假乱真，自然不成问题。林枫寒是准备卖高档瓷器装饰品，不是准备卖古玩假货的，自然是不需要做旧的。

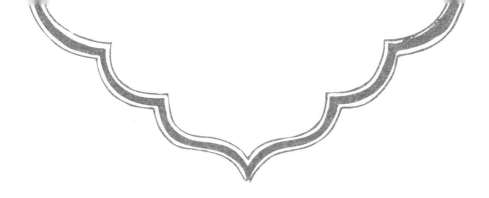

第二十章 旧友

让林枫寒郁闷的是，他在景德镇待了两天，原本在家感冒有些好转，这个时候居然又严重起来。不得已，他又买了一堆的感冒药，随身携带。

他感觉，他最近都成了药罐子了，感冒药是随身带，有空就吃起来。

定制了复古瓷器，还有精美的餐具，付了定金，约好等着把货物送去扬州，他一次结算清楚。

对方厂家也很客气，说是以后可以网上订货，他有什么要求，告诉他们，他们会利用现在电脑特技，做了图片给他看，满意就开窑烧制。

在景德镇待了两天，林枫寒就买了去苏州的车票，坐上动车不久，他就开始靠在座位上打瞌睡。

这迷糊着刚要睡着，突然就听得手机响，林枫寒好奇，这个时候谁打他电话啊，取出来一看，竟然是马胖子。

电话接通，马胖子就直接吼道："小林子，你在什么地方？"

"去苏州的动车上。"林枫寒皱眉，那天在八珍楼分开后，马胖子就没有给他打电话，他也没有主动打给马胖子，尤其是在知道景萍园的房地产开发商竟然是这个胖子之后，他就更加不想主动联系他了。

难怪那天在八珍楼，他说要做勇猛的钉子户的时候，马胖子的神色那么古怪。

"你去苏州做什么？"马胖子大声问道。

林枫寒当即就把自己去苏州的目的说了一下子，不料马胖子却说，他在苏州认识一家店，就是专门做苏绣手工的，他两个表妹都喜欢在那家店定制裙子，感觉比国际大牌穿着好看，所以，他介绍林枫寒去那家店。

林枫寒听了，也是开心，他还正担心跑去苏州找不到门路，买不到他想要的东西，有熟人介绍自然是再好不过。马胖子也说，等下他打个电话给自己表妹，问问具体的地址和联系电话，马上发手机短信给他。

林枫寒忙着道谢不已。景德镇的瓷器是出了名的，到了地头一问，想要订货很容易，顶多就是多跑几家店，比一下子质量和价钱而已。

苏州的刺绣虽然很出名，却不是那么好找的，没有熟人介绍，他还真担心被人坑了。

"你小子别忙着谢我，我这边有些麻烦，需要你帮忙。"马胖子大声说道。

"哦？"林枫寒愕然，他能够帮他什么了？"你在什么地方？"

"我在上海。"马胖子说道，"你别多问，把你身份证用手机拍个照片，然后发给我，记得拍清楚点儿，要看得清身份证号码。"

林枫寒有些狐疑，问道："你要这个做什么？"

"你别多问了，速度发过来，我等着呢。"胖子大声叫道，"都说了是麻烦事情，你还多问？"

"好吧。"林枫寒想想，一个身份证照片，也不能够做什么。当即把身份证摸出来，就用皮夹子垫着，拍了照片，给他发了过去。他这边照片发过去没多久，马胖子也把一家绣坊的地址和联系方式发了过来。

林枫寒还是不放心，又打了一个电话过去询问，但是马胖子那边似乎杂音很大，吵嚷得厉害，而那死胖子居然对他说——忙得很，过几天去扬州再说闲话。

只要马胖子没事，他也就放心，因此也不多问了。

到了苏州，天色已晚，林枫寒就在苏州新城花园酒店住下。第二天照着马胖子发给他的地址，打车去了金线绣坊，定制荷包、香囊等等。

由于他的定制要求比较高，要求纯手工，还要上好的丝绸布料等等，加上对于绣工图案的一些要求，金线绣坊的方老板亲自接待了他，等着把一切敲定，已经是下午两点。

林枫寒被方老板一忽悠，脑残之下，竟然在金线绣坊定制了两件衬衫、两件西服。想想，这钱赚了，也是要花的，否则，银行存款就是一堆无意义的数字。

他咳嗽咳得感觉连着五脏六腑都痛，而感冒药、咳嗽药吃了一大堆，除了让他打瞌睡之外，竟然一点儿作用也没有，因此下午和方老板敲定了几个细节之后，就直接打车准备回酒店睡觉。

胡伟是苏州一个普通的出租车司机，今天他也和往常一样，开车做着生意，但是，连他自己也没有想到，他今天拉了一个客人。

一个挺年轻，挺清俊的小伙子，可就是这么一个人，上车之后，就不断地咳嗽，咳得胡伟都有些烦躁。

所以，他加快了速度，想要把这个客人送到目的地就算了。

等着他在苏州新城花园酒店停下车，准备让那个客人下车滚蛋的时候，那人客人却是坐着没有动。

"先生……先生……"胡伟有些担忧，他叫了两声，那个客人都没有答应。

所以，不得已，他只能够开了驾驶室的门，绕了过去，打开车门，推了一下那个客人："先生，到了……"

"哦……"林枫寒被他推了一下子，才算恢复了一点点意识，抬头看了看酒店，想了想，还是说道，"麻烦你，还是送我去附近的医院吧。"他这个时候不光感觉胸口由于咳嗽引起的疼痛，还感觉手脚关节都痛，这还不算，他脑袋还晕得厉害，甚至就在刚才他的意识都有些模糊。

胡伟看着他的样子，也知道他确实病得厉害，不去医院的话只怕很是麻烦。当即点点头，也不说什么，关上车门，直接发动车子，开往附近的一家医院。

等着到了医院，胡伟出于好心，加上林枫寒的样子看着也实在有些不妙，当即扶着他去门诊部。

但是，就在他们走到门诊部的时候，突然就有人叫道："林枫寒！"

林枫寒有些意外，他也没有想到会在苏州碰到熟人，但是，就在他一回头的瞬间，他突然就感觉——他怎么就这么倒霉啊？他已经病得要死不活了，拜托，不要再碰到这个恶魔好不好？

对于他来说，这人还真是一个恶魔。

他就弄不明白了：自己当年就是不小心在大学食堂撞翻了他的饭，自己也道歉了，还给他重新打了饭，他为什么就这么小肚鸡肠地不肯放过自己，老是无缘无故地找自己麻烦？

林枫寒谈不上多么怕事，但也不想招惹事端，因为从小到大，只要知道自己在外面招惹了麻烦，爷爷就会生气。爷爷一旦生气，常常就会三四天不理会自己。

林枫寒知道，爷爷心中极苦，中年丧子，对于爷爷来说无疑是极端的打击，所以，等着他年龄稍长，他就绝对不敢在外面招惹事端让爷爷生气。

等着林枫寒上大学的时候，爷爷的身体已经日渐衰弱，一天不如一天了。在这种情况下，他就更加不敢招惹爷爷生气了，他很怕爷爷在一气之下，就一命呜呼，那么他一辈子都不会心安。因此，就算有人找他麻烦，他也尽量忍着。

而这个叫做陈旭华的同学，却自从那次在食堂发生意外之后，就一直喜欢找他的麻烦。

林枫寒唯一能够做的事情，就是见到他就跑，能够躲就躲开，他招惹不起，还不能够躲开？

原本以为，大学毕业，他们再也不会相见，却怎么都没有想到，今天居然会在苏州再次碰到。

胡伟看到林枫寒碰到了熟人，顿时就如释重负，忙着说道："这位先生，你们认识啊？真是太好了，你这位朋友病得很厉害，刚才在我车上就晕倒了。"

"哦……谢谢你！"陈旭华的目光落在林枫寒脸上，然后看了一眼胡伟。

"我不认识他。"林枫寒在略略一迟疑之下，忙着说道，"司机师傅，麻烦你了，我们走吧，我不看医生了。"他这才想起来，似乎他还没有支付出租车的钱。

反正这里也不是学校，他就不信陈旭华能够把他怎么了，大不了，麻烦这个司机，他们换一家医院而已，他不信陈旭华会无聊地跟过来。想来如今大家都毕业了，陈旭华也会有工作，不会像上学的时候那么无聊了，纠结一群无赖，就在学校欺负同学为乐？

"我弟弟和我有些矛盾。"陈旭华嘴角浮起一丝笑意，林枫寒居然还和在学校一个德行，看到他就想要跑？

陈旭华说话的同时，一把就拉过林枫寒。

"既然如此，我把他交给你了。"胡伟说着，转身就要走。

"喂……"林枫寒叫道，"我还没有给钱。"

"多少钱？"陈旭华问道。

"六十块！"胡伟忙着说道。

陈旭华也没有说话，直接摸出皮夹子，拿出来一张百元大钞，递给胡伟道："谢谢你把我弟弟送来医院，不用找了。"

胡伟笑笑，接了钱，道过谢就走了。林枫寒感觉，这个司机真的不够厚道，居然就这么把他抛下了。

等着胡伟走了，林枫寒叹了一口气，摸出一张百元大钞，塞给陈旭华，然后向着医院门诊走去。

但是，不管林枫寒愿意不愿意，陈旭华居然跟了过来。而看过医生之后，他还真糊涂了：他就感个冒，然后因为感冒引起了咳嗽，怎么就成了肺炎了？听医生说，还挺严重的样子，要住院。

真的，他这辈子，还没有住过医院这么高档的地方，但是没法子，他好不容易充了一次大款，跑来苏州住了一次五星级酒店，结果这才一天，他就老老实实地从五星级酒店搬来了医院。

第二十一章 住院

也不知道陈旭华怎么做到了，居然给他安排了一间单独病房，有着独立的洗手间和洗浴室，虽然赶不上五星级酒店，但也不差了。

他本来就体力不济，因此开始挂水的时候，就迷迷糊糊地睡着了。等着再次醒过来，发现外面的天已经黑了，房间里面开着灯，陈旭华就坐在一边的椅子上。

"你怎么还在这里？你可真够闲的。"林枫寒一边说着，一边起身向着洗手间走去。从洗手间出来的时候，他感觉人似乎舒服多了，手脚关节也不像原本那么疼痛得厉害，就连胸腹之间也没有原本那么痛了，所以，他就在病床上坐下来，看着陈旭华，问道："你怎么会在这里？"

"作为老同学，你生病了，我难道不应该来看看你？"陈旭华嘴角浮起一丝笑意，戏谑地说道。

"哈……"林枫寒忍不住笑了起来，说道，"你不找我麻烦，我就谢天谢地了。"

陈旭华也感觉好笑，想了想，这才说道："当初你在食堂撞翻了我的饭，我是很恼怒，想要找找你的麻烦，可是我也没有想到你会见到我就跑啊？我都弄不明白，我又不是老虎，你那么怕我做什么？"

林枫寒听得他提及往事，忍不住轻轻地叹气道："我不是怕你，我是怕我爷爷。我如果在外面招惹了麻烦，他老人家会生气。所以，我知道你要找我麻烦，我还不快跑？我又不傻！"

"你爷爷过世了？"陈旭华问道。

林枫寒点点头，轻声说道："我大学毕业不足一个月，他就过世了。事实上，我要感激你。"

"感激我？"陈旭华有些糊涂了，感激他？

"感激我用足球把你砸晕？"陈旭华说道，他可没有忘记，当初在学校操场，他们几个人打足球，林枫寒正好路过，他出于恶作剧的心理，拿着足球对着他死劲地踢了过去。当时他就是好玩，或者就是恶作剧心态，想要吓唬一下子这个平时见到他就跑的同学。

　　结果，他平日射门眼光不怎么好，这射人的话，居然一下子砸了个正着。林枫寒毫无防备之心，直接就被足球砸晕了，这事情在学校闹得很大——因为很多都知道，他就是故意的。

　　"是啊！"林枫寒苦笑，"要不是当初你砸伤了我，赔偿了我两万块，我爷爷过世，我连墓地都买不起。"

　　"我这些年一直后悔，如果当初不小心把你砸死了怎么办？"陈旭华说道，当初砸伤了林枫寒，他就开始后悔不已。

　　"砸死了也没事的，我无父无母，没人找你打人命官司。"提到这个话题，林枫寒心中苦涩无比，就像当年老师安排马胖子和他同桌一样，鉴于马胖子有喜欢欺负同学的恶劣前科，老师自然不敢安排别的同学和他同桌，但是，林枫寒不同。

　　他无父无母，就算被马胖子欺负了，也没有人给他出头。

　　陈旭华要是当年失手砸死了他，以陈家的权势，只怕也就是花点钱，摆平这个事情就是了。而换成普通人家，还会有人追究，他们家，却是完全没有人追究的。那个时候爷爷身体不好，只怕一急一气之下，一命呜呼的可能性都有。

　　"别提这扫兴的话题，等着你病好了，我请客，给你赔礼道歉，这次你可不要见着我就跑了。"陈旭华忍不住笑道。

　　林枫寒只是笑笑，感觉睡了一觉，他的病已经大有起色。明天问问医生，如果可以，他后天就准备出院，然后回扬州了，赔礼道歉什么的，倒也算了。

　　"你是不是又想要跑？"陈旭华凑近他，小声地问道，"我看着你的样子，就猜到你要跑。"

　　"我爷爷都死了，我怕你做什么啊？"林枫寒忍不住白了他一眼，说道，"放心，我不会跑的。"

　　"今天你见到我的时候，你就想要跑。"陈旭华突然笑道，"我可不相信你，哈……幸好我有先见之明。"

　　"你做什么了？"林枫寒突然感觉不好，忙着问道。

　　"没什么，我就趁着你睡觉的时候，把你身份证给摸走了。"陈旭华呵呵笑道。

林枫寒先是愕然，随即，还有些生气。他取过放在一边的衣服，摸出皮夹子看了看，果然，两张银行卡，手机，现金还有酒店房卡都在，但是身份证却是不见了。

"陈先生，我们现在都已经毕业了，不是孩子了，求求你，没事不要逗着我开心了好不好？"林枫寒真地很恼怒，他难道就是那个看起来很好欺负的人？

"哈哈……"被他一说，陈旭华还真乐了，顿时就笑了起来。

"你把身份证还给我！"林枫寒见状，动手就直接抢，但是，连他也没有想到，陈旭华身子一闪，就直接躲了开去，然后伸手就抓住他的手，微微用力，直接把他摁在床上。

"难道你不知道，我学过散打？"陈旭华呵呵笑道，"别说你这样，就算两三个强壮男人，也不是我对手。"

"你……"林枫寒真是欲哭无泪，他真不知道陈旭华学过散打，"你学过散打，你牛叉，你还有钱有势，你吃撑了，就和我过不去？喂，你放我起来啊——我手臂都被你拧断了。"

"你别乱动，我就放你起来。"陈旭华说道。

"我敢乱动？我乱动，我不是找揍？"林枫寒真不知道这人怎么想的，他们都毕业了，想来他也不是闲得无聊，老找他麻烦做什么啊？

陈旭华松手放开他，林枫寒就这么顺势倒在床上，看着天花板呆呆出神——现在买一张动车票也需要身份证啊，没有身份证，他没法子回扬州啊……

打车回扬州？价钱贵一点，应该也有人愿意送他的，然后回去了，去当地派出所报个遗失，重新补办一张？

"生气了？"陈旭华见他老半天都没有说话，忍不住问道。

"没有，我就是感觉你实在闲得无聊！"林枫寒说道。

"等你出院的时候，我就把身份证还给你。"陈旭华说道。

"我现在感觉好多了。"林枫寒看了他一眼，说道，"如果没什么，我明天就准备出院了，我要回扬州。"

"你这么急着回去做什么？"陈旭华微微皱眉，今天门诊的时候，医生可是说过，他这病应该已经拖了十多天，才造成现在这么严重，否则，一个小小的伤风感冒，也不至于弄成这样——他需要好生休养。

林枫寒想了想，还是准备向他解释一下子，自己买了房子，如今正在装修，他家里又没有别人，虽然说是全包的，但他也要回去看看啊，免得何起给他乱整，最后表面上看着光鲜堂皇，里面事实上就是一些乱七八糟的废料。

"你居然买了房子？"陈旭华有些诧异，林枫寒的经济状态，他还是知道的。

林枫寒只能够解释说，自己老房子要拆迁，无意中在家里发现了一样老东西，他找人看了，是古董，卖掉之后，买了房子。

当然，他也没有说，那东西卖了一个多亿，只说卖了三百万，勉强够他买个房子装修装修，他当初对李少业也是这么解释的。

当然，所不同的就是，当初他对李少业解释的时候，李少业那是一脸的羡慕妒忌恨。而陈旭华现在听了，却是什么表示都没有，想了想之后居然说道："你装修的事情，我找人给你去看看，你别忙着回扬州，在苏州把病养好了再说。"

林枫寒也知道，陈旭华应该是没有恶意，想想，今天自己生病，他忙着跑前跑后，又是陪着他看医生，又是忙着安排他住院，甚至连他住院的费用都是他掏的。当即想着，算了，明天打个电话给何起，没什么大事，就在苏州住几天吧。

"我给你买了洗换的衣服，你安心在这里住几天，把病养好了再说。"陈旭华一边说着，一边指了指放在旁边七八个手提袋。

林枫寒走过去看看，果然，七八个手提袋里面，其中一个装着一些水果，另外的都是衣服，还有毛巾、牙膏、牙刷等等，这陈旭华也算有心了。

"谢谢你，这些东西你买了多少钱？"林枫寒一边说着，一边掏出皮夹子，准备把钱给他，已经让人家跑了腿，总不能够还让人家掏钱吧？

"我也弄不清楚，出院结算的时候再说。"陈旭华说道，"钱的事情，不着急。"

林枫寒也知道，他确实不愁钱，陈旭华和那个马胖子应该就是同一种人，都是家里非常有钱的二世祖。

"好吧，等着我出院的时候，一并给你。"林枫寒说道。

陈旭华点点头，又安慰他几句，让他不要担心家里的装修，他会找人过去给他看着，放心就是，看着天色已晚，这才离开。

林枫寒去医院食堂，买了一点清淡的晚饭吃了，就直接回病房睡觉。

第二天他打了一个电话给何起，结果何起说，装修没什么事情，预计还有五六天就可以全部完工。景萍园已经开始拆迁，很多人拿到补贴，开始搬了，都要装修，最近何起的生意好得火爆，所以他加紧给他忙完，好接别的生意。

林枫寒听得何起这么说，也就安心地在苏州待了下去。

第二十二章 碰瓷（1）

　　林枫寒也没有想到，他这病还真是来势汹汹，竟然在医院住了一个星期。想着马胖子曾经说过，似乎有什么麻烦事情，他打了电话过去，询问了一下子。结果胖子说，他的麻烦事情已经解决了，现在还在上海，过几天要来苏州，因为他表妹也在金线绣坊定制了裙子，让他给她带回去。

　　知道马胖子没有麻烦，他顿时也放心了，他没什么朋友，如果要算起来，这个马胖子要算一个吧。

　　许愿打了两个电话给他，结果知道林枫寒生病住院，他就要过来看看，林枫寒愕然，他在苏州啊，他看什么啊？结果许愿告诉他，他也在苏州有些事情，如今正好闲着，顺便过来看看他。

　　林枫寒知道，许愿念念不忘那枚飞鹰金印，当即笑着，告诉他医院和病房号后，让他打车过来就是。

　　许愿确实是惦记着那枚飞鹰金印，那天晚上他就有意找林枫寒谈谈价钱，然后买下来，他对于金器玉器一向情有独钟。

　　但是，当时林枫寒确实咳嗽得难受，他不想谈，说是过几天，他也没法子。这好些天过去了，他心里就像猫儿爪子挠着一样，难受啊！如今听的说他生病了，在苏州医院，自己这个时候正好没事，不如去看看他，如果方便，最好能够把金印的价钱谈妥当了，然后把定金也付了，这样也不怕他反悔。

　　毕竟，当初林枫寒拿下那枚飞鹰金印，可是有很多人看着的，想想，古老那个古玩交流会，很多钱多人傻的，这要是让人抢先下手，把那枚飞鹰金印高价买走了，他岂不是失之交臂？他可不认为，自己和林枫寒有什么交情，人家就一定会给他留着。

　　哦耶，他还认识那个钱多人傻的马胖子——那胖子一看就是一个狠角，而且还喜欢古玩。

所以，许愿直接打车，到了苏州新城医院门口。想了想，怎么说，人家如今都生病住院了，总不能够就这么空着手去吧？不如去买个果篮，心中想着，他就直接向着医院旁边一家水果店走去。

在医院附近，总有这样的水果店，水果、鲜花一起卖，专门做病人生意。许愿进去的时候，就看到一个二十五六的年轻人，挺阳光挺帅气挺健康，正在挑选百合花。挑好了，拿着一张旧报纸包裹了，然后招呼卖花的大妈，付钱就走了。

许愿有些愕然，现在的年轻人送花都这么有个性了，居然不包装？花是很好的百合花，香味浓郁，半开的模样，可是，一张旧报纸包裹着，他也不嫌弃寒酸？

"先生，你要点儿什么？"这个时候，卖花大妈忙着过来招呼他。

"给我装个果篮。"许愿说道。

"好的！"卖花大妈一边说着，一边问道，"你朋友喜欢什么水果，我好多拿点儿？"

对于这个，许愿自然是不知道，他又不是马胖子，知道林枫寒的爱好，当即说道："你随便装就是。"出于好奇心，他还是忍不住问道，"大妈，刚才那小伙子怎么这么有个性，买花就拿个旧报纸包一下子？"

哪知道卖花大妈听了，忍不住就笑了起来，说道："那小伙子啊，他朋友第一天住院，他就来买过百合花，还找我买了一只花瓶，用清水养着那些百合花。听说他朋友讨厌医院的味道，这百合花就是香，可以遮盖一下子。

"这不，每天这个点都过来，挑六支百合花。我前天还说过他，百合花可以放两三天的，不用天天换，但他怕两天之后，花香就没有这么浓郁了，或者百合花盛开，有花粉掉下来，引起他朋友过敏怎么办？所以天天都要换，还必须要半开的，新鲜的。"

卖花大妈说话之间，已经麻利地包装好果篮，递给许愿。

"这小伙子蛮细心。"许愿一边说着，一边付了钱，原本还以为，现在年轻人个性呢，原来是这么回事。

"是挺细心，我估摸着他朋友已经住院一个星期了，天天都来，事实上就一个感冒而已。"卖花大妈从许愿手中收过钱，忍不住笑道。

许愿笑笑，心中暗道："一个感冒住一个星期的医院，是有些过了。"心中想着，当即拎着果篮，直接去医院。

刚刚走到五零七门口，看到病房的门虚掩着，正欲推门进去，却听得林枫寒说话的声音："你到底预付了多少钱，为什么我还不可以出院？天知道，我都快要在这地方待得发霉了，我现在闻着我身上都是药水味道。"

"我预付多少钱，和你可不可以出院那是两回事。"另外一个人的声音，传入许愿耳中，许愿不禁皱眉，他是准备来找林枫寒谈谈飞鹰金印的价钱，这如果有别人在，岂不是诸多不便？

"你知道什么啊？"林枫寒确实有些恼火，他就一个咳嗽引起的肺炎，他都住院一个星期了，今天早上他特意去问，但医生回复，他还没有康复，不可以出院。中午去食堂吃饭的时候，他就听得人说——现在医院挺坑，如果你预付交得多，不是什么大毛病，医院会让你把预付全部花完，才让你出院。

林枫寒当时一听，额头上冷汗都冒出来了，陈旭华就是一个钱多人傻的，天知道他交了多少预付啊！早知道，他说什么也不会让他好心地给他办理住院手续。

"我只知道，医生说你还不可以出院。"陈旭华笑道。

林枫寒一屁股就在椅子上坐下来，他真地很无奈啊，他就一个感冒，为什么都住了一个星期的医院了，医生还说他不可以出院啊？

"你把身份证还给我，我要回扬州。"林枫寒看看陈旭华，对于这个人，他是真没有法子。

许愿瞬间就有一种匪夷所思的感觉，林枫寒这都招惹了一些什么人？上次那个马胖子，已经算是极品，这次更好，他居然被人扣了身份证，哄骗着住院？

所以，他也不准备站在门口听下去了，当即伸手，轻轻地敲了一下子门，然后推门进去。

刚刚进门，许愿顿时就呆了一下子，房间里面除了林枫寒，还有刚才在水果店碰到的买花的青年人。

果然，在一边的床头柜子上，放着一只玻璃瓶子，里面养着几支上好的百合花，整个房间里面，都弥漫着一股花香味。

林枫寒见到许愿，忙着问好，然后就把他和陈旭华相互介绍了一下子。

陈旭华对于许愿，只是简单地问了一声好，而许愿这个时候才知道，陈旭华竟然是金玉堂珠宝公司的少东家。

金玉堂在全国各地都有连锁店，国内有名的大珠宝公司，陈旭华眉宇之间，也带着一丝隐然的傲气。许愿能够理解，年少得志，确实有着骄傲的资本，就像那个马胖子一样。

由于有着陈旭华在，许愿想要找林枫寒说的事情，这个时候也不好开口了。偏生这个时候，陈旭华的手机响了，他摸出手机看了看号码，然后就直接走出去接电话。

等着陈旭华走了出去，许愿实在好奇，忍不住问道："林先生，你怎么忽悠他的？"

"我忽悠他？"林枫寒感觉，他简直就比窦娥还要冤枉。

许愿在他身边的椅子上坐下来，好奇地问道："那你准备在这里住多久？"

提到这个问题，林枫寒也是烦躁，但是，医生说他还没有康复，不能够出院，他有什么法子啊？

"别提这个，提到我就烦躁。"林枫寒摇摇头，他知道陈旭华是好心，可是，他也不能够好心地这么扣着他的身份证，让他一直住在医院啊？

"好吧，我们不说这个，我本来是准备来找你谈谈飞鹰金印价钱的。"许愿说道。

林枫寒一想之下，已经明白过来，他就是担忧那枚飞鹰金印被别人捷足先登了，所以，想要谈好价钱，甚至可能还准备支付一点预付，免得他将来反悔。

"许先生，那个金印我会先给你，如果你不要，我再考虑卖别人。"林枫寒说道，"这个你放心就是，具体事情，等回扬州再谈吧。"

"好吧。"许愿点点头，林枫寒很是爽快，话说到这个份上，他也不能够再说什么。偏生就在这个时候，他的手机也响了，摸出来看了看，却是一个苏州的客户打来的，约他在梦之缘咖啡馆见面，商谈一些合作事宜。

许愿忙着起身向林枫寒告辞，林枫寒送他到门口。正巧这个时候，陈旭华也挂断电话，转身过来，对林枫寒说道："我妈打电话过来，说是碰坏了人家的古玩瓷器，人家要求索赔三百万，我过去看看，可不能够让她老人家被人坑了。"

林枫寒一听，忙着说道："那你快去。"

"嗯。"陈旭华答应着，转身就要走。

"等等！"林枫寒突然说道，"我和你一起去。"

"你去做什么？"陈旭华皱眉说道。

"我懂得一些古玩瓷器的知识，过去看看，说不准能够帮上忙。"林枫寒说道，在古玩一行，碰瓷可是常有的事情。

第二十三章 碰瓷（2）

瓷器这玩意儿，可是碰不得一点儿的，而碰瓷又分两种情况：一种是单方面的责任，比如说，你拿在手中把玩鉴赏的时候，手这么一抖，"啪"的一声，掉地上了，这责任就就是你一个人的，说不得，你只能够照价赔人家。

但如果当你手中拿着瓷器的时候，有人撞了你，或者是在对方把瓷器递给你的时候，双方一个错手，"哐当"一声，那么，这就是双方的责任，就算照价赔偿，也应该是双方各人承担一半。

当然，这两种情况，自然都是意外，造成不可弥补的损失。

可是，林枫寒最怕的就是——陈家有钱，会不会有人盯上陈家老太太，设局碰瓷，然后索要高价赔偿？这个可能性很大的。

如果是这种情况，那么碰瓷的瓷器，绝对不会是真品，因为真品本身价值不菲，没必要碰瓷，转手卖出去，就是大价钱。

只有利用高仿货，设下碰瓷的局，然后趁机敲诈，才有利可图。

陈旭华听得他这么说，忙跺脚说道："你快换衣服，这就走。"

林枫寒信手抓过一件大衣，披在身上，跟着他就走。由于是老娘的事情，陈旭华也着急，拉着他下楼之后，直奔停车场，不料却再次在停车场附近碰到等车的许愿。

林枫寒冲着许愿打了一个招呼，无奈陈旭华着急，直接就把他塞进自己那辆拉风的法拉利，发动车子，呼啸而去。

许愿摸出手机，想了想，又想了想，还是有些管不住自己的恶趣味，当即拨打了马胖子的电话。

那天在八珍楼，他也和马胖子相互换了号码，本来是想着将来如果有事，可以相互帮个忙，人本来就是抱团的动物。

但是，连许愿自己都没有想到，今天他第一次打电话给马胖子，纯粹就是满足自己的恶趣味。

林枫寒自然不知道这些，跟着陈旭华上了车，直奔一家叫做"佳古斋"的古玩店，在车上陈旭华略略向他解释，他就弄明白了。

陈家非常富有，陈老太太平时也没事，午后就爱打个麻将，最近认识的一个麻友，就是做古玩生意的，陈老太太禁不起这个甄太太麻友的撺掇，最近也对一些古瓷花瓶有兴趣，常常跑去古玩店看看。

但是，陈老太太也不是傻子，她就只是看看，却不愿意下手买。

今天和以往一样，在甄太太的介绍下，两人一起去"佳古斋"看明青花赏瓶，结果不知道怎么着，这花瓶就掉在地上，"砰"的一下子，碎了。

这佳古斋的吴老板当场就变了脸色，拉着陈老太太要索赔，陈老太太也是傻眼了：她这只是看看，怎么这花瓶就砸了？

但不管如何，弄坏了人家的东西总是要赔偿的。陈老太太想了想，就打电话给儿子，让他过来给自己料理料理，赔就赔吧，她认倒霉了，大不了以后没事不乱逛古玩店。古玩有风险，乱逛需谨慎——还是打麻将好。

二十分钟之后，陈旭华带着林枫寒赶到了"佳古斋"，直接进入里面待客的小小客厅。

林枫寒扫了一眼，并没有在地上看到古瓷碎片，不禁微微皱眉，显然，古瓷碎片已经被收拾起来了。

吴老板倒也没有说什么，请他们在客厅里面坐下来——然后说了一下子事情的经过。

林枫寒看着，陈老太太今年五十开外，保养得很好，陈旭华的模样有些像其母，因此不用人介绍，他也知道，哪一个是陈老太太。

而另外一个女的，四旬上下的年龄，穿着黑色水貂皮大衣，一头短发烫着时髦的大卷，看着非常贵气。

陈老太太把事情的经过说了一遍，基本也没什么大出入，就是不小心撞破了人家的古玩瓶子，吴老板索赔三百万，市面上上好的明青花赏瓶，确实也值这个价钱。

然后就是双方讨价还价，最后敲定了二百五十万，由于是自家老娘的事情，陈旭华自认倒霉，准备转账支付赔偿。

"等等！"林枫寒一直都没有说话，这个时候忍不住说道。

"这位小友要说什么？""佳古斋"的吴老板忍不住问道。

"市面上的明青花赏瓶，品相完好无缺的，也就是二百五十万左右。"林枫寒皱眉说道，"吴老板，没错吧？"

吴老板微微皱眉，林枫寒进入"佳古斋"，就说了这么一句话，刚才陈旭华介绍，只是说是他的朋友，并没有多说什么。

吴老板原本也没有在意，毕竟，林枫寒看着年约二十出头，容貌清秀端正，穿着一件银白色的羽绒服，里面是深蓝色夹着银丝的真丝衬衣，看着也像是富家弟子。但是，仅仅一句话，吴老板就知道，林枫寒似乎懂得古玩。

所以，他老老实实地点头道："没错！"

"既然我朋友照价赔偿，能不能请吴老板把古瓷碎片给我这个朋友？"林枫寒说道。

吴老板愣了一下子，陈旭华微微皱眉，低声说道："我要那碎瓷片做什么？"

林枫寒看了他一眼，低声解释道："那瓶子虽然碎了，但是，好歹是古瓷碎片，我回去找个人给你修复一下子，卖出去，也值得十多万。"

"这东西还能够卖钱？"陈旭华还真有些诧异，这都碎了，还怎么能够卖钱？

"这是明青花，倘若是元青花或者是汝瓷、钧瓷，哪怕是碎了修复的，也值几百万甚至上千万。"林枫寒淡淡地解释道，"你如果不要，给我就是。"

陈旭华点点头，就这么抬头看着吴老板，说道："把碎瓷给我朋友，我这就转账给你。"他想得很是简单，既然这碎瓷还值个十几万，林枫寒要，给他就是了。

"这……"吴老板捧着茶盅，原本已经老神在在地在喝茶，这个时候神色之间却是有些不自然。

甄太太再也忍不住，说道："这位先生有所不知，刚才打碎了瓶子，吴老板怕伤着陈太太，已经命人收拾掉了。"

林枫寒看了一眼甄太太，从桌子上端起茶盅，喝了一口茶，这才说道："甄太太，我知道碎瓷已经收拾掉了，我现在要碎瓷而已——不是要看现场。"

"这碎瓷都已经收拾掉，难道谁还留着碎瓷片好玩啊？"甄太太有些恼怒，说道，"你是谁家的孩子，跑出来胡搅蛮缠？"

"丢了？"林枫寒故意问道，"扔垃圾堆了？"

吴老板不断地对着甄太太使眼色，无奈甄太太就是没看到，当即说道："当然，留着这碎瓷片做什么？"

林枫寒看了一眼吴老板，嘴角浮起一丝讽刺的笑意，说道："甄太太，刚才听说你也懂得古玩？"

"当然！"甄太太仰着脑袋说道，"你不要胡搅蛮缠，砸碎了东西，总是要赔偿的——这道理到天边都说得通，刚才陈太太也是同意私了，吴老板才把碎片收掉的。"

"我刚才说过，我只要碎片，不看现场。"林枫寒冷笑道，"甄太太难道不知道，别说是完整的碎片，就算是不完整的古瓷碎片，也是价值不菲——万贯家财，不如汝瓷一片在手，你连这这么浅显的道理都不懂，你还说你懂得古玩？吴老板，你不会这么想吧？古瓷碎片就这么丢了？"

吴老板看着林枫寒，竟然有些心虚地不知道说什么才好。

"真丢了？"林枫寒突然抚掌笑道，"陈旭华，你前几天还说，要请我吃饭？如今，这二百五十万啊，我们找个地方好好吃一顿？"说着，他还转身对陈老太太说道："陈伯母，我们一起吃个饭，你看看——吴老板连证据都没有了，让他报案公了就是。"

"好好好，我们这就去吃饭。"陈旭华这个时候已经回过神来，知道里面有猫腻，忙着说道。

"你怎么可以这么说？"甄太太走到林枫寒身边，怒道，"打碎了人家东西，你不赔，你还有道理了？"

"谁打碎你家东西了？"林枫寒戏谑地笑道，"甄太太，证据呢？口说无凭啊，你得有证据——你可以找人来说说道理。啧啧，你拿出证据来，我绝对赔，拿不出，对不起，我午饭就没有吃好，这个点真饿了，二百五十万啊！够我吃一辈子了。"

"你——"甄太太气急之下，扬手就对着林枫寒脸上刮了过去。

陈旭华勃然大怒，他就坐在林枫寒身边，岂容她打到人？当即匆忙站起来，一把就抓过甄太太的手，微微用力，就把甄太太推了出去。

让林枫寒想不到的是，甄太太看着穿着奢华，这个时候居然开始使泼，竟然作势坐在地上，大哭起来，口中嚷着："打人了打人了，砸碎了人家东西不赔，还打人……"

一瞬间，她脸上的妆就花了，哭得那叫一个凄惨。

林枫寒有些厌恶地看了一眼甄太太，这才说道："吴老板，碎瓷给我，别让这个女人哭闹了，你应该知道，没有碎瓷，打官司都是你输。"

　　吴老板嘴角抽搐了一下子，想了想，这才站起来，转身去外面拿碎瓷。

　　"吴老板，如果没有，可以现砸一只给我。"林枫寒淡淡地说道。

　　听得林枫寒说这么一句话，吴老板连着背影都僵硬了一下子，最后他还是硬着头皮走了出去。

第二十四章 碰瓷（3）

　　他们并没有坐多久，吴老板就拎着一只黑色的方便袋走了过来，然后他冷着脸，把袋子递给林枫寒道："碎瓷给你。"

　　林枫寒接过袋子，放在桌子上，从碎瓷里面挑出来瓶底下的几块，拼凑着放在桌子上。

　　瓶子底下有字，写着"明成祖贡制"五个青釉小字。

　　"吴老板，宣德年间的？"林枫寒问道。

　　"没错！"吴老板哼了一声，然后从一边找出来一片碎片，递给他道，"你自己看——明代宣德青花瓷，卖个二百五十万，我还亏了。"

　　林枫寒一看之下，差点就笑了，这什么人啊？居然开这种玩笑……

　　那一片碎瓷应该是赏瓶底下的另外一片，上面也有四个小字"宣德三年"。林枫寒很想给制造这只赏瓶的一巴掌，没文化就不要卖弄，开什么玩笑啊！

　　"吴老板，陈老太太打碎的，就是这么一只瓶子？"林枫寒笑问道。

　　"对！"这个时候，甄太太也凑了过来，恶狠狠地盯着林枫寒，那模样，似乎林枫寒曾经调戏过她家大闺女似的。

　　"伯母，你过来看看，你确定你打碎的，就是这只瓶子？"林枫寒问道。

　　"是的。"陈老太太心中也憋着一股郁闷，好端端地出门逛逛，居然碰到了这等烦心事情，她就看了一眼人家的瓶子，怎么就砸破了？

　　"确认无误？"林枫寒抬头看着吴老板问道。

　　"没错！"吴老板没好气地说道。

　　"呵呵！"林枫寒把碎瓷片收拾好，依然装在方便袋里面，然后摸出皮夹子，取出两张百元大钞，站起来，走到吴老板的位置上，把钱压在他的茶盅下面，起身，拎着装着碎瓷片的方便袋，招呼陈旭华道："走！"

陈旭华还有些回不过神来，但林枫寒拉着他，招呼陈老太太，抬脚就走。

"你们……站住。"甄太太气急败坏，站在门口，掐腰叫道，"你们砸碎了人家古玩瓶子，就想要这么走了？还有没有天理啊？你陈家就是这么仗势欺人的？我……我要出去，找人评评理。"

"大姐，你可以出去找人评评理，只要吴老板伤得起这个脸面，我真不在乎你们找个人评理的。"林枫寒冷笑道，"吴老板，看样子你是非要逼得我砸了你场子，你才甘心？"

"不不不，林老板有话好说。"吴老板面如死灰，忙着恭恭敬敬地送了他们出去。林枫寒把话说到这个份儿上，他也不傻，这事情一旦闹开了，他设局碰瓷，在这苏州城里，他这家古玩店也不用开了。

林枫寒出门的时候，忍不住又看了一眼甄太太，讽刺地笑道："吴老板下次找个好点的托儿。"说着，他头也不回地走了出去。

等着离开佳古斋，陈旭华好奇地问道："小寒，我怎么还是有些不明白，你给我说说？"

林枫寒忍不住裹了一下子羽绒服，刚才在室内的时候，空调温度打得很高，这一出来，寒风刺骨，他就感觉遍体生寒。

陈老太太说道："我也弄不明白，前面不远处有一家茶楼，茶点不错，我们去喝个茶，林先生对我这个老太婆解释解释，免得我再次被人骗了？"

林枫寒只是笑着，陈旭华二话不说，带着他们直奔茶楼，要了一个包厢。等着服务员把各色茶点送上来之后，陈旭华实在忍不住，一把抓过他，直接问道："小寒，你快说。"

"你把身份证还给我，我就告诉你？"林枫寒可没有忘记，他的身份证还在陈旭华手里。

"我……"陈旭华低声喝道，"等你出院我就给你，别卖关子，速度说。"

"小华，你是不是又做什么坏事了？"陈老太太说道，"你拿着人家身份证做什么，还不还给林先生？"

"妈！"陈旭华走到陈老太太身边，低声在她耳畔说了几句，陈老太太微微皱眉，说道："真有此事？"

陈旭华慎重地点点头，然后对林枫寒说道："小寒，你出院我就把身份证还给你，

———

我也就是希望你把病养养好。"

林枫寒也知道，陈旭华确实没有恶意：自己住在医院，他每天都来看，怕自己住院闷，还特意给自己买了一些小说书解闷，因此也不好再说什么。当即从方便袋里面，取出刚才的那么几片碎瓷片，放在桌子上，说道："明朝宣德年间的青花瓷、孔雀蓝釉，还有宣德炉，都是比较有名的古玩，品相完好的瓷器，放在市面上，价值确实是二百万到三百万不等，有纪念意义的更加高。"

"哦？"陈旭华点点头，陈老太太也是点点头，对于古玩，他们并非太懂。

"你看，这个上面写着宣德三年，就是说，这是宣德三年烧制的。"林枫寒一边说着，一边小心地把那片碎瓷递给陈旭华。

"是啊！"陈旭华接过碎瓷片看了看，问道，"没错儿啊，那为什么你给二百块，他居然就放我们走了？"

"问题就是出在这一片上面。"林枫寒把另外一片碎瓷递了过去，说道，"明成祖贡制——你知道是什么意思吗？"

陈旭华老老实实地摇头道："我不知道。"明代有几个皇帝老儿他都搞不清楚，哪里弄得清楚这些玩意儿？

"明成祖就是朱棣，历史上很有名的那位永乐大帝。"林枫寒说道。

对于这么有名的一位皇帝，陈旭华表示还是知道的，当然，他所知道的，仅仅局限于现在电视剧上永乐皇帝的形象。

"宣德三年，宣德皇帝命官窑烧制一批瓷器，作为明成祖朱棣的贡品，懂了吗？"林枫寒说道。

"嗯。"陈旭华点点头，说道，"你这么说，我就懂了，反正，就是儿子还是孙子什么的，要弄一批瓷器给已经过世的祖宗做贡品，是这样吗？"

"对，就是这样。"林枫寒点头道，"这是一批贡品瓷器，本来也没有问题，但这个明成祖……这都是现在的电视剧害人啊！在宣德年间，永乐大帝可不叫明成祖。"

"对啊，人家叫永乐大帝啊！"陈旭华用力地拍着桌子说道，"是这样吧？小寒？"

"不是！"林枫寒忍不住白了他一眼，再也忍不住，说道，"你上学的时候都做什么去了？你除了会欺负我，你还会做什么啊？"上学的时候，他是真地让他整得很惨，这个时候，逮到机会，报复一下子，顿时就感觉神清气爽啊，咳嗽瞬间就好了。他感觉，他明天一准可以出院了。

陈老太太也忍不住骂道："你这死孩子，平时让你多看看书，多看看书，你就不看，看看吧，看看吧，被人笑话死了？"

被陈老太太这么一说，林枫寒倒也不好再说什么，当即只能够解释道："永乐大帝过世之后，定的庙号是太宗，直到嘉靖年间，才被改为明成祖。宣德年间的工匠，如何能够未卜先知，知道'明成祖'三个字？所以这件瓷器是现代仿品，我给他二百块，压茶盅底下，就是说——大家心里知道，别挑明说了，挑明白了，他设局碰瓷，以后那家'佳古斋'，在苏州古玩一行就不能够开了。"

任何一行生意，最注重的都是诚信，所以他可以肯定，吴老板是绝对不敢找人看的。

"我靠！老子我这就去把他店砸了。"陈旭华怒道，"简直就是岂有此理！"

"算了。"林枫寒说道，"以后多长一个心眼，那个甄太太，就是他请的托儿。不过，那个甄太太似乎根本就不懂得古玩啊？不是专业拉纤的？"

"小寒。"陈老太太很是好奇，挪了一下子椅子，坐在他身边，问道，"你去的时候，就知道这瓷器是假的？"

"不不不！"林枫寒连连摇头道，"伯母有所不知，我去的时候，看到碎瓷已经被收掉，我就猜到你可能是被人设局骗了。但我真的没有想到，那个吴老板这么大胆，居然没有古瓷碎片在手，就敢出来骗人。"

"小寒，我觉得我又有些糊涂了。"陈旭华捶捶自己的脑袋，说道，"我平时感觉很聪明啊，怎么碰到你，我这脑袋瓜子就转不过弯来？"

"是这样的，"林枫寒说道，"这一件宣德青花瓷，价值二百万到三百万，我知道你是做珠宝生意的，这么一点儿钱你也不放在眼中，但是，很多人忙活一辈子，也赚不到这么多钱。如果那个吴老板手中有着一件宣德青花瓷，由于不小心砸碎了，你说，他不得心痛死？"

"对对对！"陈老太太点头道，"谁家砸碎了这么一件玩意儿，都会心痛的。"

"这就是了。"林枫寒说道，"我原本以为，吴老板把某件宣德青花瓷砸碎了，然后就想要找个冤大头欺骗一把，于是，就有甄太太盯上了伯母。"

"我看着就像那个冤大头吗？"陈老太太倒是好脾气，只是笑笑。

林枫寒也知道自己失言，忙着道歉，陈老太太温和地笑道："没事，你说下去。"

"我当时走过去一看，发现碎瓷片都收拾了，我就知道有问题。"林枫寒说道，"我当时已经准备认栽了，真的，这碎瓷都收了，还说得清楚个屁啊？伯母说，你砸的不是这么一件，可人家就说，你砸的就是这么一件，你得赔。我要碎瓷片是真的想着，好歹弥补一下子损失，我找人修复一下子，给你卖掉，破损的宣德青花瓷，好歹也能够卖个十多万。可我也没有想到，那个吴老板，居然没有真正的古碎瓷片——甄太太和我叫嚷的时候，我就知道，我们不用赔钱了。"

第二十五章 业有专精

陈旭华叹气，抓起一只青菜包子来，狠狠地咬了一大口，这才说道："幸好我把小寒带了过去，省了二百五十万，否则，我今天就做了典型的二百五了。"

陈老太太想了想，这才叹气道："小华，我才是二百五，唉……我想想，这事情哪怕是报警，只怕都说不清楚，不是谁都像小寒一样，看一眼就知道真伪的。"

"伯母如果想要看看瓷器，将来我给你留意着点儿，如果有好的，我打电话给你。"林枫寒说道，他口中说着，心中却是有些苦涩，如果不是在爷爷从小严谨之极的教导下，他也不会看一眼就知道古瓷真伪。

事实上，素珍诀他一向都学得不好，古瓷绝对不是他的专长，今天这件东西主要是作假太过明显了。

"好！"陈老太太含笑说道，"我这两天还真有些动心，小寒，你是做什么生意的？"

"就这个。"林枫寒指着那堆碎瓷片说道，"卖高档工艺品，顺便做些古玩生意。"

"难怪了，业有专精。"陈老太太笑道，她并不怎么想要喝茶，因此略坐了一下子，就有家里的司机来接她离去。

等着陈老太太离开后，林枫寒开始慢慢地品茶，这家茶楼的茶点和茶都非常好，让他赞不绝口。

"倒看不出来，你小子还懂得这个。"陈旭华好奇地问道，"我以前怎么不知道？"

"你以前也没有问过啊！"林枫寒说道。

"得，我错了，我以前就不该欺负你，你也别当着我妈的面，告我御状啊！"陈旭华笑道，"今天我等于是白赚了二百五十万，要不，我们等下出去逛逛？"

"这大冷天，苏州有什么好逛的？"林枫寒问道，苏州和扬州一样，都是有名的古城，有着诸多名胜古迹，但是如今是冬天，天气寒冷，往冷风口一站，他就直打哆嗦，可是一点逛景点的兴趣都没有。

"我们逛商场。"陈旭华说道。

"商场有什么好逛的？"林枫寒狠狠地鄙视他，说道，"那是女人才喜欢做的事情好不好？"

"去不去？不去，你回医院待着。"陈老太太一走，陈旭华再次原形毕露，直截了当地说道。

林枫寒想了想，虽然他不喜欢逛商场，但是，总比回医院睡觉强，当即点头同意。

让他出乎意料的是，陈旭华还真是逛商场，就这么一家家地看过去。一般来说，商场最下面一层，都是卖珠宝首饰的，而陈旭华就是带着他看这个的——林枫寒问了一声才知道，陈旭华善于珠宝设计，自然也免不了常常跑去人家看看珠宝设计款式，用他的话说，取其精华，去其糟粕，融百家之长，才能够设计出别具匠心的首饰来。

对于这方面，林枫寒自然是两眼一抹黑，表示什么都不懂，正如陈老太太的那句话——业有专精。

吃晚饭的时候，林枫寒接到了何起的电话，说是装修二天前就完工了，让他赶紧回扬州验收结算，他还忙着别的人家装修呢。

林枫寒打电话问了一声金线绣坊，结果方老板那边也说——三十个荷包、三十个绣囊也都已经完工，包括他的衣服等等，他要回扬州，可以顺便带回去。余下的一些东西，绣坊做好了，会给他发快递过去。

林枫寒磨了半天的嘴皮子，陈旭华才同意，明天一早还他身份证，过来帮他办理出院手续。

第二天，林枫寒终于如愿出院，搬回新城花园酒店，让他感觉忒冤的就是——他生病住院的这么几天，酒店并没有退房，他还要照常支付酒店的钱，想想，他就难过。

下午他就去了金线绣坊，付钱取货。出门的时候，林枫寒看到金线绣坊门口停着一辆崭新的车，车身是炫耀的宝蓝色，映衬着阳光，散发出淡淡的光泽，而这个车标，他竟然从来没有见过，乍一看，似乎是一个皇冠，透着奢华气质。

"好漂亮的车！"林枫寒心中忍不住暗赞了一声。

一念未了，车门打开，一个身材魁梧的大胖子走了出来，看到林枫寒，那人似乎也是一呆，叫道："小林子？"

"啊……"林枫寒一愣，怎么也没有想到，他居然会在金线绣坊碰到马胖子，忙叫道，"马胖子，你怎么会在这里？"

"我过来给我妹妹拿一下子裙子，等下去酒店，你呢？"马胖子问道。

林枫寒笑道："我也过来拿东西，明天准备回扬州。"

"哦……真是太好了。"马胖子爽朗地笑道，"你住哪家酒店？我明天也去扬州，等着，我们一起。"

说着，马胖子不由分说，在金线绣坊取了货物。问了一下子，林枫寒才知道，马胖子居然和他住了一家酒店，想想，他也就明白了，这家酒店距离金线绣坊很近，马胖子来苏州，就是帮他表妹取一下子裙子而已。

晚上，陈旭华约林枫寒吃饭，林枫寒也没有推脱，拉着马胖子一起。他想着，马胖子是做房地产生意的，而陈旭华是做珠宝生意的，都是那种钱多人傻的，想来会有共同话题。但是，他怎么也没有想到，马胖子看到陈旭华就不痛快，而陈旭华越看那枚胖子就越发不顺眼，一餐饭，两人一边吃一边吵架，要不是看在林枫寒份上，估计大打出手的可能性都有。

林枫寒就弄不明白了，这两人难道八字不对——理应能够成为朋友的两个人，怎么就会相互看不顺眼了？

因为马胖子也要去扬州，林枫寒自然就顺便搭顺风车，省了车票钱。但他没有想到，陈旭华也要去扬州，金玉堂在扬州有两家分店，年底了，他要去扬州处理一下子生意上面的事情，约了一同前往。

第二天早上九点，林枫寒把行李都装在了马胖子的车上，上车准备走人的时候，陈旭华却一把拉着他，把他塞进自己的车里面："你坐我的车，我看到那胖子就讨厌。"

"小林子，你坐我的车，我刚刚买的新车。"马胖子仰着脑袋说道。

"切，你那车有什么好了？"陈旭华一脸鄙夷地说道，"你一个胖子，居然买这种车，玛莎拉蒂总裁都被你玷污了。"

林枫寒认不出那车标，他却是一眼就看了出来。

"就你那猥琐样，法拉利才被你玷污了呢——还是红色？他妈的，这是女人开的车好不好？"马胖子看了一眼那辆拉风的法拉利，一脸的唾弃。

"你们两个吵，我去买张车票回去。"林枫寒摇摇头，准备不理会这两个人了，他就弄不明白，为什么这俩人会相互看不顺眼？难道说，这就是传说中的王见王——死棋？

这两人都算是天之骄子，难怪会相互看不顺眼，是他脑残了，想要介绍他们认识。

"别！"马胖子一把把他拽住，说道，"算了，老子不和他吵。"说着，他从口袋里面摸出来一样东西，塞给他道，"给你。"

"这是什么？"林枫寒愕然，一看之下，顿时呆住，晕车药？马胖子怎么知道他晕车的？他们认识的时候还小，也没有一起坐车出去过，他怎么知道他晕车啊？这个话题，他只对许愿说过一次。

"那种跑车，很容易晕的。"马胖子解释道。

"哦，谢谢！"林枫寒忙着道谢。

陈旭华看了看马胖子，这才说道："你带行李，我带人，公平合理。"说着，他也不理会马胖子，招呼林枫寒就走。

林枫寒还是没法子理解，这两人怎么就相互看不顺眼了？这真的不合理、不科学。

到了扬州，两人各自有事，自然也没空再吵。林枫寒也忙着搬家，置办一些新的家具等等。如此又折腾了四五天，马胖子和陈旭华还抽空儿过来帮忙，林枫寒才算把一切弄妥当了。

景德镇的花瓶、扬州有名的漆器首饰盒、苏州真丝手工刺绣香囊与荷包，放在货架上，隔着玻璃，看着古色古香，连着存放在古老那边的几样古董，包括原本那个老头卖给他的两件青铜器，都被他收在楼上的古玩架子上。

古玩架子用的玻璃，是那种钢化玻璃，对于这个，林枫寒真没有含糊，拿着锤子砸过——就连古玩架子上面装的锁，都是他特意找人定制的密码锁。

等着一切妥当了，林枫寒闲下来才想起，何起还没有找他结算装修费用，他只支付了十万预付；另外还有一件让他非常困惑的事情，除了店铺那个门面，为着配合古街的气氛，他特意要求用青砖铺的地，别的地方都是彩釉彩砖或者是复合式木质地板。

这是装修常用的材料，再普通平常不过了，可是为什么他房间里面的地板，总有一种淡淡的檀香味？

他看过一些报道，专门揭露装修黑幕的，说是一些无良商人利用化学制品冒充木质地板，为了遮盖化学制品刺鼻的味道，他们会想法子利用一些廉价的香料掺入其中，现在很多涂料里面就有。

这样的装修材料会对人体造成很大的伤害，弄不好，会导致多种疾病。

第二十六章 盛世珠宝（1）

林枫寒非常担心，毕竟装修的时候他都不在，何起是个装修商人，会不会以次充好，把他坑了？如果只是木料材质差一点，他也认了，但如果是那些有毒害的化学制品，可如何是好？

而且他看着他房间里面铺地的木板，就和市面上卖的不太一样，越看，他就越是担心。所以不管如何，他打了两个电话，催着何起过来一下。

到了傍晚，何起这才急冲冲地赶了过来。

"何老板，请坐。"林枫寒忙着招呼道，虽然心中各种狐疑，但是，他还是礼貌地招待着。

"林先生，我没空儿坐，你说什么事情？是哪里装修不到位？"何起是做实事的人，直接开门见山地问道，"最近景萍园拆迁，很多人拿了补贴买了新房，我实在太忙了。还是你有先见之明，事先找我，要是晚上一个星期，我连档期都抽不出来。"

"也没什么，我就是问问，我房间里面装修的木板，是什么木板？"林枫寒问道。

"呃？"对于这个问题，何起明显呆了一下子，这才说道，"林先生不知道？"

"什么？"林枫寒有些糊涂了，他知道什么啊？

"你不是跑去苏州进货，委托你姥爷帮你照看照看，结果，你姥爷也不知道从什么地方拖来两大车老木料，你看看——"何起一边说着，一边指着他一边的客厅地板说道，"这些都是老木料解开做的，不是市面上卖的复合式木板，就因为要解这些木料，导致我们的工程多耽搁了几天。

"至于你房间里面的，是另外一批木料，你姥爷说，那批木料木质细腻，比较好，所以铺你卧房里面。不过，那批木料木质确实很好，我摸着挺光滑细腻的，解的时候，还有很好的木料香味。

"你姥爷说了，你急着要搬进来，所以不用油漆，只需要打磨光滑了就好，就怕有油漆味道，对身体有损害。"

林枫寒呆住了，他哪里来的姥爷啊？小时候，他很是羡慕人家有父母亲宠爱，还有姑妈啦、姨妈啦，或者是舅舅、姥爷、姥姥什么的，可是，他没有亲戚——从小到大，他都没有亲戚，这个时候，却是从哪里冒出来的姥爷？

"对了，你房间和卧房里面，都特意留着挂画的钉子，这也是你姥爷特意吩咐的。别的，应该都是照着我们事先商议好的设计图做的。"何起忙着解释道。

"嗯。"林枫寒点点头，不是有毒成分的化学制品，他顿时也大大地松了一口气。但是，却是满腹疑团，也不方便对何起说什么。

"何先生，既然这样，我们结算一下子装修费用。"林枫寒说道。

这一次，何起如同是看外星人一样地看着他，半晌才说道："林先生，你最近忙糊涂了？"

"什么？"林枫寒呆了一下子，自己怎么就忙糊涂了？

"你在苏州的时候，不是让一个姓陈的朋友，给我结算了装修费用了吗？"何起说道，"你要是不给我结算，我老早就跑来找你要了，还等到现在？"

"陈旭华？"林枫寒皱眉问道。

"对对对，你啊！"何起笑道，"我那小舅子说你糊涂，你还真有些糊涂。"

林枫寒感觉自己确实很糊涂，他不知道他从什么地方冒出来的姥爷，也不知道陈旭华给他结算了装修费用。

对于陈旭华，林枫寒表示能够理解。毕竟，苏州的碰瓷事件，由于自己的缘故，让陈旭华省了二百五十万，他心存感激，帮自己结算装修费用作为报答，合情合理。可是，那个什么姥爷，到底是谁啊？

马胖子？可就那胖子也不能够冒充他姥爷啊？难道说是古老？感谢他帮他解了"斗古"的围，所以送他一批上好的木料装修？可他老人家似乎也没必要做得这么神秘啊？

"我就说了一声，不知道他真结算了。何老板，装修共计花了多少钱，我好和我朋友结算。"林枫寒忙着问道。

"由于这批老木料，省了很多，我们原本预计要五十万左右的，结果装修下来，只花了四十一万，你预付了十万，你朋友给你支付了三十一万。"何起忙着说道，"你朋友可真大方。"

他原本以为，这钱是林枫寒的，现在才知道，竟然是他朋友代为支付的，不禁感慨不已。

三十一万，虽然不是大数字，但也不是小数字啊。

林枫寒只是笑笑，心中想着，过几天还是找个机会，把这钱给陈旭华的好——这几天他在苏州，吃他的用他的，住院最后结算，也是陈旭华付的钱，再让他给他支付大笔装修费用，怎么也说不过去了。

"要没什么别的事情，我就先走了。"何起笑道，"我最近真忙，你说，都年底了，好端端的拆迁，也不知道这景萍园的房地产开发商是谁，为什么非要赶在年底啊？"

对于这个问题，林枫寒只是笑着，马胖子非要赶在年底拆迁，谁能够怎么着了？

等着何起离开之后，林枫寒思来想去，也想不明白，他姥爷到底是谁啊？最有可能的自然是古老，但是，这似乎不像是古老的作风。

看着外面的天已经黑了下来，又冷，他也没有出去的欲望，当即返身走向厨房，泡了一包方便面，放在微波炉里面转着。前天游胖子来找他，软磨硬泡，让他把那块和田羊脂玉卖给他。

林枫寒拗不过他，最后商讨了一下子价钱，以二百二十万的价钱把那块和田羊脂白玉再次卖给了游胖子。怎么想着，他都感觉游胖子就是一个二货，所以，找他商议了这么一个二货的价钱。

人家黄绢美人敢带着仿品过来砸场子，自然就意味着这绝对不是普通人能够看得出来的东西，游胖子都不懂得金器，居然也敢拿着价值二百万的和田白玉做彩头上去搏一把！真正是撑死胆大的，饿死胆小的。

但是，林枫寒和游胖子闲聊了几句，也就明白了：游胖子是专门做和田软玉生意的，这两年国泰民安，清平盛世，大伙儿手里都有些钱，有钱了，自然也要附庸一下子风雅，弄点收藏。

古玩这玩意儿，考究的不光是眼力，还要有丰富的知识面。一个弄不好，打眼了，买下的古玩是仿品，自然是一文不值。风险实在太大，导致普通人根本不敢下手。

于是，想要收藏一点东西，黄金翡翠、和田玉无疑都是最好的。所以，这几年游胖子富得冒油，二百万他根本没有看在眼中。

甚至他和林枫寒说了，让他过几天去他店铺翠玉坊坐坐，看看有没有合眼缘的，他给他挑个好的——林枫寒瞬间就感觉，游胖子说这么一句话的时候，看他的目光，就像黄鼠狼看着一只肥肥的大母鸡。

如果他真去了翠玉坊，只怕二百二十万还给他不够，还要连着老本都贴上不少。

如今他有钱了，但似乎也没有什么改变，没事的时候，依然喜欢泡个面。

但是，连林枫寒也想不到，都这个时候了，居然还有客人上门。

一个四十出头的中年妇人，穿着一件藏青色的长款羽绒服，拎着一个皮箱子，走了进来。

"大姐，你想要看看什么？"林枫寒顾不上他的泡面，忙着招呼道。

"小老板，你这边收黄金翡翠？"中年妇人神色有些紧张，眉头微微皱起，让她原本保养姣好的容颜看着有些憔悴。

"哦？"林枫寒一愣，随即笑道，"大姐，如果你要出售一些黄金翡翠，可以去前面不远处的典当行看看。"

以前他也会碰到有人问这个，凡是想要典当黄金珠宝，他都是推荐他们去张德奎的典当行。

"我去过了……"中年妇人轻轻地叹了一口气，说道，"他们的价钱太低了，珠宝类只给我发票价的百分之二十。"

这次，林枫寒也皱了一次眉头，他知道典当行的规矩，珠宝等奢侈品，典当价就是按照发票价的百分之二十收。如果连发票都没有，典当行会更加压价，常常就是三文不值二文，再好的东西，也会被他们说得破破烂烂、虫蛀鼠咬。

"小老板，你要不要看看？"中年妇人焦急地问道。

林枫寒想要拒绝，但看到中年妇人焦急和渴望的眼神，当即点头道："看看吧，你这边坐。"说着，他请了她到一边的客厅坐下。

中年妇人叫做方静，在沙发上坐下后看了看林枫寒，这家店铺的老板似乎太过年轻了，他有钱收自己带来的这些东西吗？

一般像这样的店铺，注册资本并不需要多少钱，老板手中也没有太多的闲钱来收这些东西。

她这几天，已经带着这些东西走过很多人家，也有人有兴趣收的，但是却拿不出那么多现钱来。

"老板，黄金你能够给我什么价钱？"方静直接问道。

林枫寒想了想，问道："典当行那边，黄金是比虚拟金价略微低的价钱收吧？"

"是的，低二十块钱一克。"方静点点头。

林枫寒笑了笑，说道："我能够给你的，顶多就是虚拟黄金价钱。"

对于他这个价钱，方静没有说什么，当即打开皮箱子，取出四只金元宝，还有几块金锭，递给他道："这些东西，共计二千克。"

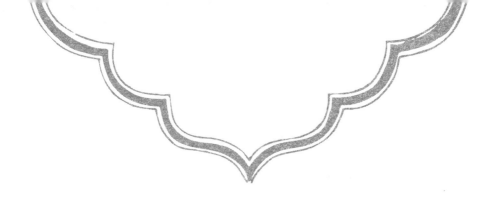

第二十七章 盛世珠宝（2）

　　林枫寒有些愕然，他原本以为，这个中年妇人顶多就是典当一些金饰而已，没有想到她居然如此大手笔，直接要出手二千克黄金。

　　他略略看了看，其中两个金元宝都是工商银行发行的，上面都是三百克的，另外两个是中国黄金的，二百克一个，还有几个金锭，大小不一，他算了一下子，正好是二千克。

　　工商银行发行的金元宝，表面的花纹很是精美，林枫寒放在手中把玩了一下子，心中颇为喜欢，想了想，问道："大姐，有身份证吗？"

　　"有。"方静掏出身份证递了过去。她知道林枫寒的顾忌，唯恐这些东西来路不明，将来给他带来麻烦，因此需要她的身份证登记一下子，以备将来。

　　"老板，东西来路绝对没有问题的，我老公原本也是生意人，前几年着实做得很好。"方静嘴角浮起一丝苦笑，无奈地解释道。

　　"哦……大姐，我惯例问问。"林枫寒一边说着，一边走到书桌前，拿过刚刚买的苹果笔记本，上网查了一下子虚拟黄金的交易价钱，不禁叹气，说道，"大姐，今天的虚拟黄金交易价钱是二百四十六，委实偏低，你要是不等钱用，我劝你还是不要出手了。"

　　方静忍不住咬了一下子下嘴唇，她知道最近黄金正值低谷，但也没有想到今天的金价竟然这么低。

　　"我等钱用，老板如果有兴趣，能够给个方便吗？"方静抬头，可怜兮兮地看着林枫寒。

　　"可以。"林枫寒看着她的模样，忍不住心一软。他也知道，如果不是真的为难，只怕谁也舍不得在黄金这么低谷的时候出售兑换现钱，当即于心不忍，说道："大姐，我最多给你二百五十元一克，你看可好？"

方静愕然，突然有些感动。这些天她四处奔走，想要把一些东西变卖了，换些现钱，但人家知道她必须要卖，谁不是逮着机会，死劲压价？哪怕是昔日的一些熟人朋友，皆是如此。

二百四十六一克的虚拟黄金交易价，已经是最高了，但是，林枫寒不但没有压价，反而主动涨了。

"谢谢老板。"方静忙说道。

林枫寒取过计算机和纸笔，笑道："大姐，二千克正好五十万，你要是没意见，我做个转卖合同，你把银行卡给我，我现在就可以转账。"

对于林枫寒的爽快，方静有些不适应，所以，她呆了一下子，问道："老板你不要验证一下子黄金？"

这几天她已经陆续出售了一些黄金，但是，不管是金店还是典当行，对于验证黄金都查得很严，不断地用火烧着，似乎只有如此，才能够证明真金不怕火烧。

每次她看到，她都感觉那不是在验证黄金，那是烧她的心，而她的心，已经烧得有些焦了……

"大姐，你难道认为我这里有那个玩意儿可以验证？"林枫寒笑着摇头道，"中国黄金和工商银行出来的东西，我也不用验证。"

事实上，他精通摸玉诊金术，这黄金入手，焉有不知道真假？哪里还需要采用现代化的设备验证？

"那……老板还要不要看看别的东西？"方静说这么一句话的时候，有些心虚。

"你还有什么？"林枫寒愕然问道。

"这个。"方静说着，从皮箱子里面取出来一只丝绸小袋子，把袋子递给林枫寒道，"这是十年前我老公给我买的，放了有些年月了，老板看看。"

"哦？"林枫寒很好奇，小心地接过小袋子，打开，里面装着一块羊脂白玉佩、一只羊脂白玉镯子。

难得的是，这两样东西都是枣红皮的，玉质很好，细腻润泽。镯子上面，枣红皮被巧妙地雕刻成了荷叶模样，在宛如凝脂一般的白玉上面，正宗的枣红皮荷叶漂浮其上，透着难掩的韵味。

玉佩也是枣红皮，石皮占据了整个玉佩的三分之一，并非只是一点点，同样雕刻成了荷叶模样，在正面，雕刻师巧妙地利用红色石皮雕刻成了一朵莲花模样，莲花栩栩如生。

林枫寒只看了一眼，顿时就喜欢上了。

"这两样东西，据说是一块料上的，听的说是正宗和田羊脂玉。"方静看着林枫寒不断地在手中把玩那块羊脂白玉莲花玉佩，当即低声解释道，"这是证书。"说着，她从皮箱子里面摸出两份证书，递了过去。

对于有没有证书，林枫寒一点儿也不在意，和田玉的优劣，他还是能够区别出来的。

但是，眼见方静把证书推过来，他扫了一眼：镯子重达八十二克，那块莲花玉佩也有六十三克；都不算小了，而且玉质都很好，虽然达不到真正羊脂白玉的标准，但是，就玉质本身来说，并不比游胖子的那块玉质差，重点是羊脂白玉籽料枣红皮的并不多见。

"大姐，这东西你要卖多少钱？"林枫寒问道。

"时间有些久了，我找不到发票了，老板也收？"方静老老实实地说道。

林枫寒笑道："只要大姐的东西来路清白，我就可以收。"

"这个你放心。"方静急急解释道，"东西都是清清白白的。"

"那好，这玉佩和镯子，我都很喜欢。"林枫寒笑道，"大姐如果愿意忍痛割爱，开个价钱吧。"

"我记得，这镯子和玉佩十年前买的时候是八十万，但那是十年前，现在我想要一百万。"方静说这么一句话的时候，又有些心虚了，她去典当行问过，人家顶多只肯给她四十万。但是四十万，她能够做什么啊？

林枫寒又看了看那只镯子和莲花玉佩，心中想着：这东西要是放在游胖子的翠玉坊，只怕没有二百万，他是别想买下来——毕竟，游胖子的那块玉佩，就价值两百万，而这个虽然没有那个大，但却是枣红皮的，且油性和玉质都很好。

所以，林枫寒在略略想了想之后就点头道："成，连着黄金，一共一百五十万？"他一边说着，一边在纸上记录了一下子。

方静点点头，感觉这个小老板是非常爽快的人，当即说道："还有翡翠和钻石，老板要不要看看？"

林枫寒看着她，忍不住笑道："大姐，你到底有多少好东西，全部拿出来？"

"好吧。"方静迟疑了一下子，还是从皮箱子里面，取出来一个小巧的螺钿错金首饰盒，递给他道，"这是翡翠。"

那只首饰盒一拿出来，林枫寒忍不住就眼前一亮，这只首饰盒非常精美，并不比他在漆器厂特意定制的首饰盒差，甚至在工艺上，还隐隐胜出。

当然，他也一眼看出来，这东西并非古董，虽然有些年代了，但绝对不会太久。

"好漂亮的玩意儿。"林枫寒一边说着，一边打开首饰盒。

"这是我妈妈给我的陪嫁之物，特意订做的。"方静苦笑道。

首饰盒打开，林枫寒瞬间就有眼前一亮的感觉，一只翠幽幽、玉润润的镯子，首先映入眼帘，当即拿起来，对着光看了看——这镯子是典型的圆条型圆镯，通体翠绿，只有两指宽的一段是透明无色的，却更是凸显出绿的部分晶莹剔透，莹光很强，质感端庄厚重。

根据翡翠的专业忽悠用词，这应该就是玻璃种艳绿，对着光，他能够看到镯子里面有着十来个白色棉点，不多，影响不了镯子的美观。

另外有十二个翡翠蛋面镶嵌成的一串项链，蛋面的成色非常好，颜色比镯子要绿一点儿，水头相当好，对着光一看，青翠欲滴。

一颗只比鸽子蛋略略小一点的蛋面，镶嵌成了戒指，和项链的镶嵌应该是同一款式，都是简单之极的周围配着上好的小钻石，用白金镶嵌的。

林枫寒走到书桌前，从书桌抽屉里面取出放大镜和手电筒，拿着手电筒对着戒指的蛋面照了照，就算在手电筒之下，那枚蛋面也晶莹剔透，青翠碧绿，色泽宛如春天的小草。

拿着手电筒照着，不管是镯子还是项链，包括戒指，都没有裂纹、黑癣等明显瑕疵。

"大姐，你戴翡翠很漂亮。"林枫寒看着方静说道，他这话倒不是奉承话。方静长得不错，如今虽然上了年纪，但中年女子的韵味，却在此时尽数绽放，配得上翡翠的奢华。

"谢谢老板。"方静忍不住又咬了一下子嘴唇，问道，"老板有兴趣要吗？"

"我倒是有兴趣，但是……"林枫寒说道，"大姐，这东西你卖掉了，以后再也找不到了。"

"我知道，可我总不能够眼睁睁地看着他……"方静说到这里，已经是泫然欲泣。

林枫寒在心中叹了一口气，他明白，如果不是真正的走投无路，谁舍得把这些东西卖掉？想来方静早些年曾经富贵，但现在却有什么难处，不得已才卖。

"你要多少钱？"林枫寒一边说着，一边抽出几张面纸，递给她。

方静接过面纸，拭擦了一下子眼睛，这才说道："三样东西六百万，二百万一样。"

　　林枫寒看了她一眼，这些东西如果在珠宝店出手，他想要弄上手玩玩，至少也要一千万左右。他和陈旭华关系不错，而金玉堂本身就是做翡翠生意的，前段日子在苏州，他闲着无聊，陈旭华曾经对他说过翡翠的行情。

　　这个价钱低于市场价，但远远高于典当行的收入价钱。

第二十八章 情义无价

林枫寒知道，如果他压个价，只怕五百万左右，她也肯卖了，但是，看着方静那个样子，他感觉，他要压价，实在有些说不过去了。

所以，他爽快地点头道："好吧，六百万。"

方静几乎有些不相信自己的耳朵——好吧，六百万？他居然答应这个价钱！最近几天，她找过几家典当行看过，也找珠宝店看过，最多的，人家也只愿意给她三百万，说是行业内最高了。

更离谱的是，一些典当行，把她的东西说得一文不值，似乎是丢路边都没有人捡的破烂玩意儿；甚至有一家店说她的镯子颜色浅薄，色泽诡异，看着像是染色品，当场就把她气哭了。

"总共是七百五十万，大姐还有别的东西吗？"林枫寒问道。

"还有这个！"方静感觉，今天自己走运了，碰到好人了，如果这个东西也能够卖个理想价钱，那么她应该就能够凑够二千万了。

"这个我要卖一千万。"

方静说话的同时，手已经离开羽绒服的拉链，从里面的口袋里面，摸出来一只小小的绒线盒子，递给林枫寒道。

"啊？"林枫寒有些意外，什么东西这么贵？一千万？而方静也郑重其事，没有把它和别的东西放在一起，单独贴身放了身上。

出于好奇心，林枫寒接过小盒子，打开——一抹湛蓝色顿时就映入他的眼帘。

那是一枚男用钻戒，上面一颗湛蓝色的钻石，比他小指甲盖还要略略大一点，四四方方的，周围用一圈小小的细碎钻石做了衬托，白金底托，镶嵌比较简单，但工艺非常精湛。

"这枚钻戒叫做'海蓝之星'，是我老公三年前在香港买的。"方静说着，就直接翻出钻石的证书递了过去。

林枫寒拿着钻戒，对着光看了看，典型的六星六芒，颜色是纯净的海蓝色，净度应该比较高，在灯光下看起来非常闪，像星星一样，难怪叫做"海蓝之星"，可不就像那夏天的海洋映衬着星空？

"大姐，我能不能问问，你家出什么事情了，为什么这样的东西你都要卖？"林枫寒是真的奇怪，这样的钻石市面上并不多见的，证书上写着，十八点三克拉，可不小呢。

方静听得他这么问，知道他心有疑惑，当即解释道："两年前，我老公生意开始走下坡路。三角债务，很多货款追不回来，而他是直爽人，不愿意欠下供应商的钱，于是就变卖了厂房，把供应商、工资什么的都结算了，而对方厂家却在这个时候宣布破产，欠下的货款，他是一分也没有要到。

"本来嘛，经过这么一闹，虽然损失惨重，但是早些年我老公还是赚了很多。从去年下半年开始，他认识了一个朋友，于是两人策划着重新做点什么。

"生意上面的事情，我一个妇道人家不太懂，只知道他朋友骗了他，卷走了大笔资金跑路了。而他欠下了一屁股的债，如今人家债主要钱，告他非法集资。"

林枫寒听到这里，多少有些明白了，势必是方静老公和人合伙想要凑一笔钱做生意，但是，他朋友不是人，钱凑到了，却卷款跑路了。

方静老公原本是做生意的，想要借点儿钱不难，而所有借钱的事情，应该都是方静老公出面，这个时候债主自然只找方静老公，不会找那个出逃的人——要找也找不到。

方静老公还不出钱，债主恼恨之下，自然会上告——于是，方静老公就落下了一个非法集资的罪名。

方静继续说道："我如今求着债主们，求他们不要上告，我卖房子卖珠宝，哪怕卖儿卖女，也把钱凑出来给他们。法院那边，我也找律师去打听过，只要我能够凑到钱，这事情问题就不大了，我……这么多年的夫妻，我总不能够看着他去坐牢吧？"

林枫寒有些感动，说什么"夫妻本是同林鸟，大难临头各自飞"——但人家却是患难与共。

龙纹鼎，那个叫做周惠娉的女子，却是把他们家弄得家破人亡。

把那枚"海蓝之星"的钻戒顺手戴在了无名指上，指环不大，正好戴上，当即说道："大姐，既然这样，这钻戒一千万我要了，我也不还你的价钱了，共计一千七百五十万，你还有什么东西要出售吗？"

"小老板瘦，戴着倒是正好。"方静见他把钻戒戴在手上，忍不住说道，"我老公买了，指环嫌小，懒得去改，他也不喜欢戴这东西，倒是一直没有戴过。"

林枫寒比较瘦，手指白皙修长，戴着也就是勉强正好，如果略略胖一点的人，自然是戴不上的，但是，他也不在意这些，当即笑道："黄金珠宝，哪怕是别人用过的东西，我也不挑的。"

"小老板倒是风趣。"方静苦涩地笑笑，从脖子上取下来一枚翡翠挂件，递给他道，"我欺小老板人好，这个福瓜翡翠挂件我戴着有些年了，但是不值什么钱，求小老板给我一千八百万。"

林枫寒接过那枚翡翠挂件看了看，颜色倒是极好的翠绿色，水头也算不错，但达不到玻璃种、冰种，略略有些糯，看着比较厚重，放在市面上，顶多就是四五十万的价钱，这是真的欺他人好了。

但是林枫寒想想，如果自己去珠宝公司买，差不多也要这个价钱，当即点头道："可以。"能够帮，就帮这个可怜的女人一把吧。

林枫寒心中还是蛮敬佩方静的，老公生意上出了事情，她能够卖房子卖贴身珠宝，只求保个人，这样的女子，重情重义——值得敬重。

"老板，我什么时候可以拿到钱？"方静问道，"我等不得。"

林枫寒同意她的价钱是一回事，有没有钱，却是另外一回事，她立刻急等着要钱。

"你等下，我做个合同，你签字后，我就给你转账。"林枫寒说着，取出手机，把她的身份证拍了照片，然后就在电脑上，打了一份珠宝转卖合同出来，递给方静道："签字，然后把银行账号给我。"

"这个点……还能够转账？"方静有些愕然，已经六点半了，冬天，晚上天黑得比较早。

"可以。"林枫寒点头道。

"好。"方静没有多说什么，在合同上签下自己的名字，然后从皮夹子里面取出来银行卡，递给林枫寒，问道："这卡可以不？"

"可以。"林枫寒扫了一眼，工商银行卡——看样子，方静是工商银行的忠粉。他也没有多说什么，拿起手机拨打了银行账号，直接转账。

"我什么时候可以拿到钱？"方静还是有些担忧，皱眉问道。

"现在，很快的，你银行卡绑定手机短信没有？"林枫寒问道。

"啊？"方静正欲说话，却听得手机有短信铃声，忙取出来一看，顿时就有些呆滞了———千八百万已经到账。

她有一种很是梦幻的感觉，奔波多日，今天……她似乎把难题都解决了，凑到二千万，余下的事情就都好办了。

"大姐，钱收到了吗？"林枫寒问道。

"收……收到了。"这一刻，方静热泪盈眶，这世上终究还是有好人的。

"收到就好。"林枫寒笑笑，取过面纸给她，说道，"还钱的时候，最好找律师会同司法部门陪同，免得让一些无赖欺骗纠缠。"

"我知道，谢谢老板！"方静忙着道谢。

林枫寒取出放在首饰盒里面的几样东西，把首饰盒还给她，说道："妈妈的东西，留着做个念想吧！"

说这么一句话的时候，他心中实在难受，酸涩得厉害，人家还有妈妈的东西留着做个念想，而他……母亲长什么样子都不知道，如果那个害的他家破人亡的周惠娉真是他母亲，那么，他算什么东西？

方静依然把首饰盒收在皮箱里面，小心地把银行卡贴身藏好，然后告辞离开，今晚——她终于可以睡个踏实觉了。钱嘛，生不带来死不带去，能够平平安安地过日子，就是好的。

送走了方静，林枫寒从货架子上面取下来一只酸梨木首饰盒，把中间的隔层直接抽掉，然后把所有的黄金全部装入首饰盒里面，就锁在了书桌下面的那只小保险箱里面。

这只保险箱是他爷爷留下的，装修的时候他舍不得丢弃。何起很是巧妙地帮他镶嵌在了墙壁里面，利用书桌做遮掩，非常隐蔽，可以给他平时放点儿现金或者是贵重物品。

至于余下的翡翠与和田玉，林枫寒另外取出一只螺钿首饰盒，小心地分隔放好，捧着，准备收在楼上保险箱里面——黄金珠宝和古玩不同，古玩，只有懂行的人，才知道它的真伪和价钱。

可是黄金珠宝类的东西，只要是个人，都知道它值钱，所以他也不敢掉以轻心。

但是林枫寒刚刚准备上楼，就听得手机响，忙着就把首饰盒放在书桌上，拿起手机一看，竟然是李少业打来的，当即接通电话。

"李少爷，怎么有空想到我了？"林枫寒笑道，李少业这个名字，谐音就是李少爷，上学的时候，被同学们取笑过很多次。

"我在你家门口，快开门，"李少业爽朗地大笑道，"你小子买了新房子，也不请我们吃饭？"

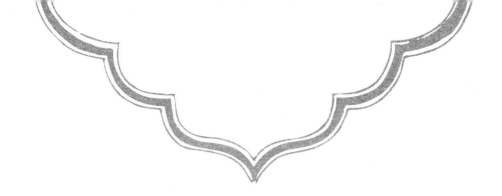

第二十九章 枫清影寒

"你等着，我这就来。"林枫寒一边答应着，一边就走到门口，开了门，果然，李少业还有另外三个人，一起站在门口。

其中两个人，一个是盛培新，一个叫做史澜，都是他大学时候的同学，和李少业关系不错。另外一个短发女子，却不认识，想来是谁的女朋友。

"你们怎么凑一起来了？"林枫寒忙着招呼道，"来来来，里面坐。"他一边说着，一边招呼四人进来。

"盛老大牛叉，追到了漂亮女朋友，还买了车，跑去我那边吃饭庆祝。"李少业笑着解释道。

众人笑着说了几句闲话，林枫寒瞬间就明白了。原来，盛培新买了车，自然免不了想要炫耀一下子，于是，约史澜和李少业吃饭，然后从李少业口中知道他买了房子，于是就顺便过来看看。至于那个短发女子，叫做石兰，却是盛培新的女朋友。

林枫寒忍不住打量了一下子石兰，容貌谈不上多么出众，长相中等而已，绝对不像朱槿那般美艳妩媚，也不像黄绢那么清丽可人。

"好花！"石兰进门之后，立刻就被两大盆牡丹花吸引住，忍不住脱口称赞道。

"这是我朋友送的。"林枫寒笑道。这花是陈旭华送他的，除了牡丹，还有两大盆金橘、几盆上好的蝴蝶兰、君子兰，等等，一来寓意"金玉满堂"，图个吉利，二来他房子刚刚装修了就入住，唯恐装修材料对人体有害，放些植物净化空气。

"这花不便宜吧？"石兰一点也不腼腆，大方得很，由于对花卉有着偏爱，所以她也了解市价，这种大盆的牡丹，一株上面有着数十个花蕾，至少市价也要千元以上，尤其是这种反季节的。

对于这个问题，林枫寒只是笑着摇头，他真不知道价钱。

"咦，你从哪里买来的路易十四？"石兰的目光落在他的书桌上，笑问道。

林枫寒有些糊涂了，问道："什么叫路易十四？"

"就是这种黑色的玫瑰花，据说，路易十四是玫瑰中的王者，一般花店买不到。"石兰指着他书桌上一大瓶玫瑰花说道，"我刚进来，还以为是绢花呢。"

"喂，你女朋友送你的？"李少业用手肘碰碰林枫寒，小声地问道。

"不是。"林枫寒摇头，他哪里来的女朋友了？这花也是前天陈旭华让人给他送盆花来的时候，一并带过来的。看着石兰对着他的玫瑰花一脸的羡慕，他忍不住笑着打趣道，"石兰小姐，你可以让盛老大送你。"

石兰只是笑了一下子，而盛培新却挥挥手，说道："玫瑰有什么好的，一束花上百块，还不如买点实惠的。你小子也真是的，你又不是女孩子，弄这么多花放房间里面做什么？这些花你能够养得活？"

说着，他指着放在茶几上的一大盆君子兰问道。

"养不活！"林枫寒老老实实地摇头。前天这些花送过来，他就说过他养不活，但是陈旭华说，这些花就当鲜切花卖的，等着花季过后，找个专业卖花的，连着花盆廉价卖出去就是。

至少这个比鲜切花放的时间要久，可以放二三个月。

"那你还弄这么多花？"石兰很是好奇。她来的时候，就听得李少业他们说起过，林枫寒的经济状况很是拮据，穷得都要讨饭，不知道怎么就走了运，无意中在家里发现了一件古玩，卖掉买的房子。

听得李少业说，他买了房子再装修之后，只怕手里也没钱了，偏生他还准备走高档化路线，只怕生意更加难做。

在这样的情况下，林枫寒说什么也不应该弄这些奢侈的花儿。

"我一个损友送的，这些花儿比我还尊贵，冻不得，害得我还要每天开着空调保温。"林枫寒笑着解释道，他说的是实情，这些花娇贵，而且不能够受冻。

"呵呵……"石兰轻笑，指着他桌子上的首饰盒笑问道，"你家出售首饰盒，这个多少钱？"

这个首饰盒相当漂亮，背景是一轮明月，一枝艳红色的红枫横过明月，飘逸灵动，也不知道是什么材料镶嵌的，看着居然闪烁着珠宝才有的特有光泽，旁边还有四个金色的字——枫清影寒。

"这个不卖，这个镶嵌了我的名字。"林枫寒见石兰似乎有兴趣，当即指着货架子上另外一个缠枝凌霄花地说道，"你如果想要这种的，可以买那个，给我一个成本价，二万八就成。"

艳红色的螺钿非常稀少，他这次订货，也就这么两只而已，一只就是"枫清影寒"，这上面镶嵌了他的名字，自然是不卖的。

另外一只就是缠枝凌霄花的，上好的螺钿配上金丝镶嵌，做出来之后，果然是熠熠生辉。

"我靠！"盛培新顿时就叫道，"小林，你不要开玩笑，这么一只首饰盒，你要卖二万八？你家对面才卖一二百块钱好不好？"刚才石兰问价，他已经准备给她买一只了，一来在同学面前显摆一下子，二来也要顾全女朋友的面子，讨好一下。

但是，他怎么也没有想到，林枫寒会开价二万八啊？他一个月的工资才一万多，已经算是高薪了，让史澜和李少业都很是羡慕。

林枫寒只能够解释道："螺钿的要比普通的贵一点儿，艳红色的不好找，加上这个里面镶嵌的是纯金金丝，自然很贵。普通螺钿的，就是三五千块钱，或者，你买普通漆器的，五百块钱左右的。"他一边说着，一边指着货架子上别的首饰盒说道。

被他这么一说，众人都感觉好奇，忍不住围过来看着，李少业用手抚摸了一下子"枫清影寒"，忍不住问道："这个镶嵌的是纯金？你镶嵌上你的名字，这还怎么卖？"

"所以这个不卖。"林枫寒说道，他的这个首饰盒，比那只缠枝凌霄花的成本价还要高得多，自然也没有人愿意要。

"你脑残了？"李少业忍不住低声骂道，"这东西不卖，你留着做什么？"

林枫寒只是笑笑，也不便解释什么，当即说道："石兰小姐，你可以买一个普通点的螺钿首饰盒，然后让盛老大给你买一盒子珠宝首饰。你看下面那只牡丹花，富丽堂皇，寓意也好，你可以买那只。"

石兰看了一眼那只牡丹花的，确实很好看，但标价也要三千八，比她心目中理想的价位要高得多，所以她摇摇头表示不要。

盛培新也是摇头，看了看林枫寒，终于忍不住说道："小林，不是我说你，你这些首饰盒卖得出去吗？一只首饰盒二万八，谁傻了也不会买啊？钻戒才多少钱？人家结婚，顶多考虑买个钻戒，不会买你首饰盒吧？"

对于这个问题，林枫寒也只是苦笑。这种镶嵌金丝的首饰盒，自然是属于高档奢侈品了，不是普通人能够买的，但是，终究也会有人买。

比如说，他今天碰到的那个方静，她手中的那只错金螺钿首饰盒，价钱绝对不便宜。

被盛培新一说，李少业和史澜也帮着劝着，认为林枫寒的营销路线有问题，他本来生意就不好，被他这么一整，只怕更是冷清了。

林枫寒也不知道如何解释，只是笑笑，偏生就在这个时候，门被人推开，陈旭华直接走了进来，看到李少业等人在，倒是愣了一下子。

但众人都是同学，一下子就认了出来，然后相互寒暄了几句。陈旭华和李少业等人都不熟，相互说了几句场面话，走到一边，直接把外面的大衣脱掉，扔在沙发上，说道："小寒，你把你家首饰盒挑几只给我。"

林枫寒愕然，好奇地问道："你要这玩意儿做什么，送女朋友一只就够了。"

"年底，我配合做活动，一次购买十万以上的，可以抽奖——奖品就是上好的漆器首饰盒，贵重珠宝配上华美的首饰盒，岂不是如同美人和华裳，相得益彰？"陈旭华径自拉过一张藤椅，一屁股就做了下来，然后开始扯脖子上的领带，说道，"你倒清闲，我开了一天的会了，吃过晚饭了吗？等下一起出去吃？"

"好。"林枫寒答应着。

"咦——"陈旭华的目光一滞，一把抓过林枫寒的左手，盯着他无名指上的"海蓝之星"看着，好奇地问道，"'海蓝之星'怎么在你手上？"

"人家送来的，我就收了。"林枫寒说道，"看着合眼缘，就顺手戴手上了，怎么了，难道这还有什么来历？"

"我家的东西。"陈旭华笑道，"三年前送香港珠宝展的，然后我老爸糊涂，忘记关照一声这是非卖品，于是就被人以二千二百万的港币买走。他事后后悔得什么似的，这年头儿上好的钻石难找——你多少钱收的？"

林枫寒计算了一下子，瞬间就明白，典当行只给方静百分之二十的价钱收购，而她卖给自己，开价要的是半价，算下来，他竟然还赚了。

"一千万。"林枫寒不想骗陈旭华，直接说道。

"一千二百万，卖给我？"陈旭华说道，"我老爸一直后悔把'海蓝之星'卖掉了。"

"我感觉，戴在我手上很好看。"林枫寒对于这枚钻戒还是很喜欢，根本不想卖。

第三十章 海蓝之星

这要没有别人在场，陈旭华感觉，他又要控制不住自己的火气，想要威胁他了。

"什么人这么极品，把'海蓝之星'都卖掉？"陈旭华怒道，"他还卖什么了？"

"在首饰盒里面，你给我看看。"林枫寒指着桌子上的首饰盒说道，和田玉倒算了，对于翡翠，他还真拿捏不准。

"哦？"陈旭华事实上就是这么一问，见状，当即就顺手打开那只首饰盒。和林枫寒一样，在看到那只翡翠镯子的时候，他也有眼前一亮的感觉。

这年头儿翡翠盛行，但是真正的上好精品翡翠，终究难找。镯子和蛋面不同，蛋面可以是小料磨开的，但镯子必须是大料切开来做，因此在翡翠饰品中，上好成色的镯子更是弥足珍贵。

听得陈旭华说，那枚"海蓝之星"居然价值千万以上，盛培新等人看向林枫寒的目光都有些怪异了，他哪里来的钱买这样的东西？

"这些翡翠，你多少钱收的？"陈旭华仔细地看了一遍，问道。

"六百五十万。"林枫寒也没有隐瞒，问道，"你看看，市价大概多少？"能够帮助人是一回事，但是，如果能够赚钱，他就更加开心了。

"不贵！"陈旭华说道，"在市面上，这样的镯子至少就要卖到五百万开外，戒指和项链的成色都很好，全部加一起，至少也要千万以上，算是捡便宜了。你要是想要出手，转给我，我可以给你八百万。"

林枫寒摇摇头，大概是他还年轻，对于古玩之类的东西，并没有太过的痴迷，但对于黄金珠宝，他却有很大的兴趣，既然已经收上手，目前也不差钱，他也不准备卖。

陈旭华又看了看下面的羊脂白玉莲花佩和镯子，他毕竟是做珠宝生意的，对于这些东西有着很大的兴趣，拿出放大镜，慢慢地鉴赏。

李少业和史澜、盛培新对于翡翠和田玉倒也罢了，但是，石兰是一个姑娘家，顿时看得眼睛都有些发直了。

"陈旭华，把你的银行账号给我。"林枫寒陡然想起来一件事情，忙着说道，"我把装修的钱给你。"

"哦？"陈旭华一愣，放下手中的镯子，揉揉眼睛，这才说道，"急什么？都这个点了，银行早关门了，过几天吧。"

"可以转账。"林枫寒知道，他就没有准备收他的钱，当即直接说道。

"天黑了！"陈旭华抬头看着他，说道，"我突然发现，你似乎骗了我，你要是敢说，你这个点可以转账，我——今天就算有李少业护着你，我也揍你！"

李少业退后了两步，这才说道："我不护着他，你只管揍，我发现，我也被他骗了。"这些珠宝就价值一千七八百万，林枫寒还装穷？说什么穷得要讨饭？这就是他穷得要讨饭的具体表现？

林枫寒还真有几分怕他，忍不住退后了几步，站在盛培新身后，这才说道："今天天气不好，我似乎又有些感冒了……咳……你还是把银行账号给我吧。"

"你小子病死就是活该。"陈旭华忍不住骂道，"你这次休想骗我。"

"我靠！陈旭华，你怎么说话呢？""宝典"的门被推开，马胖子提着一个公文包，大步走了进来，骂道，"姓陈的，你是不是又准备欺负人？你敢再说一遍，信不信我揍你？"说着，他还晃动了一下子海碗大小的拳头。

至于李少业等人，马胖子完全装着没有看到了，他和陈旭华一样，出身豪门，自然而然地带着一股盛气凌人的骄傲。

陈旭华和李少业等人还都是同学，好歹顾念一点颜面，而他却是完全不认识他们，因此竟然连着场面话都懒得搭理。

陈旭华帮林枫寒把东西放首饰盒，然后小心地把首饰盒放在一边，这才说道："来来来，马胖子，你陈大爷还怕你不成？"

"喂——"林枫寒小声地说道，"你们两个出去打，我家刚刚装修过的……"

"胖大爷我懒得和他计较。"马胖子一边说着，一边已经把公文包放在林枫寒的书桌上，然后直接一屁股就在他书桌上前坐下来，翻出两张打印纸，找出纸笔，塞在林枫寒手中，叫道，"提到这个，我也想要揍你，小林子，你速度给我签字画押，我靠啊！你还真做勇猛的钉子户？"

林枫寒扫了一眼，应该是拆迁中介评估，因此也没有在意，直接签字。

"还有下面这张！"马胖子把上面一张打印纸略略地提高了一点点，说道，"两份，速度了。天知道，胖大爷我都要忙死了，你还要做什么勇猛的钉子户？"

林枫寒也没有在意，直接签字之后给他，说道："我什么时候做钉子户了，你看看，我可是一早就搬了。"他担心拆迁那边找不到他的人，还特意在门上留下了电话号码，但是，评估公司一直都没有找他。

他也没有在意过，反正，他那么一点狗屋，拆迁真的补贴不了几个钱。

"你对许愿说过，你要做勇猛的钉子户，我还让评估公司找你个屁，他们搞得定？"马胖子骂道。

陈旭华好奇，笑道："你不是轻松搞定了？"说话之间，他顺手拿起那份合同，一扫之下，顿时就变了脸色，问道，"你拆迁补贴标准都是照着这个？"

马胖子忙着蹿起来，一把捂住他的嘴巴，然后从他手中拿过那么两张合同，放在公文包里面，摸出车钥匙，说道："去去去，你别大嘴巴，把我汽车后备箱里面的东西搬出来。"

"你还支使上我给你做事了？"陈旭华说道，"蹬鼻子上脸了？"

"给小林子的东西，你爱搬不搬？"马胖子说道。

听的说是给林枫寒的东西，陈旭华拿着汽车钥匙就直接出门，林枫寒忙着问道："什么东西，我去吧。"

"别人送我的水果，我不爱这玩意儿，带过来给你，你上楼换衣服，我们出去吃饭，今天外面很冷。"马胖子说道。

林枫寒房间里面开着空调，他就穿着一身很普通的加厚棉衬衣，自然没法子出门，听得马胖子这么说，当即说道："理论上来说，合同——不是应该也给我一份？"

"普通人我自然会给他们一份合同，可是，你都要做钉子户了，我为什么还要给你合同？"马胖子认真地说道。

"我……"这一次，林枫寒什么也没有说，捧着那只"枫清影寒"的首饰盒，转身就上楼而去。反正，马胖子也不会坑他，好吧，就算坑他，他那狗屋不补贴也成，不值几个钱的。

正好这个时候，陈旭华已经把汽车后备箱里面的东西搬了进来，骂道："死胖子，你买的什么水果，这什么味道？臭死了。"

"哈哈哈哈……"马胖子靠在椅子上，笑得那叫一个嗨瑟，他就知道，陈旭华绝对会讨厌榴莲的味道的，正常没有多少人不讨厌榴莲的。

　　果然，陈旭华把东西搬了进来，李少业等人都忍不住掩鼻，而石兰却是两眼发亮，叫道："榴莲？"

　　"榴莲、车厘子，还有苹果、橘子而已。"马胖子笑道。

　　"这味道好怪，小寒喜欢这玩意儿？"陈旭华皱眉问道。

　　"他对于水果不挑的。"马胖子笑笑，林枫寒除了不吃牛肉，别的东西真的不挑。说话之间，他直接端过林枫寒的茶杯，仰着脖子，一口气灌了下去，然后忍不住赞道，"好茶。"

　　"切！"陈旭华狠狠地鄙视他，说道，"当然是好茶，这是今年秋天洞庭湖的碧螺春，小寒上次吃着说好，我找人弄了两斤给他，也就是给他没事看书的时候喝着玩儿的，给你这蠢牛喝了，真是浪费了。"

　　盛培新很是好奇，问道："这茶不都是春天的好吗？"秋天哪里还有茶？

　　"这你就不懂了！"陈旭华看了他一眼，这才说道，"夏天过去，茶树老叶凋谢，也会长出一批新的嫩芽来，但由于秋天虫害多，加上嫩芽稀少，所以秋茶并不多，秋茶不如春茶清淡，但茶香味却比春茶芳香浓郁。"

　　听得他这么说，马胖子叹气道："我倒还真是牛饮了。"

　　"你承认自己是蠢牛就好。"陈旭华见状，忍不住抚掌而笑。

　　"我是蠢牛，你又好到哪里？"马胖子冷笑道，"还不是像我一样，不学无术？"

　　陈旭华也不在意，笑道："我考你一个问题，如果你能够回答上来，我就承认，你不是蠢牛，我不该埋汰你，今天我请客吃饭，给你赔礼道歉？如何？"

　　马胖子想了想，又想了想，说道："珠宝类的知识不成。"

　　"不是珠宝类的知识。"陈旭华说道，"我要问你专业珠宝知识，那是真欺负人了。"

　　"好！"马胖子一边说着，一边松了一下子领带，说道，"你说。"

　　"永乐大帝朱棣，你知道不？看过电视剧吗？"陈旭华说道。

　　"幸好这个我知道。"马胖子有些得意地说道，"你问——"

　　"永乐大帝过世后，定的庙号是什么？"陈旭华笑呵呵地问道，他就不信，马胖子知道永乐大帝的庙号。

第三十一章 知识就是力量

当初这个问题，陈旭华可是让林枫寒笑得很惨，回去后还让自家老娘骂了一顿，现在想想，他还感觉不痛快。

马胖子认真地想了想，骂道："你小子不要糊弄我，他不就叫永乐大帝，庙号自然就是永乐大帝了。"

"扑哧"一声，石兰实在忍不住，笑道："永乐大帝的庙号叫做明成祖，前不久电视剧放过的。"

陈旭华坐在椅子上，笑个不住，看样子不知道这个问题的人，绝对不是自己一个人。

"他又不是我家祖宗，我怎么知道他叫什么成祖？"马胖子瞪着眼睛说道。

"我也很想说，他不是我家祖宗，我也没必要知道他庙号叫什么。"陈旭华说道，"但是，上次小寒就是这么鄙视我的——这位小姐也答错了，我问的是，永乐大帝过世后定的庙号是什么。"

"知道这个有什么用？"盛培新不无鄙视地说道，"难道我知道永乐皇帝的庙号，还能够换钱了不成？"

"就因为这个庙号，我赚了二百五十万。所以说，知识就是力量，知识就是金钱啊！"陈旭华看了一眼盛培新，淡淡地开口道，"你不知道，不要胡说八道。"

"就是明成祖啦。"石兰有些不痛快，直接说道。

"你要认为永乐大帝的庙号是明成祖，你也一样会成为冤大头。"陈旭华冷笑道。

正好这个时候，林枫寒已经换了衣服从楼上下来，闻言顿时就知道，自己上次鄙视了陈旭华，他逮到机会卖弄，开始鄙视别人了，当即笑道："在历史上，永乐大帝就是明成祖，这没错的——你们又不是做古玩生意的，没必要考究这么清楚。"

马胖子忙着小声地问道："小林子，他死后定的庙号到底是什么？"

"明太宗。"林枫寒只能够解释道，"嘉靖年间才改为明成祖。"

"那为什么他又叫永乐大帝？"马胖子不解地问道。

"永乐是他的年号。"林枫寒说道，"每一个皇帝继位登基，都会取一个新的年号，区别于别的帝王，象征着独一无二，这是封建王朝制度下的产物。"

"你这么说我就明白了。"马胖子认真地说道，"我感觉，你比我小学老师说得清楚得多——我之所以不知道，那绝对不是我笨，一准就是我老师没有教好。"

陈旭华笑得很夸张，盛培新等人也是笑个不住。

林枫寒虽然很不想鄙视他，但还是忍不住说道："你小学的时候，和我是一个老师。"

"我那个时候都给你剥开心果去了，我就没有好好学，这不能够怪我。"马胖子振振有词地说道。

石兰的目光落在林枫寒身上，刚才林枫寒就穿了一件米白色衬衣，倒是不大显得，这个时候他换了一件宝蓝色真丝衬衣，外面披着一件白色皮草大衣，从毛色上看，那应该不是貂皮，但看着却比貂皮更显柔软奢华。

林枫寒本来就生得皮肤白皙、容貌清俊，如今换了一身衣服，整个人看起来，宛如玉树临风一般。

不由自主地，石兰忍不住拿着盛培新和林枫寒比较，这一比之下，顿时就有些腻味了。想着来的时候，他们还一个劲地说林枫寒不会做生意，穷得快要讨饭，这就是人家不会做生意，穷的具体表现？

"小寒，我们去吃饭，胖子请客，你坐我的车，我今天特意换了车过来的。"陈旭华说道。

"好，我请客就我请客。"对于谁请客，马胖子自然是一点意见也没有。

林枫寒好奇，问道："你换什么车了？"

"奔驰！"陈旭华说道，"我和一个朋友换的，这车空间大，坐着比较舒服。"

"短途我坐跑车也不晕的，没事。"林枫寒笑道，上次从苏州回来，就算有晕车药，他还是感觉难受，回家头痛了半天才好。

"我让那死胖子硌硬了一下子，我现在看到那车就不舒服，我正准备换掉。"陈旭华坐在椅子上，唉声叹气，"我现在看着那车，也感觉忒娘气。"

"哈哈哈，你也承认那车娘气啊？"马胖子瞬间就得意了。

"我那车是娘气。"陈旭华反唇相讥道，"但玛莎拉蒂总裁是高贵的、温雅的、俊美的，给你这死胖子，简直就是玷污了。我好歹是车没有配上人，你却是人没有配上车。"

马胖子忍不住大笑道："你知道个屁啊，那车根本不是我的，那是小林子的——你看看，小林子难道不是高贵的、温雅的、俊美的？人保证配得上车。"

"那车是我的？"林枫寒原本听着他们两个斗嘴，也没有在意，这两人八字不和，见面就会吵架，他已经习以为常了。

但是，当他听说，马胖子那辆高贵的、温雅的、俊美的玛莎拉蒂总裁，竟然是他的时候，还是忍不住问道："我怎么不知道？"

"买的时候就是用的你的名字，我由于在扬州有事，就没有给你。"马胖子一边说着，一边把车钥匙递给他，说道，"我在扬州还要待几天，你先借我开着。"

林枫寒感觉，他又糊涂了，他上学是很聪明，但是，一旦碰到马胖子和陈旭华，他脑袋瓜子就不够使唤。

"你没有我的身份证，你怎么用我的名字买的车？"林枫寒问出心中的疑惑。

"你亲自发给我的。"马胖子嘿瑟地笑道。

"你……"林枫寒陡然想起来，他在去苏州的动车上，马胖子说在上海有麻烦，让他把身份证拍了照片，给他发过去，他也没有多想，直接就照着他说的做，结果……这家伙又骗他。

"那车多少钱？"林枫寒微微皱眉，那车他很喜欢，用陈旭华的话说——那是高贵的、温雅的、俊美的，符合他的审美观，所以，买了就买了吧，等下他把钱给马胖子就是，反正他也不常出门，他来扬州，要开就开着好了。

"三百多万，那车没有法拉利贵。"马胖子解释道，"那车空间虽然不算小，但我这胖子开着，实在别扭，我准备弄个悍马开开。"

"我等下把钱给你。"林枫寒忙着说道。

对于他的这么一句话，马胖子装没有听见了。

"就你这个胖子，你开什么悍马啊？"陈旭华又忍不住了，骂道，"你应该弄个牛车，正好配你。"

"怎么见得我就是开牛车的？"马胖子握拳叫道，"你倒是找个牛车给胖大爷我开开？"

"兰博基尼，那是标准牛车。"不知道为什么，李少业突然想起他们上学的时候说的笑话，忍不住就笑道。

但是，兰博基尼对于很多人来说，一辈子都是可望而不可即的目标，因此，当年他们上学的时候，就开玩笑，说那个标识就是一牛车。

"不会吧？"陈旭华愕然，问道，"那车怎么就是牛车了，我看着还是蛮漂亮的。"

"你审美观有问题。"马胖子嘲笑道，"看牛车也感觉漂亮？你不会想要把法拉利换成兰博基尼？"

陈旭华看了一眼林枫寒，这才说道："我不买跑车了。"

"为什么？"盛培新好奇地问道，"你不是上学的时候就喜欢跑车？"

陈旭华不怎么认识他们，但是，他们却都认识他，因为他上学的时候就喜欢开着名车，各种炫耀张扬，想要让人不认识都难。

所以，盛培新等人都知道，陈旭华应该是极喜欢跑车的。

这一次，陈旭华没有解释什么，心中思忖着，过几天问问，什么车坐着比较舒服，他就买个什么车开开吧，他也过了叛逆期，不应该弄那么炫耀的跑车了。

"一起出去吃饭吗？"林枫寒询问李少业等人。

"不！"盛培新感觉有些不舒服，他才花了十六万买的朗逸，只怕在人家眼中，连着渣都不如，何必跟过去自讨没趣？"我们去李少业那边吃。"

"好吧。"林枫寒和盛培新、史澜都不算熟，见他们这么说，因此也不挽留，先送李少业等人离开，然后偕同马胖子和陈旭华一起出去。

果然，陈旭华开了一辆奔驰S600，拉着他坐了他的车，让林枫寒想要坐一下子那辆名义上属于自己的玛莎拉蒂总裁都没有能够。

石兰坐在了盛培新的副驾驶位置，上车后，忍不住说道："你同学可真够俊的，像韩剧里面的偶像明星一样。"

"对，人家是高贵的、温雅的、俊美的……"盛培新听着就不舒服，忍不住讽刺地说道。

石兰忍不住戳了他一指头，笑骂道："你妒忌人家那个玛莎拉蒂总裁？人家那件衣服，都比你这车贵的。"

"什么衣服这么贵？"史澜在人前不太喜欢说话，但他和石兰、盛培新却是很熟，这个时候忙问道。

"你同学穿的那件白色皮草，看着是龙猫皮——我有一个同学是做服装生意的，听说，龙猫皮做成的衣服，差一点儿都要二十万出头，好一点儿，至少要三四十万。"石兰解释道，"有个词叫什么——穷奢极欲？"

"就他这样，居然还好意思跑去找我哭穷？"李少业也忍不住说道。

"你们不知道，他是做古玩生意的。"史澜突然说道，"古玩一行，从来都有'三年不开张，开张吃三年'的说法，他也许只要一笔生意成功，就够吃一辈子。这一行是所有行业中最不靠谱的，但这玩意儿考究眼力和丰富的知识面。"

"知识就是力量。"李少业不无感慨地说道，想起陈旭华刚才的一句话——就永乐皇帝的庙号问题，让他赚了二百五十万，想来就是古玩之类生意。

第三十二章 古瓷

却说林枫寒和陈旭华、马腾出去，一餐饭没有吃好，马胖子就有事先走了，他最近江南几处房产投资几乎同时开工，他忙得连着吃饭的时间都没有。

林枫寒不知道马胖子到底有多少钱，但是可以肯定，这人非常非常有钱。

最后陈旭华连呼倒霉，因为马胖子走得太急，连晚饭钱都没有结算，说好是他请客，最后付钱的，却是陈旭华那个冤大头。

末了，他开车送林枫寒回去，半路上，也接到电话，说是有些事情。

林枫寒有些感慨，这些大富商也挺累的，最近马胖子和陈旭华都在扬州，却常常忙得连着影子都摸不着。而他的生意却是相当冷清，平日就是看书、上网、看电视，闲得有些发慌。

"你既然有事，就送我到这里吧。"林枫寒看着已经到了古街，当即笑道。

"好。"陈旭华点头道，"你早些回去吧。"

"嗯，谢谢！"林枫寒礼貌地道谢，下车后，陈旭华已经掉转车头离开，他径自向着自家走去。

刚刚走到"宝典"门口，就看到了邱大妈。

"大妈，这大冷天的，你怎么在路上溜达？"林枫寒好奇，忍不住问道。

"我这吃了饭，出来走走。"邱大妈叹气道，"你看看大妈——再不动，我还肥得像个样子？"

"哈……"林枫寒闻言，忍不住就笑了起来。邱大妈是老来发福，最近几年越发地胖了，就算她饭后走路运动运动，也挡不住她长肉的趋势，"等着茵茵生了孩子，你老想要不动，也闲不了了。"

提到这个，邱大妈也只是笑笑。她没什么事情，也早就准备了等着女儿生了孩子就过去帮忙照应照应孩子，她还是很喜欢小孩子的，但是听着那位准亲家的口吻，似乎想要带孩子，那么，孩子就没有她什么事了。

"对了，你这孩子也真是。"邱大妈忙着说道，"我刚刚从你门口经过，有人在等你，打你手机你也不接。"

"啊？"林枫寒愕然，有人在等他，谁等他了？"谁啊？"

"听的说是你在景德镇订的什么瓷器，人家给你拖过来了，结果，你却不在家。"邱大妈摇头道，"你快去吧，人家正着急呢。"

"好……"林枫寒答应着，告别邱大妈，快步向着自家门口走去，心中狐疑，景德镇他定制的瓷器，早几天就全部送过来了，怎么还有瓷器？

刚刚走到门口，就看到一辆半新不旧的小型货车，停在哪里。他忙着走了过去，先开了门，然后就准备招呼那人。

不料，他还没有来得及开口，货车驾驶室的门就打开，一个穿着旧皮夹克的中年男子走了下来，讨好地递了一根烟给他，问道："老板，向你打听一下子，可是'宝典'的老板林枫寒先生？"

"嗯，我是！"林枫寒忙着点头道。

"你跑什么地方去了，我等你好长一会子了。"货车老板一边说着，一边指了指货车上的东西，说道，"你在景德镇订的货到了，人家让我送过来，你等着，我给你搬过来。"

"哦？"林枫寒这个时候更加狐疑了，想要问什么，却不知道从何问起。

货车老板已经走了出去，向着副驾驶室里面招呼了一声，车上下来一个魁梧的汉子，两人抬着木箱子进来，共计两只木箱子，一大一小，木箱子钉得严严实实，看不清楚里面到底装的什么。

"林先生，你这东西可真够折腾人的。"货车老板叹气道，"人家特意嘱咐过，是瓷器，磕碰不得，颠簸不得，我这一路上啊，可够小心的。"

"多谢多谢。"林枫寒想了想，还是试探性地问道，"老板，这货是谁让你运过来的，我在景德镇几家瓷器生产厂订了货了。"

听得他这么说，货车老板却是一点也没有在意，笑呵呵地说道："是个老头，干干瘦瘦的，我看着可不像是做瓷器生意的，哈哈……不过，林老板，这个运费……"

"多少钱？"林枫寒问道，口中说着，心中却是更加怀疑，一个干瘦老头，他真不认识啊？

他就在景德镇一家订过瓷器，早几天就全部运过来，连钱都结算了，哪里还有什么瓷器？

"一千二。"货车老板叹气道，"你这么一点儿东西，路也不远，本来不该收你这么贵的钱。无奈是瓷器，得小心，这一路上，我可是一点儿也不敢大意。"

"嗯！"林枫寒点点头，也没有说话，当即摸出皮夹子，数了十二张给货车老板。

"你给我签个字就好了。"货车老板从口袋里面摸出来一张皱皱的纸，摊开，递给林枫寒道。

林枫寒看了看，那是一张很普通的委托托运协议，上面的收货地点，确实就是宝典——林枫寒。

他满腹狐疑，开始还以为是货车老板糊涂，送错了地方。但是看到这份委托协议，他就知道，货车老板一点儿也没有糊涂，地点没有错，名字没有错，因为名字旁边，还有他的手机号码，这个绝对错不了。他今天出去吃饭，就把手机忘在了书桌上，这才导致货车老板联系不上他。

等着林枫寒签字之后，货车老板就带着那个大个子告辞了。

林枫寒看了看，快要晚上九点了，当即关门，锁上，然后就从储物室找来榔头、起子，准备看看那两箱东西。他心中实在好奇，这到底是谁？和他开这种玩笑？

马胖子？这种风格，似乎还真有些像那个马胖子。由于货车老板一再关照是瓷器，他也不敢乱来，先用起子把木箱子里面的木钉拔出来，然后打开了大的那只木箱子。

木箱子里面，用破棉布和稻草塞得严丝合缝，确实是瓷器没错，但首先入手的一只小茶盅，林枫寒连手指都忍不住颤抖了一下子。

那是一只五彩茶盅，没有盖子，很小——虽然林枫寒的素珍诀学得不算很好，但是，对于鉴定普通的瓷器来说，还是够了。这只茶盅入手，他瞬间就辨别出来，这竟然是成化五彩茶盅。

林枫寒用手抚摸了一下子上面的花纹，成窑斗彩最出名的，就是斗彩鸡缸杯，最早对于成窑斗彩鸡缸杯的描述，应该是《神宗实录》——"神宗时尚食，御前有成化彩鸡缸杯一双，值钱十万"，可见这成化斗彩的珍贵。

斗彩最早起于明代宣德年间，但是，宣德斗彩市面上几乎不可见，青花倒是有。

这只茶盅没有鸡缸杯大，杯口直径大概有五厘米，高度也有五厘米的样子，上面也是不是画的鸡，而是一枝桂花，桂花上面有两只指甲盖大小的蝴蝶，翩翩飞舞。

茶盅上面的花纹，一般都是用木芙蓉、荷花、海棠、牡丹等等，用桂花纹饰的还真不多见。而那两只蝴蝶虽然很小，却生动形象得很，看着似乎翩翩然地要从茶盅上飞下来。

茶盅的成色很好，看着很新，如果不是他学过素珍诀，他都要怀疑这玩意儿就是现代景德镇出品的仿品。看了一下子茶盅底下的落款，果然是"大明成化年制"，是成化斗彩无疑。

林枫寒微微皱眉，这什么人和他开这样的玩笑啊？这成化斗彩可是价值千金，就算是马胖子，也绝对不会开这样的玩笑。

林枫寒一边想着，一边小心地把那只成化斗彩的茶盅放在一边，然后伸手在木箱子里面的破棉絮中捏了捏，瞬间就感觉，那应该也是一件瓷器。在好奇心的驱使下，他伸手剥开一层层的棉絮，果然，一只茶壶露了出来。

一看那茶壶，林枫寒瞬间就明白了，这茶壶和茶盅是一套的，同样是桂花蝴蝶的花纹，但和茶盅上面的却是不同，旁边还有两行小字：莫羡三春桃和李，桂花成实向秋荣。

林枫寒知道，这是唐代大诗人刘禹锡的名句，这也不算稀奇，历代名瓷之上写上诗词的也多。让他感觉奇怪的是，等着秋天的时候，桂花开了，还有蝴蝶吗？想来是有的，只不过他没有留意而已。

茶壶有着盖子，也不大，直径顶多只有七八公分，高度也是差不多——成窑斗彩都是以小巧精致为主——壶底下也有着"大明成化年制"的青釉字迹。

林枫寒满腹狐疑，这到底是什么人，和他开这样的玩笑啊？这一套茶盅、茶壶，已经不是普通的金钱能够衡量的了，而且，他也没有听说市面上出过这样的宝贝。

重点就是，这套茶器的成色非常好，和普通的破旧古玩完全不同，它们表面上看着很新，甚至这样的东西，都不太像是古玩了。

林枫寒小心地把成窑斗彩的瓷器放在一边，然后继续把旧棉絮打开。大箱子里面的东西，很快就被他扒拉了一个底朝天，除了成窑斗彩的瓷器，还有三件青瓷：一只弦纹瓶、一只大碗、一只瓜形笔洗。

根据他判定，这三件青瓷，应该都是宋代的……宋代的青瓷，最出名的就是汝窑青瓷。现在特流行的那个歌——《青花瓷》中有一句：天青色等烟雨，而我在等你。

这雨过天青色，可绝对不是青花，而是汝窑青瓷。据说，当年宋徽宗梦见雨过天青色，于是命人开窑烧制青瓷。北宋灭亡，徽宗皇帝被掳，汝窑青瓷也成了一个传奇，一如那个徽宗陛下——一个治国无能，却字画双绝，在后世留下无穷传奇的人物。

汝窑青瓷，如冰似玉，质地细腻如羊脂白玉，色泽清亮如翡翠；一件瓷器，却凝聚着翡翠与和田玉的双重特色，胎质柔和淡雅，在灯光之下，却又带着皇室贡品那种咄咄逼人的气势。

两件青花瓷，底下都有落款——大明宣德年制。一只孔雀蓝釉的大碗，这只却没有落款，但林枫寒可以肯定，这个的年代也是宣德年的，宣德孔雀蓝釉，也是可遇而不可求的稀罕之物。

另外有一只黑釉描金折枝牡丹如意瓶，林枫寒断定应该是清代嘉庆年间的东西，由于有着那么几样瓷器在，他也没有在意。

这个时候，他心中更加百思不得其解，这到底是谁送来的这些东西，别说是马胖子了，一般人绝对收集不到这些东西。

大木箱子之下，还有一个隔层，林枫寒花费了一点时间，才把隔层的木板拆掉，然后，他就愣愣地看着下面的两样东西，他已经知道，送这些东西来的人是谁了。

下面的两样东西，是两样玉器，其中一件是一只高约二十五公分，长度大概也有二十五公分，宽度在十五公分左右的和田白玉麒麟，就这么蹲在那里看着他。

白玉的质地很好，光泽柔和细腻，麒麟盘膝坐在地上，上面有着暗红色的沁色——这东西应该就是那个猥琐老头口中的石头玩意儿，不知道是狗还是狮子，林枫寒真替麒麟叫屈，这玩意儿明明就是麒麟好不好啊！

另外一样东西，就是碧玉的，呈现椭圆形，比碗口略大，就是一只西瓜模样，和田碧玉天然铬尖晶石形成了西瓜特有的黑色纹路，和那只蝈蝈一样，这是天然形成的纹路，不落人工雕琢。

上次那个猥琐老头对他说过，如果他喜欢这样的破烂，他给他拉一车过来，他果然没有食言，给他拉了一大箱子过来了。

但是，林枫寒却感觉有些不对劲了，就算那老头说的都是真的，他是黄沙村淘沙子讨生活的，偶然能够在沙子里面淘出来一些早些年沉没在黄河中的古旧玩意儿，难道他还能够摸到这等好东西，成化斗彩、汝窑青瓷、宣德青花……哪一样不是古玩收藏界的宠儿，拿着钱也买不到的稀罕之物？

而这两件玉器，那已经不是金钱能够估价了。

林枫寒伸手摸了摸那只白玉麒麟，有一点倒是明白，这白玉麒麟应该真没有人盘玩过，虽然玉质极好，但是绝对不像是有人长久把玩的东西。

碧玉西瓜也是，玉质很好，但由于长期放着，略略显得有些黯淡，不像他手上的蝠镯，晶莹润泽。

把另外一只小箱子也撬开，林枫寒一看之下，不禁暗骂了一声，这猥琐老头到底是做什么的？大箱子里面，由于是瓷器和玉器，他还小心点地塞满了各种旧棉絮，而小箱子里面，都是金银器，属于不怎么怕碰撞的品种，他就这么乱七八糟地扔在里面。林枫寒数了数，金银器居然有十七件之多，另外还有五样小玉器，他也没有一一仔细看。

要命的是，这些东西很多都沾染满了泥污，脏兮兮的。看了看时间，还早，不到十点，当即从洗手间打来清水，准备把这些东西清洗清洗。

第三十三章　绢本旧画

想想古老对于金银器多么看重，都是收拾得干干净净的，分别拿着锦盒装着。而这猥琐老头倒是好，居然就这么乱七八糟地丢在一起，还弄得这么脏兮兮的？

不管怎么说，这老头送过来了，他就当做做好事，给他洗洗干净，等着那老头哪天过来，也好还给他。真的，这些东西他虽然喜欢得不得了，可是，就他这么一点儿家当，他还真收不起。

不说别的，就说那白玉麒麟和碧玉西瓜，都是价值连城之物啊！

无奈金银器实在不好洗，而且还不能够破坏古玩的特征，他忙活到晚上三点左右，还没有忙活好。

古玩再好，也挡不住他要睡觉，只能够先爬去睡觉。第二天一早，他还睡得迷迷糊糊的，就听得手机响，拿起来一看，居然是一个完全陌生的号码。

林枫寒把手机丢在一边，拉过抱枕，继续睡觉，想来就是有谁打错了……

但是，手机持之以恒地响着，实在让他睡不着，无奈之下，林枫寒只能拿过手机，手指滑过屏幕接听。

"请问是林枫寒林先生吗？"电话里面，一个中年男子的声音非常客气地传了过来。

"啊……"林枫寒有些愕然，没有打错啊，真是找他的？当即忙着问道，"我是，你是哪位？"

"你好！"中年男子很是客气地说道，"我是檀木坊的，前不久你姥爷在我们家定制了一些檀木古画镜框和摆件底托，如今已经做好了，给你送过来，你在家吗？方便收货不？"

"好。"林枫寒满腹狐疑，他这个神秘的姥爷居然再次出现了？不知道为什么，提到这个姥爷，他突然就想到那个猥琐老头。

"麻烦你等几分钟，我这就来。"林枫寒忙着说道。

说着，他挂断电话，匆忙起床，简单地梳洗了一下子，就急冲冲地冲下楼。打开门，果然，一辆小型拉货汽车停在他家门口，一个中年男子见他开门，忙着招呼道："林先生？"

"你是？"林枫寒忙着问道。

"你好，我是檀木坊的，姓张。"中年男子一边说着，一边递了一张名片过去。

林枫寒接了，一个很普通的名字——张国兴，是檀木坊的经理，特意一大早的给他送定制的镜框和檀木底托过来。

"林先生，你看看，我给你搬进来？"张国兴含笑说道。

"好。"林枫寒点头道。

张国兴忙着招呼两个小伙子，小心地从货车上给他搬下来四面红木镜框，就搁在客厅的沙发边，让林枫寒先看货。

其中最大的一面，林枫寒估摸着，高度有一米五，宽度也有六七十公分的样子，着实不小，上好的红木雕刻成了云纹缭绕的模样，简单中透着几分低调的奢华。

当然，引起林枫寒注意的，却不是红木镜框，也不是那上好的钢化玻璃，而是里面的那幅绢本画。画上画着一个美人，用焦墨勾勒线条，着淡淡的色彩，画上的美人翩翩然的似乎要从画上飞下来，手持莲花，脚下朵朵祥云绽放，衣裙飘飞，尤其是那美人的眼睛，顾盼生辉，虽然是一幅旧画，但看着却是传神之极。

由于隔着镜框玻璃，林枫寒没法子上手，自然也没法子采用素珍诀一查真伪，但是，从画上美人的衣着发髻来看，应该是盛唐风格。

画上左上角，写着四个字——瑶池仙子，下面有一个小小的红色印章。林枫寒凑近看了看，不禁微微皱眉，这印章不知道是年代久远，还是开始的时候就没有盖清楚，如今已经浅淡得看不出到底是什么字。

自幼受爷爷的严厉教导，林枫寒凭着感觉，估摸着这画应该真是古迹，不是现代仿古作品。

由于印章模糊，又没有明确的落款和签押，让他一时半刻无法分辨出这到底是何人作品。

但是，这画上的仙子却是画得极是传神，面如满月，眼如银杏，纤腰裹素，衣裙飘飞，宛如满室生风。林枫寒只看了一眼，就不由自主地喜欢上了。

"张先生，这画？"林枫寒问道。

"怎么了？"张国兴忙着说道，"这画是你姥爷今天早上才送来的，我们装入镜框中就没有动过，难道有问题？"

"没有。"林枫寒瞬间就知道，这画也是他那位神秘诡异的姥爷送去的，并非市面上买的东西，那么，想来还真是古旧玩意儿。

"你看看另外两幅。"张国兴忙着说道，"你姥爷说了，这个是给你挂在卧房里面的，那两幅是给你挂书房的。"

"哦……"林枫寒当即去看另外两幅画，这两幅果然略小，镜框的长度也只有一米的样子，宽度顶多只有五十到六十公分，画就更加显得小了。

但是这个小，也只是对比那幅《瑶池仙子》图，整体篇幅来说，这画并不小。其中一幅却是几缕翠柳之下，三只粉嫩嫩的小黄鸡，争着啄食一只青虫。

林枫寒留神看着，这画不但那小黄鸡画得非常传神，就连着小青虫腹部的楞横都清晰可辨，看起来真实非常，加上春天的垂柳叶子，青翠明丽，小小的一幅画，却是春光可掬。

画上写着：杨花翠柳，雏鸡争食。下面有落款：乾德三年黄要叔绘。

这个乾德三年，林枫寒愣是想了一下子，这才明白，五代时期的后蜀王衍的年号，至于那个黄要叔，也是五代后蜀鼎鼎有名的宫廷画师——黄筌。

当然，很多人都不知道这个黄筌到底是什么人，但是，这个黄筌一张《写生珍禽图》，却是传世名画。

黄筌的画色彩绚丽，由于是宫廷画师，画风更是富丽堂皇，善于用勾勒之法，轻色染成，几乎不见墨迹。

林枫寒仔细看了看那幅画，果然，不管是杨柳枝叶，还是黄鸡青虫，都画得细腻之极，当真是骨肉具备，形神丰满。

自然而然的，林枫寒的目光落在了另外一幅画上，因为这两架镜框是一样大小的，画的大小也差不多。

但是画风却是迥然不同，画上画着一枝桃花，旁边几竿翠竹，栖息着两只麻雀。画风是典型的"落墨"风格，傅以丹粉，和刚才那张画不同，林枫寒只看了一眼，就感觉这画透着一种江南特有的乡邻野趣，飘逸灵动。

这画没有落款，也没有题跋，只有一枚椭圆形的红色印章，林枫寒凝神看了看，心中忍不住暗骂了一声："该死的！"

印章上面赫然是——徐熙！

这张画也不是普通的用纸，而是绢本。林枫寒轻轻地叹气，这个姥爷到底是谁啊？居然如此大手笔？黄筌和徐熙，可是五代花鸟画的巅峰代表，而且一南一北，有着"黄家富贵，徐家野趣"的说法。

如今，他那位诡异神秘的姥爷，不知道从什么地方找来这么两张篇幅差不多的画，凑在一起。

另外一幅画，是个扇形，不大，同样的花鸟画，上面画着成熟的葡萄和云雀，但是没有落款和印章。凭着判断，这张画应该也是五代时期的，但由于没有落款，他没法子判断，到底是谁的作品。

看其画风，勾勒精细，赋色浓丽，富丽堂皇，应该隶属于黄筌那一派，但黄筌对于后代的影响极大，一门三子都作画，他却判断不出来到底是谁的作品。

"林老板，这画框没问题吧？"张国兴忙着问道。

"没有。"林枫寒说道，事实上，他根本就没有看画框，他的心神都被那么几张画吸引住了。

"这两个红木底托，你看看。"这个时候，伙计已经把两个红木底托搬了过来，放在一边的桌子上，招呼林枫寒验看。

林枫寒一看到那个红木底托，瞬间就明白了，他那个神秘诡异的姥爷到底是谁了。

坑爹的猥琐老头啊，他怎么可以冒充他姥爷？其中一个红木底托，四四方方的，上面有着凹下去的四爪痕迹，周围是普通的云纹雕刻，林枫寒一看就明白，这是放那只白玉麒麟的。

至于另外一只红木底托，却是缠枝瓜叶雕刻，中间有着凹下去的椭圆形凹痕，明显就是放那只碧玉西瓜的。

"林老板，如果东西没有问题，麻烦你签个字，另外，你看这钱……"张国兴搓搓手，说道，"你姥爷说，我们把货送过来你就会结算……"

"这个自然。"林枫寒点点头，这东西送过来他没有理由不结算，"多少钱？"

"两个红木底托是十二万，镜框共计是六万，合计十八万，你姥爷支付了三万预付，所以，你只要支付十五万就是。"张国兴忙说道。

"好的，给我一个银行账号，我给你转账。"林枫寒爽快地说道。

"好好好！"张国兴答应着，用手机短信的形式把账号给了林枫寒。

林枫寒也不说什么，直接打了电话转账，支付了十五万货款，张国兴很是客气，问他要不要帮他把镜框搬楼上挂起来。

　　林枫寒委婉地拒绝了，这些小事，他自己处理就是。他心中越发糊涂，那猥琐老头到底是什么来头？

　　等着张国兴离开之后，林枫寒把画框搬到楼上，把"瑶池仙子"和那副扇形镜框都搬进自己的卧房挂好，两幅花鸟图，就挂在了书房中——他那位"姥爷"在他装修的时候，特意嘱咐过何起，在墙壁上留下了挂画的画钩，因此倒是方便得很。

第三十四章 初露端倪

林枫寒刚刚把画挂好一会子，准备出门去吃个早饭，就听得手机响，忙取出来看了看，是一个陌生的号码。

不管是打错的，还是他不知道的，这次，林枫寒爽快地接通了电话。

"喂，小子……"手机里面，传来那猥琐老头的声音。

"啊？"林枫寒一愣，忙着叫道，"你老人家在哪里？"

"你小子问我老人家在哪里做什么？"手机里面，传来猥琐老头叫嚣的声音，"你小子是不是想要打劫我老人家？"

"切！"林枫寒原本对于这老头的一点崇敬之情，听得这么一句话之后，立刻烟消云散，狠狠地鄙视道，"我打劫你？"

"小子，我老人家问你，东西可都收到了？"猥琐老头也不在意，乐呵呵地问道。

林枫寒想了想，故意说道："你老人家是说景德镇的瓷器，还是画框？"

"都有都有。"猥琐老头嘿瑟地笑道。

"哈……"林枫寒轻笑，半晌，他忍不住叹气。

"怎么了？"猥琐老头问道，"你不开心？我以为你会开心的，你不就喜欢这些破烂玩意儿吗？"

"我是喜欢，但我收不起。"林枫寒老老实实地说道，"我很喜欢那个碧玉西瓜，我更加喜欢那只可爱的小白麒麟，想要收养。可是就这两样东西，都是价值连城之物，我收不起，老人家，你在哪里？我把东西还给你。"

"我老头子要那破石头做什么？"猥琐老头骂道，"那西瓜又不能够切巴切巴吃了；那个小白狗，虽然不需要吃饭浪费粮食，但也不能够看门，防不了贼还要担心遭贼，毫无用处，我老人家不要。"

这一次，林枫寒没有说话，猥琐老头表示得很明白，这东西，他不喜欢……算是白送他了。

但是，天下没有白吃的午餐，他得问问清楚。

"老头，你把这些东西给我，我需要做什么？"林枫寒直截了当地问道。

"混账，要叫姥爷。"电话里面，猥琐老头大声说道。

林枫寒苦笑，这老头还真的玩上瘾了，居然忽悠自己叫他"姥爷"。

"喂，小子，我和你说正经的。"大概是听得林枫寒久久不说话，猥琐老头大声说道，"那些破烂老头子我都送你，只要你小子帮我一个忙，别的都好说。"

"帮你什么忙？"林枫寒微微皱眉，这些东西太过贵重了，所以，他要问问清楚，这老头到底想要做什么？

而且这些东西，绝对不是普通人能够随便收上手的，想要凑齐这些东西，真不是一件容易的事情。

"具体什么事情，过年之后再说吧。"猥琐老头沉吟了片刻，这才说道。

"老人家，你还是来把东西拉回去吧。"林枫寒虽然舍不得，但最后还是咬牙说道，"我不要你的东西，我也不帮你的忙。"

"混账！"猥琐老头大骂道，"你小子不厚道，你连着我的见面礼都收了，居然说不认我这个姥爷？"

"我什么时候收过你的见面礼？"林枫寒愕然，这些东西，都是猥琐老头瞒着他直接拉过来，他怎么知道？

老木料都解开铺了地板、做了家具，他是还不出来。至于那三件青铜器，除了卖掉的一只云雷纹青铜酒樽，余下的两样，他还是可以还给他的，卖掉的也可以照着卖价给他。

林枫寒想想，这老头第一次蹲在他们家门口抽烟，只怕就没有安什么好心。

"那只蝠镯，你不是一直戴在手上？"猥琐老头说道。

"你……"林枫寒低头看了看自己手腕上的碧玉镯子，这东西他是真心喜欢，但是，这猥琐老头太神秘、太诡异了，而且他出手太过阔绰，让他心生警惕。

"乖孙儿，如果这些东西还不够，那么，再加一样。"猥琐老头想了想，终于说道。

"老人家，你到底想要做什么？"林枫寒皱眉问道，"你知不知道，你的这些东西如果卖掉，值多少钱？"

"值多少钱都是空话，你别打岔，你听我说。"猥琐老头说道，"小寒，你可知道，你父亲的死因？"

林枫寒手都颤抖了一下子，差点握不住手机：父亲的死因是横亘在他心中的一根毒刺，刺得他心痛不已，他想要追查，但二十年过去了，他根本无从下手。如今，这个猥琐老头，却说知道内情。

"老人家，你说——"林枫寒沉声说道，"只要你告诉我父亲的事情，就算刀山火海，我给也给你闯一遭。"

"不需要你闯刀山火海。"猥琐老头轻轻地叹气，说道，"只要你到时候帮我一个忙就成，而且，这也不单单是我的事情，也关系到你们林家。"

"老人家，你能不能说明白点？"林枫寒忙着说道。

"简单的说，二十年前出了一点儿意外，你林家算是满门死绝，你父亲、你奶奶都是那个时候死的；我老人家的二个儿子，也这么搭了进来——丧子之痛，让我这个白发人送了黑发人，我不甘心。"猥琐老头的声音里面，再也没有一点儿的猥琐，反而透着一种浓郁的恨意，"二十年前，我找过你爷爷，但你爷爷把我赶走了，他不想管这些事情了，我能够明白他的心情，但是……我真的不甘心。"

"二十年前，到底发生了什么事情？"林枫寒急匆匆地问道。

"电话里面，三言两语的说不清楚。"猥琐老头叹气道，"我年后来找你，详细再聊？"

林枫寒想了想，为人子嗣，怎么也不能够漠视父亲死得这么不明不白，尤其是爷爷，含辛茹苦地把他养大，最后郁郁而终，和那猥琐老头一样，他也不甘心。

"好！"林枫寒答应着，"老人家，我也想要追查当年的事情，但是，我答应帮你是一回事，我有一个前提条件。"

"什么？"猥琐老头问道。

"为非作歹的事情，我绝对不做。"林枫寒正色说道，"就算是追查我父亲的死因，我也不能够做违法的事情。"

"不是违法的事情。"老头认真地说道，"也绝对不会让你做违背人伦道德的事情，你放心就是。"

"那就好。"林枫寒忙着说道，只要不做违法的事情，那么，能够追查出父亲当年的死因，追回元青花龙纹鼎，他是非常愿意的。

"既然这样，乖孙儿，叫声姥爷来听听？"猥琐老头听得他答应，瞬间原形毕露，猥琐地说道。

"你……"林枫寒苦笑，这老头还真是够乐天派的，但是想想，他老人家的两个儿子都死了，这么一把年纪了，自己叫他一声"姥爷"，也不为过，当即叫道，"姥爷。"

"乖！"猥琐老头非常开心，笑道。

"喂……"林枫寒心中一动，叫道，"姥爷，你看，我都叫你姥爷了，却还不知道你叫什么名字。"

他这个姥爷似乎神通广大，想来也是古玩一行的翘楚，如果能够知道他的名字，打听一番，想来也能够打听出一些当年的事情来。

"我们第一次见面的时候，你不就猜到了？"猥琐老头诧异地说道。

"啊？"林枫寒愕然，他们第一次见面，他猜到什么了？突然他心中一动，问道，"你老人家姓乌？"

"哈……"乌老头打了一个哈哈，说道，"你小子刚才叫过我姥爷了，如果我是老乌龟，你就是小乌龟。"

这一次，林枫寒也是笑，说道："我看那批东西，我以为你老人家姓孙。"

"呃？"乌老头愕然，半晌才说道，"你小子别又使巧话骂人，我怎么也不会成为孙子的。"

"不是，我以为这批东西是裕陵的。"林枫寒笑道。

昨天他看过那批金器，其中十七件金器中，居然有八件都是清乾隆年间的，所以，他非常好奇。

当年孙殿英以军事演习为名，实则行那盗墓之事，用大炮轰开了清东陵，把号称"十全老人"的乾隆皇帝的裕陵和慈禧太后的定陵扒了一个精光。

当初很多人的目光都集中在了定陵身上，毕竟，慈禧太后随葬的珍宝实在太多太多了，而且还有诸多传奇色彩，却忽略了乾隆老儿的裕陵。

事实上，林枫寒估摸着，裕陵的陪葬品就算没有慈禧太后那么丰盛，只怕也绝对不会少。

乾隆好收藏，又是处于太平盛世，算得上是国泰民安，他在位时间长达一甲子，对于自己的身后事，自然也安排得相当妥当，加上和他合葬的还有二位皇后、三位皇贵妃，其中自然也有着大量丰厚的陪葬品。

当年孙殿英轰开了裕陵，林枫寒不相信他会不动乾隆老儿皇后和贵妃们的棺椁。如今这批珍宝，除了追回少数，还有一部分落在了台北故宫博物馆，但更多的却是下落不明，也没有听说流入古玩市场。

"呵呵……"这一次，乌老头倒是没有在意，说道，"当初孙殿英炮轰清东陵，盗走了大批珍宝，我老人家偷偷告诉你，确实有人黑吃黑了，其中有一部分东西，被人抢走了，但是，那人绝对不是我家先祖。"

林枫寒听得他言下之意，似乎知道是谁干的。但是，想想，就算知道是谁干的，那个时候军阀割据，兵荒马乱，知道又有什么用？如今，这些珍宝也不知道落在了什么地方了。

第三十五章 卖肉的和文盲

林枫寒问道："姥爷，你上次不是说，你在黄河里面淘沙子，难道说，黄河里面也有古画，这么多年都没有被河水腐烂掉？"

"混账。"乌老头见问，骂道，"难道你姥爷我就不能够偶然上山下乡捡个破烂？"

"好吧，你手里还有什么破烂？"林枫寒是真好奇。

"你想要问哪一方面？"乌老头问道，"破铜烂铁？还是破纸碎布？或者破碟儿破碗？"

"破纸碎布。"林枫寒笑问道。

"我想想！"乌老头居然一本正经地说道，"似乎还有几样，其中有一样就是现在那个很流行的歌。"

"现在很流行的歌曲？"林枫寒感觉，他的脑袋瓜子又不好使了？

流行的歌，和古玩能够搭得上的，似乎就只有《青花瓷》啊？可现在他们讨论的是破纸碎布。

"对，就是那个歌？叫什么《兰亭序》？"乌老头说道。

"什么？"林枫寒呆住了，《兰亭序》！他有《兰亭序》的真迹，他知不知道他在说什么？

"一个卖肉的临摹的，还写了好些错别字，涂涂改改，估计不值钱，所以我就没有给你送过来。"乌老头叹气道，"为着讨好你这小子，我容易嘛我？"

"我没有让你讨好我。"林枫寒说道，临摹的《兰亭序》，历朝历代都有，他倒也不奇怪。

"我就你这么一个乖孙儿，我能够不讨好你一下子？"乌老头说道。

对于这个问题，林枫寒只是笑笑，反正，这老头想要认他做孙子，自己也认了，叫他一声姥爷，自己还真不吃亏。加上自己自幼就没有什么亲戚，能够认一个姥爷，林枫寒还是很开心。

"姥爷，卖肉的还能够临摹《兰亭序》？"林枫寒忙着问道。

"嗯！"乌老头说道，"这个，宋代那时候啊，不是流行一句话——万般皆下品，唯有读书高？想来一个卖肉的，也读过几本书，写得几个字，但是就是写不好，一个《兰亭序》，写得一溜儿错别字，还涂涂改改。"

宋代的《兰亭序》摹本，也是稀罕之物了。等等，宋代的摹本？据传《兰亭序》在宋代被反复临摹翻刻，如果真有一个卖肉的也临摹过，林枫寒一点也不觉得奇怪。

"那卖肉的叫什么名字？"林枫寒信口问道。

"我就想不起来他叫什么名字了，反正，你们南边很有名的一种肉，非常好吃。"乌老头说道，"我想想啊……"

林枫寒实在想不出来，江南很有名的肉是什么？还很好吃？难道说，宋代某人卖肉，居然还把某种肉发展成了品牌，历代流传？

"对了。"就在这个时候，乌老头大声叫道，"我终于想起来了，叫做东坡肉，那小子姓苏，估计是苏州城里一个卖肉的。"

林枫寒呆了老半天，也没有能够回过神来：苏东坡成了卖肉的，宋代的大文豪好不好？听说，苏东坡擅填词，尤擅书法，这样的人，临摹过《兰亭序》，他一点儿也不感觉奇怪。

"姥爷，你真确定你手中的《兰亭序》是苏东坡的摹本？"林枫寒倒抽了一口冷气，如果苏东坡的《兰亭序》摹本传下来，它的身价绝对不会比冯承素、虞世南、褚遂良三种摹本逊色分毫。

"又不是什么没见过的稀罕之物。"乌老头猥琐地笑道，"就几个破字，你姥爷我还大部分不认识，我要不是喜欢吃东坡肉，我连着他名字都不认得。"

"姥爷，你手里还有别的字画吗？"林枫寒哭笑不得，他真替苏东坡叫屈，堂堂一个大文豪，到了他姥爷口中，就成了一个卖肉的。

"还有一个文盲的画儿。"乌老头叹气道，"画了一枝梨花，上面有两只黑色的老鸹，我老头真弄不明白，这人吃撑了，老鸹有什么好画的？"

林枫寒苦笑，也不知道是谁的花鸟画，被这老头如此埋汰，当即好奇地问道："没有落款？"

"他要落款了，我老头就不会叫他文盲了。"乌老头说道，"没有落款，就一个签押而已，啧啧，这人可是真文盲。"

"签押是什么样子的？"林枫寒很好奇，中国古代的书画家，想来是绝对不会有文盲这种高端的存在，又不像毕加索那样的画家，画个谁也看不懂的东西，或者就是完全看不出有什么好的玩意儿，就能够名震画坛？

"那个签押也非常好笑，看起来像是一个天字，偏生天的第一笔，和下面还分得老开的，一看就是没有好好上学的货色，字都写不好，还不如我老家人。"乌老头大声说道。

"我靠！"林枫寒再也忍耐不住，骂道，"那是宋徽宗的签押好不好？那个天字，代表着他是天下一人，是皇帝，是天子，你没文化，也别老是埋汰人！"

"就他这样，还做皇帝？"乌老头大声骂道，"我老头用我的人品保证，他做皇帝也是亡国的份儿。"

这一次，林枫寒没有说话。确实，宋徽宗最后落得一个亡国被掳的下场，但是，他也用举国之力，成就了他辉煌的艺术巅峰，字画双绝，名垂千古。

"姥爷，你真确定那是一个天字？"林枫寒这个时候突然回过神来，宋徽宗的画……这算什么概念？这老头手中到底有多少好东西啊？

照着那老头的说法，只怕这画还是未经传世，当然，也有可能是后世画家临摹，或者是现代的高仿品。

"你要有兴趣，我给你留着，几朵白花，两只黑色的老鸹，我看着忒不吉利，就没有给你送过来。"乌老头说道，"他堂堂一个皇帝，没事居然喜欢画个老鸹，他不亡国，天理难容。"

林枫寒也想不明白，宋徽宗没事画两只乌鸦做什么啊？但是想想，这老头说得也忒不靠谱，说不准人家根本就不是画的乌鸦。

"那你老头手中，有没有好的字画？"林枫寒问道。反正，苏东坡临摹的《兰亭序》，成了错字连篇、涂涂改改卖肉粗人的作品。

宋徽宗成了文盲，所以，他很想知道，这老头心中好的东西，是什么概念。

"有，不过不能够给你。"乌老头一本正经地说道。

"哦？"林枫寒问道，"是什么样子的？"

"我老人家偷偷告诉你，我老头子手中，有着上好的春宫儿。"乌老头猥琐地笑道。

林枫寒就知道，这老头认为好的东西，就绝对不是什么正经东西。历代春宫也有不少，但是，到底是难登大雅之堂。

一六五

"我和你说。"乌老头猥琐地说道，"那春宫儿画得可真好，上面的美人，真是栩栩如生啊，那个小腰肢，又白又嫩，你小子要是看了，晚上连觉都睡不着。"

"有没有小花她娘好看啊？"林枫寒实在受不了这猥琐老头，忍不住就问道。

"哼，在你姥爷没有让小花她娘成为你姥姥的时候，这春宫儿是绝对不能够给你的。"乌老头不满地说道。

"我靠，你个死老头，你胡说八道什么啊？你……"林枫寒已经不知道说什么才好了，这老头已经猥琐到一定境界了，不是他能够理解的，"那春宫儿是谁画的？"他必须岔开话题，否则，天知道这猥琐老头会说出什么不靠谱的话来？

他就好奇问了一声，毕竟，瓷器或者金银器，哪怕是青铜器，如果不见到实物，他也不知道个好。

但是，字画却是不同的，那是一种文化传承，就算看不到，能够听着这老头说说，他也开心。可他也没有想到，怎么就胡扯到这种话题了，这猥琐老头忽悠他叫了他"姥爷"不算，还要给他找个"姥姥"？

"这人可真有名，绝对不是那个卖肉的和文盲能够比的。"听得林枫寒问，乌老头瞬间就来劲了，忙着给这位画春宫儿的大画家宣传。

"就我老头来看，这人是画得真好，不是那些只会画个鸟东西的人能够比的。"乌老头振振有词地说道。

林枫寒瞬间就明白了，不管是徐熙还是黄筌，包括宋徽宗，都是花鸟画出名，在乌老头眼中，都是只能够画"鸟东西"的货色，和能够画春宫的人，不是一个境界的。

"是谁？"林枫寒问道，历代春宫虽然不少，但有名的实在不多。

"你猜！"乌老头说道，"猜出来，将来姥爷就把它送给你。"

"你给点儿提示。"林枫寒说道，对于历代春宫名家，他真不清楚，而且自古以来的书画名家实在太多，他哪里知道了？

"明代的，我感觉，我不能够再提示了。"乌老头说道。

"明代的？"林枫寒一呆，还是春宫美人，还要有名的，他想来想去，也只有一个人，"唐伯虎？"

"对对对，就是他。"乌老头嘚瑟地说道，"这老小子画的美人真漂亮，够味道，比你那个瑶池仙子有爱多了，你那个仙子看着是很美貌，但就算挂在卧房中，也不能够把仙人儿抱上床。"

"难道那个春宫儿，你就能够把画上的美人抱上床？"林枫寒再也忍不住，骂道，

"你能不能不要这么猥琐？"

"你小子也是没文化的？"乌老头说道，"那《红楼梦》里面，贾宝玉可不也是去看慰看慰画上美人，可见——春宫儿是可以看慰的。"

"人类已经挡不住您老的意淫了。"林枫寒摇头叹气，这老头看《红楼梦》，大概也是幻想着自己是贾宝玉，去意淫美人的——他已经猥琐得没有下限了。

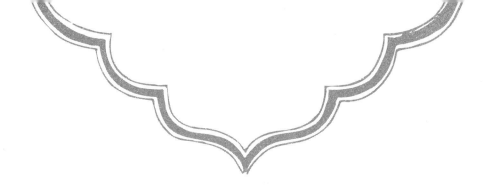

第三十六章 洗玉

乌老头顿时就叫道："你小子什么意思？难道我老人家不是人？我和你说——我可是你姥爷，我要不是人，你也不是人。"

"哈哈……"林枫寒和他胡扯了一通，顿时心情大好，忍不住就笑了出来。

"我还有事，不和你胡扯了，你要有兴趣，我年后把这些破烂带过来给你瞧瞧。"乌老头说道，"我给你的那些东西，你喜欢的，就留着自己玩玩，不喜欢的慢慢地卖掉。但是有个人，你要防着点儿。"

"哦？"林枫寒忙着问道，"什么人？"

"多宝阁。"乌老头说道。

"啊？"林枫寒一愣，陡然想起来，朱槿的那么一身红色绣金丝的旗袍，红得让他感觉有些刺心——他事后问过朱槿，据说那是多宝阁拍卖会的特色，凡是主持拍卖古玩的，都会穿着类似的旗袍。

"好了，我不和你多说了，再见。"乌老头说着，就直接挂断了电话。

"喂——"林枫寒急着叫道，"等等！"他很想问问，多宝阁有什么问题，但是，电话已经挂断了，他忙照着号码再次拨打过去，却没有想到，乌老头竟然已经关机，速度真快。

挂断电话之后，林枫寒坐着呆呆地出神。

按乌老头的说法，当年的事情他们林家算是满门死绝，他的父亲、他的奶奶都是，而乌老头的两个儿子也是，那么当年到底发生了什么事情？乌老头有着如此豪迈的大手笔，当年他们林家就绝对不是丢失了一只元青花龙纹鼎这么简单，应该还有别的隐情。

或者说，他应该想想，古老在当年的事件中，扮演了什么角色？

不管怎么说，如今算是有了一点儿线索了，比他原本毫不知情，不知道从何下手要好得多，还有多宝阁——乌老头既然这么说，就这证明当年古老应该也掺和其中。

　　古老的年龄应该和他爷爷差不多，但是，古老却是老当益壮，享受着盛世荣华，而他爷爷却是早年丧子，最后郁郁而终。

　　和乌老头一样，林枫寒也不甘心。

　　沉吟片刻之后，林枫寒就披了一件衣服出门，去购买了一些专业清洗金银器的洗涤液，他要把那些金银器清洗干净。

　　瓷器很方便，只要把表面的一些污垢清洗干净就好，再不济，现在专业清洗瓷器的洗洁精也很好用。

　　但金银器实在麻烦，林枫寒花了两天时间，才算把所有的金器收拾妥当；其中有金碗、纯金盘子、金勺子等物，一经清洗干净，黄金特有的奢华厚重，立刻就展现无遗，他看着喜欢得不得了。

　　另外还有一尊巴掌大小的金佛，端坐在莲台之上，形貌雍容华贵，制作精美之极，底下有着"乾隆四十年内务府敕造"的字迹。

　　林枫寒知道，乾隆四十年，乾隆皇帝的生母孝圣宪皇太后过世，乾隆曾经命内务府铸造金发塔，另外铸造了大量纯金佛像，这个金佛应该就是那批金佛中流落民间的。

　　另外有一只三足两耳提炉，上面有着凤鸟和折枝牡丹图案，林枫寒判定，这应该是清宫中后妃仪仗中的金提炉；难得的是，这金提炉保存得非常完好，制作更是精美异常。他看着很是喜欢，清洗干净之后，金提炉上面的金链子还存在，并没有丢失，他就挂在了自己卧房中，做了摆设品。

　　另外还有镶嵌着红宝石的纯金如意等等，林枫寒再次怀疑，乌老头是不是盗了清东陵？否则，他从哪里弄来这些东西？

　　把清洗好的东西分门别类地摆在了书房古玩架子上，在灯光之下看起来，这些古时候的工艺器皿，都凸显了一个时代高超的技艺，或精美奢华，或古朴淡雅，让他打心里喜欢。

　　那只碧玉西瓜，有了红木底托之后，他也放在了自己的卧房内，红木制作的缠枝瓜叶和翠玉西瓜相映成趣——这东西是不能卖的，就算能卖，他也舍不得，这等稀世之宝，卖掉之后就再也没有了。林枫寒想着，等着明年乌老头来找自己，就把它还给他，如果他坚持不要，自己就留着赏玩几年，然后把它献给国家博物馆，让更多人的能欣赏到这等奇珍。

至于那尊白玉麒麟，林枫寒真地替这尊麒麟叫冤，在乌老头口中，它就是一只小白狗，虽然不需要吃饭，但也没什么用处，可是，他看着喜欢得不得了。

麒麟身上，有着一块块的鳞片，鳞片上面都有黄褐色的石皮，用现在卖和田玉专业忽悠的话说，这是洒金皮，是荣华富贵的象征，洒金皮和枣红皮，从来都是和田白玉中，衡量籽料价钱的一个重要标准。

林枫寒看到这尊白玉麒麟，就有些控制不住内心的冲动——古玉大都暗淡无光，陈旧不堪，别看人描写得多么多么好，但是，站在现在人的审美观上来看，古玉绝对不如放在珠宝店里面在灯光下熠熠生辉的珠宝好看。

所以，凡是专业做古玉生意的人，都会盘玉。

盘玉有着诸多讲究，一般分为文盘、武盘和意盘三种。

文盘，就是像林枫寒现在这样，把古玉戴在身上，利用人体蕴养古玉，摩挲着盘玩，让古玉渐渐地恢复原本的玉润光泽，整旧如新。

意盘和文盘差不多，但在盘玉的时候，却要心无杂念，意与玉通，据说，最高境界要做到人如玉，玉是人，人玉合一，十年如一日盘玩——这是玩玉的最高境界。林枫寒觉得，他就绝对做不到这么一点。

武盘一般都是做古玉生意的人采用的法子：使用干净的白棉布，包裹着古玉，雇佣人日夜不停地摩挲着一块古玉，有个一年时间，大概也能够让古玉恢复原本的晶莹光泽，但是，就这个法子也相当耗时，功效还并不显著。

林枫寒祖上却传下一个秘方，可以用药浸泡清洗古玉，不但不会破坏玉器的成色，反而会让古玉在两三天之内，整旧如新，恢复原本的玉润晶莹。

可是，那些配置药液的中药非常昂贵，对于普通古玉来说，古玉本身的价钱还未必比得上熬制药液的价钱，根本就是得不偿失。

重点就是，这个药液虽然不会破坏美玉天然的玉润光泽，却会破坏古玉的沁色。

鉴定一块古玉的年份，一来是看雕刻工艺，各个时代的雕刻工艺、花纹各不相同，可以辨别一二；二来，有经验的鉴赏家，从古玉的沁色中，也能够准确地推断出古玉的年份来。

比如说，他手上的这只蝠镯，典型的圆条型圆镯，这在镯子中就非常常见，各朝各代，圆镯都是这个样子，就连现代珠宝店卖的镯子，一部分也是这种圆条型圆镯，又没有明显的图案，那么想要鉴定它的具体年份，看古玉的沁色乃是必须的。

林枫寒自幼得家传，所以，当这古玉一入手，利用摸玉诊金术，他能够准确地判断出，这古玉的年份大概是两千年前，应该是汉代之物无疑。

而当初古老鉴定的时候，就是利用沁色判断，同样也能够一眼看出来这就是汉玉。

这尊白玉麒麟，林枫寒利用摸玉诊金术鉴定，应该和蝠镯是同一个时期的，是汉玉无疑。

但是，不是所有人都懂得摸玉诊金术，他一旦使用药液，把白玉麒麟浸泡清洗一番，那么，两三日之间，这尊白玉麒麟就会像现在珠宝店卖的和田玉一样精美，但沁色也会被破坏掉。

所以，林枫寒在考虑再三之后，终于压下了自己有些疯狂的念头，还是不要试验林家祖传的洗玉药液了——除非有一天，他想要让这白玉麒麟不是以古玩的身份出现，而是现代玉器工艺品。

林枫寒一直都感觉，他们家祖上所传的这个洗玉药方和青丝称金术，事实上都是鸡肋，没什么大用处的东西。

沁色就是古玉的身份象征，一旦被破坏，还算是古玉吗？而青丝称金术，除非是像黄绢那样，拿着真伪两件一模一样的金器，给你做对比，否则，也是毫无用处；甚至，林枫寒觉得，如果不是机缘巧合碰到黄绢那件事情，他这辈子都不可能用到青丝称金术。

所以，对于所有的古玉，他都只是用清水把表面的污垢洗干净，然后就放在古玩架子上。

幸好，乌老头还真不是普通人，出手阔绰，眼光也挑剔得很，给他的东西，都是玉质非常好的，就算不经过盘玩，也还看得过去，不是他口中的破烂石头、没人要的货色。

在家清理了几天的古玩，如今终于忙完。林枫寒也想起来，他的方便面都吃完了，看着才下午四点，想着不如去附近的超市买点儿，以备不时之需。

略略地收拾了一下子，林枫寒正欲出门，就听得门铃响，随即，门就被人推开——许愿走了进来。

"我就知道，你一准在家。"许愿见到林枫寒，忍不住就乐了，笑道。

"你再来晚一点，我就准备出门了。"林枫寒笑着招呼道，"那枚飞鹰金印，我可一直给你留着，你怎么到今天才来？"

"别提了，我在苏州有点儿事情，就耽搁了。"许愿一边说着，一边就拉过旁边的藤椅，一屁股就坐了下去，问道，"你出门有事？"

　　"本来要去买点儿方便面。"林枫寒笑道，"我给你去拿那枚金印。"

　　"好。"许愿就是为着飞鹰金印来的，当即笑道，"你还真吃方便面？"

第三十七章 红颜自古多是非

对于这个问题，林枫寒只是笑笑，起身向着楼上走去。

"喂！"许愿叫道，"我可以看看你的收藏品吗？"

"算了！"林枫寒断然拒绝，乌老头给他的那批东西中，有些东西还是比较碍眼的，他不想让别人看到。

为着一件残次品的金缕玉衣，许愿就曾经着人查过自己的老底，虽然他口口声声地说他没有恶意，但是，林枫寒还是有些害怕。

"小气鬼！"许愿低声骂道，"把那件银盘也带下来，我想要看看。"

"什么？"林枫寒站住脚步，他已经走上两阶楼梯了。

"就是你在古老家斗古赢来的那件银盘，折枝梅花的。"许愿说道。

"哦……好。"林枫寒点点头，那只银盘原本是古老的东西，被杨正明做了彩头，最后却是输掉了，"你坐一下，我马上来。"

说着，他径自上楼去，没多久，就拿了银盘和飞鹰金印下楼，递给许愿道："你随便看。"

"嗯。"许愿依然在藤椅上坐下来，就在林枫寒的书桌上，拿着放大镜和手电筒，对着飞鹰金印仔细地看着，然后又看银盘。

"林先生，这金印你要卖多少钱？"许愿问道。

林枫寒想了想，笑道："上次古老估的价钱，这枚金印大概价值二千万左右，但由于篆刻不太清楚，所以，你如果要，一千八百万拿去就是。"

事实上，按照斗古规矩，彩头都是斗古宝物的十分之一价钱，如此一来，斗古才有很大的诱感力，一旦赢了，能够赢得彩头十倍身价的宝贝。

"你倒是爽快，一千八百万——这可是无本的买卖。"许愿咂巴咂巴嘴巴，叹气道。

"当初你也有机会赚这无本买卖。"对于这个问题，林枫寒只是笑着。

许愿笑着摇头道："我没有这个眼力，赚不了这个宝贝。一千八百万，我认可这个价钱。不过，我还要这个。"说着，他指着那只银盘说道，"我前两年找古老讨过这玩意儿，但是古老那个古板老头就是不卖，啧啧，这次真是太好了，那死老头把它输掉了。"

"哈哈！"林枫寒闻言，忍不住轻笑出声，说道，"连着银盘二千万，你要，拿去就是。"

"成，价钱很是厚道。"许愿笑道，"还是上次那个账号？我给你转账。"

"嗯。"林枫寒点点头，他没有乱换银行账号的习惯。

许愿站起来打了一个电话，不足三分钟，林枫寒就收到了银行进账的短信通知。做古玩生意的，是真的"三年不开张，开张吃三年"，加上这些东西都是斗古赢的，也算是真正的无本买卖了。

"林先生，你手上那只蝠镯，当真不卖？你都有那如意金钱了，你还要蝠镯做什么啊？"许愿盯着他手上的镯子猛看。

"不卖！"林枫寒摇头道，"这蝠镯是我姥爷给我的，不能卖。"这蝠镯是那个猥琐老头死劲地戴在他手上的，虽然乌老头给了他很多东西，但是对于这只蝠镯他却是情有独钟。

"切！"许愿对他表示鄙视，说道，"你就胡扯吧，你哪里来的姥爷啊？既然这样，那么，你把如意金钱卖给我？这不是你姥爷给你的了吧？你不会说，如意金钱是你姥姥的？"

林枫寒想到那个可怜的老婆婆，当即说道："对，如意金钱就是我姥姥的，我也不卖，怎么了？"

"哼！"许愿再次表示鄙视，问道，"你手里还有别的玉器吗？你让我上你家楼上看看好不好？"

"不好！"林枫寒拒绝道。

"你看这样可好？"许愿说道，"你可知道黄家丫头为什么要带着这玩意儿去多宝阁砸场子？"他一边说着，一边冲着林枫寒扬了扬手中的飞鹰金印，笑问道。

"不知道。"林枫寒摇头道，"我一直担心那丫头找我麻烦。"

"你都不知道原委，你为什么要替古老架这个梁子？"许愿好奇地问道。

"我不认识黄家丫头，和古老也谈不上有什么交情。"林枫寒说道，"黄家丫头也不要怪我，要怪，就要怪他们家不该拿着那只明青花玉壶春出来显摆，我看着就郁闷。"

"怎么了？"许愿倒是有些不明白了，明青花玉壶春虽然是难得的好东西，但也不是市面上没有的宝贝啊。

"那原本是我家的东西。"林枫寒直截了当地说道，"所以我看到了，就想要把它收回来，就是这样。"

"啊？"许愿倒还真是有些意外。他查过林枫寒的老底，自然也知道，林家原本也是做古玩生意的，但不知道为什么，林枫寒的父亲早逝，他爷爷就有些心灰意冷，从此没有踏足古玩一行。

但是，这并不意味着，林家就没有好东西了。

"我把黄家和古老的事情告诉你，你让我上楼看看你的收藏品，如何？"许愿对于林枫寒的藏品，还是有着很大的兴趣。他坚信，林枫寒手中一定还有难得的上好玉器，而这些年，他就想要淘换一样上好的玉器，却是一直不能够。

"你知道？"林枫寒还真有些好奇了，如果是在以往，许愿提出这个要求，他一准会说——你爱说就说，不说拉倒。

但现在，从乌老头的言辞中，他猜测古老可能和当年他们家有些瓜葛，鉴于这个原因，他必须得了解一下古老的来历。

"我知道，这不算什么秘密，我要查查，总能够查出来。"许愿说道，"怎么样？"

林枫寒故意想了想，这才说道："成，我被你说得还真好奇，但是，我的藏品给你看没问题，有些东西你看上了，还可以买，但有些非卖品……"

"虽然我喜欢你的如意金钱和蝠镯，但你不卖，我也不能抢。"许愿笑道，"你放心就是。"

"嗯，那你说吧。"林枫寒笑道。

"古老的名字，叫做古俊楠，并非扬州人，而是北京人。"许愿也不卖关子，直截了当地说道。

事实上，古老与黄家的恩怨，真是说不出地狗血，就是典型的时下流行的八点档言情剧本——黄绢的爷爷叫黄容轩，早些年就是在北京专门做金石生意的，家境富裕，人也长得不赖。

也不知道怎么着，早些年，古俊楠和黄容轩，同时看上了一个姑娘，双方明着暗着地竞争追求这姑娘。

后来，也是黄容轩自己提出来，他仿做一件唐代的海兽葡萄纹铜镜，只要古老能够验证出真伪，他从此就放弃追求那姑娘，并且把真品海兽葡萄纹铜镜送给古老，算是他祝贺古老和那姑娘幸福圆满。

对于这项比试，古老也同意了。

接下来的事情，许愿不说，林枫寒也知道：古老棋高一着，赢得了美貌娇妻，还赢了那面唐代海兽葡萄纹铜镜，然后他就带着妻子，前来扬州发展。

这一晃就几十年过去了，古老的妻子已经过世十多年，而黄容轩的妻子也早就作古，可是越到晚年，黄容轩还越发是放不下。

那枚飞鹰金印，乃是黄容轩晚年耗时三年，呕心沥血之作，做成之后，他就命孙女和一个堂侄黄淳，带着一真一假两枚飞鹰金印，前来多宝阁砸古老的场子。

黄绢和黄淳两人来到扬州，故意等着多宝阁开古玩交流会，抢在了拍卖会前面出来砸场子，开盘斗古。

但谁也没有想到，林枫寒会看上他们家的彩头，然后利用青丝称金术，辨别出了金印的真伪——古老并没有被逼得穷途末路出手或者封盘。

"古老先生的妻子叫什么名字？"林枫寒信口问道。

"林清瑶。"许愿笑道，"古老的老婆子，和你同姓。"

"林是大姓。"林枫寒笑道，确实，林虽然不像张、王、李之类的大姓，但也绝对不是偏僻的姓氏。他口中虽然如此说法，心中却是疑惑，难道说：古老和他们家，真有什么关系？

"黄绢长得挺漂亮的，想来祖传基因也不赖，黄老先生的老婆，估计也漂亮。"林枫寒忙说道。

"哈哈，这个我可不知道了。"许愿笑着摇头道，"你小子长得怪俊的，有没有漂亮女朋友？"

"没有！"林枫寒笑着摇头道，"我穷得都要讨饭了，哪里还有姑娘家喜欢我？"

"你就装吧！"许愿笑道。

"我不是装！"林枫寒说道，"我爷爷活着的时候，不准我做古玩生意。我原本守着个小铺子，确实没有前途，没房没车，哪家姑娘愿意嫁给我？就算她想要嫁给我，我也不会同意，你想想，我自己都养不活自己，拿什么养活老婆孩子啊？"

"你要装穷，我也不说你什么，但如果你下次要装穷，记得这种衣服不要穿。"许愿指着他搁在一边的大毛衣服说道。

林枫寒一愣，目光落在那件衣服上；这衣服是他在医院的时候，陈旭华给他买的，事后他要给钱，陈旭华没有要，理由很简单，他破了佳古斋碰瓷的局，让他省了二百五十万，这些衣服钱，他怎么还好意思收？

　　甚至，林枫寒多说了一句，陈旭华差点儿就和他翻脸了，说他没有把他当朋友。

　　话说到这个份儿上，林枫寒自然也不好再说什么了。再说，他对于衣服之类的东西，从来不挑，小时候就穷，爷爷会拣点儿人家孩子穿剩下的给他穿，他自己买新衣服的概率很低，从来就是有的穿就成。

　　不光是衣服，还有生活用品等等，能够将就着用就成，新的……对于他来说，一直都是很奢侈的事情。

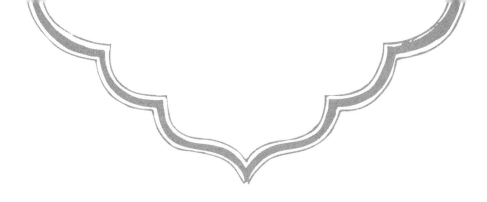

第三十八章 收藏

甚至，林枫寒觉得他似乎天生就是做古玩生意的：自小穿人家的旧衣服，用人家不要的旧物品；长大了，哪怕是有钱了，买座房子，也是买了人家旧的，不是挑选那种新建的楼层。

"这衣服是龙猫皮的，这么一件衣服，要二三十万，普通人根本不会考虑，甚至都不知道有这玩意儿。"许愿说道，"谁给你买的，马胖子？"林枫寒不知道这衣服的价钱，很显然就不是他自己买的。

林枫寒摇摇头，不禁微微皱眉：这衣服居然这么贵？

"陈旭华？"许愿见状，瞬间就猜到了。

林枫寒的交友情况很普通，除了马胖子，买得起这种衣服，还随手送人的，只有那位金玉堂的少东家陈旭华。

林枫寒点点头，说道："龙猫是一种很可爱的小动物，居然也有人舍得剥掉它们的皮做衣服？"

"这你就不懂了。"许愿笑道，"这玩意儿事实上就是南美洲栗鼠，毛皮细腻，柔软光滑，做衣服是再好不过了。这几年人工饲养的南美洲栗鼠得到了大量改进，饲养规模也被扩大很多。而且，我听说，这玩意儿流入宠物市场，就是因为某些栗鼠的毛皮不够好，不能够做衣服，于是，才被当成宠物卖。"

"不会吧？"林枫寒诧异地问道，"你怎么会知道得这么详细？"

"我家那个婆娘养了三只这个玩意儿。我和你说，我在外面还能够充个大爷，我要是回去了，我还不如三只老鼠。你说，我能够不郁闷？"许愿摇头叹气道，"我已经抗议很久了，惹急了我，我把那三只大爷扒皮吃掉。"

林枫寒听了，也是笑个不住。许愿非常有钱，他老婆闲着无聊，养几只高档宠物，也在情理中。这年头儿，很多人养宠物，都把自己弄得像是宠物奴隶，凡事宠物第一。

他老婆是自愿，许愿却是被迫的，难怪一肚子怨念。以许愿的性格，自己这么一个陌生人，他都能够把他老底查个清楚，对于自家那三只鼠大爷，他自然也把它们的习性摸得一清二楚。

"你可以趁着你老婆不在家，偷偷地把那三只鼠大爷吃掉。"林枫寒出着馊主意。

"我可不敢。"许愿摇头道，"今年上半年，那婆娘自己养死了一只，结果，她在家抹了半天的眼泪，哭得那叫一个伤心。我都怀疑，我要死了，她会不会这么伤心？你要是哪天去我家做客，可千万不要穿这样的衣服，她会把你列为不受欢迎对象，弄不好，当场把你赶走的可能性都有。"

林枫寒笑着说道："你放心，我去你家，一准打扮得老土老穷，好骗取你老婆大把同情心。"

"好了，我都和你胡扯这么多了，现在我们上楼看看你的收藏品？"许愿再次提出这个要求。

林枫寒笑笑，看样子，今天不给他看还真不成。想想，刚才也答应他了，现在要反悔也不太好，当即说道："看看我的收藏品自然没事，不过，我还想要问你一个问题。"

"什么？"许愿好奇，说道，"你只管问，我保证知而不言，言而不尽。"

"你可以知而不言，言而不尽，我也可以把你轰出门。"林枫寒笑道，"我就问问你，我在苏州的时候，你打电话和马胖子胡说什么了？"

许愿一愣，忍不住比划了一下子手势，问道："他还真去苏州找你了？"

林枫寒点点头。

那天吃饭的时候，马胖子无意中说了一句，林枫寒才知道，他是特意去苏州找他，原因就是许愿打了一个电话给他。

至于许愿和他说什么，马胖子却是不肯说。但林枫寒发现，马胖子从一开始针对陈旭华，应该就是许愿胡扯了什么，导致马胖子误会了。

"哈……"许愿笑道，"我承认，我对于你有些好奇，这事情纯粹是我的恶趣味，我有罪，我需要向党和人民检讨。"

"你需要向我检讨，而不是向党和人民检讨，这事情和党和人民没有一毛钱的关系。"林枫寒笑道。

"你不生气？"许愿笑问道。

"难道你还盼着我生气，把你揍一顿？"林枫寒说道，"我不怎么会打架。"

"哈哈哈……"许愿笑得眼泪都出来了，"我发现你真有趣，你怎么就被陈大少骗去住院的，还把身份证给他？"

"我咳嗽一直不好，去医院，正好碰到他。"林枫寒说道，"至于身份证，是他趁着我睡觉的时候，偷偷从我身上摸走的。"

许愿笑着摇头，感觉那位陈旭华也是一个有趣的人，当即说道："我在花店就碰到了陈大少，他去买花，就用一张报纸包着。我好奇，多问了一声，所以知道一些估计连你都不知道的事情。"

许愿说着，就把那天花店的事情说了一遍。

"人家怕你讨厌医院的药水味儿，天天给你换百合花，又担心百合盛开过后，花粉飘散，你花粉过敏怎么办？"许愿嘿嘿笑道，"啧啧，够细心，和我老婆养龙猫有得一拼。"

"你……"林枫寒还真不知道这事情，陈旭华每天都会带着六枝百合花过去，他压根儿就没有在意过，因此听得许愿如此说法，当即骂道，"你怎么形容，我又不是宠物。"

"我没有说你是宠物，我就是这么一说。"许愿说道，"然后我有些恶趣味，打了一个电话给马胖子，说你在苏州被人欺负了，如此这般……"

他一边说着，一边还比划了一下子。

林枫寒已经完全明白过来：许愿胡说八道，马胖子却是信以为真，以为他被陈旭华欺负了，跑去苏州想要找陈旭华理论，但等到了苏州之后，却发现根本不是这么回事。

马胖子也不是笨人，一看就明白自己被人耍了。但是许愿并没有恶意，只是一个无伤大雅的玩笑，甚至，他都不敢保证，马胖子会因为他的一个电话，就跑去苏州。

"好吧，这个就算了。"林枫寒说道，"你和马胖子说，我要做钉子户，需要什么条件才肯搬迁？"

这个问题很重要，马胖子的那份协议说什么都不肯给自己看，自己已经骂过自己几次：实在太过糊涂了，他让自己签字，自己就签字啊，也不看看？

想想，马胖子已经不是第一次骗他了，小时候他就是这个样子，特意给自己买的东西，怕自己不收，总是这么说：这东西我不喜欢，给你了；这东西我不爱吃，你吃吧……

自从知道景萍园是马胖子的产业之后，林枫寒就刻意地疏远他，从八珍楼分开之后，就没有再打过电话给马胖子，都是他主动联系林枫寒。

"他不会真拿着洋房别墅哄你吧？"许愿诧异地问道。

对于普通东西，想来马胖子是不在乎，但是，他总不会真的给林枫寒一套带花园子的别墅楼吧？

"我不知道。"林枫寒老老实实地说道，"补贴拆迁合同我就没有看到。"

"这不可能啊！"许愿说道，"合同不需要你签字？"

"他把合同做好了，跑来找我签字。"对于这个问题，林枫寒也不知道怎么说，越想，就越觉得自己糊涂，当即伸手就给了自己一巴掌。

"哈……要我帮忙吗？"许愿见状，忍不住笑道，"让你签字，你不就看到了？"

"第一张是正式拆迁补贴合同。"林枫寒一边说着，一边比划着，"两份合同，我第一份签字了，他就把第一份合同略略地上挪了一点点，露出下面第二份合同的底部，让我签字。我以为是合同的一式二份，根本就没有多想，当即就签字给他，结果，他把合同塞在公文包里面就没有给我。"

要不是当初陈旭华看了第二份合同，表示惊诧，他根本不会怀疑。

当初还有李少业等人在，他也不好多问，事后他问马胖子，可那死胖子说：你都要做钉子户了，我还给你合同？

"我就说笑了几句，被你这么一说，我都想要去景萍园弄一套房子，然后做钉子户。"许愿笑道，"我就说你想要一套带大花园子的独栋别墅。"

林枫寒想了想，又想了想，突然咬牙说道："许先生，我被你坑惨了，我对于买房子一点儿兴趣都没有，我突然感觉，我二千万够不够买房子了。"

"那不是拆迁补贴？"许愿哈哈笑道，"不知道有多少人羡慕妒忌你呢。"

林枫寒摇摇头，都不知道说什么才好。

许愿是纯粹开玩笑，而马胖子不知道怎么着，居然会信以为真，以为他想要带着大大的花园子的独栋别墅。

扬州是旅游风景城市，如果是在风景区，带着大大花园子的独栋别墅楼，只怕真要二千万开外，不是他这种古街小户型房子能够比拟的。

普通东西，马胖子塞给他，他就收了，比如说，手机、零食等等，可是这房子，他绝对不能收。

许愿也知道，他不愿意接受马胖子这等好意，当即笑道："你反正有钱，买幢房子不算什么大事，你看，你这无本的买卖今天就赚了二千万，你愁什么啊？再说，房子是固定资产投资，马胖子坑尽天下人，也不会坑你，你担心什么？"

"算了，你以后别拿我开玩笑。"林枫寒摇头道。

第三十九章 玉璜

许愿笑道："我也没想到他会当真。"

"从小，他就喜欢找各种借口塞东西给我，哪里还搁得住你开玩笑？"林枫寒知道，这事情也不能够怨怪许愿，毕竟，当初他不知道景萍园是马胖子的产业，自己都曾经开过玩笑，说要做勇猛的钉子户。

许愿也就是信口说了一句，换成谁，也不会当真。

"马胖子对你可真够大方，他怎么对我就没有这么大方了？"许愿唉声叹气。

对于这个问题，林枫寒只是笑笑，许愿又说道："你看，你的问题我已经回答了，我们是否上楼去看看你的收藏品？"

"好吧。"林枫寒点点头，心中庆幸，还好还好，那只碧玉西瓜和白玉麒麟，都在自己卧房中，别的东西，给他就看吧。

"请。"林枫寒领着许愿上楼。

"倒看不出来，你一个单身男人，收拾得蛮干净的。"许愿看着楼上纤尘不染的地板，以及收拾得井井有条、摆放得体的家具等等，忍不住赞叹道。

"你希望看到什么？"林枫寒问道，"臭袜子？没洗的内裤？还是角落里面的蟑螂尸体？"

"哈……"许愿闻言忍不住就笑了出来，"你这地方虽然小一点儿，但装修得蛮精致，这地板可都是原木，不是市面上卖的复合式木质地板。"

对于这个问题，林枫寒自然不会解释什么，铺地用的木板都是乌老头不知道从什么地方拖来的老木料，自然不是普通市面上的复合式木质地板。

推开书房的门，林枫寒请许愿进去，笑道："你随便看。"

许愿一脚走进书房，不禁呆了一下子：书房临近门的一面，放着一张书桌，书桌上放着电脑等物，书桌上面就是书架，放着几本书，其中有几本是鉴定古玩的书籍，另外大部分都是时下流行的小说。

门对面放着一套沙发，茶几上有着一大盆上好的鹅黄色大叶蕙兰，刚刚进门，一股花香味儿扑鼻而来。

"好花！"许愿忍不住脱口赞道。

随即，他的目光就落在了墙壁上：墙壁上挂着两面红木镜框，当然，这不是重点，重点就是，那是两幅绢本旧画。

一幅是翠柳黄鸡，春色盎然，小鸡悠然啄食，透着一种富态悠闲；而另外一幅，却是数枝墨竹，一枝粉色的桃花，两只麻雀栖息其上，带着几分江南乡村的野趣闲情。

许愿喜好古玩，自然也颇有眼光，当即走到近前，细细地看着。林枫寒随手拧亮了书房里面的灯，自己就在沙发上坐下来，任由他去看，也不打扰。

毕竟，自己看到这么两幅画的时候，也忍耐不住，观赏把玩良久。

"林先生，这画是真迹吗？"许愿看了足足有十多分钟，才算回过神来，问道，"黄筌和徐熙，可是五代时期花鸟画的巅峰代表。"

"对，除了会画个鸟东西，他还会做什么？"林枫寒学着乌老头的口吻说道。

"哈哈哈……"许愿在一愣之下，随即大笑出声，然后他凑近林枫寒，小声地问道，"是不是真迹？"

"你听说过黄筌有这样的画？"林枫寒故意问道，"还是说，你认为这有可能是真迹？"

"我不知道。"许愿摇头，然后他的目光就被一边古玩架子上的东西吸引住，当即走过去，一样样的仔细看着。

对于金银器，许愿不太敢收上手，除非是已经鉴定确认是真品。但是，他对于金器和玉器却又情有独钟，一样样的仔细看过去。

"喂！"许愿的目光落在那套碧玉荷叶式笔洗和笔筒上，问道，"卖不？"

"这套不卖。"林枫寒摇头，这套碧玉笔洗和笔筒的成色很好，雕刻工艺更是精美绝伦，根据他判断，应该是宋代之物。

宋代重文轻武，文人的社会地位很高，相对的各种文房摆设品也得到空前发展，除了有金玉之类，还有柔和淡雅的瓷器等等。

而这个碧玉笔洗和笔筒，看其工艺，应该是一套，卖掉了，以后就再也没有了。

"能让我上上手吗？"许愿感觉，隔着玻璃柜子看着，就像是在博物馆看东西一样，虽然能看到，却不能摸着，实在不过瘾。

林枫寒点点头，当即走了过去，开了柜子，说道："随便看随便摸。"

许愿也没空儿说话，当即拿着那碧玉笔洗和笔筒，仔细地把玩了片刻，然后给他放回原位，又去看别的金器。

上次乌老头送来的东西中，金器有十七件，其中八件都是清朝乾隆年间的，三件明代的，一件元代的，三件唐代的。

"林先生，你难道不觉得，你就是一个土豪？"许愿的目光，最后落在那尊金佛上，啧啧称赞道，"这尊金佛我请了，给个价钱？"

林枫寒看了他一眼，说道："就刚才的价钱。"

"呃？"许愿有些回不过神来，刚才的价钱？他们刚才没有商议价钱啊？啊，不对，就是刚才他买飞鹰金印和那只明代折枝梅花银盘的价钱，二千万？

"我靠！"许愿再也忍不住，骂道，"你小子够狠的——这金佛高不足十五公分，你居然敢卖这个价钱？"

"那枚飞鹰金印还要小，一千八百万，你不也认可了？"林枫寒靠在沙发上，连动都懒得动一下子，淡然笑道，"再说了，我这个佛像可比金印品相好得多。佛祖爷爷挪位，就是这个价钱，不二。"

许愿愣了一下子，这才说道："你小子骂我是二货？"

"许先生，请勿代入。"林枫寒淡淡地笑了笑，他本来是准备说不二价的，连着他自己也不知道，怎么就直接说了"不二"。

许愿用手指摸了一下子佛像底下的字迹——乾隆四十年内务府敕造。

他心里很没有底，如果这东西是真的，这个价钱他也能够认可，可是金银器造假的可能性太高了，以现代的工艺，想要仿制一尊清朝的金佛，真是轻而易举的事情，尤其是在材质方面，别的东西，材质还未必好找，而黄金白银之物，只要你有钱，就不愁买不到。

"我可以找人掌眼吗？"许愿问道。

"可以。"林枫寒干脆利落地答应着。

许愿愣了一下子，突然跺脚道："我找人掌眼有什么用啊？对于金银器，你就是个中高手，杨正明都不如你。"

"你如果想要请，就是那个二货价钱，如果你想要找人看看，我也没意见。"林枫寒笑道。

"你给我一句准话，是不是真品？"许愿忙着问道。

"我要是坑了你，扬州城里古玩一行，我还能够混下去？"林枫寒轻笑道。

对于这个问题，许愿想了想，又想了想，这才点头，说道："你既然这么说，我自然也相信你的眼光，这尊金佛，你能不能给我留着点儿？"

"我家门可罗雀，一时半刻的，我就算想要出手，也未必能卖得出去。"林枫寒老老实实地说道。

"这种东西，如果你想要出手，放个风出去，多的是钱多人傻的二货想要买。"许愿笑道。

"我不喜欢放风，你放心就是。"林枫寒说道。

许愿小心地把那尊金佛放在古玩架子上，继续看别的东西。

"这东西也是古玩？"许愿指着一只彩绘漆器首饰盒问道，这首饰盒看着就是现在扬州漆器厂出品好不好？虽然黑色的底漆上面，画着非常好看的百合花，但是，他必须说，这就是现代漆器工艺品。

"盒子里面是古玉，你可以看看。"林枫寒说道。

上次乌老头送来的东西，除了荷叶式碧玉笔洗和笔筒外，另外两件大件不算，还有三件小件。

一枚碧玉环、一只羊脂白玉富贵如意锁、一只白玉半圆形双面饕餮玉璜，由于都是小巧的玩意儿，林枫寒就用一只普通的首饰盒装着，放在了古玩架子上。

许愿听说是玉器，顿时就来了精神，忙把首饰盒捧出来，就放在林枫寒的书桌上打开。

碧玉环就是一只简单的环，没有花纹图案。至于羊脂白玉富贵如意锁，雕刻虽然精细，但图案比较简洁，就是做成了普通的如意模样，虽然玉质很好，但是，许愿也没有太大的兴趣。

而那枚半圆形双面饕餮玉璜，两只饕餮相互背向，中间有着祥云图案，组成了一个半圆，相对来说，雕刻工艺要精湛很多，也烦琐很多。

"这玩意儿多少钱？"许愿拿起玉璜问道。

"三百万。"林枫寒看了一眼，直接说道。

"林先生，我诚心要。"许愿说道，"别开虚价。"

"我没开虚价。"林枫寒笑道，"既然你说这话，那好吧，二百五十万。"

"我似乎感觉你又在骂我了？"许愿愣愣地说道，这个价钱他能够接受；凭着感觉，这应该是上好的高古玉，难得的是，品相完好。刚才他对着光辨认了一下子，这块玉璜上面有着四色沁色，玉质也是难得的好。

虽然没有被人盘玩过，但看着就很是赏心悦目。

"我刚说过，请不要随便代入。"林枫寒苦笑道，"我真没有骂你。"

第四十章 宴请

　　许愿让他开价，他就随口开个价，比照大概的市场价而已，而后，许愿还价，他也同意了，一下子就减少了五十万——真当钱不是钱啊？

　　"成，二百五的价钱，我能够认可。"许愿笑道，"但是，林先生，你看看——现在哪怕你去超市买个卫生巾，人家也是给你包装好的，对吧？"

　　"咳……"林枫寒轻轻地咳嗽，有些尴尬地笑道，"许先生，我至今为止还没有买过卫生巾，不知道卫生巾有没有包装。不过，刚才那两样东西，我也给你包装了，虽然不好看，但你不能够说我没有包装。"

　　"你拿着旧报纸包一下子，也算包装？"许愿哭笑不得，刚才汉代飞鹰金印和明代折枝梅花银盘，林枫寒就拿着前几天的旧报纸，给他包装了一下子，然后找了一个方便袋，就这么塞他手中了。

　　"旧报纸安全可靠，不污染环境，没什么不好。"林枫寒笑道，"还可以二次使用。"

　　"好吧好吧，我说不过你。"许愿举双手表示投降，说道，"这个玉璜你可不能拿着旧报纸给我包装，我有意见。"

　　"我不是古老，没有专门的锦盒。"林枫寒摇头道，找他要包装，简直就是找他要短，"你要是嫌弃旧报纸不好，这么着，我家楼下还有几只装水果的纸箱子，你随便挑个？苹果？橘子？樱桃？榴莲？我水果都没有吃完呢，要不，我腾出来给你？"

　　许愿很想拿只榴莲，对着他清秀俊美的脸砸过去。

　　"你这是卖弄你家水果多？"许愿的声音，都不由自主地提高了好几分贝。

　　"你要是羡慕，也可以领一群水果回家。"林枫寒很小声地说道。

　　"哈……"许愿原本的一肚子的郁闷，这个时候再也忍不住笑了起来，一群水果？哈……真亏他想得出来，随即想起来，这小子似乎是学中文的，他这么一个大老粗，和一个学中文的人斗嘴，自然只有吃瘪的份儿。

"我要你家的荷包。"许愿说道，"你难道没有发现，你家的荷包装玉璜正好合适？"

林枫寒笑笑，说道："你直接要不就得了？还绕这么一个弯子？"

"我直接要，我怕你不给。"许愿老老实实地说道。

"等下你去楼下挑一个。"林枫寒笑道。

"你桌子上的那只给我好不？"许愿的目光落在他书桌上，米白色的丝绸上面，绣着一片红枫，淡然雅致。

"那个反面绣着我名字。"林枫寒笑道，"你不嫌弃硌硬得慌，我不在乎送你。"

"啊？"许愿好奇，当即走过去，拿起荷包一看，果然，荷包的反面，用金丝绣着"枫清影寒"。

"他妈的，够自恋的。"许愿咒骂道。

"我没有让你不自恋。"对于这个问题，林枫寒只是笑着。

许愿懒得理会他，转身去看古玩架子上的瓷器，一样样的看过去。

"林先生，我有一个朋友喜欢瓷器，我可以带他过来看吗？"许愿问道。

"可以。"林枫寒略略一沉吟，就点头同意了。这年头儿不管做什么生意，总要有客户上门，否则，一旦产品滞销，他吃什么喝什么啊？"最上面的那排都不卖，第二排的青瓷，我只准备卖一只，价钱有些小贵，你最好让你朋友有心理准备。"

许愿转过身来看着他，他并不怎么喜欢瓷器，但也不是完全不懂，闻言问道："多贵？"

"比你要请的那位佛祖爷爷的价钱还要贵点儿。"林枫寒说道，许愿的朋友，想来也和许愿一样，是钱多人傻的类型。

但是，就算再钱多人傻，对于未曾有高级鉴定师鉴定的古玩，他们还是持怀疑态度，尤其是高价的。

许愿很是有钱，对于那块高古玉璜，他下手得干脆利落，但对于那尊佛祖爷爷，他还是要慎重考虑，所以，林枫寒不得不关照一声。

"这么贵？"许愿倒还真是出乎意料。

林枫寒点点头，没有说话。

"这青瓷是什么年代的？"许愿在好奇心的驱使下，再次走到古玩架子边，仔细地看着那三件青瓷瓷器由于隔着一层玻璃，他也没法子上手，但是，他还是忍不住好奇——什么瓷器能够如此名贵？

"宋代。"林枫寒说道。

"汝瓷？"许愿愣愣地问道，除了汝窑、钧窑等名窑，他不认为，还有什么瓷器能够如此名贵。

但是，汝窑、钧窑的瓷器，似乎都有开片，可这三件瓷器，却是品相完好之极，没有开片也没有蟹爪裂纹。

"我认为是汝窑青瓷，但是没有鉴定。"林枫寒直截了当地说道，"所以，如果你朋友有兴趣，你最好事先说清楚，免得闹不必要的误会。"

许愿忍不住看了看瓷器架子最上面的一排，好奇地问道："最上面的又是什么名贵东西？你不愿意卖？"

"那是我喜欢的，谈不上多么名贵。"林枫寒笑笑，瓷器架子最上面的一排，除了那只明青花玉壶春，还有那套成窑斗彩桂枝玉蝶茶器，这是他极喜欢的，自然不会卖。另外还有那只清朝嘉庆年间的黑釉描金折枝牡丹如意瓶，他感觉，放在古玩架子上很好看，因此也不想卖掉。

"这倒也是，千金难买心头好。"许愿笑道，说着，他蹲下身来，看着最下面的两件青铜器，一只青铜盆、一只青铜酒樽。

"我靠，你小子把青铜器放最下面做什么？"许愿骂道，"你难道不知道，蹲下来看很吃力？"

"青铜器不好看。"林枫寒笑着解释。相比瓷器、玉器、金银器，青铜器确实不好看，这两件青铜器他还经过了简单的整修，去掉了青铜锈迹等等，但是，还是不好看。

"很好看的。"许愿说道，"啧啧，你看这羊首，多好看啊！栩栩如生好不好？"

"难道还能够宰了下锅红烧清蒸？"林枫寒说道。

"你卖给我的那个青铜酒樽，就没有这个好看。"许愿酸溜溜地说道，"不成，我想要这个！"

"不卖！"林枫寒干脆利落地说道。

"你刚才不是嫌弃不好看？"许愿说道，"为什么不卖？"

"不好看和卖不卖是两回事。"林枫寒解释道，"给你的那只青铜酒樽，我三百万就卖了，但是这个——你如果非要不可，三千万。"

这两只青铜器有着铭文不算，花纹精美，造型更是别致，从来没有听说有类似的，价钱自然也贵得多。

"我就是一个穷人。"许愿站起来，摇头叹气。

林枫寒正欲说话，突然听得隐约传来歌声："天青色等烟雨，而我在等你，炊烟袅袅升起，隔江千万里，在瓶底书汉隶仿前朝的飘逸……"

林枫寒突然想起来，中午他把手机插在卧房中充电，这个时候还没有拔下来，当即忙起身，向着卧房走去。

卧房就在书房对面，林枫寒径自走了进去，从床头柜上拿起手机看了看，是李少业打来的电话，忙着接了。

"小林？"李少业的声音传了过来，"你明天晚上有空吗？"

"怎么？"林枫寒不解地问道。

"王澹来了扬州，说是找我们几个朋友聚聚，他特意关照过，让我打电话给你，让你一起去。"李少业说道。

"算了，我和他们都不熟，我就不去了。"林枫寒摇头道，王澹是他们大学时候的同学，而且是一个宿舍的。但是王澹不是扬州人，而是南京人氏，他除了和李少业比较熟识之外，这些同学毕业之后，大都没有来往了。

就像上次的盛培新和史澜一样，仅仅只是认识，谈不上多么的熟识。

"小林，你别这样，不管做什么生意，终究需要交际。人家特意关照，让你一起去，你别拒人千里之外。"李少业忙着说道。

林枫寒听得李少业这么说，当即问道："在什么地方？"

"八珍楼，距离古街不远，明晚六点半，你一定要过来啊！"李少业忙着嘱咐道。

"好吧。"林枫寒答应着。

"你别忘了。"李少业再次说道。

"有人请客吃饭，我一般不会忘记。"林枫寒笑道。

"那就这么说定了，再见。"李少业说着，挂断了电话。

"我靠！"许愿见他走进卧房，忍不住也跟了过去。然后，他的目光就落在了一架小小的多宝阁上，多宝阁是从明末清初兴起的一种家具，无背无门，只用上好的木料打造成各种大小不一，形态各异的格子，有梅花、海棠、荷叶、瓶、炉等不同款式，用来摆放古玩、摆件、书籍等物。

林枫寒在装修的时候，想着要做古玩生意，因此在书房墙壁上，打造了专门摆放古玩的货柜，利用上好的钢化玻璃做门，方便有客人上门可以看货。

在卧房中，他还是订制了这么一架小巧的多宝阁，用于陈设一些自己喜欢的古玩，但是除了那只碧玉西瓜，他就没有把别的东西放在"多宝阁"上。

"你从什么地方找来这等东西？"许愿急匆匆地问道。

"许先生，这是我的卧房。"林枫寒有些尴尬地说道，他真没想到，许愿会跟着他进入他卧房中。

"你又不是女人，都是大男人，你卧房我看看又怎么了？"许愿说道，"你别打岔，老实交代，这西瓜是不是慈禧老佛爷的翡翠西瓜？"

多宝阁上面只有那只碧玉西瓜，他自然是一目了然：碧玉西瓜摆放在上好的红木缠枝瓜叶底托上，更是显得葱翠碧绿，翠绿色的瓜皮映衬着一条条黑色瓜纹，当真是栩栩如生，隔着老远一看，还以为真是西瓜呢。

"许先生，这是碧玉，不是翡翠。"林枫寒笑道，"你酷爱玉器，难道对于碧玉和翡翠都分辨不清楚。"

"据说，慈禧老佛爷的玉石西瓜就是产自昆仑山，而和田就在临近昆仑的地方。我一直怀疑传说有误，说不准慈禧老佛爷的那只西瓜就是碧玉，不是翡翠。"许愿认真地说道。

"你可以去问问老佛爷，我不知道。"林枫寒笑道。

"多少钱？"许愿好奇地问道。

"我摆在卧房中的东西，请不要问价。"林枫寒说道。

许愿白了他一眼，说道："这东西价值连城！真不是钱能够衡量的。"

口中说着，他四处看了看。床头的墙壁上，挂着一幅扇形花鸟图，由于没有落款，他自然看不出来是谁画的，是真迹还是仿品。

就在床头边的墙壁上，用一个铜勾悬挂着一只纯金三足两耳提炉，花纹富丽堂皇，做工精巧细腻，看着像是清代宫廷用品。

床对面的墙壁上，上好的红木镜框里面，一张焦炭淡彩仙子图，飘逸灵动，衣履风流，画上的仙子手持莲花，美目盼兮，顾盼生姿，翩翩然的似乎要从墙壁上飞下来，明明是一幅静止的画，却有着满室生风的感觉。

"林先生，你知道什么叫做穷奢极欲吗？"许愿正色说道。

"像你这样的人，就是穷奢极欲的代表。"林枫寒笑道，"我这个一天只吃两包方便面的人，怎么都和穷奢极欲没有一毛钱的关系。"

林枫寒就在自己的床上坐下来，心中暗叹——李少业的那个电话，真打的不是时候！他也没有想到，许愿也没有把自己当个外人，居然会跟着他走进卧房。

许愿正欲反驳，他怎么就穷奢极欲了？他又没有碧玉西瓜？也没有上好的古画《瑶池仙子》，但目光一转之下，他就感觉，他的目光似乎被胶住了，也忘了反驳林枫寒。

就在林枫寒的床头柜子上，放着一尊白玉麒麟，刚才由于林枫寒站在床头柜前，他的视线受阻，并没有看到。这个时候一见之下，他就再也管不住自己，忙着走了过去，伸手摸了摸，凭着感觉应该是上好的羊脂白玉，玉质入手细腻光滑，柔润洁白，宛如凝脂一般。

林枫寒看着许愿一脸痴迷地抚摸着那尊白玉麒麟，当即略略地向后让了一点儿地方出来，任由他可以恣意地观看欣赏。然后他就从自己的枕头底下摸出一本书来，倒在床上，慢慢地翻着看着，也不催促他。

他躺在床上翻了一会儿书，渐渐地就有些神思恍惚，睡意朦胧，就要睡去，但在迷糊中陡然想起来，许愿还在他家，当即一个激灵，已经醒来。

第四十一章 伺玉篇

　　林枫寒忙从床上坐起来，一看之下，顿时呆住：只见许愿就跪在他的卧床前，双手灵活地、有节奏地摩挲着那尊白玉麒麟，神情专注、痴迷之极。

　　床头柜的高度，一般都是五十公分到六十公分的样子，这个高度不高不矮，坐在地上嫌累，站在又必须要弯腰，跪着的话，倒是正好。

　　林枫寒看着，有一种哭笑不得的感觉，他就这么睡在卧床上，许愿却跪在床前，当真是说不出的怪异。

　　"许先生？"林枫寒叫道。

　　哪知道他叫了一声，许愿却是充耳不闻，继续专注地盘玉。

　　"许先生。"林枫寒的声音提高了少许。

　　"啊？"许愿像是如梦初醒一般，连忙住手，然后愣愣地看着林枫寒。

　　林枫寒看着他的模样，微微皱眉，说道："许先生也是爱好古玉的，难道不知道，别人的玉盘不得？"

　　许愿这个时候，才算是彻底清醒过来，忍不住"哦"了一声，然后就这么看着他。

　　"许先生，天色不早了，你把饕餮玉璜的钱给我，请便吧。"林枫寒不得不下逐客令。

　　他怎么也没有想到，许愿对于别的东西倒也罢了，但对于这尊白玉麒麟，竟然像是见到初恋情人那样，一头扎进来，痴迷入魔，不可自拔。

　　"林先生，这尊麒麟，你没有盘过？"许愿没有起身，目光落在那尊白玉麒麟身上，恋恋不舍。

　　"没有。"林枫寒摇头，这麒麟太大了，不比普通的小玉佩，可以随身携带，没事摩挲着、昵着玩玩。

他放在床头边，就是想着，没事的时候，自己晚上看书，可以抚摸着玩玩。至于正式盘玉，他却是从来没有想过，大型玉器，想要盘熟简直就是不可能完成的任务。

"林先生，我给你盘这玉如何？"许愿直到这个时候，目光才从那尊白玉麒麟身上挪移开，落在了林枫寒身上。

正如林枫寒所说，他卧房中的东西是不用问价的——这样的东西，一旦拥有，除非是真穷得都要讨饭，否则，谁都绝对不会舍得卖掉。

所以，他也没有敢痴心妄想，直接把这尊白玉麒麟请回自己家，但是，他想要盘玉。

"不成。"林枫寒断然拒绝，摇头道，"许先生既然是爱玉之人、懂玉之人，难道不知道别人的玉盘玩不得？而且你就算把它盘熟了，我也不会把它让给你。"

盘玉绝对不是一朝一夕之力，这尊白玉麒麟，更不是一天两天能够盘熟，而是需要数年甚至几十年的时间来慢慢盘养。他如果答应许愿的要求，那么就意味着，许愿从此以后每天都会向他家跑。

或者就是他让许愿把这尊白玉麒麟请回自己家盘养。

许愿看了他一眼，终于咬牙说道："林先生家传渊源，不知道是否知道，北门玉奴一说？"

林枫寒看着他，如同是看着外星人一样，他既然知道盘玉的种种要诀和讲究，自然也知道北门玉奴一说。

封建皇朝一向讲究传承有序，循古礼，仿古制。早在《左传·桓公二年》即记载："夫德，俭而有度，登降有数，文物以纪之，声明以发之；以临照百官，百官于是乎戒惧而不敢易纪律。"

北宋开始，以青铜器、石刻、玉器为主要研究对象的金石学兴起，然后逐渐扩展到研究各种时代的古物件，把这种古代器物，称之为古物。

经过元、明两朝的发展，到了清朝，出现了康乾盛世，尤其是乾隆皇帝喜好收藏，于是上行下效，不管是达官显贵，还是王亲贵族，包括文人墨客，都酷爱收藏。同时，由于收藏的盛行，也繁衍出与古玩相关的各种行业。

比如说，对于古器物的修复、整治、去锈、装裱等等。而对于出土的古玉，也有聪明之人，发现长期佩戴把玩之后，可以让颜色暗淡的古玉整旧如新。

于是就渐渐地发展出了专门的盘玉技法，但是，对于喜好收藏古玉的收藏家来说，他们不可能只收藏一块两块古玉，收在手头的古玉多了，盘养古玉就成了一种问题。

对于他们本人来说，只能够把极喜爱的小物件随身携带，自己盘玩，大物件和剩下的一些藏品，就只能够搁置家中。

对于爱好古玉的人来说，一块古玉上手，如果不经过盘养昵熟，心里就有些不痛快——于是，专门从事盘玉的玉奴就出现了。

对于收藏家来说，把价值千金的古玉交给玉奴盘养，他们也不放心，因此就制定了种种严厉的规则来限制和规范玉奴。

林枫寒比划了一下子手势，这才问道："许先生，你的意思是说，你要做这白玉麒麟的玉奴？然后盘养这尊白玉麒麟？"

"是。"许愿点头道。

"那你知不知道，我才是这白玉麒麟的主人，这个——如果你作为白玉麒麟的玉奴，那么，是不是代表着，你需要向我行主仆之礼？"林枫寒说到这里的时候，他再也忍不住笑了出来。

古时候那些大收藏家，一般都是一些达官显贵或者是王亲贵族，这些人自幼受的教育不同，也没有把家中仆役当人看。为担心玉奴在盘玩古玉的时候掉以轻心或者是盗走古玉，制定了严厉之极的规矩。

玉奴盘玉，不叫盘玩，而叫盘养，以人身供养美玉，盘养古玉之前，必须沐浴更衣，净手焚香，盘玉之时必须跪在地上，以表示对古玉的敬仰之情。

而在盘养过程中，更要做到专心致志，心无旁骛。

更有说法，玉在人在，玉毁人亡。

玉奴在盘养古玉的过程中，如果不小心失手，把古玉打碎，那更是死罪，势必会被玉主人活生生打死。

清王朝灭亡，民国期间，这种盘玉制度却被传了下来。但是，大都是一些极端喜欢古玉的人，获得一块上好古玉，为表示对古玉的崇敬喜爱之情，自甘为奴，盘养古玉，却不再有玉主人的说法。

这就如同有些人养宠物猫，却把自己整成猫奴一样，事实上纯粹个人爱好，和旁人是没有一点儿关系的。

林枫寒认为，自己很喜欢玉器，尤其是这个白玉麒麟，但是，就算再喜欢，他也不会像许愿这样，自甘为玉奴。

"林先生，我已经跪在你面前了，你还要怎样？"许愿看了他一眼，说道。

林枫寒一愣，他这才想起来，由于他把那尊白玉麒麟摆在了床头柜上，许愿为着方便，就这么跪在地上盘玉，他也没觉得有什么不妥当；这个时候他和自己说话，依然没有起身，而他就这么半躺在床上。

被他一说，林枫寒匆忙起身，避让开来，说道："我还没死，你别跪我……哦，不对，你也不是我的后辈，我死了，你也不能够跪拜我。"

"我是诚心的。"许愿看了看他，又看了看那尊白玉麒麟，说道。

"好好好，你是诚心的，我也不是开玩笑，我不同意你这个荒唐的要求，你先起来说话好不好？"林枫寒忙着说道。

他总不能够让许愿就这么跪在他的房间里面啊？这要是让人看到了，天知道会传出什么样的笑话？

许愿看了他一眼，突然笑了一下子，说道："林先生，我颇有资产，在扬州城也有些权势，如果你不同意……"

林枫寒愣了愣，忍不住抓了抓头发，把一头头发全部抓乱，心中念叨了两遍——匹夫无罪，怀璧其罪，他现在彻彻底底就是这种怀璧其罪的感觉。

"我知道你有钱有权，你想要怎样？"林枫寒心中直打鼓，软求不成，难道说，他准备威胁力逼？这是一个法制社会，林枫寒就不信他敢把自己怎么了？

"我就在你面前——长跪不起。"许愿说这么一句话的时候，带着一种恶趣味的目光，就这么看着林枫寒。

林枫寒再次在床榻上坐下来，就这么看着他。他突然想起网络上非常流行的一句话，一个人如果要成功，必须要具备三要素：

第一，坚持！

第二，不要脸！

第三，坚持不要脸！

林枫寒必须说，作为成功人士的三要素，许愿领悟得很通彻，执行得很彻底。他就这么看着他，因为他实在不知道把这人怎么办才好。

看着林枫寒不说话，许愿再次说道："我的玉主人，你准备让我跪多久？"

"我没有让你跪着。"林枫寒没好气地说道，说着，他再次躺在床上，睁着眼睛看着天花板，盘算着这事情该怎么办？他做梦也没有想到，许愿平日里在人面前人五人六，拽得跟二五八万似的，可是一个转身，这人原形毕露，没有最贱，只有更贱。

"喂，你还生气了？"许愿轻声笑道。

这一次，林枫寒没有理会他，愣愣地发呆，大概过了三四分钟，他从床上坐起来，说道："许先生，你刚才说过，你颇有资产还有些权势？"

　　"扬州城内，一般的小事我都能够摆平。"许愿笑道，"你答应我的要求，不吃亏。"

第四十二章 消费观念

林枫寒比划了一下子手势，问道："你和古老是什么关系？"

"什么关系都没有。"许愿摇头道，"我喜欢古玩，常常光临多宝阁而已。"

"好，你帮我做件事情，我就答应你这个荒唐无礼的要求。"林枫寒说道。

"什么事情？"许愿微微皱眉，说道，"我先申明，违法的事情我绝对不做。"

"不是违法的事情。"林枫寒一边说着，一边走到柜子前，打开抽屉，取出一张照片，走到许愿面前，直接递了给他。

许愿的目光落在那张照片上，他只看了一眼，就知道这照片被人 PS 过，应该是两个人合影，但是，却被人巧妙地把另外一个人剪切掉了。

照片上的女子，穿着大红金丝旗袍，挽着发髻，容貌清丽端庄，美丽非常——朱槿已经算是难得一见的美人了，但是，也绝对比不上照片上的女子更加明艳动人。

许愿抬头看了看林枫寒，又看了看照片，然后恶作剧地笑道："林先生，你还有这等爱好，穿女装拍写真？"

林枫寒目瞪口呆地看着他，半晌，终于忍耐不住骂道："你胡说什么？"

"很像！"许愿见状，忍不住笑道，"你老娘？"照片上的女子和林枫寒的相貌非常相似，所以，他想想也知道这女人的身份问题。

"估计是的。"林枫寒点点头，说道，"你帮我查查，她叫什么名字？"

"林先生，糊涂到你这种境界，非常稀少了。"许愿说道，"你不会连你老娘叫什么名字都不知道吧？"

"我不知道！"林枫寒心中有些刺痛，但还是说道，"正因为这样，我才需要你帮我查。"

"据我所知，你母亲已经过世二十年之久。"许愿想了想，这才说道，"我只能说，我尽力去帮你查，能不能查出来我不保证，但从明天开始，我就要求盘养这尊玉麒麟。"

林枫寒也感觉，二十年前的一桩无头公案，让许愿去查确实是为难人了，所以他笑道："你今天已经盘过了。"

"既然如此，你是答应了？"许愿一边说着，一边就欲起身，刚才他可是一直跪在地上和林枫寒说话。

"是的，我答应了。"林枫寒点点头，想到他刚才无赖下贱不要脸的模样，当即笑道："我没有让你起来。"

许愿一愣，有些呆滞地看着他，笑道："你还真玩？"

"你不是当真吗？"林枫寒笑道，"我这陪你一起玩，你要做玉奴，我就让你做个过瘾。啧啧，我等下去超市买个洗衣板，你以后就给我每天垫着洗衣板跪着盘养玉麒麟。我也不要求多久，每天一个时辰，也就是两个小时。你刚才盘玉的指法不错，但是，还不是最好的，从明天开始，我会教你盘玉的指法，如果错了，嘿嘿，我让你领教一下子林家的家法。"

许愿毫无形象地坐在地板上，揉着膝盖道："我老婆都没有让我跪过洗衣板。"

"哈……"这一次，林枫寒笑道，"你可千万不要说，你渴望跪洗衣板很久了？没事的，我会满足你这么一点小小要求。如果你嫌弃洗衣板不够过瘾，我最近从景德镇买了很多瓷器，我不在乎砸碎一只让你跪着玩玩。"

"主人，你这是虐待好不好？"许愿苦笑道。

"你不是要在我面前长跪不起，求着我虐待你吗？"林枫寒轻声笑道。

"林先生，我发现，你骨子里面很是邪恶，说不准还真有暴力倾向。"许愿摇头笑道，"我就让你清俊温雅的外表骗了。"

林枫寒故意骂道："混账，要叫主人。"

许愿笑个不停，心中开心之极，今天来宝典算是不虚此行，不但收到了两件上好的金银器，淘到一块汉代白玉饕餮玉璜，还有幸见到这等稀世珍宝白玉麒麟。

他爱好古玩，尤其嗜好古玉，手中也收藏着一些上好的古玉，但是，却没有大物件。他也知道，在古代没有现代化的玉器切割工艺，想要雕刻大型玉器器皿绝对不是一件容易的事情。

有时候纵然有大物件，玉质未必好，雕刻也未必精湛。

林枫寒手中的这个玉麒麟，已经不是普通的古玩能够衡量了，这是神器——自己作为玉奴，能够把它盘养昵玩，已经是天大的幸运。

许愿一直都认为，玉器有着灵性，尤其是这尊玉麒麟，更是通灵之物，能够自主择主，普通人福薄命小，纵然强求入手，也绝对不是福泽。

想到这里，许愿忍不住看了一眼林枫寒，和马胖子一样，他也感觉，林枫寒容貌俊美，大概是书读得多，身上带着一股浓浓的书卷味，透着几分儒雅气息，骨子里面还有几分华贵，一如那尊玉麒麟。

这么一想，许愿不禁就有些心魔，当即笑呵呵地叫道："主人，作为一个玉奴，我愿意领教一下子你的家法。"

"成，我看你能够坚持几天。"林枫寒笑道。

他一点也没有开玩笑，他是真准备让许愿跪在洗衣板上盘玉的，这普通人跪在地板上两个小时都承受不起，何况还要垫个洗衣板？

正如许愿自己所说，他颇有资产，还有些权势，平时养尊处优惯了，油瓶倒了都不会扶一下子的主，让他每天跪在地上盘玉，简直就是凌虐折磨，只怕一两天之后，许愿从此再也不会提盘玉的事情了。

林枫寒思忖：许愿今天初见玉麒麟，心中有着极端的狂热喜爱，不能得到，才想了这么一个迂回的法子，但过上几天，他受不了盘玉之苦，如果自己这个"玉主人"再刁难一下子，他自然不会再要求坚持。所以在考虑再三之后，他爽快地答应了下来。

许愿站起来，走到林枫寒身边，凑近他低声笑道："主人，原来你有这等想法，哈哈……你会失望的。"

他就说啊，林枫寒怎么会答应得这么爽快，他都没有来得及威胁力逼、坑蒙拐骗，林枫寒居然就答应了，原来，林枫寒是想要让他受不了盘玉之苦，然后自己离开？

"江南土话'嘴似铁钳，身似竹篾'，说说有什么用？我看着呢。"林枫寒笑道。

"主人，你不能有这等想法！"许愿轻笑道。

"那我应该怎么想？"林枫寒笑问道。

"你应该想着，如果那个玉奴不努力盘养玉麒麟，你应该用家法处置，打到他老老实实、服服帖帖为止。"许愿笑道，"你刚才不是说，要让我领教一下林家家法吗？"

林枫寒感觉，许愿似乎真有受虐的倾向，平时看着还好，但看到古玉的时候，这人思想就有些不正常，有些心魔，形似疯癫，像武侠小说上面写的，是走火入魔的症状。

"我不和你胡扯，我要出去吃饭，你要一起吗？"林枫寒问道。

"好，我认识一家不错的西餐馆，我请客。"许愿说道。

"你记得把玉璜的钱给我。"林枫寒一点儿也没有客气，玉奴什么，都是浮云，玉璜的钱绝对不能够少。

"得了，你就惦记着那个二百五了。"许愿说着，当即摸出手机，拨打了银行号码给他转账。

林枫寒从衣柜里面取出一件普通的羽绒服，然后招呼许愿下楼，打开货柜下面的抽屉，让他自己挑选荷包。

许愿翻看了一气，然后选了一只蜻蜓戏莲的荷包，说道："林先生，你这荷包正常出售，要多少钱一个？"

"看绣工，两三百块钱不等。"林枫寒说道。

"卖得出去吗？"许愿微微皱眉，一般在古街这边，都是一些美食，或者就是卖一些普通的旅游纪念品，大都比较便宜，也有荷包香囊之类的东西，但顶多就是几十块钱。

尽管林枫寒手中的这种荷包，和普通市面上卖的不同，纯手工苏绣，加上布料都是难得的丝绸，想来成本价就不便宜。

对于这个问题，林枫寒想了想之后终于说道："中国人的消费观念有些问题。"

许愿很是好奇，问道："这和消费观念有什么问题？"

"有的。"林枫寒说道，"中国人的消费观念有两个极端：第一，喜欢降价、打折之类的活动。一旦看到商家降价、打折，很多人就管不住自己，跑去采购一堆乱七八糟的东西，也不管自己用得着用不着，甚至不管这些东西是否值那个廉价的价钱，总认为商家都降价打折了，他们是占了老大的便宜，有便宜不占那是王八蛋。

"却不知道，东西买回去，却是用不着，或者是不能使用，那就是极大的浪费。比买一些贵重物品，却能够使用和需要长期使用更浪费。"

许愿认真地想了想，点头道："你说得有理，买了自己不用或者不能使用的东西，那是极端的浪费，这种行为要制止。"

"另外一种消费观念，就是攀比成性。有些钱多人傻的，不求最好，只求最贵——这种消费观念，也是要不得。"林枫寒轻轻地叹气，"我这荷包就没有能卖得出去过，不，不光荷包，包括首饰盒。"

第四十三章 业精于勤荒于嬉

林枫寒定制的那批首饰盒，除了陈旭华要了十只作为年底活动之外，就没有能够卖出过。

许愿笑道："你说得非常有道理，我家那个婆娘就是——常常莫名其妙地买一堆乱七八糟的东西回家，然后还向我炫耀，这些东西怎么怎么便宜，她多么会过日子。但常常买回去的东西，就这么丢在那里，白放着还嫌弃占了地方，过上一段日子，她就打点出来送人或者扔掉。"

林枫寒笑笑，许愿老婆自然是极有钱，都是这种观念，何况旁人？

"旅游景点的东西，很多人打着出售当地特产、纪念品的旗号，但事实上很多东西是没用的。我也就想着，弄一些能够使用，不至于买回去就白丢着还占地方的东西。我家的首饰盒，都是上好的手绘漆器首饰盒，或者就是螺钿镶嵌，姑娘家买回去，可以存放贵重珠宝。可就这样，我的价钱要比外面的人家高得多，有人一听价钱，掉头就走了，哪里还卖得出去？"林枫寒说道。

"你家的首饰盒都很漂亮，和市面上的不同。"许愿一边说着，一边指着货架子最上面一排的一只缠枝凌霄花的螺钿首饰盒说道，"这个看起来，竟然有着珠宝的光泽。"

"这是复古螺钿工艺。"林枫寒解释道，"螺壳和海贝天然就有着珍珠一般的光泽，镶嵌打磨之后，自然是光泽闪烁，加上这只里面是采用珐琅掐丝工艺，镶嵌的纯金金丝，看起来自然更加富丽堂皇。而且，由于螺壳和海贝的颜色大都是白色和黑色居多，想要找到颜色鲜艳如火的红色并不容易，所以这只首饰盒卖得很贵。"

许愿听了，忍不住赞叹道："这才是真正的复古工艺。"

林枫寒笑道："我昨天还在想着，是不是我营销策略有问题呢？"

"反正，你也不是靠着卖这个过日子。"许愿笑道，"就当弘扬中华古文化吧。"

"也只能够这么想。"两人说着闲话，当即一起出门吃饭。饭后，两人要了咖啡，一边说闲话一边喝咖啡，回去的时候，已经是晚上八点多了。

路过一家超市，林枫寒让许愿停一下子，他下车买点儿东西。

许愿摸摸头上并不存在的冷汗，问道："你真买洗衣板啊？"

"哈……"林枫寒这才想起来刚才的戏言，笑道，"我去买点方便面、火腿肠、榨菜等东西，你略等等。"

"我还以为你真买洗衣板。"许愿笑道。

"你要是强烈要求，我就花点儿钱买一块。"林枫寒笑着打趣道。

对于这个问题，许愿想了想，突然认真地说道："你买一块吧。"

"呃？"林枫寒原本已经推开车门准备出去，这个时候却是愣住了，不解地看着他，问道，"做什么，你真要跪？"

"你刚才不是说过，我坚持不了几天？"许愿笑道，"我想着你说得很有道理，所以，我需要鞭策一下子自己。想那古人读书，要头悬梁，锥刺股，先生课徒也很严厉，学生稍有不慎，就要挨戒尺，现在是法制社会，自然是废除体罚了。"

"你小时候可有被体罚过？"林枫寒突然很好奇，问道。

对于这个问题，许愿认真地想了想，说道，"我小时候也是各种顽皮，我老子火性上来，也会要揍我，但我妈妈和奶奶护着，除了有一次，我挨过一巴掌外，还真没有受过体罚。"

"也就是说，你从来没有被人罚过跪？"林枫寒笑问道，"所以你有受虐倾向？"

"难道你有？"许愿皱眉问道，"你父亲早死，谁罚你？你爷爷？"

林枫寒点点头，他从小就在爷爷的严厉教导下长大，不管是摸玉诊金术，还是素珍诀，都要反复练习，苦不堪言。

和所有的男孩子一样，他自幼也很是贪玩，为此，他没有少受过爷爷的各种惩罚。若非如此，像青丝称金这样的绝活，他也不可能练习到炉火纯青的地步。

"跪洗衣板的滋味真不好受的。"林枫寒说道。

"哈……你还真跪过？"许愿还真是好奇了，问道，"你爷爷为什么罚你跪洗衣板？"

"我从小是好学生，学习成绩很好。但是，有一个阶段我迷恋看漫画，不但爷爷交代下的功课完成不了，就连老师布置的作业，也常常拖三拉四，敷衍了事。老师找到我爷爷，如此这般地说了一番，我爷爷一气之下，拿着旧皮带，让我趴在凳子上，足足抽了我一百下。"林枫寒苦笑道。

"我靠！这是教训孙子，还是审贼？"许愿愕然，他原本以为，老年人大都疼爱孩子，舍不得教训，别说是打了，连大声喝骂几句都舍不得，唯恐孩子受了委屈。

怎么都没法子想象，林枫寒的爷爷，居然会拿着皮带抽打他。

"挨了一顿打，碰着就痛，自然就坐不得了。"林枫寒继续说道，"我爷爷就让我每天跪在洗衣板上写作业，包括完成他老人家布下的功课。跪的时间越久，膝盖下面就越是刺痛难忍，在这样的刺激下，我自然只能够认真地对待各种功课，加快速度完成，以求少受惩罚。"

"你爷爷就是一个暴君，这是真正的虐待。"许愿愣愣地听着，感觉他所说的一切，对于现在的孩子来说，那是绝对不可能的。现在谁家也不会让孩子趴着挨鞭笞，跪洗衣板等等。

"小时候我也怨恨过，为什么别的孩子都可以恣意玩耍嬉戏，而我却必须学习那些枯燥无味的东西。长大了，我才算明白，如果没有爷爷这么严厉的教导，我不可能在短短数年的时间内，学会诸多古玩知识。"林枫寒轻轻地叹气，"别的孩子都有父母可以依靠，而我却无父无母，爷爷年事渐长，也不可能保我一辈子，所以，我必须努力学习，因为我的将来，只能够依靠我自己。"

"业精于勤荒于嬉！"许愿点点头，林枫寒在古玩方面的造诣，让他叹为观止，一直很是好奇，他年纪轻轻的，怎么就练就这等好眼力？

如今算是明白了，这玩意儿，一来靠家传，二来靠着天资聪慧，三来也需要勤奋练习，他从小就受到这等严厉苛刻的教导，想要让他不精通都难。

"买块洗衣板吧，我感觉我也需要那东西，否则，我只怕真坚持不下来。"许愿一边说着，一边打开车门走了下去。

林枫寒笑道："许先生，你看，我们也挺谈得来，你要是没事跑来看看白玉麒麟，我一点儿意见都没有，但是盘玉就算了，你也四十开外的人了，受不得这种活罪，坚持不了的。"

"不成。"许愿摇头道，"我要坚持不了，你就用你爷爷的法子试试，我觉得你爷爷没错，人有时候是需要鞭策一下子，才能够激发潜能。"

"我说你有受虐倾向，你还不承认？"林枫寒笑道。

从超市买了东西回去，许愿就告辞了，约了明天过来盘玉，并且他一再许诺，林枫寒托付他的事情，他会尽快让人查清楚。

第二天，林枫寒还像以往一样，中午他去街口的一家小餐馆，要了一碗米饭、一个番茄汤，就这么打发了一顿。下午五点半的样子，他泡了个方便面吃了，就趴在电脑前继续看书，现在的网络小说越来越长了，动辄几百万字，这本书他都看了好几天了，还没有看完。

六点过后，林枫寒再次接到李少业的电话，让他速度去八珍楼吃饭，大家都到齐了，就等着他。

林枫寒这才想起来，李少业昨天打电话给他，说是王澹来了扬州，约他们几个昔日的老同学吃饭，他今天看了一天的小说，还真把这个事情给忘记了。

当即答应着，上楼换了衣服后，拿着车钥匙径自出门。

前天马胖子要回北京，把那辆玛莎拉蒂总裁丢给了他，林枫寒也没有说什么，反正，这车已经归在他名下，他想要不要都难。只不过，林枫寒在知道马胖子的爷爷喜欢古玩，尤其喜欢字画之后，当即就把那张郑板桥的《寒竹图》塞给了他。

反正，给钱马胖子是绝对不会要的，也只能够用古画作为交换了。

林枫寒算算，郑板桥的那张《寒竹图》，虽然品相完好，但由于不够大，市面上顶多卖个二百万左右；而从陈旭华口中，他得知玛莎拉蒂总裁要三百万出头，看样子似乎还是他赚了。

在八珍楼停车的时候，林枫寒意外地看到了一辆白色的马自达，他知道，那是朱槿的车，想来她也在这边吃饭？

想想，八珍楼距离多宝阁没有多少路，朱槿过来吃饭，再正常不过了。

他从苏州回来之后，朱槿就过来找过他几次，林枫寒也不在意，陪着她逛逛街，喝个咖啡，看个电影。但自从乌老头打了那个电话给他之后，他心中就有些腻味了。

走到八珍楼的大厅，林枫寒就看到李少业伸长脖子，正站在门口张望着，一见到他，忙着一把拉住道："你怎么到现在才来？"

第四十四章 狗打醋

林枫寒讪讪笑道："这不是吃晚饭正好吗？今天都有谁？"

"我们一个宿舍的四个人，还有尚一峰、诸伟亮、邹强。"李少业说道，"还有两个女同学吕云和田芳。"

对于那两个女同学，林枫寒没有一点印象，但是，当李少业说到邹强的时候，他忍不住皱了一下子眉头。

邹强一直都看不起他，由于是相邻两个宿舍，总免不了碰上，邹强常常喜欢不冷不热地讽刺他，两人上学的时候还闹过一点小矛盾。

"走吧，上去吧，菜都点好了，就等你了。"李少业说道。

"好。"林枫寒点点头，当即跟着李少业上楼。巧的是这次李少业他们居然要了牡丹厅，还是上次那个漂亮服务员，小名叫做小月的。

刚刚进门，小月见到林枫寒，倒也愣了一下子，但随即就忙着躬身说道："欢迎光临。"

"哈……我们的林先生可是越来越大牌了，让我们这么多人等你一个人？"邹强还是像以前一样，见到林枫寒，就忍不住冷嘲热讽。

林枫寒只是看了他一眼，装着没有听到了。

"来来来，坐，小林，我们可是有三年没有见过了。"王澹很是热情，招呼他们入座。

"是啊，毕业后，你都没有来过扬州，我们就没有见过。"林枫寒笑道，口中说着，忍不住打量了一下子王澹，这王澹在学校的时候就有些肥胖，这个时候越发发福了，凸着老大的小肚子，脸上的肉都长得垂了下来。

"你可还是老样子，我不成，这几年就尽长肉了。"王澹哈哈笑道。

"哈哈！"听得王澹这么说，林枫寒同一个宿舍的另外一个人张兴明，忍不住笑道，"你瞧瞧我，这两年也没有少长肉，没法子，在外工作，喝酒吃肉，哪里能够不长肉？"

"就是啊！"提到这个，尚一峰和诸伟亮也忍不住附和道，"有时候陪着老板出去，哪里能够不喝酒？这啤酒多喝了，这肚子啊……再说，平时也没空儿锻炼，想要不长肉都难。"

"我就好奇了，李少业可是开酒楼的，怎么就没有长肉？"邹强大声说道。

"证明我没有偷吃。"李少业风趣地笑道。

众人闻言，都忍不住笑了起来，邹强看了一眼林枫寒，故意问道："林同学呢？有什么保持身材的秘诀没有？"

林枫寒笑笑，也不在意，说道："我穷得讨饭，一天两顿方便面，自然不会长肉。"

两个女同学和林枫寒都不熟，这个时候，都掩口而笑，余下的众人也都笑个不住。李少业闻言，也不揭穿他，只是笑笑：他穷得讨饭，那么他们这些人，又算什么？王澹问道："小林，你现在做什么工作？"

"我接手了爷爷的那个铺子，没有工作。"林枫寒说道。

"哦？"王澹原本还准备问上几句，听得他这么说，瞬间就有些冷场了。

"王澹，还有别人吗？如果没有，是不是可以上菜了？"李少业忙着岔开话题，问道。

"我还有一个朋友，是个漂亮的姑娘。"王澹笑道，"只不过不是我们同学，大伙儿再等等，想来就要来了。"

"王同学，你女朋友？"诸伟亮好奇地问道。

"我倒是想呢，只不过我可不敢奢望。"王澹叹气道，"不瞒你们说，她漂亮得就像天上的仙女一样。"

"等一个漂亮的姑娘，我们大伙儿都是愿意的。"邹强忙着说道。

"你怎么突然来扬州了？"李少业问道。

"还不是因为那位姑娘的缘故？"王澹叹气道，"我这次就是陪着她过来的，论理，也该来了。"

"姑娘家出门，都需要梳洗打扮，我们再等等吧。"尚一峰说道。

"尚一峰，这你就不知道了，别的姑娘出门自然是需要化妆的，否则，素面朝天，可没有几个人敢走出去。"王澹说道，"就说我们单位的那么几个妖精，平日里看着好，但那脸上的妆，一刮一层。我认识的这个姑娘，可是真正的丽质天生，不化妆都漂亮得不得了。"

"得了吧，你小子尽着吹嘘吧！"张兴明笑道。

"我不是吹嘘，等下你们见着了，就知道了。"王澹笑道，偏生就在这个时候，他手机突然响来，忙掏出来一看，然后他就匆匆走出包厢接电话。

"啧啧，这小子想来是向我们炫耀他漂亮女朋友的。"张兴明从来都是心直口快，忍不住笑着打趣。

"估计是的。"李少业也笑道。

没多久，王澹就走回包厢，对服务员小月说道："上菜吧！"

"好的。"小月答应着，忍不住又看了看林枫寒，心中颇为奇怪：难道说，这人请客，竟然不知道某位客人的古怪口味？

"怎么了，你那位仙女女朋友来了？"李少业问道。

"没有。"王澹摇头道，"她说有事绊住了，让我们先吃饭，她要晚半个小时过来。我们先上菜，边吃边等。"

"这不太好吧？"尚一峰说道，"要不，再等等？"

"先上菜吧。"王澹心中也有些失望，虽然对方说，晚半个小时会过来，但是，会不会过来，尚且难说。

很快，各色菜肴陆续送上来。林枫寒看着摆在自己面前的一盘青椒牛柳，不禁微微皱眉，眼见小月就在旁边，而众人都在喝酒吹牛，没人注意他，当即小声地问道："今天都有什么菜？"

"林先生，今天你朋友订的是全牛宴。"小月小声地说道，"要不，你再添点什么？"

"哦……"林枫寒看着摆在桌子上的几个菜，就知道不对劲，这些菜都是牛肉为主，果然啊！幸好他有先见之明，在家吃过方便面，否则，今晚就注定要饿肚子了。

"不用了，今晚不是我请客。"林枫寒小声地说道。

小月只是笑笑，不再说什么上次也不是他请客，但是，除了古老开始不知情，点了一个红烧牛肉之外，等着马胖子来了之后，点菜就是尽考虑林枫寒的口味了。

大家都是同学，天南地北地聊着，不知道怎么着，话题就扯到了古玉上面。

"我和你们说，这几年的古玩价钱那是水涨船高，这不，我一直想要弄一块好一点儿的古玉玩玩，前不久托了人，花了二十万，才弄了一块。"王澹喝了几杯老酒，这个时候大声说道。

"我的乖乖，你一块玉就花了二十万？天啊，够买一辆好一点儿的车了。"邹强忙着说道，"哥们儿，拿出来，让我们开开眼界，我还没见过古玉是什么样子的呢。"

"这个当然了。"王澹说道，"一般情况下，我们去什么地方看古玉啊？人家做古玩生意的，不懂行的人，看也不让你看。"

他口中说着，当即从腰带上取下一块玉佩，递给邹强道："看吧，这块双鱼玉佩还没有经过盘玩，等着我盘上两年，就好看了——对了，你们知道什么叫盘玉吗？"

邹强把那块古玉小心地放在手中摩挲着，一脸的羡慕妒忌恨。王澹得意之极，又向众人述说盘玉的种种。

众人都是惊叹不已，拿着那块古玉争相传看。李少业也是好奇，从尚一峰手中接过那块古玉看着。

林枫寒坐在李少业身边，就在他手中看了一眼，不仅微微地"咦"了一声。

"怎么了？"李少业不解地看着他。

"给我看看。"林枫寒说道。

"哦？"李少业忙把手中的双鱼玉佩递了过去，林枫寒接了，手指摩挲了一下子，瞬间再次皱眉：现在的古玩商人，都是这么缺德了？这样的破落玩意儿，也敢坑人二十万？这玉料都不是青海玉，更不是新疆和田玉了，可能就是巴基斯坦玉石；而那个象征着古玉身份的沁色，就更加让林枫寒哭笑不得了。

那是典型的狗打醋，就是用狗血染成的沁色。凡是狗打醋，沁色边缘都有明显的血疙瘩，懂得古玉的人，自然是一目了然，这玩意儿就是哄骗冤大头的。

林枫寒也没有说什么，当即再次把那块双鱼玉佩递给了李少业。

"喂，你脖子上的那块玉佩，也是古玉？"李少业把双鱼玉佩还给了王澹，忍不住了看了看林枫寒，他多少有些知道林枫寒的老底，因此很是好奇。

酒店包厢的暖气温度很高，林枫寒进来之后，就脱掉了厚厚的羽绒服，里面就穿着一件银绿色的真丝衬衣，如今，衬衣最上面的一颗纽扣散开，那枚如意金钱露了出来。

众人都没有理论，但李少业好奇得很。

邹强一向看林枫寒不顺眼，当即说道："林同学也有古玉，多少钱买的，拿出来让我们大家看看？"

"我的不值钱，不用看了。"林枫寒忙着说道。

"拿出来看看吧，别小气！"邹强说道，大家也都跟着纷纷起哄，让他拿出来看看。林枫寒无奈，只能从脖子上拿下来，递给李少业。

　　李少业不懂得古玉，自然也看不出好坏来，眼见邹强凑过来，当即就递给他。邹强看了看，一脸唾弃地说道："这东西也是玉？我看着就像是鹅卵石加工的，你看看这后面的黄色，可不就像是鹅卵石？"

　　大家闻言，都忍不住笑起来，纷纷说着林枫寒。

　　王澹看了看，走过来拍拍林枫寒的肩膀，说道："小林，你真是让人骗了。你看看，你这块玉都没有沁色，明显就是假货。"说着，他把如意金钱递给林枫寒。

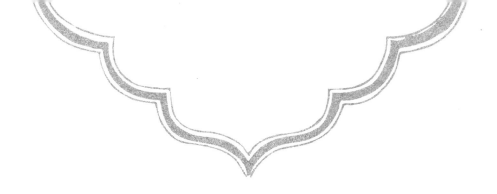

第四十五章　渊源

林枫寒接了，依然挂在脖子上，笑道："我看着喜欢就成。"

这枚如意金钱是乾隆年间的东西，想来就没有入土，一直在人手中流传，自然没有沁色。

"小林，古玉不能够挂在脖子上。"王澹说道，"你得学我，挂在皮带上，时刻盘玩，才可以整旧如新。我和你说，盘玉有着种种手法，你会不会，我教你？"

"不用，我不喜欢盘玉。"林枫寒摇头道，他手中有上好古玉，但对于盘玉，他真没有太大的兴趣——他又不是许愿，脑门进水了，对于盘玉这门技术活情有独钟。对于他来说，白玉达不到上好羊脂白玉的标准，他都没有太大的兴趣。

如果一块古玉达到羊脂白玉的标准，而他又不准备卖，他自然有法子让那块古玉在短时间内，整旧如新。

如果想要出售，那么，让买家买回去慢慢盘玩就是，他没有必要抢人家的生意。

"小林，这可不成，古玉不经过盘玩是不成的，一看你就不懂，没事儿，我教你。"王澹说着，就要教他盘玉的法子。

林枫寒只有苦笑的份，感觉自己是遭报应了，昨天他要教许愿盘玉的，今天王澹就想要教他了。

"王同学，我看你就别白费心机了，难道林同学那块鹅卵石，还能够盘成古玉不成？"邹强讽刺地说道。

李少业实在听不过，忍不住嗖的一下子就站起来，说道："邹同学，你什么意思？"

"我什么意思了？"邹强冷笑道，"我就说，林同学被人用一块鹅卵石骗了，买了假货，不用盘玉，都不是玉，盘什么啊？再说了，不是我看不起林同学，就他？他买得起古玉吗？用得着学盘玉？"

李少业正欲说话，林枫寒匆匆忙忙站起来，一把捂住他的嘴巴，说道："算了！"

"可是……"李少业心中恼怒，林枫寒买不买得起古玉，他不知道，但人家一件衣服就要三四十万，比王澹那块古玉还要贵得多，至于人家手上的那枚钻戒，叫什么"海蓝之星"，更是价值千万。

一时之间，有些冷场，偏生就在这个时候，包厢的门被人推开了，众人的目光都不由自主地落在了门口一个美艳俏佳人的身上。

朱槿今天穿着一身宝蓝色长裙，披着雪白的貂皮小披肩，越发显得色若春花，俏丽明媚。

"哇塞！王同学，你的仙子女朋友来了。"邹强忙着说道。

和所有人一样，王澹也很是惊艳；这个女子长得太漂亮，一般的女影星都比不上她，当真如同是仙女下凡一般，不光是在场的几个男生看得移不开眼睛，就连两个女同学，都是惊叹羡慕不已。

但是，王澹不认识她啊？他从来都没有见过如此美丽的女子。

朱槿也不在意众人赤裸裸、热辣辣的眼光，落落大方地向着林枫寒走了过来。

"槿儿姑娘，你怎么来了？"林枫寒好奇地问道，刚才在停车场，他看到朱槿的车，就知道她在八珍楼，但是，她怎么跑他这边来了。

朱槿一点儿也不在意，林枫寒坐在椅子上，她就从后面环绕着抱住他，笑道："我刚听得小月说，你在这里，我就好奇，跑来看看。"说着，她忍不住瞟了一眼桌子上的菜肴，笑道，"你不是不吃牛肉吗？跑来吃什么全牛宴？"

"同学聚会，总不会尽着我一个人口味。"林枫寒笑着解释道。

"要不，你过来和我们一起？"朱槿笑道，"就古爷爷还有杨先生，另外两个做古玩生意的朋友。我们今天吃河虾和螃蟹，还有鱼，都是你喜欢的东西。"

林枫寒想了想，邹强一直都看他不顺眼，自己又不吃牛肉，和王澹等人也谈不上熟识。如果不是李少业再三邀请他过来，他真不想来的，当即笑道："既然如此，我过来吃古老的就是，古老确实也应该请我吃饭。"

"嘻嘻！"朱槿见他同意，非常开心，笑道，"吃完饭，我们去看电影，让古爷爷给我们买票，你看可好？"

"好好好。"林枫寒笑着答应着，当即站起身来，向王澹打了一声招呼就要走，朱槿已经给他拿起挂在椅背上的羽绒服，拉着他的手就要向门口走去。

"小林，这可不成，你这一走，让我这脸面往什么地方搁啊？"王澹忙着拦着道。

"王同学，这也没什么的。"林枫寒笑道，"我又不吃牛肉，也不太会喝酒，坐着也无聊。"

"你不能走。"就在这个时候，包厢门口，传来一个清脆的声音。

林枫寒一愣，当即抬头看过去，只见上次在多宝阁砸场子的黄绢，一脸寒霜地站在门口。

"黄小姐，你来了！"王澹忙着一脸殷勤谄媚地迎了上去。

"啊……黄小姐。"林枫寒倒是愣了愣。

这些日子，他一直担心黄绢找他麻烦，但是，一直以来黄绢似乎已经把他这么一个人忘记了，根本就没有找过他。

让林枫寒感觉，自己就是以小人之心度君子之腹，人家黄绢小姐大度，根本不会找他麻烦，但却没有想到，两人会在这里相遇。

"朱槿小姐，林先生今天是我请的客人，就算古先生要请，也得等下次。"黄绢看了看朱槿，然后目光落在了林枫寒身上，直截了当地说道。至于王澹，她根本连理都没有理会。

"你请的？"朱槿倒还真有些意外了。

"是的。"黄绢说道，"今天是我请客——因为担心请不到林先生，我才想了这么一个迂回的法子。"说着，她这才看了一眼王澹。

对于这么一点，朱槿倒是深有同感，林枫寒的脾气确实蛮怪癖的，他并不怎么喜欢动，要约他出来也不是容易的事情。

"黄绢小姐既然诚心请客，那么，你好歹也打听一下子，林先生的口味爱好——你难道不知道，林先生不吃牛肉，你诚心请客，居然弄个全牛宴，你这不是摆明让人难堪？"朱槿掩口而笑。

这一次，黄绢狠狠地白了王澹一眼。

"我……我不知道。"王澹讪讪地说道。

"谢谢黄小姐的美意。"林枫寒笑道，"请客什么的就算了，你不找我麻烦，我就谢天谢地了。"说着，他便欲偕同朱槿离开。

"林先生，我有正经事情请教。"黄绢说道。

"什么事情？"林枫寒愕然，随即笑道，"飞鹰金印被我卖掉了，如果黄小姐找我讨要那玩意儿，我是还不出了。"

"我知道你把飞鹰金印卖掉了。"黄绢笑道，"不是为着这个事情。我这次回去问过我爷爷，他老人家说，我们两家颇有渊源，只不过当年林家出了一点儿事情。君临先生过世，令祖受不了这个打击，从此不问世事。"

"槿儿姑娘，我过几天请你看电影。"林枫寒看着朱槿说道，"我和黄绢小姐有些正经事情谈。"

"好吧。"朱槿见他有事，也不再缠他，放开一直搂着他的手臂，向着包厢外面走去。

"你喜欢吃什么，我叫人重新换过酒菜。"黄绢问道。

"随便，只要不是牛肉，我一般不挑。"林枫寒笑道。

"林先生喜欢吃阳澄湖大闸蟹，正好今天傍晚时分，送了好几箱过来，要不，我让人煮几个？"这个时候，酒店服务员小月忙着走过来，含笑说道。

"哦？"黄绢有些好奇，问道，"你知道？"

"是的，上次林先生就来我们酒店吃过饭，正巧，也是这个包厢，我招待的。"小月笑道。

"那好吧，你挑着林先生喜欢吃的东西，速度送来，赶紧叫人把这酒菜都换掉，收拾桌子。"黄绢一边说着，一边打开手提包，取出三张百元大钞，递给小月道，"辛苦你了。"

"多谢！"小月笑得很是开心。上次那个马胖子，让她给林枫寒剥了两只螃蟹，他都吃了，马胖子一高兴，就塞了五张百元大钞给她，让小月开心了好几天，酒店别的服务员都羡慕她的好运气。

今天她的运气也很好，这个长得清丽可人的大美女想要讨好那位林先生，小费给得也很是爽快。

"林先生，除了螃蟹，再来一个水煮河虾，这个菜比较快，另外要一份松子茄汁鲑鱼、一份蜜汁鸡爪——这鸡爪是甜的，不是泡椒的，不辣。再炒个鸡汁青笋，我看看，另外还有什么新鲜蔬菜，炒几样？"小月征求林枫寒的意见。

虽然林枫寒说，他不挑嘴，只要不是牛肉，他都吃。但是，小月感觉，事实上他的口味式是古怪，比她招待过的很多客人都古怪。

比如说，他喜欢鱼虾，但是却不吃辣，酒店的厨师在料理这些比较腥的东西时，都喜欢放辣椒遮盖腥味，可他不喜欢。

林枫寒点点头，他感觉自己对于吃的真的不挑，属于有的吃就好，一天两包方便面能够养活的品种。

"水果要什么？"小月可没有忘记，那天吃了饭，上了一份水果拼盘，马胖子对于他们家的水果可是各种鄙视唾弃，而林枫寒只是象征性地尝了一块苹果。

提到水果，林枫寒看着众多同学都在，突然有着一种恶趣味，笑道："水果上榴莲就是，如果没有，隔壁有家水果店，去买就是。"

说着，他摸出皮夹子，递了一张百元大钞过去。

"好！"小月接过钱来，忍不住就要笑，他还不挑嘴，这挑剔的？

第四十六章 盛世藏金

林枫寒也忍不住笑了一下子。很多人都受不了榴莲的味道，各种讨厌。不过，上次马胖子给他带过去的两个榴莲都不错，又香又糯。

对于榴莲来说，他谈不上情有独钟，也不讨厌。但是，如果能让某些他讨厌的人难过一下子，他还是很开心的。

果然，他听得邹强低声叨咕："那东西能吃吗？"

这个时候，服务员已经麻利地收拾好了桌子，另外送了冷盘上来。王澹忙着再次招呼众人入座，但是，这一次，很多人都有些不自在了。

刚才黄绢那么美貌的姑娘说得明白，她是特意请林枫寒，余下的众人都是作陪而已——不管是什么人，作为别人的陪衬，心中都有些不自在。

李少业倒是无所谓，再次坐下来，依然坐在林枫寒身边。

"林先生，不知道我是不是有那份荣幸，等下请你看电影？"黄绢就在林枫寒身边坐下来，笑眯眯地问道。

林枫寒不得不说，黄绢真的很漂亮，王澹一点都没有夸大其词，她漂亮得像是仙女下凡：大大的眼睛，白嫩细腻的皮肤，挺巧的小鼻子，樱桃小嘴，和朱槿那种妩媚明艳完全不同，她显得清丽温和。

如果说，朱槿就是一朵漂亮的朱槿花，那么，黄绢如同是一朵出水芙蓉，清淡温和。

有这样的一位美女相邀，自然是一件非常愉快的事情，在场的众多男生都一脸羡慕妒忌地看着林枫寒。

但是，林枫寒在考虑片刻之后，居然摇头道："算了，黄绢小姐，你直接说，找我何事？"

"我听说，乾隆皇帝的如意金钱，在你身上？"黄娟一双剪水秋瞳，就这么落在了林枫寒的胸前。

"哦？"林枫寒点点头，点头道，"是的，但这个我不卖。"

"我知道，拿下来给我看看可以不？"黄绢可不像朱槿那么大胆，敢趴在他身上看，就连说这么一句话的时候，她粉嫩白皙的俏脸都微微地红了一下子。

"自然可以。"林枫寒说着，就从脖子上取下那枚如意金钱，递了给她。

黄绢小心地接了，然后在手中不断地摩挲着，一脸的痴迷。

"黄小姐，这东西是假的。"邹强看到林枫寒就讨厌，这个时候就更加讨厌了，当即冷笑道，"就是鹅卵石做的，你看看上面那个土黄色，明显就是鹅卵石，一看就是假的。"

"鹅卵石做的？"黄绢愕然，随即掩口而笑，"你倒是找一块鹅卵石做的如意金钱给我看看？"

这个时候，王澹有些呆滞，忙着凑近黄绢问道："黄小姐，难道这真是古玉？"

"自然。"黄绢点头道，"这是乾隆年间的东西，据说，乾隆皇帝非常喜欢，生前就说过，将来死后，这枚如意金钱要随葬。后来孙殿英那个军阀大盗，用大炮轰开了清东陵，把裕陵和定陵给扒了。

"但是，他做得不够机密，扒了裕陵，就被人堵了一个正着，被人黑吃黑，劫走了大量裕陵中的珍宝。从那之后，这枚如意金钱就下落不明，一直以为，如意金钱早就流落国外了，没想到，竟然还有幸能够看到。"

"不会吧？"所有人都有些呆滞，这玩意儿居然有这么大的来头？刚才他们还争相传看，然后一个劲儿地鄙视林枫寒，戴着这么一块破烂玩意儿在身上。

甚至有些人的心中，更是瞧不起他，没钱就不要显摆了，戴什么玉佩啊？这不是遭鄙视，自甘轻贱吗？

"黄小姐，这玩意儿值多少钱？"王澹结结巴巴地问道，刚才他还炫耀过自己的古玉，鄙视过林枫寒，但听得黄绢说，这枚如意金钱居然有这么大的来头，想来也价值不菲。

乾隆年间的古玩，最近几年都走俏得很，何况还是乾隆老儿随身的东西，岂不是更加珍贵？

黄绢白了他一眼，没有吭声。

林枫寒弄不明白，黄绢和王澹是什么关系，因此也不便说话，只是笑笑。

"黄小姐，你不会看错吧？"张兴明看了看林枫寒，问道，"这东西真是乾隆皇帝的？刚才小林可是说，这东西不值钱。"

"对于林先生来说，这东西大概真不值钱吧。"黄绢抿嘴而笑。

"我不卖的东西，和钱就没有一点儿关系了。"林枫寒淡淡地开口道，"黄绢小姐，你不会就想要看一眼如意金钱吧？"

"黄小姐，我前不久淘了一块古玉，你要看看吗？"王澹一直被黄绢冷落，心里很是不痛快，眼见黄绢似乎对于古玉有兴趣，忙着把自己身上的那块古玉解下来，递了过去，说道，"我花了二十万淘换来的，你看看。"

"对对对，我看着还是王澹的这块古玉好。"邹强和林枫寒不和，但和王澹关系极好，这个时候忙着附和道。

"哦？"黄绢随手接过王澹递过来的双鱼玉佩，对着光看了看。她对于古玉并不十分精通，但是，终究是家传渊源，加上自幼耳濡目染，比普通人懂得多得多，略略地看了看，她随手把那块玉佩递向林枫寒，笑道，"林先生，你看看？"

"我刚才看过了。"这次，林枫寒没有再次接过那块古玉，轻声笑道。

"那你看着如何？"黄绢笑问道。

"黄小姐，算了，不要说了。"林枫寒轻轻地说道。

"我觉得你还是说说吧！"王娟抿嘴而笑，说道，"王澹怎么说，也是你同学，还是一个宿舍的，被人坑了二十万，你难道就不应该帮他一把？"

"黄小姐，你应该知道古玩一行的规矩，既然有着打眼和捡漏的说法，自然就意味着，买定离手，你眼力不够，买了高仿品，也只能够自认倒霉，算了吧！"林枫寒说道，"我就算说了，照着规矩，他也不能够找人家麻烦。"

李少业比划了一下手势，问道："难道说，王澹的这块玉佩有问题？"

"有很大的问题。"林枫寒笑道。

"不会吧？"王澹顿时就着急了，这块玉佩可是他花了二十万买来的，搭上了他两年的工资不算，还跟自己老娘借了一点儿，这才够得上这么一块玉佩的钱，这要是有问题，他可怎么办才好？

"林同学，你不会为抬高你自己，故意贬低王澹吧？"邹强讽刺地说道，"我看王澹的这块双鱼古玉，就比你那个好。"

黄绢看了邹强一眼，觉得这人说不出的讨厌，林枫寒是不理会，但她却有些按捺不住了，当即冷笑道："你可知道如意金钱的价钱？"

"就那个小铜钱，还值钱了？"邹强心中有些明白，那枚如意金钱只怕真的很值钱的，但是，他从来都看林枫寒不顺眼，哪怕心中认可，嘴上还是忍不住要嘲讽他。

黄绢一脸鄙夷地看着他，冷笑道："市价大概二千万出头，卖掉你也不值这个钱，你能够看一眼，都是福气了。"

不光是邹强有些呆滞，就连着余下的众人，也都愣住了。李少业倒是没有在意，毕竟，当初在"宝典"，林枫寒那只首饰盒里面的东西，就价值数千万。那么他身上的随身佩玉，自然就更加值钱了。

"二千万？"邹强再呆了呆之后，就回过神来，冷笑道，"冥币？黄小姐，谁愿意拿出二千万来买这东西，我要有二千万，我也绝对不会买这样的破烂石头。"

"如果林先生愿意让出来，二千万，我买。"黄绢冷冷地说道，"我说二千万，这还是如意金钱不能够送拍卖会，否则，只怕这个价钱要翻上几番。你不懂就不要说话，没得让人看笑话。"

"黄小姐，在你之前，就有两个人给我开过这个二货的价钱了。拜托，如意金钱我不卖。"林枫寒笑道，"我们还是说说这个双鱼玉佩吧。"

听得林枫寒如此形容，黄绢"扑哧"一声，就笑了出来。

"我这玉佩到底是怎么回事？"王澹这个时候着急得不得了。

"这是一块现代仿品，用料很低廉，不是新疆和田玉，也不是青海玉，就我判断，这应该是产自巴基斯坦的白玉。市面上的价钱很是便宜，所以就玉料本身来说，不值钱。"林枫寒说道。

"可是，我这是古玉啊，我这有沁色。"王澹急急说道，"沁色是古玉的身份象征，这不可能是假的。"

"沁色可以作假。"林枫寒都不知道说什么才好，想了想这才说道，"从宋代金石学开始兴起，一些皇亲贵族、文人墨客都爱好收藏，导致古器物的身价百倍，仿古作假也因此而生。

"古时就有给玉器沁色作古的手段，专业称为旧提油和新提油，一般来说，新提油是指明、清两代的。至于你这个，连新提油都不是，而是典型的狗打醋，就是用狗血浸染做的沁色，你要是不信，找个专业鉴定古玉的人看一眼就明白了。"

他很想劝劝王澹，古玩这东西，如果没有非常眼力，或者是家财万贯，像许愿或者是马胖子那种，最好还是不要购买，因为这个风险实在太高了。

"王同学如果想要收藏一些东西，求个保值，那么黄金是不二选择——记得找正规店购买，免得被人坑了，或者银行也不错，中国工商银行出售的黄金很是好看。"林枫寒认真地建议，"想要收珠宝或者钻石，也要找正规店，现在作假的手段，实在是层出不穷。"

说着，他还忍不住看了看黄绢。黄家可是专业做复古金银器的，手段高明至极，连杨正明这等有专业鉴定资格的人，都鉴别不出真伪。

第四十七章　美人相邀

邹强冷笑道："谁也不是傻帽，不知道买珠宝黄金要去正规店？"

林枫寒看了看，嘴唇动了动，终究忍着，没有说话。而王澹的脸色很不好看，张兴明和他关系很好，当即忙着安慰道："小林看着也未必作准，不如你找个人鉴定一下子？毕竟，我们都不懂得古玩。"

"对对对！"邹强也忙着附和道，"王同学，我看林枫寒就是胡说八道，他懂什么古玩啊？他连盘玉都不懂。"

别的同学也都纷纷安慰王澹，李少业轻轻地叹气，林枫寒要是不懂，他也不可能在短时间内，整治家业，拥有数千万身价。

他既然说王澹这块古玉有问题，那么就真有问题了。

"王澹，以后注意点，现在骗人的伎俩实在太多了。"李少业说道，王澹为人很不错，有点喜欢炫耀，但这真谈不上什么大毛病。上学的时候，他们关系一直不错。

林枫寒听着他们乱糟糟的讨论，看了看黄绢坐在他身边，当即小声地问道："你和王澹是什么关系？"

"我在南京认识他的。"黄绢说道。当然，这不是重点，她容貌秀美，不知道有多少男人无端贴上来，找各种借口搭讪。

王澹不过是那万千人之一而已，但是，当她知道，王澹也是扬州大学毕业的，还和林枫寒熟悉，她才对他假以颜色。

林枫寒点点头，事实上，她就是用这个迂回的法子约他而已，正欲说话，不料他的手机响了。

摸出手机看了看，竟然是陈旭华。

"喂，小寒，你在哪里？"陈旭华的声音通过手机传了过来，"我来扬州了，你吃饭了吗？我接你吃饭。"

陈旭华一如既往，最后的一句话，已经不是询问，而是直截了当地替他做了决定。

"我在八珍楼，同学聚会。"林枫寒一边说着，一边忍不住看了看邹强。他突然也有一种恶趣味，邹强看不起他，老是对他冷嘲热讽，他虽然不痛快，但也不想和邹强争辩什么。

可这世上一物降一物，邹强很怕陈旭华——看到陈旭华，他连话都不知道怎么说。

"你过来。"林枫寒说道。

"你们同学聚会，我过来做什么？"陈旭华笑道，"既然这样，你吃饭吧，我明天找你。"

"我希望你过来。"林枫寒笑道，"我们也是同学。"

"好。"陈旭华笑道，"我马上来。"

林枫寒既然说这个话，想来是另有缘故了，陈旭华焉有不知道的？想想在学校的时候，除了自己喜欢找他麻烦，似乎还有一些人，老是喜欢找他麻烦，同学聚会，只怕有人招惹他不开心了？

林枫寒挂断电话，就随手把手机搁在桌子上，笑对王澹道："王澹，我还有一个同学要来，没事吧？"

"欢迎。"王澹的笑容有些苦涩，虽然他也不太相信林枫寒说的，但是，眼见自己心目中的女神，那个宛如是仙女下凡一般的美女，对于林枫寒非常热情客气，而对待自己，却是视若无睹，让他非常难受。

加上林枫寒说，那块古玉根本不值钱，他就更加难受了。

但既然有同学要来，王澹还是表示出欢迎。

"这摆明了是过来蹭饭啊！"邹强冷笑道，"林同学，你这同学，我们认识吗？可不要是人是鬼，都拉过来！"

"认识。"林枫寒笑道，"我不知道王澹是否认识我这个同学，但是，邹同学，你一定认识的。"

"哦？"邹强认识，并且和林枫寒关系比较好的，就是李少业而已，另外就是和他同宿舍的几个人走得算是比较亲近，余下的，他还和谁熟悉了？

"咦……"黄绢见到林枫寒的手机搁在桌子上，她看了一眼，顿时好奇，忙拿起来看了看：果然，手机背面的那个苹果图案是用钻石镶嵌而成，在灯光之下，光彩熠熠。

"喂！"黄绢问道，"这手机国内买不到，你托谁给你订货的？"

　　林枫寒忍不住笑了一下子。

　　马胖子嫌弃这只手机非常娘气，他也感觉这手机给女人用最好不过，黄金色的机身还镶嵌了小钻石，秒杀喜欢奢侈品的女人。

　　"我朋友的。"林枫寒笑道。

　　"真好。"黄绢不无羡慕地说道，"我今年也想要定制一款，但人家说，这是限量的，开始的时候可以，现在限额已满，定制不到了，只能够等新款了。"

　　"手机还有限量？"王澹这个时候已经略略地回过神来，他就坐在黄绢身边，看着她手中那款手机，好奇地问道，"拿着钱还怕买不到？"

　　"这一款买不到。"黄绢虽然不喜欢王澹，但既然利用了人家，人家也大度地没有说什么，她当即耐着性子解释道，"这一款手机新出来的时候，市面上销售的就那么几款颜色，但是果机公司会做生意，在全球限量出售这种个性化的18K金、玫瑰金和铂金镶嵌钻石的，你没有关系，就算拿着钱，也未必能够定制到货。"

　　王澹愣愣地听着，老半天才问道："这手机要多少钱？"

　　"二十万出头吧。"黄绢叹气道，"我哥哥忒没本事，给我忙活了半年，我还没见到手机。"

　　林枫寒实在忍不住，笑了出来，说道："你买个普通的，找人给你定制一个黄金壳就成，至于钻石，你想要镶嵌什么样子的都成，别说是苹果，你就算镶嵌成香蕉，都没人说什么。"

　　这话也不是他说的，而是上次马胖子和陈旭华斗嘴，不知道怎么说着说着，就说到了这个话题。

　　当初陈旭华就是这么鄙视马胖子的，什么18K金镶嵌钻石？还要看果机公司的脸色，靠啊！只要他愿意，他可以生产一批黄金壳，至于后面的图案，他想要什么模样就什么模样，别说苹果，香蕉菠萝都可以。

　　林枫寒记得，陈旭华的这么一句话，当场就让马胖子暴走。想想也是，你找一个拥有珠宝公司的人，炫耀什么18K金？

　　"那样看起来忒土豪。"黄绢摇头道，"我喜欢你这种的，看着非常精致唯美。"说着，她还一脸羡慕地看着林枫寒。

　　"这是朋友送我的。"林枫寒摇头道，"否则，我倒不在乎送给你，我用手机，只要能够打电话就成，没什么要求。你如果想要，我问问我朋友，等着新款上市，我让他给你定制一款？”

林枫寒感觉，上次的事情，终究是自己对不起黄绢，人家姑娘事后也大度，没有找他麻烦，既然她喜欢这等奢侈品，不如过几天自己问问马胖子，让他帮忙定制一款。

“好好好，就这么说定了，到时候一准麻烦你朋友。”黄绢说道，“这种事情，就不能够指望我哥哥。”

“小林，你这手机这么贵？”张兴明问道，“你小子不错啊，发财了？”

“我都说了，这是朋友送的，和我发不发财没有关系。”林枫寒笑道。

“你朋友可真够大度的，这种东西都送给你？”邹强酸溜溜地说道，“什么朋友啊？”

林枫寒依然没有理会他，转而对黄绢说道：“黄绢小姐，上次的事情是我不对，我不该替古老出头。但是那只玉壶春，本来就是我家之物，我看到就有些管不住自己。”林枫寒叹气道，“我手里有一只上好的螺钿首饰盒，非常漂亮，复古珐琅工艺，用纯金金丝镶嵌螺钿而成，图案是缠枝凌霄花，算做赔罪，你看可好？”

“你送漂亮的首饰盒给我，我自然开心了。”黄绢笑道，“但你刚才都拒绝我请你看电影？想来你是嫌弃我容貌丑陋粗鄙，不配陪你？或者，你怕朱槿小姐生气？”

黄绢的话，让在场的所有男生都想要拿把刀，把林枫寒活生生砍死，尤其是王澹，这个时候更加不痛快了。

这林枫寒到底何德何能，让黄绢这个大美人和刚才那个朱槿，都为他神魂颠倒？众人都不傻，自然也都看得出来，朱槿对林枫寒也有意思，但林枫寒似乎并不是主动的，大部分算是被动。

“我和朱槿没什么关系。”林枫寒笑道，“黄绢小姐如果要请我看电影、喝咖啡，我还是非常开心。过几天我们约具体时间？今晚我有事，京华城那边有一家不错的3D影院，我们一起过去？”

“好啊！”黄绢见到他答应，开心之极，笑逐颜开，“你今晚有什么事情？”根据她的调查，林枫寒一向都是无所事事，他不喜欢动，平时喜欢看书，睡觉，饿了泡一包方便面打发一顿。

“睡觉是很重要的事情。”林枫寒认真地说道。

听得林枫寒说这么一句话，众人都忍不住笑了起来，而黄绢却俏脸微微泛红，有些羞涩——这么一句话，对于一个女孩子来说，可是很有歧义。

幸好就在这个时候，包厢的门被人推开，陈旭华走了进来。

黄绢不认识陈旭华，但余下的众人，都是同学，焉有不认识的？加上陈旭华上学的时候，就开着法拉利名车，纠集一帮无赖之徒，在学校胡作非为，风头极盛，想要不认识这样的人都难。

第四十八章 赵宋官窑晨星看

众人都愣了一下子，随即，邹强忙着站起来，招呼道："陈大少，您怎么来了？"说着，他就一脸谄媚地迎了上去，拉开一张椅子，说道，"你请坐。"

林枫寒嘴角勾起一丝笑意，果然，就算是毕业了，邹强骨子里面的奴性依然一如既往。在学校的时候，陈旭华由于有钱，常常纠集一些无赖之徒，吃喝玩乐，没事泡泡女同学等等。

这其中，自然有一些和陈旭华同类的人，钱多人傻，上学就是镀个金，混一张文凭，平时自然也不是以学业为重，而是恣意地挥霍青春岁月、流金年华。

另外还有一批人，本身家境平常，却偏生看不起穷同学，一个劲地巴结那些富家子弟，邹强就是其中之一。当年他就一个劲地巴结陈旭华，但陈旭华对他的态度，从来都是冷淡得紧。

果然，陈旭华连看都没有看他一眼，直接就向着林枫寒走来。

李少业笑笑，直接站起来，把自己的位置让给陈旭华，然后，他绕了过去，就在邹强刚刚拉开的椅子上，一屁股坐了下来，还不忘对邹强说："谢谢！"

邹强的脸色很是不好看，但是由于有着陈旭华在，他竟然什么都没有说。

陈旭华一如既往的骄傲和强势，余下的众人，他都懒得理会，直接就在林枫寒身边坐下来，然后他目光落在黄绢身上，这个女子，他不认识，想来也不是他们的同学。

"你怎么来扬州了？"林枫寒问道。

黄绢招呼过服务员小月，吩咐她催催，赶紧上菜，人都到齐了，这菜怎么这么慢？

"你就盼着我一辈子不要来扬州？"陈旭华今天火气很大，见得林枫寒问，顿时就说道。

"没有没有，我就好奇问问。"林枫寒笑道。

"我来看看你！"陈旭华叹气道，"顺便给你带点儿东西过来。"

"你又给我带什么东西？"林枫寒皱眉道，"你别给我买乱七八糟的东西，我用不着。"

他从许愿口中得知，上次陈旭华给他买的衣服，都是出奇得贵，他真不控奢侈品，没必要购买这些既贵又不实用的东西。

"我家老娘让我给你带的，水果、肉脯、腊肉等等，让你没事不要吃方便面。另外，她老人家想要一件古瓷器，她老人家被上次碰瓷的事情弄得有些心魔了。"陈旭华说道。

对于这个问题，林枫寒倒是能够理解，普通人家的老人，遭遇了碰瓷的事情，只怕从此以后，都会远离瓷器。但是，陈老太太不同，她富有金玉堂，属于玩得起古玩的人。

被人设局碰瓷，于是，就想要收点瓷器玩玩，也是合情合理。

这个时候，酒菜已经陆续上来，王澹虽然心中很是不痛快，还是招呼众人喝酒吃菜。

林枫寒尝了一块鸡汁青笋，青笋用鸡汁入味，果然是鲜美异常，这家酒楼的厨师还是非常有水平的。

"令堂大人想什么样子的古瓷？"林枫寒问道，"明青花？"毕竟，当初陈老太太被人设局碰瓷，就是明代宣德青花赏瓶。

"你有什么样的？"陈旭华问道，"我不太懂，我老娘最近请教了一些懂得古玩的人，听说，明青花不算太过名贵？元青花、唐三彩、汝瓷什么的，才算好的？"

林枫寒想了想，这才说道："我最近想要出一件青瓷，市价大概在三千万左右，如果你要，给个二百五的价钱就好。"

"我靠！"张兴明和林枫寒算是比较熟识的，这个时候忍不住叫道，"小林，什么瓷器这么贵？"李枫寒口中的"二百五"，自然不是二百五十块，而是二千五百万，大家都懂得。

在场的众人，大都不太了解古瓷，但是黄绢多少有些知道，略略地想了想，问道："林先生，难道你要出越窑秘色瓷？"

她看得出来，陈旭华和他关系很好，他自然不会坑朋友。那么，要对上如此昂贵的价钱，又是青瓷，也只有传说中的那么两样。

"李唐越器人间无，我上什么地方去找秘色瓷？"林枫寒摇头道。

"难道说，你要出……"黄绢忍不住掩口说道。

"天青色等烟雨，而我在等你。"林枫寒忍不住笑呵呵地说道，"黄小姐，事实上这些日子，我一直在等你。"

他倒没有说假话，这些日子，他一直在等着黄绢，等着她找他麻烦。

《青花瓷》的歌词众人自然都知道，自从周杰伦在某年春晚演唱之后，从此青花天下闻名，坊间争相传唱。

但是，谁也想不到，林枫寒会用这么一句话，调侃一个美貌之极的大姑娘。

"汝窑青瓷？"别人不知道雨过天青色意味着什么，但是，黄绢家传渊博，却是明白。

汝瓷实在是太出名了，风头大概要盖过人间无处可寻觅的李唐秘色瓷。早在清朝，就有这样的说法："万贯家产，不如汝瓷一片。"可见这汝瓷的名贵和稀少。

"是的，李唐越器无处觅，赵宋官窑晨星看，晨星虽然稀少，还是可以看看的。"林枫寒笑道，"北宋汝窑青瓷，市面上极其稀少。陈大少，如果你家母亲大人想要的话，我可以让一只出来。"

虽然许愿说，他有一个朋友喜欢瓷器，想要看看，但是，林枫寒还是有些担心，如果许愿的朋友高价购买之后，再转出去，天知道将来如何。

但是，陈旭华的母亲却是不同的，她就是想要弄一件古瓷看看，而且，只要金玉堂不倒，陈家就不用担心钱的问题，他也不用担心，陈家会把这样的稀世珍宝卖掉。

他是做古玩生意的，终究需要买进卖出，不可能把所有东西都留在手中，但是，这等稀世珍宝出售，他还是要看买家的。

陈旭华想了想，还是不怕丢脸地问道："青瓷是什么样子的？"

对于这个问题，众人都是好奇，但林枫寒还真不知道如何解释，正巧这个时候，服务员小月端着一大盘煮得红彤彤的大螃蟹上来。

大概是为着配上螃蟹的红色，所用的餐具，竟然是一只青瓷大盘子。

林枫寒用筷子敲着盘子笑道："就是这个样子，装螃蟹太好了。"

黄绢忍不住就笑了，她也没有想到，林枫寒会如此形容。

"这东西有什么好看的，我家一摆呢。"李少业笑道，他也是做餐饮生意的，有时候为着配菜，自然也有青瓷盘子。

"我家厨房好像也有一摆。"陈旭华苦笑道，"小寒，你不要开玩笑。"

"我没有开玩笑，传说中的汝瓷，就是这样的。"林枫寒说道，"价钱也就是这么贵得离谱，我真不认为，青瓷有多么好看。我喜欢成窑五彩，或者青花釉里红也成，再不，白底粉彩、黑釉或者蓝釉描金都成，最好是珐琅工艺，富丽堂皇啊！"

"事实上，你就是喜欢绚丽多彩的。"黄绢笑道，"嫌弃青瓷素淡柔雅而已，但青瓷出名，也就是因为它素淡柔雅，如冰似玉。"

林枫寒笑笑，说道："你说得有理，淡到了极点，才见好处，就如同那白梅花一样，淡而雅致，让无数人珍爱不已，可我却不喜欢。"

"白梅花很是漂亮，清淡雅致，你为什么不喜欢？"黄绢嘟嘟嘴，有些不满地问道，她可是极爱白梅花。

"梅花开的季节，哪里还有枫叶？"林枫寒突然说道。

"小林，我发现你越发自恋了。"李少业忍不住说道，想想那只"枫清影寒"的首饰盒，明显就是为着满足林枫寒自恋的心态弄出来的。

而且，当时他没有在意，事后想想，那只首饰盒上面的字迹，应该也是林枫寒自己写了，让人给他做的。

"我还是让我老娘来一趟扬州吧。"陈旭华说道，"免得我买只青瓷回去，我老娘看着不满意，又要教训我。上次你那个永乐大帝，可是把我害苦了，我老娘见到我就念叨。来来来，我不说那个破瓷器的事情，服务员，给我挑两只好的螃蟹剥了。"

陈旭华招呼过服务员剥螃蟹，然后抓过林枫寒说道："我们讨论讨论钻石。"

林枫寒看了看手上的"海蓝之星"，有些舍不得，但陈旭华这么说，他自然也明白，当即从手指上脱下来，递给他道："给我一千万，我够保本就成——装修的钱我也不给你了。"

"我老爹执着地想要买回来，我也没有法子，钱我等下就转给你。"陈旭华接过那枚"海蓝之星"，对着光看了看，感慨地说道，"我至今都弄不明白，我老爹为什么这么糊涂，不卖的东西，拿出去炫耀什么啊？难道不知道，这年头钱多人傻的人太多了？"

"你明显就是钱多人傻的代表。"林枫寒没好气地说道。

"我觉得，你这么一句话，应该对某个胖子说，而不是我。"陈旭华感慨地说道，"我好想去景萍园买套房子，然后做个勇猛的钉子户——那个死胖子，绝对就是钱多人傻的代表。"

"喂！"林枫寒小声地问道，"第二份合同到底是什么？"

"是一份房产转让协议。"陈旭华压低声音说道，"在扬州瘦西湖附近，带花园的单独别墅楼，占地面积很大，最近在重新装修。我等下打个电话给马胖子，告诉他千万不要栽种梅花，除了一些热闹花卉，种一些青枫和红枫就好。"

"你和你母亲大人说说，要了我的青瓷吧。我感觉，我又要节衣缩食，努力挣钱做个房奴了。"林枫寒苦笑，马胖子真是钱多人傻了？

或者对于他来说，车子房子，都不算什么大物件？

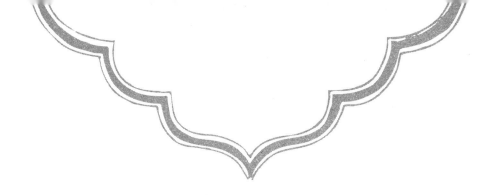

第四十九章　黄绢

陈旭华笑道："你急什么啊？马胖子难道还会找你要钱不成？你这是拆迁补贴。"

同样的话，许愿也曾经说过，但林枫寒只能够苦笑，马胖子不找他要钱，难道他就真能够心安理得地拿下他的房子，然后大咧咧地入住不成？

"我把那房子转给你，你会收吗？"林枫寒问道。

"当然不会。"陈旭华连想都没有想，直接说道，"我爸爸从小教导我，不能要别人的东西，如果要什么，就应该自己挣钱买。"

林枫寒点点头，笑道："既然你不能要，那么，难道我就能要？"

"我前不久被马胖子忽悠，也在那边买了房子，和你比邻。"陈旭华突然说道。

"啊？"林枫寒愕然，不解地问道，"你跑来扬州买房子做什么？"

"扬州这地方不错啊！"陈旭华笑道，"再说，马胖子也厚道，价钱也不高。我就想着，当固定资产投资，买下来吧，将来我来扬州可以住。而且，由于和你比邻，我还可以去看你。马胖子说了，那边三套房子连成一片，根据各自的喜好，可以修建成不同的风格，然后弄一个大大的花园，仿苏州园林式，古今中西结合的建筑风格，很好的。"

"听着似乎不错，只不过，我感觉我似乎还要卖掉一件青铜器，否则，我拿什么买房子啊？"林枫寒苦笑不已。

他突然感觉，认识这些钱多人傻的朋友，真不是什么好事。

陈旭华笑道："你别装穷，你买得起。"

"我和你这钱多人傻的人，没有共同语言。"林枫寒一边说着，一边把已经剥好的螃蟹，蘸着醋，慢慢吃了。

"吃螃蟹要喝一点儿酒。"陈旭华说着，就招呼服务员烫一点儿热热的黄酒来。

"我不喝酒。"林枫寒摇头道，"马胖子去了北京，把车给了我，我今天开了出来，我本来就是出名的手残党，可不敢酒后驾车。"

"你居然敢把车子开出来？"李少业好奇地问道，当初他要学驾照，嫌弃一个人无趣，就拉着林枫寒一起过去学习。林枫寒考试那是杠杠的，都是一次通过，不需要补考，而李少业则场考补考了三次才算通过。

当初被林枫寒笑得那个凄惨。他拿到驾照之后，就买了一辆面包车开着。

新车到手，李少业自然是各种开心，开过去找林枫寒，还准备让这个好友过过车瘾。可怎么也没有想到，崭新的车，林枫寒发动三次都发动不起来，这还不算，他就没敢开着上路，具体地说，他没敢踩油门。

上次他就很想笑话马胖子，车给了林枫寒也是没用的，林枫寒不敢开，说不准还要请个司机。

"我为什么不敢把车子开出来？"林枫寒白了李少业一眼，不满地说道，"你那车，崭新崭新，我怕撞坏了，自然各种小心。现在这车是我的，我想要怎么撞都没事，只要不撞人就成了。"

"车子嘛，多开开就好了。"黄绢笑道，"我也有驾照，也不怎么敢开，林先生，我很是好奇，你喜欢什么啊？古玩？"

对于这个问题，林枫寒想了想，又想了想，这才说道："古玩嘛，纵然价值不菲，终究是别人用旧的东西，虽然我从来不在乎这些，但也谈不上多么喜欢。我想，我比较喜欢黄金珠宝之类的东西，这些东西，哪怕是别人用旧的，我也喜欢。"

说着，他还忍不住看了看陈旭华，如果那颗"海蓝之星"不是他的，他是说什么也不愿意让出来的。

"我家还有上好的钻石、翡翠等物。"陈旭华笑道，"过几天你来看看，如果有喜欢的，我成本价给你——我似乎没有马胖子慷慨，对吧？"

林枫寒愕然，这事情和马胖子又扯上什么关系了？

陈旭华只是笑着。如果是马胖子，林枫寒感兴趣的东西，马胖子直接就送给他了，说不准还找个自己不喜欢的理由，似乎是破烂一般，丢给他，让他不会感觉有一丝半点儿的心理压力。陈旭华感觉，自己还没有到马胖子那种钱多人傻的境界，或者就是自己不够傻，所以，钱也没有马胖子多？

"有像'海蓝之星'这样的吗？"林枫寒问道。

"有的。"陈旭华说道，"我们家收藏着一枚比'海蓝之星'还要略大的暗金色钻石，净度很高，绝对不比'海蓝之星'差。你如果喜欢，我过几天让我老娘带过来，你看可好？"

"既然如此，为什么你老爸还要执着地收回'海蓝之星'？"林枫寒很是好奇。

"那是我家的祖传之物，我爷爷手里传下来的。"陈旭华说道，"虽然现在不怎么讲究了，但是，我老爹非要收回来，我也没法子。"

"爷爷的东西，确实不便卖了。"林枫寒说道，"让陈伯母把那枚暗金色的钻石带过来给我看看。我先申明，在二千万之内，我可以考虑，超过这个价钱，就算了，我还没有到钱多人傻的地步。"

林枫寒感觉，他那个一个亿，如果要败珠宝，也禁不起怎么折腾。

"你放心就是，珠宝类的东西，市面上都有一定的衡量标准，不会贵得离谱，这不是古玩，也不是什么找不到的好东西。"陈旭华笑道。

自从陈旭华来了之后，邹强就没敢说过话，而余下的众人，也都找自己相熟的说着闲话，虽然有些不自在，但终究也没有放在颜面上，一餐饭，算是吃得完满了。

等服务员送上榴莲的时候，很多人都一脸的厌恶，就连陈旭华，也甚是讨厌这玩意儿。

林枫寒尝了一点儿，感觉小月这个榴莲买得还是不错，香味浓郁，又香又糯，当即劝说黄绢吃一点儿。

"我倒不讨厌这东西。"黄绢用汤匙舀了一点儿，笑道，"我只是没想到，你也喜欢。"

"很少有男人喜欢吃这东西的。"王澹说道。

"是的。"黄绢笑道。

让林枫寒出乎意料的是——另外两个女同学，都喜欢榴莲，各自吃了一块。由于男同学都不喜欢，如此一来，还有的剩余。他招呼过小月，让她把多余的给那两位女同学打包，好让她们带走。

他知道，一般酒店都不准客人把榴莲带进去的——因为很多人都感觉，榴莲臭不可闻。

"黄小姐，你还没有说，你找我做什么。"林枫寒眼见一些同学已经离开，当即就这么靠在椅子上，问道。

"今天就是请你吃饭，至于别的事情，我过几天去找你，你看可好？你不是说，要送我螺钿首饰盒，我可盼着呢。"黄绢说道，"今天你也有朋友在，你看，我们也不方便说话。"

"好吧。"林枫寒点点头，过几天再说吧，看黄绢的模样，似乎也没有恶意，因此起身，和黄绢告辞，偕同陈旭华一起走了出去。

酒店包厢里面，还剩下黄绢和王澹，还有邹强。

邹强和王澹的关系非常好，从高中时候就是同学，所以，别人都走了，他却没有离开，他虽然嘴巴刁毒，有些小人心态，但也不是蠢笨之人。

他看得出来，王澹很喜欢黄绢，但是，黄绢有兴趣的人，却是林枫寒。

王澹看了看黄绢，想要说什么，却不知道从何说起——也许从一开始，黄绢对他假以颜色，就是因为知道他和林枫寒是同学，而且还是一个宿舍的，关系还不错，否则，黄绢想来是不会理会他的搭讪。

他自然也知道，黄绢家里非常有钱，出门都带着保镖司机，绝对不是普通人家的女孩子，自己想要追，也未必能追得上。可是，如果黄绢喜欢的人，也是一个豪门世家的人，比如说陈旭华那样的人，他也认了。

可是，偏生，黄绢喜欢的、在意的，竟然是林枫寒——一个无父无母，穷得就要讨饭的人。

好吧，也不知道他最近做了什么，他不穷了，但就算如此，他也就是一个暴发户。想到这里，王澹心中极端地不好受。

"王先生，谢谢你！"黄绢也不说什么，招呼过酒店服务员，结账，然后就起身向着门口走去。

"黄小姐！"邹强忙着说道，"有些事情，你不知道，那林枫寒原本贫贱，为人也是猥琐懦弱，不值得你如此地抬举他。"

黄绢一愣，问道："他做过什么猥琐懦弱的事情？"

"他上大学的时候，曾经追过一个女孩子，叫什么来着？"邹强看着王澹，问道。

王澹微微皱眉，他和林枫寒是同一个宿舍的，自然知道当初并非林枫寒追吕楚云，而是吕楚云见林枫寒长相清秀俊美，因此想要追他。

但那个时候，林枫寒的爷爷病重，他一边要学习，一边还要照顾病重的爷爷，因此果断地拒绝了吕楚云。

吕楚云是家里的独生女，从小被父母娇宠，性子有些偏激，受不了林枫寒的拒绝，因此做出一些出格的事情。比如说，诬赖林枫寒偷了她的内裤等等，弄得林枫寒差点因此休学，要不是李少业作证，只怕他都没法子念完大学。

果然，邹强对黄绢一说，黄绢就微微皱眉，然后她就摇头笑道："这里面只怕另有隐情吧？如果他是这等猥琐好色之徒，我要约他，倒是容易了，也不用麻烦你们。不瞒你们说，我就是知道朱槿小姐约他，却常被拒绝，才不得已想到这么一个法子。"

　　黄绢也考虑过直接去找林枫寒，但是如果他拒绝自己的要求，再想要继续，只怕就有难度了。

　　爷爷一再说过，林家的人脾气都是出奇的怪癖，不能够操之过急，最好采用一些迂回之法，不要让他反感，以免让他感觉自己被人欺骗利用了。

第五十章 恶劣房客

林枫寒和陈旭华一先一后，在"宝典"门前停好车，就看到另外一辆奔驰车停在门口。

陈旭华微微皱眉，都晚上快要九点了，谁没事跑来找林枫寒？

"你有客人？"陈旭华看着林枫寒下了车，皱眉问道。

林枫寒一看那辆车，就知道是许愿，当即说道："谈不上客人吧。"说着，他就径自摸出钥匙开了门。

而许愿见到他回来，忙着也打开车门，走了出来，问道："你吃个晚饭，怎么就到这个时候，我都在你家门口等了半个多小时了。"

"哦……"陈旭华和许愿曾经见过一面，当即两人相互点头招呼了一声。等着林枫寒开了门，拧亮客厅里面的灯后，陈旭华就打开汽车后备箱，把一些乱七八糟的东西搬下来，说道，"这些东西，都是我老娘亲自挑选，她说，上次的事情，她要好好谢谢你。"

"你妈妈也太客气了。"林枫寒笑着，略略地看了看，果然，都是一些水果、肉脯、腊肉等等，还有就是苏州的特产糕饼，大概是知道他不喜欢出门吃饭，所以给他送点儿这些东西，他看着倒也喜欢。

但是，就在陈旭华打开后备箱搬东西的时候，许愿竟然也打开后备箱车门，开始大包小包地向着里面搬东西。

"喂，你做什么？"林枫寒看着那些乱七八糟的东西，说道，"你买这些做什么？"

"你楼上除了你的主卧室，不是还有两间小客房，都空着？"许愿说道，"我买点儿东西过来准备着，如果不便，我就住你这边。"

"我什么时候答应让你住我这边？"林枫寒愕然问道。

"你现在答应也不迟。"许愿一边说着，一边已经提着大包小包的东西，向着楼上走去。

"我靠——你这是非法入住。"林枫寒感觉，他简直就是狗皮膏药，还真是黏上了，甩都甩不掉。

他要盘玉就算了，他居然还要搬来他这边住着？

"喂喂喂——"林枫寒突然叫道，"你老婆知道吗？"

"我昨天对她说了，她知道的，她的心思都在她的鼠大爷身上，还有就是她的宝贝女儿和儿子，没空儿理会我的。"许愿笑道，"你别想要指望我老婆叫我回去，到了我这个年龄，夫妻嘛，相互之间会非常信任，不会管这么严格。"

说着，他也不理会林枫寒，径自提着东西上楼。

林枫寒愣愣地看着他，陈旭华皱眉问道："怎么回事？"

林枫寒略略地解释了几句，陈旭华笑道："没事的，他坚持不了几天，到时候不用你赶，他也会走人。再说，正如你所说，他有家有业，哪里有空儿天天窝在你这边给你盘玉，放心就是。"

"我昨天也是这么想的。"林枫寒笑道，他昨天答应许愿的时候，也是这么想的，现在，他还在新鲜劲头上，但过上几天，他受得了才怪——算了，让他折腾吧。

"你把账号给我，我把'海蓝之星'的钱给你。"陈旭华说道。

"好的。"林枫寒答应着，当即就把自己的银行账号用短信发给陈旭华。

陈旭华打了一个电话，不足一分钟，林枫寒就听到手机短信响，取出来一看，一千二百万到账，他微微皱眉，说道："不是说好一千万吗？"

陈旭华看了他一眼，说道："三年前在港城，我们家出售这颗'海蓝之星'卖得很贵，现在以这个价钱收回来，已经有得赚。不管是做人还是做生意，都是讲究一个诚信，何况你我还是朋友？我岂能坑你？"

"好吧，我这一个转手就赚了二百万，人生真是幸福。"林枫寒笑呵呵地说道，"天不早了，你早些回去休息？"

"嗯，我也准备走了，过几天我带我老娘过来。"陈旭华说着，当即告辞离开。

而这个时候，许愿再次从楼上跑下来，又跑到外面，从车上搬着乱七八糟的东西进来，然后说道："我把车子开后面停车场，你等着我。"

"我能不等着你吗？"林枫寒没好气地说道，"你就是一个恶劣的房客，还不付房租。"

许愿笑个不住，径自把车子开后面停车场，林枫寒也把车子开去车库。少顷，两人回来，林枫寒看了看，这家伙还真准备在他这边常住，居然什么都东西都带了，真是不少。

冬天天冷，容易犯困，他锁了门之后，就径自上楼，去洗手间洗了澡，换了睡衣，然后就爬上床看电视，准备睡觉。

但是没过多久，许愿就来敲他的门。

"我睡下了，你盘玉就是，不要打扰我。"林枫寒不满地说道。

"我的主人，你糊涂了？"许愿忍不住笑道，"白玉麒麟在你房里，我怎么盘？"

"啊？"林枫寒愕然，转身看着放在床头柜上的白玉麒麟，咬牙道，"你进来。"

许愿推门进去，看到林枫寒一脸气恼的模样，就忍不住要笑，说道："你睡觉就是，我不会发出声音，影响你睡觉。"

"你搬你房里去，别妨碍我。"林枫寒一边说着，一边起身，从一侧的抽屉里面，取出来一把钥匙，递给许愿道，"我家大门的钥匙，以后如果我不在家，你来了自己开门。"

许愿把钥匙收好，这才笑道："你是玉主人。"

"对，我是玉主人。"林枫寒点头道，"所以，你要盘玉就盘玉好了，但你不能够把它带走。"

"我的意思是——玉主人和玉是不能够分离的，所以，我要在这里盘玉。"许愿说道。

"可是……"林枫寒愕然。

他真的很困了，现在都晚上九点半了，等着许愿盘玉完，就要十一点半到十二点了，许愿不困，他却一点儿也不喜欢熬夜啊！

"这等玉器，都有灵性，轻易也不便搬家。"许愿认真地说道。

对于这个问题，林枫寒只有叹气的份儿。

许愿对于古玉，有着普通人难以理解的狂热和执着，他认为玉器是有灵性的，能够自主择主，轻易不便搬家。

"你睡觉，我盘玉就是。"许愿说着，当即走到洗手间，洗了手出来，还是如昨天那般，就这么跪在地上，开始盘玉。

林枫寒看着他神情专注之极，心中有些敬佩，不管他能够坚持多久，但是，他对于古玉器的崇敬和热爱，都让人佩服。

也许，在许愿心中，他所盘的，乃是老祖宗留下的宝贵遗产，而不是一块玉那么简单——所以，他专心致志，小心呵护，哪怕不是自己的东西，也忍耐不住想要把它盘养昵熟。

接下来的日子，林枫寒依然过得一如既往的清闲，只不过他这边多了许愿一个人，反而多了几分热闹。

偶尔，许愿老婆也会跑来他这边；一个很是端庄温婉的中年妇人，抱着那只全身雪白、只有两只耳朵带着一点点灰色的龙猫过来。

对于龙猫，林枫寒也感觉很是可爱。但是，正如许愿所说，在他老婆眼中，那就是天下第一爱宠，凡事鼠大爷第一，不爱宠物的人，还真受不了她，难怪许愿都跑来他这边，做个恶劣的、不付房租的房客了。

黄绢一直没有找他，让林枫寒有些失望，似乎从那天的同学聚会之后，黄绢就把他给忘掉了。

而那个同学聚会，也就是让林枫寒收获了一堆的羡慕妒忌恨——幸好除了李少业，他和他们走得不算太过近乎，倒也没什么。

从李少业口中，他得知王澹事后还是找人鉴定了那块古玉，最后得出结果，果然是现代巴基斯坦玉石做旧，根本不值钱。气得王澹回南京之后，就跑去找某家古玩店算账，但是，人家古玩店根本不承认，甚至不承认他们家卖过古玉给王澹。

林枫寒感慨不已，现在的古玩商人，真是太黑，太坑了。

古玩一行，一直存在打眼和捡漏的说法，但是，你也不能够明明知道那是赝品、假货，你还拿出去高价忽悠一个外行，赚取昧心钱。

转眼之间，又过了两天。这天傍晚时分，马胖子开着一辆牛高马大的黑色悍马，来到"宝典"。

然后，在林枫寒还没有来得及回过神来的时候，马胖子已经拎着一只大大的旅行袋，丢在地上，转身又去车上搬东西，还招呼林枫寒帮忙。

"这都是什么？"林枫寒愕然，看着不光汽车后备箱塞着满满的东西，连汽车后座上面也都是乱七八糟的物品。

"我提前回去给我爷爷和我爸妈拜了年，然后今年过年就不回去了。扬州的房子还在装修，你总不能够让我大过年的去住酒店吧？"马胖子一边说着，一边开始埋首在一堆乱七八糟的物品中翻东西。

林枫寒还是有些回不过神来，问道："你的意思是——你要住我这里？"

"对啊，要不，你指望我住什么地方去？"马胖子抬头看了他一眼，说道，"你楼上不是有两间客房，正好，我反正也不讲究。怎么了，有问题？"

　　"没问题。"林枫寒摇摇头，马胖子要过来住几天，他还是很开心的。毕竟，平时都是他一个冷冷清清，自从爷爷死后，过年的时候，他就感觉分外寂寞。如今有个人陪着，尤其还是非常谈得来的朋友，自然是再好不过。

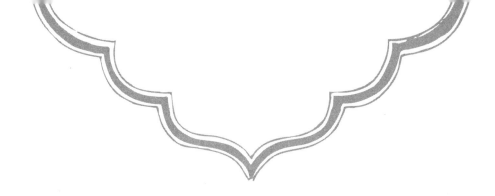

第五十一章 玉主人

东西都是现成的，马胖子要住，自然也方便得很，然后两人一起出去吃了晚饭。吃饭的时候，林枫寒向马胖子说了许愿盘玉的事情。毕竟，将来大家要同处一个屋檐下，早不见面晚见面的，还是他这个房东打一声招呼，免得闹出没必要的矛盾来。

但是，就算如此，晚上马胖子见到许愿跪在地上盘玉，他还是一个劲地埋汰了一番。林枫寒也感觉，许愿就是纯粹找虐，大概就是生活得太好了，让他浑身不自在，所以想要跑来他这边找些虐。

本来嘛，盘玉就盘玉，他完全可以拿去客房，放在桌子上，坐着盘就是了，何必非要跪在地上，如今真的不流行玉奴的说法了。可是，许愿非要遵循老规矩，这么盘玉，他也没法子。

每次他看到许愿跪在地上盘玉，他就感觉尴尬不已。

"喂！"马胖子倒在林枫寒的床上，看着许愿说道，"许先生，你知不知道，我现在很爽？"

许愿抬头看了他一眼，说道："我又不是跪的你，你爽个屁啊，或者，你就喜欢自我意淫一把？还有，你这个死胖子，不要睡在我主人床上，我靠啊，你别把我主人的床压塌了。"

"你主人？"马胖子愕然，忍不住看了看林枫寒。

林枫寒向他解释的时候，只说许愿有些魔怔，非要盘玉，他实在拗不过他，只能够同意了，并没有解释太多，马胖子自然也不知道北门玉奴的诸多规矩，这个时候却是好奇得很。

"玉主人！"许愿解释了一句，就继续盘玉，不再说话。

马胖子就躺在林枫寒的床上，想了想，有些明白过来，当即翻身起来，走到林枫寒的身边坐下来，问道："你这个主人，有没有权力处罚他？比如说，揍他一顿什么的？"

"你可以寻觅一块上好的古玉，然后让许愿给你盘养。"林枫寒说道，"然后，如果你看他不顺眼，你可以揍他一顿，他有受虐倾向，渴望挨揍很久了。"

"我的玉主人，我必须申明：如果这白玉麒麟在马胖子手中，那么，我一定会坑蒙拐骗把白玉麒麟弄到手，绝对不会给他做玉奴。这样不美型的主人，牵出去溜达都丢脸。"许愿一张嘴够刻薄的，一瞬间，马胖子的脸都黑了。

林枫寒仔细地咀嚼了一下子他这么一句话的意思，然后，他忍不住摸了摸头上的冷汗，问道："你的意思就是说，我勉强还长得算是美型，没事可以牵出去溜达？"

"对对对。"许愿一个劲地点头道，"可以盘养这样的神器，还可以牵一个长得漂亮的玉主人出门溜达，人生实在美好啊。"

"这是不是你老婆养龙猫的心得？"林枫寒有些要抓狂了，这是养宠物的节奏好不好？

许愿没有理会林枫寒，对马胖子说道："马家胖子，你想想，你和林先生一起出去，你对人介绍——喏，我朋友林枫寒。这朋友的概念，可就广阔了，对吧？"

"对！"这是不争的事实，所以马胖子老老实实地点头道。

"但是，如果是我带着林先生一起出去，我就可以这么介绍——喏，我主人！"许愿嘚瑟地笑道。

马胖子愕然地看着林枫寒，而林枫寒却是看着他，两人都感觉，这人思想有些问题，不能够以常理推断。

"明天古老那边有个珠宝拍卖会，加上上次被黄绢砸了场子，古老那边古玩交流没有能够顺利进行，所以，明天还有古玩交流——你记得明天对人介绍的时候说小林子是你主人，别忘了。"马胖子恶狠狠地说道，"你就是一个猥琐无赖的人。"

"刚才也不知道是哪个猥琐无赖之人，想要占我便宜。"许愿笑道。

对于斗口，许愿可是一点儿也不含糊，马胖子很快就败下阵来；感觉不是这人对手，加上他今天刚刚到了扬州，各种困倦，当即就欲回房睡觉。

"明天开始，我教你盘玉。"林枫寒放下手中的书本，走到床榻前坐下，看着许愿说道，"你既然这么想要叫我主人，我就认了你这个玉奴，顺便好生管教管教。"

"你准备怎么好生管教他？"马胖子的眼睛都有些发亮了，走近林枫寒，猥琐地问道，"皮鞭？棍棒？蜡烛？"

林枫寒怎么都感觉，这么一句话，似乎有些歧义，当即骂道："你胡说八道什么？"

"我可以围观吗？"马胖子乐呵呵地笑道，"难道说，现在都流行这个调调了？小林子，我和你说，这可要不得，我还准备把我表妹介绍给你认识呢。"

"滚！"林枫寒几乎是咬牙切齿地怒吼出声。

马胖子笑个不住，转身出去，自己回房睡觉。

第二天，林枫寒打了一个电话给陈旭华，说是多宝阁有一个珠宝拍卖会，问他有没有兴趣去看看。

对于珠宝之类的东西，陈旭华自然有着非常大的兴趣，当即就点头表示同意，然后约了马胖子和林枫寒一起去八珍楼吃饭，饭后直接去多宝阁。

林枫寒坐了许愿的车去，他发现，就舒适度而言，奔驰真的不错，比法拉利和悍马都要舒服。

但是，许愿却告诉他，对于开惯了跑车的人来说，奔驰就会显得很是难开，车身比较重，又长，稳定性很强，反而不如跑车好使唤。

但正因为稳定性强，所以，坐车的人会感觉很是舒服。林枫寒笑着建议，让他请个司机算了。

对于这个问题，许愿只是笑笑，他不但有司机，还不止一个，但是来林枫寒这边，或者去多宝阁这种地方，他还是喜欢自己开车。

他虽然是四十开外的人，但是，年轻的时候也和陈旭华一样，极其爱车，自然也喜欢开车。

如今上了年龄，才考虑这种比较厚重朴实的奔驰车。

陈旭华和马胖子还是一样，见面就忍不住吵架，然后两人还会拉着林枫寒做公证，让林枫寒都不知道如何是好。

林枫寒感觉，这两人也就是吵着玩玩，似乎关系还是不错的，毕竟，马胖子能够忽悠陈旭华在扬州买他的房子，可见，这两人关系还是不错。

倒是许愿，差点就被马胖子和陈旭华围殴，理由就是许愿骗了马胖子：说是陈旭华把林枫寒关在医院，害得马胖子连上海的事情都没有处理好，就跑去了苏州。

提到这个，马胖子就想要抡拳头和许愿讲个道理。

"你倒是给我说清楚，我什么时候把小寒关在医院的？"对于这个问题，陈旭华也是恼怒不已。

"你没有关，你就是哄骗而已。"许愿倒也没有在意，笑呵呵地说道，"你敢说，你没有在林先生的主治医生面前打过招呼，如果我那位主人问，就说他病没有好，需要住院继续治疗？"

"林先生压根儿就没有什么大病，只是平日就失于调养，感冒又一直拖着，没有及时治疗，这才导致看着病情严重。事实上根本就不是这么回事，他住院挂两天水，顶多三天，就完全可以出院了。

"结果，你愣是哄骗他住了一个星期。对于医生来说，一个没有病的人，愿意每天大把银子地住在医院，他何乐不为？"

"你还是医生了，你知道得这么清楚？"陈旭华提到这个事情就来气，狠狠地白了许愿一眼，骂道，"要不是你，我会认识那坑爹的死胖子？"

"就算没有我，你这三天两头地往扬州跑，你也会认识这坑爹的死胖子的。"许愿笑个不住，感觉陈旭华和马胖子都是太逗了。

而这两人，原本是八竿子打不着一船的，却因为林枫寒这么一个诱因而认识，然后这两人还相互看不顺眼，相互埋汰着，相互鄙视着。

"胖子没有招惹你们。"马胖子感觉，他才是最冤的，好端端地被人骗了，被人忽悠着认识了陈旭华这么一个无良的珠宝商人，害得他一脑残，在金玉堂败了五百多万珠宝，都不知道是怎么回事。

现在想想，马胖子感觉还有些肉痛，他又不喜欢珠宝。

"你说，我好端端地在上海，你给我打电话，说是小林子出事了，站在朋友的立场，我能不去？"马胖子叹气道，"结果，我去了苏州，就逛了一趟金玉堂，五百多万没有了……问题就是，我一点儿也不喜欢翡翠啊？我这是做什么啊？"

"你在我家只花掉了五百多万，我被你一忽悠，在扬州买了一套别墅楼，二千二百万，这是标准的二货价钱好不好？算算，谁亏啊？老子要忽悠着卖多少珠宝，才能够赚回来。你以为我是小寒，做古玩生意的，随便出个老货就成了？"陈旭华骂道，"谁更黑啊？"

林枫寒这才知道，原来这两人已经相互推销过各自的产品，还都推销得相当成功。

"这两人就是来炫耀，他们是钱多人傻的代表。"许愿拉着林枫寒，小声地说道。

"是的。"林枫寒点点头，从陈旭华口中，他倒是知道了那套别墅楼的价钱，马胖子既然给陈旭华这个价钱，那么，将来他拿房子的时候，把钱给他就是。

"胖子，你五百多万买了什么啊？"林枫寒好奇地问道。

"回去我给你看。"马胖子叹气道，"我现在想想，心都在痛，我买这个，还不如买金条，好歹看起来金光闪闪，五百万买金条，我可以买多少啊？他妈的！"

"大概二十公斤左右吧。"林枫寒笑道，"足够砸死一个人了。"

第五十二章 堪叹时乖玉不光

　　陈旭华笑道："自古有云，盛世珠宝，乱世黄金，这等东西，收一点儿在手中没错的。再说，我也没有坑你。"

　　"你可以买点儿黄金，铸造一个胖子。"许愿突然说道。

　　"那不成佛祖爷爷了？"马胖子倒也没有在意，笑着说道。

　　"哈哈……"被他这么一说，众人都忍不住笑了起来。

　　"小寒。"许愿也学着陈旭华，直接称呼他的小名，说道，"我想了几天，还是决定请那尊佛祖爷爷回家，你看这价钱能不能略微便宜点，我实在受不了二货的价钱。"

　　"一千八百万，看在你叫我主人的份上。"林枫寒笑呵呵地说道。

　　许愿愕然，老半天才感慨地说道："在古玩面前，再有钱的人都是穷人。"

　　林枫寒只是笑笑，对于这个话题，他也不知道说什么才好。一般的古玩物件也不会太贵，几千块到几万块都有。但是，那个乌老头不知道是什么来头，给他的这批货，成色实在太好，他也不想贱卖了。

　　"好吧，我的主人，明天我就把那尊佛爷请回家，你看可好？"许愿说道。

　　"没问题。"林枫寒笑道。

　　一顿饭，四人说说笑笑，倒也其乐融融。虽然马胖子和陈旭华老是斗嘴，但两人相处得还是不错。

　　饭后，看看已经八点多了，许愿直接把林枫寒塞进自己那辆奔驰车，开着直奔多宝阁。

　　"我靠！"马胖子满心不痛快，说道，"他还真把小林子当成他主人了，想要据为己有？"

　　"你这什么狗屁倒灶的用词？"陈旭华不满地说道，说着，他也不理会马胖子，直接上了车，发动车子，跟在了许愿车后。

四人到了多宝阁，正好是八点半过后，古玩交流刚刚开始，原本看着冷清的大厅里面，放着很多地摊，热闹得紧。

林枫寒和他们三人招呼了一声，大家分开四处看看。陈旭华和马胖子都是第一次参加这样的古玩交流会，因此也是各种新奇，相互去看自己感兴趣的东西。

林枫寒上次来的时候，由于感冒，实在难受，也没有淘换淘换的心情，今天却不同，心情很好，当即一个个地摊看过去。

但是，由于他上次在斗古过程中风头出尽，导致这里很多人都认识他，见到他就热情地招呼，倒让他有些不好意思起来。

走了一圈，也没有见到特别有意思的东西，正有些意兴阑珊。如今，他的眼光让乌老头养得式是刁钻古怪，略略差一点儿的东西，他也看不上眼。

正欲去休息室坐坐，偏生就在这个时候，转过一根雕花石柱，林枫寒就看到一个中年大叔，坐在一张小板凳上面，面前放着造型各异、大小不一、材质也各不相同的佛像。

林枫寒一见之下，顿时就乐了，他还真没见过谁单纯卖佛像的，这人绝对是虔诚的佛徒，释迦牟尼的铁杆粉丝。

他从旁边拉过一张小板凳坐下，然后一尊尊的佛像看了过去。

最后，他的目光落在那尊老大的观音像上——那是一尊站像，高有二尺左右，下面的莲台直径也有一尺左右，着实不小；观音大士手持玉净瓶，站在莲台上，脸如满月，眼如银杏，嘴角微微噙笑，宝相端庄温和，面目祥和慈悲。雕刻工艺实在是精湛之极，无奈却是用普通的粗糙石料，让这尊观音像顿时身价下滑了好几倍。

林枫寒看到那尊观音像的时候，心中就微微一动，暗道："难道说，真有这东西不成？"

他心中想着，当即就站起来，伸手对着那尊观音像抚摸上去，果然，观音佛像入手也是粗糙不堪，就像是用粗糙的石料打磨雕刻而成。

他这一站起来，却意外地在一尊石雕卧佛的后面发现了一柄白石如意，那如意长有一尺左右，款式非常简单，用白生生的石头打磨雕刻而成，看不出有什么好来。

林枫寒微微皱眉，忍不住也伸手摸了摸，果然，那白石如意入手也是粗糙不堪，一如那尊观音像。

"老板，这尊观音娘娘我请了。"林枫寒指着石像观音说道。

那位虔诚的佛徒大叔看了看林枫寒，说道："二十万！"

林枫寒感觉，自己又遭报应了，上次许愿是说要请那尊金佛的时候，他说了一个不二价，这次，他也被人骂是"二货"了，当即笑道："大叔，我是诚心请，求给个实价——你这个价钱，我请不起。"

佛徒大叔看了看他，迟疑了一下子，这才说道："小伙子如果诚心要，给个十八万，图个吉利。这尊观音娘娘虽然是石雕，但胜在工艺精湛，不贵的。"

林枫寒想了想，又想了想，十八万的价钱，他完全能够接受，如果自己判断没有错误的话，这尊观音像一旦还原出本来面目，势必价值连城，只怕自己家那尊白玉麒麟都未必比得上。

"大叔，十八万，我认了，你把这枚石如意送给我，可好？"林枫寒从地上拿起那柄白石如意，说道。

"小伙子人蛮爽快的。"佛徒大叔笑道，"你添个两千块，拿去吧。卖古玩的，没有白送的说法，何况是如意，我总不能够把如意送你。"

林枫寒听得他这么说，当即轻轻一笑。他发现，凡是做古玩生意的人，似乎都有一些迷信思想，因此倒也不在意，笑道："成，我接受这个二货的价钱。"

被他这么一说，佛徒大叔忍不住就笑了出来，林枫寒摸出皮夹子，数出二十张百元大钞，递给他道："大叔，你把银行账号给我，我给你转账。"

"好。"佛徒大叔笑笑，摸出银行卡，递给林枫寒道，"工商银行的，可以不？"

"可以。"林枫寒摸出手机，拨打银行号码转账，不过几分钟时间，一切搞定。他招呼过一个服务员，要求租一间大一点的保险箱，存放白石观音和白石如意。

正巧这个时候许愿过来找他，看到那尊白石观音，忍不住问道："小寒，你买这个石像做什么？"

"把观音娘娘请回家供着，让她老人家保佑我找个美貌温柔的女朋友。"林枫寒笑呵呵地说道。

"切，你小子就这么一点儿追求了？"许愿一边说着，一边忍不住伸手摸了摸那尊观音像，一摸之下，他不禁微微皱眉，这观音像看着雕刻工艺还不错，精致唯美，可是这石料，也未免太过粗糙了，摸在手里的感觉真不好。

"这观音像是什么年代的？"许愿好奇地问道。

"看着像是唐代的风格。"林枫寒说道。

正好这个时候，服务员已经安排好了保险柜，林枫寒忙小心地抱起那尊观音像，连着那柄白石如意，一起锁进保险箱中，然后才长长地舒了一口气：今天这趟多宝阁真没有白来，居然能够把这等稀世珍宝收上手。

当年爷爷教他洗玉药液的时候，曾经对他说过，自然也有污玉药液，叫做——蒙尘。洗玉药液自然不是单纯地针对普通的玉器整旧如新，而是用来清洗被污玉药液蒙尘的玉器。

一旦被蒙尘药液所污染，原本白皙细腻、柔润光滑的美玉，就会变得像是普通的石头一般，不但暗淡无光，还粗糙不堪，让原本价值连城的宝物，瞬间身价骤跌。

洗玉药液的名字，叫做如洁，如洁的配方，林家一直口口相传。但是蒙尘的配方，据说早在民国初年就已经失传，因此，就算是林枫寒，也不知道蒙尘的配方。

刚才他用摸玉诊金术摸过，确认那尊观音像和白石如意都是上好的羊脂白玉材质，这等东西，一旦恢复美玉的光泽，自然是万众瞩目。但是，如今却是美玉蒙尘，沦落到了被人廉价出售的地步。

林枫寒心中有些兴奋，淘到这等好东西，想要不兴奋都难。

"你过来给我看看。"许愿见他已经存好东西，当即忙着拉着他，说道，"你过来给我掌个眼，我看上一只金碗了。"说着，他也不管林枫寒的意愿，径自把他拉到一个卖金银器的地摊前。

卖金银器的是一个五旬开外的殷姓老者，这个时候正叼着烟，看着许愿拉着林枫寒过来，倒是有些意外，他也认识林枫寒。毕竟，上次斗古，林枫寒算是风头出尽，在多宝阁常走动的人都认识他。

"原来是林先生。"殷老板含笑招呼道，"来来来，随便看。"

许愿把一只纯金螭龙水纹的金碗送到林枫寒面前，说道："你看看。"

林枫寒接过金碗，先看了看下面有没有字迹，结果有些失望，金碗下面并没有字迹。根据摸玉诊金术，他倒是确认这只金碗是真的，应该是清末的东西，品相还算完好。螭龙水纹倒是证明，确实是宫廷用品，并非民间之物。

所以，林枫寒也没有说什么，把那只金碗放下来，冲着许愿点点头。

"殷老板，我们谈谈价钱？"许愿见状，已经明白过来，确实是真品无疑。

"三百万！"殷老板眯着眼睛，抽了一口烟，吐出烟雾说道。

第五十三章 买玉

许愿愣愣地看着殷老板，他要确认自己没有耳背，确实没有听错了，这只破碗，他居然要卖三百万？

"殷老板，你没有开玩笑？"许愿皱眉说道。

"没有。"殷老板嘿嘿怪笑道，"清朝宫廷金器，就是这么一个价钱，加上又有林先生鉴定，老头子我不愁卖。"

"我靠！"许愿再也忍不住骂道，"你这死老头，你敢情是坑我。"

林枫寒苦笑道："殷老板，这个金碗确实是清朝宫廷用品。但是，一来这是清末之物，二来没有明确的字迹证明，三来就工艺来说，这只金碗并不算太过精美。你如果存心卖，放市面上，顶多二十万到三十万，你要三百万，实在有些过分了。"

"十万，你卖就卖，不卖拉倒。"许愿也有些恼怒，难道说，他就是那看起来钱多人傻的对象，看起来很好坑？

"不卖！"殷老板摇头道，"最少五十万。"

许愿摇摇头，拉着林枫寒就走，感觉现在卖古玩的人都想钱想疯了。

"那死老头脑子有病啊？"许愿走到一边，还有些愤愤然，骂道，"三百万，我不如去你家挑个东西，好歹比他品相好看多了。"

"你不是要请我家那尊金佛吗？"林枫寒笑问道。

"我想要请，但是，我也对金碗有兴趣，你家的似乎不便宜啊？"许愿问道。

"我家的是乾隆年间的。"林枫寒说道，"所以要贵一些。"

"这几年，乾隆年间的各种东西都贵。"许愿说道，"对了，小寒，你买那个观音石像做什么。你看，我都叫你主人了，你对我说说，那玩意儿有什么好，为什么我就看不出个所以然？"

刚才林枫寒买的那尊观音大士石像，许愿也看过，石像雕刻工艺倒也罢了，确实蛮精致的，线条流畅生动，但是，石像本身太过粗糙了，摸在手里的感觉真不好。

　　许愿看过林枫寒的收藏品，自然知道，他能够看上眼的东西，都是极好的，略差一点儿的，他也不会有兴趣收入手中。

　　"看工艺，应该是盛唐之物。"林枫寒说道。

　　"就算是盛唐之物，这种石像，逆天了也顶多值个二十万，石料实在太过粗糙。"许愿说道，"这不太像你的作风。"

　　"我托你查的事情，你查得怎样了？"林枫寒突然转变话题。

　　"有些眉目了。"许愿看了他一眼，说道，"我想，你不会只想知道那个女人叫什么吧？我不查还不知道，一查之下，才发现你林家果然来历非凡，叫你一声主人，我还真不亏。"

　　"你如果能够给我查清楚当年的事情，我就告诉你观音石像的秘密。"林枫寒说道。

　　"如此说来，那尊观音石像果然另有玄机？"许愿顿时就有些兴奋了，小声地凑在他耳畔问道。

　　"嗯。"林枫寒点点头，笑道，"不会让你失望的。"

　　许愿正欲说话，不料这个时候，突然有人叫道："啊呀，林先生，幸会幸会。"

　　林枫寒和许愿转身，就看到游胖子笑得像是一尊弥勒佛，连眼睛都眯了起来，看到许愿，游胖子又忙打招呼。

　　"游先生好。"林枫寒笑着招呼。

　　"林先生可不厚道，上次还说了，要去我翠玉坊坐坐，怎么这么久都没有去？"游胖子笑呵呵地说道，"我今天带了几块上好的籽料过来，外面可不多见，林先生要看看吗？"

　　"好。"林枫寒笑道，他今天心情很好，捡了一个大漏，淘到两件稀世珍宝，如果游胖子带来的籽料成色不错，价钱也不是贵得离谱，他不在乎做一次冤大头，买他一块玩玩。

　　林枫寒越发发现，自己似乎对于玉器情有独钟，一旦看到上好的玉器，就想要收入手中，不光是古玉和和田玉，对于成色非常鲜亮的翡翠，也一样有些把持不住。

　　上次那块和田玉佩，要不是游胖子一再要求，林枫寒真舍不得让出来。

　　"我们去休息室看？"游胖子笑呵呵地说道。

"好。"林枫寒点头同意，首先向着休息室走去。

游胖子转身去保险柜取和田玉籽料，许愿小声地笑道："你真要买他的玉？"

"看看吧，他已经不是一次向我推荐他的和田玉了。"林枫寒笑道，"我发现，我就是一俗人，我就爱个黄金美玉。"

"像你家那个碧玉西瓜、白玉麒麟，很多人都愿意做个老大的俗人。"许愿笑呵呵地说道，"当然，你身上的这两件也不错，都是难得一见的稀罕之物，我就好奇了，你从什么地方寻觅来这些宝贝？"

"《红楼梦》里面有一句话，不知道你是否知道？"林枫寒说道，"好知运败金无彩，堪叹时乖玉不光。"

许愿心中一动，隐隐有些明白，但是，终究没有再问什么，他也知道，再问下去，林枫寒也未必肯说。

在休息室坐下来，许愿过去倒了两杯红酒，递了一杯给他。

这一次，林枫寒没有拒绝他的好意，接过红酒，轻轻地抿了一口，说道："我发现你忒喜欢喝酒。"

"年轻的时候就好个杯中之物。"许愿笑道。

这个时候，游胖子已经捧着一个锦盒过来，打开，放在林枫寒面前，笑道："林先生，你看看吧。"

林枫寒打开锦盒，里面装着五块大小不一的和田玉籽料把玩件：两只玉镯子，另外三块把玩件都是人物雕像———一个关公、两个佛像。林枫寒拿在手中把玩了片刻，就再次放入锦盒中。

倒是有一块把玩件，吸引了他的注意力——那个把玩件不大，他握在手中就知道，大概二两出头，一百克的样子，造型很是普通，下面圆润光滑，上面略略小一点。但是这块籽料却是黄褐色表皮，褐色的部分，雕刻成了两只蝙蝠，黄色的雕刻成了三枚铜钱，看着非常生动有趣。

林枫寒用手指轻轻地摩挲了一下子，这块和田玉的玉料是上好的羊脂白玉，虽然达不到真正的羊脂白玉的标准，但是，也算是无限接近了。

"林先生，你看这镯子。"游胖子见他似乎对那只金钱蝙蝠的籽料有兴趣，忙从一边取过一只镯子，递给他道，"这个是一块料上的，我和你说，现在要找这种大料上面的配套玩意儿，可是越来越少了。除了在十年前，胖子我卖掉一套荷花的，这些年都没有再次收入上手。"

林枫寒接过他递过来的镯子，果然，镯子上也是褐色的蝙蝠和黄色的金钱图案，雕工精湛之极，那蝙蝠看着似乎要振翅从白玉上飞下来。

除了石皮，余下的玉肉，都是白润光滑，宛如那极白嫩细腻的婴儿肌肤，让人看着就舒服。

林枫寒心中一动：难道说，十年前方静那套荷花羊脂白玉佩，也是在翠玉坊买的？随即想想，他也就释然了，方静是扬州人，而扬州玉器加工又是天下闻名，早些年她富有，想要收点和田籽料，自然也不会舍近求远，光顾了游胖子的生意，完全是合情合理。

"林先生，我和你说，今天这东西是你要的，如果换成别人，胖子我这套是绝对舍不得拿出来的。"游胖子忙着又说道。

林枫寒放下手中的镯子和把玩件，拿起另外一个把玩件；这块籽料也是枣红皮，但石皮并不多，被雕刻师巧妙地利用枣红皮的特色，雕刻成了一朵盛开的百合花，旁边还有一点淡淡的红色石皮漂浮其上，雕刻成了花苞。

但是，这块籽料非常润，林枫寒摩挲了一下子，能够感觉到它的腻滑，当即笑问道："这块多少钱？"

"这块的成色和我身上的差不多，大小也差不多。"游胖子说道，"林先生够朋友，我也不开虚价，二百万，你拿去就是。"

林枫寒点点头，这个价钱，游胖子确实没有开虚价，市面上这等成色的和田玉籽料，没有二百万，休想拿下来。

"这一套蝙蝠的呢？"林枫寒问道。

"这个……"游胖子迟疑了一下子，然后才说道："三百万。"

林枫寒差点就骂人了，方静那套荷花的卖给他，才一百万，而游胖子的这一套，成色和那套差不多，他居然要卖三百万？

"小寒，给我看看。"就在这个时候，陈旭华走了过来，从林枫寒手中接过那只镯子，对着光仔细地看了看，又看手玩件，看完之后说道，"还好，没有明显瑕疵，接近羊脂白玉了。但是，就算如此，也不值三百万，顶多一百五十万。"

游胖子脸上的肉都抖动了一下子，他也不是没见过还价凶猛的人，有些中年妇人，虽然有钱，但在购买玉器的时候，还价那叫一个狠，可是，也没有人上来就给他还掉一半的啊？

"这位先生，我家不打五折。"游胖子哭丧着脸说道。

"做珠宝生意的，怎么可能不打五折？"陈旭华笑道，"你这籽料成本价大概在八十万到一百万左右，你一笔生意，就赚五十万开外，不少了。你要是同意这个价钱，小寒就买下来玩玩，不同意就算了。古玉我没有，但和田籽料，我还收着好几块好的。小寒，如果你有兴趣，过几天来我家看看就是。"

　　陈旭华说话的同时，已经递了一张名片给游胖子，游胖子扫了一眼，顿时脸都黑了。金玉堂的少东家，专业做珠宝生意的，难怪这些东西的底价，他一目了然。

　　"这块我也想要。"林枫寒指着那块百合花的手玩件说道。

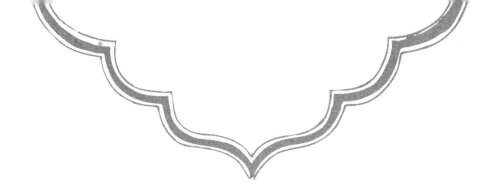

第五十四章　袖珍棺

陈旭华把三样东西放在一边，看了看游胖子，这才说道：“三样东西三百万，游先生，你看如何？”

游胖子看了看林枫寒，终于还是点头道：“成，就照陈先生说的价钱，我胖子不赚钱，就当交个朋友了。”

对于这么一句话，陈旭华忍不住要笑，他是做珠宝生意的，这三样东西，这死胖子至少要赚八十万左右，他居然还敢说不赚钱？

既然诚心买，林枫寒付钱也很是爽快，直接转账，然后把东西装在锦盒里面，锁进保险箱，问陈旭华道：“马胖子呢，你们不是在一起？”

“他在那边看棺材呢，也不嫌忌讳。”陈旭华一脸唾弃地说道，“我劝他，他还不听。”

“哪里有棺材看了？”许愿闻言，顿时就两眼发亮，急冲冲地问道。

陈旭华指了一个方向，许愿忙着就冲了过去。看得陈旭华呆愣住，问道：“这货有毛病，棺材有什么好看的？”

林枫寒也是好奇，难道说，什么人如此胆大妄为，居然敢把棺材扛出来卖不成？古时候那些皇亲贵族入殓的棺木，并不像现在电视播放的棺木单调，自然也是各种精美，而且由于材质不同，也一样具备很高的历史研究价值。

他曾经听得人说起过，据说，在汉代的墓穴中，曾经发现一具描金彩绘棺材，上面的彩绘图案形象生动完美，栩栩如生，当然，这还不是最最让人惊叹的，最让人惊叹不已的，却是那具棺木上面，用金丝包裹，缀以各种宝石，当真是富丽堂皇之极。

这样的棺木，自然是价值不菲。另外，他还听的人说，古时候那些贵族们入殓，可不光是木棺，还有铜棺、石棺等等，木棺容易腐烂，但铜棺和石棺却是可以保存下来，如果有精美的图案，自然也是宝贵的人类文化遗产。

"我们也过去看看。"林枫寒说道。

"没什么好看的。"陈旭华说着，还是偕同他一起，向着一边走去。

果然，在大厅的一个角落里面，围聚着很多人，马胖子和许愿都在。林枫寒好奇，也忍不住挤了过去，一看之下，却是愣住——那并非大的棺木，而是两具小小的袖珍棺，一具是黄铜铸造，长约一尺有余，宽度大概只有四寸左右，做得非常小巧精致，上面有着螭龙云纹图案。

另外一具是木质的，错金彩绘图案，但油漆有些剥落的迹象，饶是如此，乍一看，还是感觉金碧辉煌。

围观的众人都不断地看着，还有人伸手抚摸，询问价钱。

卖袖珍棺的是一个老者，两具袖珍棺，开价就要一千万，导致了看的人多，但却没有人愿意买。

"小林子，你看看。"马胖子见到林枫寒，忙着说道。

"小寒，你别摸这个。"陈旭华一把拉住他，然后恶狠狠地对马胖子说道，"你变态就算了，别让小寒摸这些不干不净的东西。"

"我只说让小林子看看，又没有说让他买。"马胖子都不明白，陈旭华这怨气从何而来？

但是，许愿却知道陈旭华的心意，他是做珠宝生意的，从来没有接触过古玩，看到棺材就认为是不干净的东西，忌讳之极，也不愿意让他的好友摸一把。但他却不知道，大部分的古玩，除了极少数传承有序，更多的，都是来自地下古墓之中。

林枫寒是做古玩生意的，自然没有这方面的忌讳。

"我就看看。"林枫寒也不愿拂了陈旭华的好意，笑道，"我虽然喜欢古玩，但一般来说只爱玉器和金银器，以及字画而已，对这种东西没有兴趣的。"说话之间，他已经蹲在地上，伸手摸了上去。

他对于木器并不算精通，所以，对于那具木质彩绘的袖珍棺，林枫寒有些迷糊。但是，那具黄铜袖珍棺，他一摸上去，心中就有些腻味了。

这黄铜袖珍棺明显就是现代制品，然后找人做旧的。有了这么一个认知，林枫寒再看那具彩绘袖珍棺材，仔细辨认，果然也有现代工艺做旧的痕迹。但是，这人手段高明之极，如果不是他具备丰富的古玩知识，加上又先断定了袖珍铜棺是现代仿品，他也不至于一眼就看出来。

"我们去讨论讨论翡翠？"林枫寒站起来，对陈旭华说道。

陈旭华见他已经看好，一脸不爽地说道："你给我去洗手。"说着，他不由分说地拉着他就直奔洗手间。

许愿是一个人精了，自然已经明白，林枫寒不看好这玩意儿，当即向休息室走去。

马胖子跟着向洗手间走去，陈旭华愣是看着他们这两个摸过棺材的人，用洗手液洗了三次手，他才算满意，放过他们，一起走到休息室。

"喂，小林子，你看那袖珍棺……"马胖子边走边问道。

"听说，柳州那边有专门做这个玩意儿的，你如果喜欢，可以找人做一打。"林枫寒白了他一眼，说道，"我还以为谁胆子大，真把棺材扛出来卖了。"

"棺材也能够卖？"陈旭华一脸嫌弃地说道，"这要是卖棺材，尸体怎么办？"

这个时候，林枫寒已经走到休息室，找了一个角落坐了下来，说道："如果尸体保存完好，有华丽的妆裹，没有被破坏，听说也可以卖钱，而且价钱很高。"

陈旭华打了一个寒颤，说道："谁变态要这玩意儿啊？买回去做什么，当祖宗供着？"

林枫寒苦笑道："这年头儿就有人变态啊。"

陈旭华想了想，刚才马胖子看到那袖珍棺，一脸感兴趣，当即起身换了一个位置，挡开他和林枫寒的距离，这才说道："这年头儿变态真多。"说着，他还故意看了一眼马胖子。

"你骂谁是变态了？"马胖子握拳就要找他理论。

"也不知道谁刚才看到棺材，就一脸的兴奋。"陈旭华冷笑道。

"你知道个屁。"马胖子冷笑道，"你除了知道珠宝，一身铜臭，你还知道什么？袖珍棺历来皆有，但流传下来的却是少之又少，而且，这东西毕竟是忌讳——一具袖珍棺，就意味着一段不为人知的历史，我见到袖珍棺，我好奇一下子，我怎么了？"

林枫寒看了看马胖子，这才说道："袖珍棺比较邪门，胖子，你还是少接触为好，就算要收藏，也不要收藏这样的东西。"

"我对收藏这些东西没兴趣。"马胖子摇头道，"我也就是好奇一下子。对了，小林子，你刚才说那尸体是怎么回事？真有人收藏这玩意儿？"

"据说是有的，但我不知道。"林枫寒感觉，这个话题本身就很变态，所以，他忙摇头道。

"变态。"陈旭华摇头骂道。

"陈大少，我能不能说句话？"许愿有些忍耐不住，说道。

"哦？"陈旭华看了看许愿，问道，"你要说什么？"

"很多古玩，都是殉葬品，或者就是祭祀之物。"许愿笑道，"你看看，我们还不都是拿着手中把玩着，收藏着，视若珍宝。"

对于这个问题，陈旭华居然认真地想了想，这才说道："对于古玩，也就算了。或者我能够理解为着巨额利润跑去挖坟掘墓的人，但是，如果只是满足一下子自己的私欲，破坏死了数百年或者是上千年的尸体，我就觉得——罪不可赦。

"正所谓己所不欲，勿施于人，我想没有任何一个人，愿意自己在死后，尸体被人收藏吧？或者被人践踏，暴尸荒野？"

"你的想法没错。"林枫寒笑道，"幸好中国似乎没有这种变态，对这方面也抓得很是严厉。"

说着，他忍不住摇头道："我们能不能不要讨论这么变态的话题？"

"你以后不要乱摸棺材。"陈旭华说道，"否则，我……"

"我知道，否则，你会揍我。"林枫寒苦笑道，他难道就真的是那种看起来很好欺负的人？

陈旭华对于别人倒还算了，但对于他，真的很霸道，他都弄不明白，自己到底是哪里招惹他了？

"你就像我爷爷一样凶。"林枫寒很小声地说道。

"哼！"陈旭华冷哼了一声，说道，"这次就算了，幸好是现代工艺品，否则，我真揍你。也不忌讳，什么东西都乱摸。"

许愿又忍不住要笑了，林枫寒上辈子也不知道作了什么孽，这辈子才遭这样的报应。年幼的时候，遭遇有家暴的爷爷，把他管得严严实实。如今，好不容易长大了，爷爷也已经过世了，但是，他却遭遇无良朋友，居然也喜欢管着他。

"小寒，你不再四处看看？"许愿问道。

"没什么好看的。"林枫寒说道，"我来了一趟，已经花掉三百多万了，等下如果看珠宝拍卖会，不知道会不会再看上什么，现在还是省着点儿。"

"你买什么了，花了三百多万？"马胖子刚才一直在看袖珍棺，并不知道他买了什么，这个时候好奇地问道。

"都是一些石头。"林枫寒不无感慨地说道。

"确实，不管是和田玉还是翡翠，都是石头。"这一次，陈旭华笑道，"被你这么一说，卖珠宝的人都要哭。"

　　林枫寒想了想，确实，不管是和田玉还是翡翠，包括红蓝宝石、钻石等等，本质上都是石头。事实上，贵重珠宝都是石头，也许，只有石头，才够坚硬，能够持久保存，才能够成为贵重珠宝。

第五十五章 青花釉里红

站在收藏和保值的角度来说，宝石和黄金之类，确实要比古玩更加吃香。古玩中，瓷器、字画等等，可都是娇贵玩意儿，不太好保存，稍有不慎，弄破一点点，就会影响藏品本身的价值。

马胖子想了想，说道："不成，我还要去看看有没有上好的字画，最好是像小林子卧房中的那种仙子图，挂在卧房中，看着超级有感觉，啧啧。"

马胖子说的是实话，最近几天，他曾经问过林枫寒，那张《瑶池仙子》卖不卖，他准备花高价买。

但那张画是乌老头送林枫寒的，而且，最后他终于按捺不住自己的好奇心，把镜框拆开，利用素珍诀看过，确认那张画是真迹无疑。

盛唐年代，这种画风很像是画圣吴道子的作品，但是由于没有落款，这一点却是没法子判定的，哪怕他有素珍诀，能够判断出字画的年代，可也确定不了到底是出自何人手笔。

但是，以乌老头的大手笔，想来也不是碌碌无名之人。如果确认，这幅画确实是画圣吴道子的作品，那么，这绝对是震惊古玩收藏界的大事——这张画，就算真的穷得讨饭，他也不会卖掉。

"你不会是看着那张仙子图，尽想着一些猥琐事儿？"陈旭华问道。

"我是一个男人，很正常的男人。"马胖子整理了一下子衣服，挺了一下子他硕大的肚子，说道，"一个正常的男人，看到一个美貌的仙子，还能够想什么？"

"我就知道，你之所以肚子大，就是里面的猥琐因素太多了。"林枫寒实在不知道说什么好，每次马胖子看到那张仙子图，就口水嗒嗒的，但他真不知道，他居然有这种猥琐思想。

"你不猥琐，你做什么不弄一张鸟东西挂你房里，要把瑶池仙子放你房中？"马胖子也不在意，笑着打趣道，"你难道没有想过，把瑶池仙子抱上床？"

"你——"林枫寒摇摇头，他真的从来没有如此猥琐的思想，不过，他瞬间想起来，乌老头可是要多猥琐有多猥琐，就惦记着人家花寡妇了。

这画是他设计着挂他卧房的，那猥琐老头，估计就有这种思想。

"你滚。"林枫寒终于忍不住骂道。

"哈哈……"马胖子笑着向着外面走去，而陈旭华居然也站起来，说道："我也去看看，有没有仙子图。"

看着这两人兴冲冲地出去，林枫寒只有苦笑的份，他很想告诉他们，古代单独的人物图，并非那么好找的。

等着两人出去了，林枫寒给自己倒了一杯茶，坐下来，好奇地四处看了看，问道："奇怪，今天怎么不见古老先生？"

"如果我是古老先生，知道你要来，我也会避而不见。"许愿突然说道。

林枫寒愣了愣，问道："为什么？我又没有砸过他场子？如果不想见我，为什么还要邀请我过来？"

"邀请你过来，不过是面子情分，不得已为之，至于他为什么不想见你……"说到这里，许愿忍不住笑了起来，问道，"令尊的名字叫做林君临，没错吧？"

林枫寒点点头，他父亲的名字有些霸气，不像他的名字这么冷清。君临天下，那是王者气势。

他弄不明白，为什么爷爷要给父亲取一个这样的名字，如果是在封建皇朝，这样的名字是犯了忌讳的。当然，现在是社会主义社会，别说名字叫做君临，就算你要叫皇帝，也没人会说什么。

"古老的妻子叫做林清瑶，就是你爷爷的亲姐姐。"许愿笑呵呵地说道，"我可真不知道，你和古老还有这么一层关系，理论上来说，你应该叫他一声姑爷爷。"

林枫寒苦笑，上次许愿对他说，古俊楠的妻子叫做林清瑶的时候，他就怀疑过，果然，如今却从许愿口中得到了证实。

"不是理论上来说，而是我确实要叫他一声姑爷爷。"林枫寒苦涩地笑笑，"但是，他如今富贵无双，我林家却是贫贱如斯，我却是高攀不起。"

许愿靠在沙发上，只是看着他，笑个不住，说道："林先生，你错了，高攀不起的绝对不是你，而是古老先生——你知道古老先生为什么不愿意见你吗？"

林枫寒想了想，这才说道："想来是知道我是他孙侄子，所以不想见吧？"林家和古家有这么一层关系，既然许愿这个外人都能够轻易查证，那么，古俊楠如果想要知道，也只要略略查探一下子就可以了。

再说，这似乎也不是什么秘密，当年爷爷要隐瞒的对象，也只是他而已。爷爷总不会糊涂得连自家姐夫是谁都不知道。

或者，从头到尾，爷爷就没有想过，自己有一天会碰到古俊楠。

"小寒，你性子随和平稳，和那位君临先生简直就是判若两人。"许愿不无感慨地说道，"我要早知道君临先生是你父亲，借我一个胆子，我也不敢对你说一声威胁力逼的话。"

"为什么？"林枫寒苦笑道，"我最近正在思忖——我是不是性格缺陷，为什么很多人看到我，都想要欺负一把？你看，陈大少欺负我，就欺负得很顺手。马胖子老是喜欢哄骗我，小时候是如此，长大了还是如此。但是，就算这样，我居然还常常被他骗着。你也曾经对我说过，你有权有势，我要不答应让你盘玉，你就……"

"我顶多就是在你面前长跪不起，我也没有做什么过分的事情。"许愿笑道，"好吧，我是自愿在你面前长跪不起，可某人啊，当年可是被迫的。"

对于这么一句话，林枫寒有些听不懂，所以，他只是一脸疑惑地看着许愿。

"你过周岁生日的时候，君临先生大摆宴席，宴请众多宾客，作为姑爷爷的古俊楠自然也去了。但是，不知道古俊楠和令尊闹了什么矛盾，令尊一怒之下，当众甩了他一个耳光，然后令尊就这么抱着你，逼着他跪在地上。后来还是你爷爷出面说话，令尊才算作罢。"许愿说道，"令尊的脾气，可真不好。"

林枫寒听得呆若木鸡，在他心目中，父亲从来都是儒雅稳重、平实厚道的人，但如今从许愿口中得知，他那位父亲大人的形象，实在有些颠覆。

不管怎么说，古俊楠都是他的姑父，他不但甩他一个巴掌，还逼得他下跪？现在不行跪礼，哪怕是面对父母尊长，也不会行如此大礼。只有在祭祀祖宗，或者叩拜神佛的时候，才会行跪礼。可他倒好，居然逼着自己的亲姑父下跪？

"你……怎么知道的？"林枫寒有些结结巴巴地问道，这件事情他实在有些接受不了。

"这件事情在扬州城不是什么秘密，我想要知道，自然没问题。"许愿说道，"但你父亲的死因却有些复杂，这事情等京城那边的资料传给我后再说吧，现在我也不知道。我所知道的只是——二十年前，你林家是真正的富贵无双。"

"你别胡扯了！"林枫寒摇头笑道，"1978 年才实行改革开放，在改革开放之前，大家的生活水平都差不多。我父亲死的时候，是 1993 年，这改革开放才几年啊？何况，那个时候他才多大？谈什么富贵无双？"

"这里面牵扯很多，我不知道怎么说。"许愿想了想，这才说道，"反正就是一句话，你家和贫贱两个字，没有一点儿关系，以前没有，以后想来也不会有，如果我判断得没错的话。"

林枫寒正欲说话，却看到有几个不认识的人向着休息室走来。

许愿忙说道："过几天再说吧，想来也快了，到时候你可不要食言——告诉我那尊石头观音的秘密？"

林枫寒点点头，虽然许愿查证的东西还不全面，但他今天却从他口中，多少了解一些关于当年父亲的事情。

父亲过世的时候，他虚岁才五岁，加上又是腊月生日，因此，他对于林君临的形象，仅仅限于几张照片。

两人闲坐了没有几分钟，陈旭华就走进来，拉了他就走。

"怎么了？"许愿问道。

"我看上一件瓷器，你给我看看。"陈旭华说道。

"哦？"林枫寒答应了一声，当即跟着他走到一个卖瓷器的摊位前，一看之下，他顿时就明白，那是一件青花釉里红瓷碗，看着像是明朝的。难怪陈旭华有兴趣看看，毕竟，当初他被人设局碰瓷，就是明代宣德青花。

让他有些感觉好玩的是，这个卖瓷器的，整瓷很少，只有五样东西放在那里，然后地上密密麻麻地铺着各种碎瓷片，乍一看，竟然有一种眼花缭乱的感觉。

林枫寒蹲下来，先把那只青花瓷碗拿起来，看了看反面，在碗底下有着淡淡的青色釉字——大明宣德年制。

林枫寒沉淀心神，利用素珍诀摸了过去，有些出乎意料，这只宣德青花釉里红碗倒是真迹，可惜的是，一边有着一条浅浅的裂纹，让这只碗的价值大打折扣。

"多少钱？"林枫寒问道，说话的同时，他的目光不经意地在一片碎瓷上扫过，但下一秒，他就感觉目光有些凝滞……

恍惚中，他似乎看到了熟悉的东西，当即凝神看过去，果然，在众多杂乱、新旧难辨的碎瓷片中，他竟然看到了一抹异彩。

"他要五百万。"陈旭华低声说道。

"我靠!"林枫寒忍不住低声咒骂了一句,五百万?陈旭华有买这个的,还不如买他家的明青花或者宣德孔雀蓝釉,至少品相比这个好看多了,而且他还只要三百万。

第五十六章 鸡缸杯

卖瓷器的是一个胖胖的中年大妈，当即笑呵呵地说道："我这是正宗大明宣德青花釉里红，市面上很少见的。"

"大妈，"林枫寒苦笑道，"我承认你这是正宗大明宣德青花釉里红，但是，你这个品相不算太好，裂了一个缝。"

"古玩古玩，占了一个古字，都是旧的，磕磕碰碰，在所难免，我这个还算完整，没破。如果是这破的碎瓷片，就很便宜。"胖胖的大妈笑呵呵地说道。

林枫寒抬头看了看陈旭华，向他使了一个眼色。陈旭华是聪明人，自然就明白过来，东西没错，确实是真的，但是价钱太贵，不合算。

"大妈，我诚心要。"陈旭华说道，"你别开虚价。"

"老板既然诚心要，你开个价吧，别让我太过吃亏就成，我今天还没有开张。"胖胖的大妈笑得一脸温和。

陈旭华看了一眼林枫寒，对于古瓷的价钱，他也同样是两眼一抹黑，根本不懂。

"五十万。"林枫寒说着，目光却在碎瓷中游走。这些碎瓷被中年大妈分成了一份一份的，一份大概五到十块的样子，大小不一，大的有巴掌大小，小的只有指甲盖那么大。

他瞬间就知道，这些碎瓷并不单独出售，如果要买，就是一份。而他想要的东西，居然被分在了五份碎瓷中。

陈旭华有些不太相信自己的耳朵，人家开价五百万，他居然敢还价五十万？这还价也太过了吧？

"小老板，有你这么还价的吗？"中年大妈叹气道，"诚心要，不要这么还价。"

"大妈，我诚心要，但是你开的虚价太高，我迫不得已，只能够这么还价。"

林枫寒也不在意，笑呵呵地说道，"宣德青花瓷，除非是特别精美的，否则，一般市价就是二百万到三百万左右。你这个青花釉里红，花纹就是普通的缠枝莲，还有一条裂缝，八十万的话，我就让我朋友买下来玩玩，高于这个价钱，还是算了吧。宣德瓷器不算什么稀罕物，我手里也有，品相比你这个好多了。"

中年大妈考虑了一下子，终于咬咬牙，说道："成，林老板，你忒精明，八十万我几乎是平价出了，完全没利润。"

陈旭华倒是有些意外，问道："大妈，你认识他？"

中年大妈笑呵呵地说道："怎么可能不认识，上次在多宝阁，林先生风头出尽，扬州城里做古玩生意的，谁不认识他？"

"我靠，你这么有名？"陈旭华倒是有些意外，问道，"你都做什么了？"

"回去说。"林枫寒笑道。

中年大妈也爽快，谈好了价钱，就用旧报纸把那只瓷碗包裹起来，然后还找了一只锦盒给陈旭华装了，售后服务比林枫寒做得好多了。

陈旭华打了一个电话转账支付，林枫寒就蹲在地上，看着那些碎瓷片，问道："大妈，你家这碎瓷怎么卖？"

中年大妈有些意外，他居然会对碎瓷感兴趣，一般来说，碎瓷都是给新上手玩瓷器的人折腾着玩玩的，像林枫寒这种的，理论上来说，不会对碎瓷有丝毫兴趣，除非，她这碎瓷里面有好东西？

但就算有好东西，她看不出来，也是无奈，所以，她在略略一迟疑之后，说道："左边的一份三千块，右边的一份五千块，还价不卖。"

这东西要是别人要，一千块钱一份她也卖了，但是林枫寒要，她就忍不住坐地起价。

林枫寒忍不住暗骂了一声，但最后还是说道："拿个盒子给我。"

中年大妈笑笑，当即拿过一只锦盒给他。林枫寒也不说话，把挑出来的五份碎瓷片装在盒子中，其中三份是三千的，两份是五千的，加起来要一万九，他身上也没有这么多现金，当即也只能够打电话转账。

中年大妈收到钱后，看着林枫寒收拾了锦盒就要走，忙一把拉过他，然后把自己屁股底下的一张小椅子推给他，叫道："林老板，你给我说说，这碎瓷有什么玄机？"她一边说着，一边还从自己的挎包里面，摸出一包软中华香烟来，塞给他道，"林先生，给讲讲，下次我也好多一个心眼儿。"

"这玩意儿是你的，你都不知道？"陈旭华听得目瞪口呆，愣愣地看着中年大妈道，"你这破瓷片，卖几千块钱一份，你不知道有什么值钱？"下面一句话，他没好意思开口，你都不懂，怎么忽悠人啊？

刚才这中年大妈拿着那大明宣德青花釉里红缠枝莲碗忽悠他的时候，可是把他忽悠得一愣一愣的，这个时候，她居然拉着林枫寒求科普，而这科普的东西，还是她自己的？

"大妈，这不太好吧？"林枫寒苦笑道，这都什么事情啊？

正巧这个时候，许愿由于闲坐无聊，也走过来凑热闹，看着林枫寒买了一堆碎瓷片，心中正好奇。

"林老板，我已经卖给你了，就算里面有汝瓷，我也认了，你给我说说好不好？"中年大妈讪讪笑道。

林枫寒听得她这么说，当即说道："你再给我一个盒子。"

"好！"中年大妈忙着再次取出来一只锦盒。

林枫寒也不说话，当即从那堆碎片中，开始挑选出来。不到片刻，就已经把刚才他看上的碎瓷全部挑了出来，另外放在锦盒中，然后他蹲在地上，把碎片略略的拼凑了一下子，说道："这是一个瓷碗。"

中年大妈终究是做瓷器生意的，看到那个瓷碗的拼凑模样，顿时脸色大变，半晌，她才嘴唇哆嗦地说道："成化斗彩鸡缸杯？"

除了陈旭华不知道成化斗彩鸡缸杯意味着什么，别人却都明白，就连许愿的脸色，也在一瞬间变得有些苍白。

"是的，这是成化斗彩鸡缸杯，下面倒是有字，可惜碎了。"林枫寒说道，"应该不是典型的鸡缸杯图案，所以你一下子没有看出来。"

市面上出现的几只鸡缸杯，都是牡丹花式："牡丹丽日春风和，牝鸡逐队雄鸡绚。金尾铁距首昂藏，怒势如听贾昌唤。"就是用来形容鸡缸杯的，但是这只鸡缸杯，却是蕉叶奇石，一雌鸡领着三只小小的黄鸡，悠然啄食，并没有雄鸡，另有两只黑色玉蝶，翩然起舞。

刚才引起林枫寒注意的，就是有黑色玉蝶的瓷片。他家里那只桂枝玉蝶茶器同样是成化斗彩，却不是鸡缸杯。

这只鸡缸杯的体积，比台北和故宫藏品都要略小一点，但图案绚丽，精致唯美。林枫寒感觉有些可惜，这么一件上好精品，居然碎掉了，成了七个大小不等的碎片，就算修复，也终究价值大大地打了折扣。

"林老板，让出来。"这个时候，一个中年人急匆匆地拉了一下子林枫寒，同时塞了一张名片给他。

林枫寒低头看了一眼手中的名片——万兴洲，是浙江人氏，他听得古老先生曾经说过，江浙两省很多私企老板，都喜欢来他这边淘换淘换。

万兴洲原本并不认识林枫寒，但上次古玩交流会，他也在场，因此也对林枫寒留意了：这样的人，家传渊博，眼光独到，他收入手的东西，赝品的可能性极少。

明代成化斗彩鸡缸杯，市面上虽然有流出，但终究是极少数，一旦出现就会被人高价收入手中，想要寻找一件都难。

"林老板，兄弟是诚心的——你看，这个数，如何？"万兴洲一边说着，一边竖起一个大拇指。

林枫寒不懂这个手势，但许愿却是懂得，忍不住倒吸了一口冷气——一个大拇指，那就是一千万。

"万先生的意思是一千万。"许愿小声对林枫寒解释道。

"我的林老板，兄弟我诚心想要，让给我如何？"万兴洲忙着再次说道。

"成！"林枫寒点头道，"既然万老板诚心要，让给你就是。"说着，他把另外装着成化斗彩鸡缸杯的那只锦盒递给万兴洲。

万兴洲欢天喜地，忙要了林枫寒的账号，打电话给他转账，然后就喜滋滋地捧着那只锦盒，找了保险柜租放。

中年大妈面如土色，身子都有些颤抖：刚才林枫寒从她手中，一万九买走的，这还没有来得及焐热，一转手就卖了一千万，让她怎么都有些不平衡。刚才她诚心请教林枫寒，也只是以为这些碎瓷里面，有着什么东西，值个几万或者几十万，这个漏已经捡得够大。但是，她做梦都没有想到，这些碎片里面，居然有价值千万之物。

"林老板，你这生意做的……我血压有些不正常。"中年大妈哆嗦地说道，她说的是真的，她这个时候，感觉心脏真有些不舒服。

林枫寒看着有些不忍心，当即蹲下来，从那一堆的碎瓷片里面，挑挑拣拣，挑出来两片米黄色的碎瓷片，递给中年大妈说道："大妈，你收着，碰到懂行的，可以卖个好价钱。"

"这是……"中年大妈感觉，她还是有些糊涂，刚才林枫寒拼凑出成化斗彩鸡缸杯的时候，她是一眼就认了出来，可是这个米黄色的瓷片，她真看不出个好来。

"龙泉青瓷。"林枫寒说道，"应该是永乐年间的，龙泉青瓷以梅子青和粉青为上，这种米黄色的比较少见。"

　　中年大妈虽然心里很是不平衡，但是这也怨不得别人，而且林枫寒也够厚道，并没有赶尽杀绝，当即连声道谢不已。

第五十七章 传说

陈旭华这个时候也把那只明代宣德青花釉里红缠枝莲碗收好，当即小声地对林枫寒说道："你这钱赚得……一千万啊，你成本费才多少，一万九千块，等于是一本万利？"

"我以为，你不会卖的。"许愿突然低声说道，"成化斗彩鸡缸杯在市面上很少见，既然淘换到了，你为什么要卖掉？"

"如果是完整的，我会收着。"林枫寒笑道。如果他手中没有别的成化斗彩的瓷器，这件鸡缸杯他就收着了，不会卖掉。但是，他手中有一套成化斗彩桂枝玉蝶茶器，因此对于这个破碎的玩意儿，就没有太大兴趣了。

"瓷器保存不易，想要找完整的玩意儿，真不容易。"这个时候万兴洲再次走了过来，摸出香烟来，撒了一圈，然后拿着打火机，亲自给林枫寒点了火，这才问道，"林老板，你家可有什么瓷器？"

"万老板想要看看什么样的东西？"林枫寒问道。

"我对瓷器比较有兴趣。"万兴洲笑着，众人约了去休息室说话。

在休息室坐下之后，林枫寒笑道："我家瓷器倒有几件，但我目前准备出的不多。"

"有些东西，能够看一眼就是福气了，哪里能够都收上手？"万兴洲不无感慨地说道，"今天我真幸运，这样的巧事，居然让我碰到了，成化斗彩鸡缸杯——我想想就激动，哈哈……"说到最后，他忍耐不住，爽利地大笑出声，以表达心中的喜悦之情。

林枫寒也很是欣慰，这样的人都是真正的收藏家，东西在他们手中，他也放心得很。

"万老板，你今天是真走运了。"许愿笑道，"我原本都以为，小寒不会出手。"

"我手中有一件成化斗彩的东西，否则，我真不卖。"林枫寒笑着解释道。

"啊？"许愿一愣，问道，"你有成化斗彩的，我怎么没见过？"

"你见过的。"林枫寒笑道，那套桂枝玉蝶茶器就放在古玩架子上，他怎么会没有见过？只不过不是鸡缸杯，他没看出来而已。

万兴洲雅好瓷器，这个时候忙着问道："是什么样子的，林老板，你说说？"

"是套茶器，桂枝玉蝶的。"林枫寒笑道，"不是鸡缸杯——鸡缸杯是属于酒器。"

"居然有这样的东西。"万兴洲心中很是羡慕，说道，"林老板，我能去看看吗？"

"随时欢迎。"林枫寒笑着说道。

许愿顿时想起来，在林枫寒的古玩架子上面，有一只茶壶和一只茶盅，细腻白净的白瓷上面有翠绿色的碧叶，中间点缀着黄金色的桂花，两只黑色玉蝶，翩然起舞，好看得很；当然，这不是重点，重点就是，那套茶器表面上看着并非很是陈旧，胎质底色白皙细腻，上面的颜色绚丽夺目，和刚才那套破了的鸡缸杯不可同日而语。

一只破的鸡缸杯卖了一千万，看万兴洲的模样，似乎还捡了老大的便宜，毕竟，他开价说一千万，林枫寒并没有抬价。如此说来，那套茶器得值多少钱？

"还好我不喜欢瓷器，这玩意儿贵得离谱啊！"许愿摇头道，他喜欢玉器和金银器，好歹易于保存，这瓷器可是最不好保存的，一不小心，听个响声就没了。

"我喜欢瓷器，但想要收点儿上好的，实在太难。"万兴洲说着，忍不住又看了看林枫寒。他听得林枫寒的口气，应该是他手中有着上好的成化斗彩，才愿意把鸡缸杯让出来，否则——他想要收到这样的好东西，还真是难。

"我对瓷器也表示不理解。"陈旭华摇摇头，他今天是第一遭购买古瓷，主要是他老娘最近有兴趣，今天这件明青花釉里红缠枝莲碗，买回去可以让他老娘开心一把，加上价钱他也能够接受。

他是做珠宝生意的，想想，价值千万的珠宝，人家要买，还要各种斟酌考虑，才会下手。而万兴洲买那个碎瓷片，却是如此干脆利落。

对于古玩，他还真不懂。

重点就是，如果他卖一件价值千万的珠宝出去，都是赔着笑脸，看着顾客的脸色——没法子，这年头儿顾客都是上帝。

可万兴洲买林枫寒的东西，却是对着林枫寒赔着小心，看着他的脸色，唯恐他一个不高兴，就不卖了。

万兴洲对于林枫寒有意结交，不断地问长问短，殷勤得很，而这个时候，马胖子再次走进休息室。

"怎么了？找到仙子没有？"陈旭华见到他，打趣问道。

"哪里有仙子了？"马胖子一屁股就在林枫寒身边坐下来，叹气道，"我走了一圈，也没有见到卖字画的？刚听得人说，小林子卖了一只鸡缸杯，我好奇，就来问问。"

"你来晚了，我已经卖掉了。"林枫寒笑着指着万兴洲说道，"卖给这位万先生了。"

"我不准备买的，我就是刚才听得人说得神乎其神，说你从一堆碎瓷片里面捡出来几片碎片，然后就卖了一千万？"马胖子说道，"他们都在讨论你，一夜暴富！"

林枫寒摇摇头，古玩一行，捡漏的消息，永远比打眼传得快得多。

"那个卖碎瓷片给你的大妈，郁闷得要吐血。"许愿突然低声说道。

马胖子突然问道："小林子，黄筌是谁？"

"什么？"林枫寒感觉脑袋有些转不过弯来，问道，"什么黄筌？"

"我刚才不是去找字画吗？"马胖子说道，"刚刚听的人说，南京夫子庙那边，有人手中有一幅黄筌的画要卖一亿。我就好奇，什么画儿这么贵？难道还真能够把美人抱上床做老婆了不成？"

"黄筌不擅长画美人的。"林枫寒抚掌笑道，"他就只会画个鸟东西。"

"花鸟画？"马胖子问道。

"是的。"林枫寒点头说道。

"这么贵？"许愿不由自主地倒抽了一口冷气，林枫寒书房中，就有一幅黄筌的花鸟画。

"只听的人这么说，我没见过。"马胖子摇头道，"也不知道是真是假。"

"字画这玩意儿，历代摹本太多。"万兴洲也说道，"可真说不准——而且，字画比瓷器更不好保存。不过，黄筌不是只有一幅《写生珍禽图》传世吗？现收藏在北京故宫博物馆，哪里还有黄筌的花鸟画？"

马胖子压低声音，凑近林枫寒问道："小林子，你老实和我说，你书房中的那两幅画，是不是真迹？"

林枫寒白了他一眼，摸出刚才中年大妈塞给他的香烟，拆开，抽出一根就要点，陈旭华见状，一把从他手中夺过香烟，骂道："你还长出息了，学人抽烟了？"

"小林子，我帮你抽烟就是。"马胖子从林枫寒手中摸过香烟，点了一根，然后美滋滋地抽着，说道，"小林子，你告诉我，那两幅鸟东西，是不是真迹？"

林枫寒不吭声，只是看着陈旭华。

"你病刚好，不能抽烟。"陈旭华冷着脸说道。

许愿又忍不住要笑了，陈旭华欺负林枫寒，真的很顺手，而且一点也不在乎别人怎么看。

"喂！"马胖子看了看许愿，低声说道，"你也懂得古玩，你看……"他一边说着，一边比划着，实话说，他心中真的非常好奇。

南京夫子庙那边有人说，要出一幅五代黄筌的画，价值一亿。而在林枫寒的书房中，也挂着一幅黄筌的画，如此说来，岂不是也要值一亿？

"你看看他卧房的摆设，难道你认为，他书房的画会是摹本？"许愿小声地说道，"我懂得一些古玉和金银器，但是，我真不懂得古画，不过以他的性格，摹本的可能性都不大，高仿品是绝不可能的。"

"你倒是了解我？"林枫寒不满地说道。

"哈哈……你是我主人，我自然了解你。"许愿也不在意，哈哈笑道。

"林先生，什么时候我们去你家看看？"万兴洲对于林枫寒，更是有兴趣了。

"好。"林枫寒点点头，倒也没有拒绝，当即岔开话题道，"胖子，你就没有淘换到什么好东西，你看看，陈大少也淘换到一只明代宣德青花釉里红缠枝莲碗，你难道就白来一趟？"

"我如果要淘换点儿什么东西，找你就成了，何必来这里？"马胖子哈哈笑道，"好歹有保证，这地方可就难说了，我眼力不成，也就是看看热闹。"

"等下看看珠宝拍卖吧。"林枫寒问道，"这地方的珠宝拍卖，都有些什么东西？"

"什么乱七八糟的东西都有。"许愿笑道，"我看过前面的几次，高级奢侈品，钻表、钻石、宝石等等。"

"林先生还对这些东西有兴趣？"万兴洲有些好奇，一般来说，喜欢收藏古玩的人对于黄金珠宝之类，都没有太大的兴趣。

林枫寒雅好古玩，知识渊博，眼力不凡，想来也是不会对那些金银俗物有兴趣的。但如今万兴洲却发现，他似乎对于珠宝之类的东西，有着很大的兴趣。

"我喜欢珠宝，很是好看。"林枫寒笑着解释道，他发现，他是颜控，对于美貌的东西，没有抗拒力。

"很快就要开始了，你可以看看。"许愿笑道。

众人又闲聊了几句，看看时间差不多，许愿就带着他们向楼上走去。楼上的另外一个房间，早就准备妥当。

　　让林枫寒感觉有些奇怪的是——楼下人头攒动，热闹非常，但楼上的珠宝拍卖，并没有很多人，如今，加上他们也不过寥寥十多人在座。中间的拍卖台上，已经铺着红毯，准备妥当。

第五十八章 木秀于林

等着到了十点半，珠宝正式开始拍卖的时候，整个拍卖厅也才不过三十多个人。但许愿却是小声地告诉林枫寒，别看人少，这些人里面，大部分都是钱多人傻的，否则，谁吃撑了，来看珠宝拍卖，看得起买不起，也是难受。

"你明显就是钱多人傻的代表。"陈旭华小声对许愿说道。

"在没有碰到你们几个的时候，谁说这么一句话，我也认了，可是碰到你们几个，我就感觉，我绝对不是钱多人傻的代表。"许愿倒也不在意，他说的也是实话，陈旭华是金玉堂的少东家，本来就是做珠宝生意的。

而马胖子却是国内有名的大房地产开发商——真正的钱多人傻。

林枫寒不说别的，就说他房中那尊白玉麒麟和那只碧玉西瓜，可都是价值连城之物，那是拿着钱也买不到的东西。

珠宝拍卖，第一样东西居然是一只钻表。众人都没有兴趣，只是看看。很快，东西一样样的拍出去。

等着第五样拍卖品送上拍卖台的时候，居然是一条镶嵌着一枚有着指甲盖大小的红钻的手链。

林枫寒看着有趣，当即站起来，拉着陈旭华走到拍卖台上去看。

这等珠宝拍卖，每一件拍卖品在拍出之前，都会有几分钟的时间，给客人亲自看一下子物品，以确认真假，包括镶嵌工艺等等。

林枫寒拿起放大镜，对着居中的那颗红钻仔细地看了看。红钻的色泽呈现火红色，色泽通透，净度也很高，呈现标准的圆形，光彩熠熠；大小有着他指甲盖那么大，旁边用一圈黑色的细碎小钻石做点缀镶嵌，周围做成的链子，也是纯净透明的小钻石和黑钻交替镶嵌，看着朴实厚重，还透着一种难掩的奢华。旁边的介绍上面标着——

二十三克拉，南非红钻。

　　"陈大少？"林枫寒对于钻石就没有那么精通了，因此，他求助地看着陈旭华。

　　"没错儿。"陈旭华从他手中接过放大镜看了看，就点头道，"钻石没问题。"

　　林枫寒瞄了一眼起拍底价是八百万，当即偕同陈旭华一同回到座位上。马胖子好奇，问道："你不会真对那钻石有兴趣吧？那是女式手链。"

　　"我喜欢那钻石，没准备买回来戴自己手上。"林枫寒笑道。

　　"这种火红颜色的钻石很少。"陈旭华说道，"又这么大，作为收藏来说，如果价钱不算太高，还是很划算的，起拍底价也不高。"

　　很快，那根红钻手链就开始起拍，有人开始竞价，价钱从八百万一路飙升到了一千五百万。

　　"你不拍？"陈旭华好奇地问道。

　　"等等再说。"林枫寒说道。

　　这个时候，拍卖主持人已经开始询问："一千五百万第一次，一千五百万第二次……"

　　这一次，林枫寒拿起拍卖牌，叫道："一千六百万。"这个价钱叫出来之后，他瞬间就感觉，今晚他赚的钱，连本带利都赔进去了。正如许愿所说，再多的钱，面对古玩珠宝的时候，都是穷人。

　　"这位先生出价一千六百万。"主持人大声说道。

　　"一千七百万。"刚才出价一千五百万的那位，再次出价。

　　"一千八百万。"这一次，林枫寒再次出价。

　　刚才竞价的那人，在略略迟疑了一下子之后，终于放弃。主持人最后宣布，林枫寒拍到了那件红钻手链，当即就有美貌的侍应生，用托盘把手链还有证书一起送到林枫寒面前。

　　林枫寒也爽快地转账支付。

　　陈旭华对于珠宝情有独钟，当即从他手中接过去，仔细地看着，说道："这颗红钻真不错，价钱也比市价低，小寒算是捡了便宜了。"

　　"这地方的珠宝和奢侈品拍卖，一般都是来自典当行，所以比市场价要略略便宜点，这也就是这里珠宝拍卖会吸引人的地方。"许愿是多宝阁的常客，当即解释道。

　　"我们大部分都是冲着古玩来的，因此对于珠宝没有太大的兴趣，如果有看上眼的，也会拍下来，但不会出现恶性竞价。"万兴洲笑道，"如果刚才程老板势在必得，林老板想要拍下这条手链，也不是容易的事情。"

万兴洲认识刚才竞价的人，乃是山西一带的煤老板，典型钱多人傻的代表，他放弃竞拍，绝对不是因为钱的缘故，只不过认为没有这个必要罢了。

"他要再出价，高于二千万我就不要了。"林枫寒笑道，对于珠宝，他有非常大的兴趣，但同样也没有势在必得的想法。

口中说着，林枫寒顺手拿起旁边的那张表面翠绿色的证书，打开，瞬间，一行熟悉的正楷黑色钢笔字映入眼帘。

林枫寒在看到那行字的时候，顿时面如土色，身子摇了摇，差点就坐立不住，从椅子上摔下去。

"小寒，你怎么了？"陈旭华就坐在他身边，忙着伸手扶住他，急切地问道，"你没事吧？"

"我……"林枫寒只感觉胸口似乎被人用铁锤狠狠地砸了一下子，眼前阵阵发黑，痛彻心扉，他颤抖着伸手，再次摸向证书。

和多宝阁的古玩鉴定证书一样，这张证书是折叠式的，表面是翠绿色，印着描金字迹——宝珠皇朝。

这应该是一家珠宝公司出的证书，里面是用钢笔写的黑色正楷字迹，但这字迹，林枫寒只看了一眼，顿时就发现——这字迹他竟然非常熟悉，熟悉得让他心悸……

他感觉，他的眼睛似乎被一些雾气模糊了，他不知道怎么有勇气去看那张证书上的落款——木秀。

"小林子……"马胖子也大为着急，忙着轻轻地摇着他说道，"你怎么了，不舒服，还是中邪了？"

林枫寒现在的模样，还真是吓唬人，全身都微微颤抖，面无人色。这个时候听到马胖子和陈旭华叫他，才算略略地镇定了一下子，当即问道："宝珠皇朝是什么？珠宝公司？"

"是的！"陈旭华毕竟是混迹珠宝一行的，忙着说道，"宝珠皇朝是一家非常有名的珠宝公司，在世界各地都有珠宝连锁店，但由于他们只做非常高档的翡翠、钻石、宝石之类的珍宝，因此知道的人并不多。这条红钻手链既然是宝珠皇朝流传出来的，又有木秀先生的亲笔鉴定证书，那是品质保证，没错儿的。"

"木秀是谁？"林枫寒再次问道。

"木秀就是宝珠皇朝的大老板。"陈旭华笑道，"你常常说金玉堂怎么怎么的，但是，金玉堂和宝珠皇朝，那就是小巫见大巫。那位木秀先生，才是站在金钱珠宝巅峰的大人物。"

林枫寒小心地把那张证书贴身收好，对于他来说，这张证书的价值，远比那条红钻手链更加值钱。

他忍不住在心中念叨了一句："宝珠皇朝……木秀……木秀……"

木秀于林，风必摧之！

"陈大少，宝珠皇朝不是上市公司？"林枫寒再次问道。

"不是。"陈旭华摇头道，"他们是做顶尖珠宝的，并没有上市——而且我听说，这家珠宝公司颇具传奇，是属于那位木秀先生一人独资，也不是股份公司。"

"你见过那位木秀先生吗？"林枫寒再次问道。

"没有。"陈旭华摇头道，"听的说，木秀先生是美籍华人，常年居住在台湾或者泰国、缅甸，很少来内地。对了，宝珠皇朝主要经营的珠宝就是精品翡翠。"

美籍华人……难道说，只是巧合？林枫寒在心中反复想着这个问题。

"小林子，你没事吧？"马胖子见着林枫寒似乎恢复过来，说道，"你刚才的脸色真吓人，做什么一惊一乍的？"

"我没事。"林枫寒摇摇头，这事情他也不知道该如何解释，难道说他能够对马胖子或者陈旭华说，那位传说中的宝珠皇朝的大老板木秀先生的字迹，和他那位可怜的、已经命丧黄泉的父亲的字迹，一模一样？

是的，那张珠宝鉴定证书上面的字迹，和林君临临终托孤的绝笔信上面的字迹，完全一样。

父亲的那封绝笔信，他反反复复看过很多次，早就深深地印在了脑海中，而这张珠宝鉴定证书上面的字迹，却和他父亲的字迹一样，怎么能够让他不震惊莫名？

他看了一下子证书上面的日子，那是两年前开出来的证书，而他父亲，已经过世足足二十年了。

巧合吧！

林枫寒在心中苦笑，自己也太过大惊小怪了，别说是字迹相似，就算人容貌相似的都有，哪里就是同一个人了？

再说，对方还是堂堂宝珠皇朝的大老板，美籍华人，和他不可能有一毛钱的关系。

接下来的珠宝拍卖，林枫寒已经没有了兴趣。好不容易等着挨完，回到家中，他就从保险柜里面，取出来父亲的那封绝笔信，对照着证书仔细比对，还是感觉，这应该就是出自同一人手笔，刚劲有力的正楷，哪怕是字迹的笔画之间，都是一模一样。

　　林枫寒本身就精通古玩字画的鉴赏、鉴定，而鉴定古玩字画，就是看落墨笔迹，要从临摹中找出些微的笔迹差别来。每一个人书写的习惯不同，笔迹也绝对不可能一模一样。

　　但是，就他鉴定来说，宝珠皇朝那份鉴定证书的字迹，绝对和他父亲林君临的字迹是一模一样。

第五十九章 惊天大案

但是，对于这个问题，林枫寒自然也不会找任何人说。他小心地把父亲的绝笔信和那份证书锁进卧房的保险箱中。

接下来的日子，他依然过得波澜不惊。许愿第二天就把那尊金佛请回家了。陈旭华的母亲陈老太太来了一趟扬州，带来一枚暗金色男式钻戒，果然正如陈旭华所说，这枚钻戒比"海蓝之星"还要略大一点，成色也不错，古朴端庄的镶嵌却透着精致华美。

他花了一千三百万，购买入手之后，感觉还是不错。但是想想，他家那尊金佛的钱，似乎就这么花掉了。

林枫寒感觉，他最近很像一个败家子，花钱如同是流水一样。他以前真没有发现，他居然控珠宝，但自从上次方静来他家典当之后，他对于好看的珠宝几乎就没有任何免疫力。

许愿天天来盘玉，天晚了就住他这边。马胖子虽然住在他这里，但由于景萍园拆迁，另外，马胖子在南京、无锡、苏州等地都有生意，常常忙得连人影都抓不到。

林枫寒闲着无聊，开始配"如洁"洗玉药液，准备让那尊观音大士和那柄如意恢复原本的光泽。

但是，连林枫寒都没有想到，"如洁"需要上百种中药，普通的药材倒还罢了，一些珍贵稀罕之物，却是难找。

不得已，他只能找许愿帮忙——正如许愿所说，他在扬州城颇有权势，花钱找些名贵中药，倒不成问题。

就算如此，林枫寒还是花了两个星期，才凑齐了"如洁"所需的药材。

转眼之间，已经到了一月份，天气越发寒冷。这天傍晚时分，原本阴沉的天空开始飘散着零星小雪。林枫寒看着外面阴冷的天色，自然越发不想出门。

但是，林枫寒并没有坐多久，许愿和马胖子竟然联袂而来。

"小寒，吃过饭没有？"许愿笑呵呵地问道，"我订了酒菜，马上就送过来。"

"幸好没吃，否则，就吃不下你订的酒菜了。"林枫寒见到许愿，忍不住哈哈笑道，"你们两个怎么这么巧？今天一起回来？"

"还不是因为你的事情。"马胖子走进房中，就把外面厚厚的羽绒服脱掉，然后把自己肥胖的身子扔在沙发上，叹气道，"他妈的，这天越发冷了，南方的湿冷，我还真受不了。"

"我去北方，也受不了北方的干冷。"许愿说道。

"我的什么事情？"林枫寒一点也不关注南北方的湿冷干冷问题。

"等下再说。"许愿说道。

正巧这个时候，许愿订的酒菜已经送过来，当即就命人在餐厅摆下。打发送菜的人走后，他就关上门，直接锁上，然后招呼林枫寒和马胖子一起坐下来，从公文包里面取出来一只大大的牛皮纸资料袋，递给林枫寒道："小寒，你托付我查的事情，已经有些眉目了。"

林枫寒瞬间想起来，他托付许愿查他父亲当年的案子，如今，想来许愿那边已经有些进展，当即忙着打开资料袋。

"资料你慢慢看，我先对你说说大概。"许愿说道。

马胖子倒了三杯红酒，一人一杯，说道："小林子，我真不知道，你们家居然这么有来头？"

"啊？"林枫寒不解地看着马胖子。

许愿当即解释道："小寒，你有所不知，当年的事情发生在北京，你父亲也是在北京过世。所以，我托付我北京的朋友帮忙查一下子，但我朋友没有搞定，最后找到了马胖子的爷爷，还是他爷爷帮忙，才能够顺利查出来一点事情。"

"多谢！"林枫寒心中苦涩无比，忙着道谢。

"谢什么啊？"马胖子把一杯红酒一仰脖子，直接灌下去，说道，"我们是朋友，你的事情，就是我的事情，再说谢，就忒见外了。"

"是。"林枫寒忙着笑道，马胖子是爽快人，做事也从来干脆利落，对他更是没的说的，这样的朋友，他上什么地方去找啊？

"你的母亲，叫做周惠娉——是北方人。"许愿说道。

林枫寒只感觉脑袋里面"轰隆"一响，他的母亲果然就叫做"周惠娉"，那个害得他们家家破人亡的人。由于事先早就猜测到，这一次，林枫寒还算镇定，但脸色却也很不好看。

"周家历史悠久，是做餐饮业起家的。"许愿解释道，"和古俊楠是远亲，周惠娉十九岁来到扬州，就在古俊楠的多宝阁做事。你知道，古俊楠是你的姑爷爷，你父亲嫡亲的姑父，又都在扬州城，于是，这么一来二去的，君临先生和周惠娉就认识了。周惠娉生得漂亮，君临先生就有些爱慕之意，后来在古俊楠妻子的撮合下，就成了好事。"

这种事情，林枫寒完全表示能够理解，毕竟，周惠娉确实非常漂亮，哪怕是美艳娇俏如同朱槿那般，也比不上周惠娉。

那个时候，林君临是个二十出头的年轻人，见到美貌姑娘，如果没有爱慕之意，那才是奇怪事情。

郎有情，妾有意，加上有长辈做主撮合，于是，一桩姻缘就这么成了。

许愿看了看林枫寒，继续说道："不久，周惠娉就有了身孕，然后就有了你，君临先生自然是极高兴的。原本，这应该是一个幸福美满的家庭，但是，就在五年后，却是出了意外——那年夏天，周惠娉失踪，你林家的几样传家珍宝，也同时不翼而飞。"

林枫寒苦笑，当即端起红酒，一饮而尽。这种事情，许愿不用挑明，他也清楚得很，周惠娉嫁给林君临的目的，就是为着林家的几样珍宝而已——而他这个人，不过是意外之下的产物，不小心弄出来的"人命"而已。

果然，许愿继续说下去——

林君临在发现之后，愤怒恼恨不已，当即买了车票，去北京周家寻找周惠娉。但是，只怕林君临做梦也没有想到，他这次离开扬州之后，就再也没有能够回到扬州。

林君临赶到北京周家，索要周惠娉和林家的几样珍宝。却没有想到，周家也不知道周惠娉去了哪里，反而认为林君临害了周惠娉，倒打一耙，双方争执不下。

林君临无奈，只能够找舅舅黄容轩帮忙追查。但是，就在这个时候，警方却找上林君临，说他涉及一桩古玩走私案。

林枫寒听到这里，忙着打断许愿，问道："你刚才说什么？我父亲的舅舅是谁？"黄容轩？那不就是黄绢的爷爷，怎么成了他的舅爷爷了？这关系够复杂的。

"黄绢那小妮子的爷爷，就是你的舅爷爷。"许愿解释道，"黄家是专门做金石生意的，改革开放之后，生意做得很大。"

林枫寒愕然，他还真不知道，他居然有如此来头大的亲戚！这么算，他和黄绢，岂不也是表兄妹？

他这才恍惚想起来，他的奶奶叫做黄容霞，他们家和黄家确实有些关系。

许愿看了他一眼，继续说道："君临先生由于牵涉到一起古玩走私案中，被抓入狱，作为舅舅的黄容轩立刻就联系了你爷爷林老先生，然后通过多方关系，想要把令尊保出来，但都没有成功。"

许愿一边说着，一边从资料袋里面，翻出一张，递给他道："周惠娉是一九九三年七月八日离开你们林家，你父亲是同月二十日到达北京，同年九月三日，你父亲因为涉及古玩走私案，被捕入狱。

"那件古玩走私案牵涉很广，共计有二十九件稀有古玩被走私出国，下落不明。其中有十九件珍宝，竟然是北京一家博物馆的收藏品。案发之后，经过专业人士查证，发现那家博物馆的珍藏品，已经由原本的真品，换成了现代高仿品。

"那家博物馆的馆长叫做傅晚灯，当晚就引咎自尽了。"

林枫寒听到这里，心中很是难过，难道说，父亲竟然真的从事过古玩走私？

"这案子错综复杂，牵涉很多，当时很多人怀疑，用赝品换走博物馆珍品的高仿货，就是黄家所制作。"许愿继续说道，"如此一来，黄容轩也不太好出面。幸好这个时候，你爷爷也赶到了北京。你爷爷在北京认识一些朋友，走了关系，托了人，但也没有能够把你父亲保释出来。因为这个案子实在太大，一般人根本不敢插手过问。

"而且，当初也不知道那些人怎么想的，他们把你父亲关在了新月酒楼——新月酒楼是周家的产业。"

"新月酒楼现在还存在吗？"林枫寒突然问道。

"自然。"回答这个问题的是马胖子，当即说道，"新月酒楼现在自然还在，而且，周家这些年的餐饮业做得很大，几乎全国各地都有他们家的连锁店。周家老太爷周文熙前年去世的，把家业全部传给了他的大儿子周子赛。"

林枫寒点点头，看着许愿，等着他继续说下去。

许愿看了他一眼，说道："小寒，你最好有心理准备。"

"我父亲已经过世这么多年了，我还能够有什么接受不了的？"林枫寒说道。

许愿点点头，说道："同年九月十九日，这个案子移交法院开庭审理。因为当时令祖找不到有利的证据，证明君临先生乃是冤枉的，所以，当初他应该都要绝望了。

但是，同样的，警方也一样没有掌握到确切的证据，证明这件事情就是君临先生做下的。

"而君临先生身边的两个高手，竟然采用了极端的手法，毁掉了一些东西，一个选择了自尽，一个在抓捕过程中，因为拒捕，被乱枪打死，导致人证物证都不全。如此一来，法院自然也没法子判定君临先生就是那批古玩走私案的主谋。"

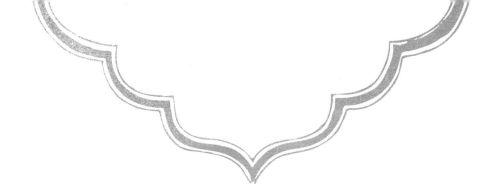

第六十章 扑朔迷离

林枫寒有些呆滞，从许愿的叙述中，只怕他那位父亲大人，不是冤枉的——否则，警方怎么就不冤枉别人，就冤枉他了？

想到这里，他就感觉心中沉甸甸的，压抑得慌。

"如果证据不足，法院是没法子判他有罪的。"林枫寒说道。

"是的，证据不足，自然只能放人。"许愿说道，"但由于这个案子牵涉太广，加上涉案的古玩中有几样东西，实在是弥足珍贵，都是国宝级别的。所以，哪怕是证据不足，法院也不会轻易宣布放人。当初让法院宣布放人，却是另有缘故。"

"什么缘故？"林枫寒忙问道。

"君临先生被抓之后，就一直被关在新月酒楼，和外界隔绝。警方自然也反复突击审问，希望能够从他口中，问出一些有利的线索来，追回那批珍宝。但是，君临先生什么都没有说。在开庭审理的那天，君临先生脸色苍白，神色疲惫，情况非常不好。

"在法院上，他反咬一口，说警方欺压良民，动用私刑逼供，这半月时间，每日里对他进行酷刑折磨，他要求上诉。"许愿继续说道。

"不……不会吧？"林枫寒愣愣地问道，"警方没傻，都不会在开庭审理之前，对他动用私刑啊？"

马胖子看了他一眼，说道："是的，我当时听了，也很是吃惊，特意打电话给我爷爷，让他查证过，我爷爷找到了当初负责办理此案的老刑警孟志泽。孟志泽当初因为这个案子受牵连，被开除出刑警队伍，因此一直耿耿于怀；他对我爷爷保证，当初警方虽然采用了疲劳轰炸的法子审问过令尊，但绝对没有人碰过他一根手指头。

"但是在法院上，令尊指责警方滥用职权，对他刑讯逼供，并且当庭脱了上衣——

他身上遍布各种刑伤，恐怖之极。

"也正因为这个缘故，加上证据不足，令尊被当庭宣布无罪释放。"

林枫寒心中极其不好受，想要说话，却不知道该怎么说才好。

"这个案子很是复杂，到此为止，就成了一桩悬案。"许愿继续说道，"本来唯一的线索，就在令尊身上，可令尊死活不开口，加上在法院又有了如此突兀的转折，他的辩护律师又是名震京城的铁嘴金哲，人称金乌鸦，非常厉害，别说本来就证据不足，就算证据充足，金乌鸦出马，也常常能够颠倒是非。因此这件案子再想要追查，已经不可能。"

林枫寒听到这里，突然心中一动，问道："为什么？警方为什么当初怀疑我父亲？"

"因为君临先生确实值得怀疑。"许愿沉声说道，"我知道你听着不舒服，但是，令尊确实值得怀疑。"

"为什么？"林枫寒只感觉胸口痛得慌，眼前阵阵发黑，难道说，当年父亲真的做过什么违法的事情？

"你们林家颇有来历，令尊十七岁开始出道，混迹黑白两道，生意做得很大，二十岁不到，就一统千门，道上人称'天子'，很多人见到他，都要恭恭敬敬地称呼一声'林爷'。"许愿说道，"而且他手眼通天，和国外的一些人也颇有联系，这种案子，不是普通人能够做下的。加上当初走私出去的那批古玩中，本来就有你林家的珍宝在内，其中有一只元代青花龙纹鼎，可是价值连城之物，就是你们林家的。"

马胖子看了他一眼，接下去继续说道："我这次打电话过去问我爷爷，我爷爷说，孟志泽说过，这个案子可能不是你父亲做的，但是，你父亲肯定知道一些内幕，可是当初他死也不肯说，所以，警方也是无奈得很。

"当初警方的想法也很正常，就算证据不足，但他们却掌握了一些另外的证据，就凭着这些东西，足够让你父亲进去关上三五年。但是，谁也没有想到，就在开庭审理的时候，这些资料失窃了。

"没有了证据，加上他那一身伤出现在法庭上，法院自然只能够宣布他无罪释放。本来此案到此为止，对于你们林家来说，算是皆大欢喜。

"可你父亲身受重伤，当初就留在了北京养伤。同年十一月二十八日，你父亲自己开车出去，车祸身亡，尸体被烧得面目全非。"

"啊？"林枫寒愕然。

父亲竟然是车祸死的？

不……这绝对不可能……如果父亲是死于意外，那么，他就不会留下那封绝笔信。

什么被人欺骗，身患绝症，都是假的。

"大体事情经过，就是如此。"许愿说道，"当初警方动用官方力量，想要追查，都查不下去。我们现在也就知道一个大概，但就这案子从表面上来看，疑点颇多。"

林枫寒不是刑侦人员，都感觉这个案子破绽百出：第一，他的母亲呢？他那位失踪的母亲，难道就活不见人，死不见尸了？

他的父亲如果是死于意外车祸，根本不会留下绝笔信——还有那些失窃的资料，又是谁做的？

"小寒，我和胖子分析了一下子，感觉你父亲死得实在蹊跷，这是其一。"许愿说道，"第二，你的母亲至今为止下落不明，活不见人，死不见尸。第三，当初帮令尊把资料偷盗出来的小警察，行为也很是不正常，他帮令尊把资料偷出来烧毁后，竟然跳楼自尽，死得那叫一个干脆利落，他图什么啊？"

"我现在脑子里面乱得很。"林枫寒摇头说道。

"小寒，我和胖子分析了一下子，当年的那个案子，应该是你母亲做的，借用了你父亲的名义和一些人，事后你母亲肯定是出国了，然后嫁祸给你父亲。你父亲知道一些缘故，却不愿意说，大概也就是顾念着和她夫妻一场。"许愿说道，"但你父亲也不傻，自然也明白，他不说，就意味着他要顶缸，做那个冤大头，所以，他迫不得已，才采用了一些过激的手法。"

"什么过激的手法？"林枫寒呆呆地问道。

"警方既然没有对你父亲动过粗鲁，那么，你父亲的一身伤，是怎么来的？"许愿问道，"我思来想去，最后得出结论，在警方的严密监视下，别人想要进去动手的可能性不大，那么，唯一能够做的，就是他买通某个警察做下的——有了那一身伤，对于他来说，是有百利而无一害——他可够狠的，把自己折腾成那样。包括资料失窃，应该也是他买通人做下的。"

"就算如此，他还是躲不过天理循环，还是死了……"林枫寒呆呆地说道，口中说着，心中却是感觉酸涩得难受。

"小林子，你不要难过，这个案子你父亲绝对是冤枉的。"马胖子说道，"而且，那场车祸应该不是意外，他应该是故意的，用这样的法子，结束了自己的生命，也结束了某些事情。"

"是的，你父亲一死，这个案子就彻底断了线索。"许愿说道，"当初君临先生虽然被释放，但警方却一直严密监控他。可他也够绝的，就待在北京城养伤，什么也不做，偶然和他那个表哥黄靖说说闲话。

"黄靖就是黄容轩的幼子，黄绢的亲叔叔。他车祸过世后，黄靖就办理了出国手续，去了美国，再也没有回来过。"

林枫寒感觉眼眶中有滚烫的液体流出来，低头说道："我父亲一死，我奶奶受不了这个打击，从此就一病不起，来年春天，清明不到就过世了。"

"是的，你父亲一死，你爷爷连他骨灰都没有带回来安葬，而是葬在了北京，然后回到扬州，就和原本的朋友亲戚全部断绝了关系。哪怕古俊楠就在扬州，他们也没有再来往过。"许愿说道。

林枫寒点点头。

事实上这个里面还有一个问题，但这却是他们林家的隐私，他也不想说——就算父亲死了，他林家也不至于一贫如洗，这里面应该还有什么问题。

"小林子，我想要告诉你另外一件事情。"马胖子突然正色说道。

"哦？"林枫寒愕然，他这个时候，心中乱糟糟的，大脑都有些罢工，根本不能够思考什么，"还有什么？"

"孟志泽是非常有经验的老刑警。"马胖子说道，"当初君临先生死于车祸，消息传出来，他就感觉不对劲。但那个时候，他已经被停职查办，根本就没法子插手，那具被烧得面目全非的尸体，很快就被火化掉，没有留下来查证。"

"人都死了，还查证什么？"林枫寒扯过一边的面纸，擦了一下子眼泪，苦涩地说道。

马胖子看了看许愿，比划了一下子手势，竟然不知道怎么说才好。

许愿看了林枫寒一眼，说道："小寒，根据孟志泽判断——死在车祸中的那人，根本不是你父亲，而是一个替身，也就是说，你父亲林君临，非常有可能还活着。"

"当啷"一声，林枫寒心神失守，把面前的酒杯撞翻在地上，脆弱的瓷器，顿时四分五裂。

"你说什么？"林枫寒有些惊惶失色地问道。

马胖子很不想看到这个好友这般模样，忙着安慰道："小林子，你镇定点，没事的，天塌了，还有我这个胖子给你扛着。"

"我心里很难受……"林枫寒讷讷说道。他原本一直以为，自己的父亲是一个儒雅稳重的好人，但是从马胖子和许愿的口中，他知道，他的父亲未必是一个坏人，但似乎和好人也沾不上什么边儿。

林家早些年富贵无比，父亲的生意做得很大，手眼通天，哪怕他被抓了，外面也一样有人替他卖命。想来，就算他被抓，也有人给他通风报信，否则，他也不会在被关的同时，还收买人把他自己打伤，争取在法庭上取得有利的条件。

第六十一章　财帛动人心

许愿也是安慰道："小寒，你放松点儿，我们也不是警方人员，不过是受你委托，调查一二而已。没事的，我们也就是照着案情分析分析，毕竟，当初只要君临先生不死，那么这个案子就不算完结，他是唯一的线索，他会一直被警方监控。

"所以，他唯一能够做的，就是置之死地而后生。孟志泽分析得没错，令尊可能根本就没有死。"

如果他没死，那么，他非常有可能就是……

林枫寒想到这里，突然感觉胸口剧痛，忍不住就剧烈咳嗽出来，然后他用力地抓过面纸来，捂住嘴巴……

许愿和马胖子都看到，有鲜红的液体，渗透过白色的面纸流了出来。

"小林子！"马胖子大是着急，忙着起身扶着他，然后在他背上拍着，叫道，"你不要着急……不要着急……没事的，没事的，你父亲没死，总比死了好，对吧？说不准将来你们还有机会见面，不要急，天还没塌呢，就算天塌了，也有胖子我给你撑着。"

马胖子语无伦次地安慰着他，林枫寒过了好长一会子，才算缓过一口气来，脸色稍微回复了一点点，沙哑着声音说道："我没事，我只是难受。"

那张鉴定证书的字迹，再次在他眼前晃过，那一笔一画，都如针似刺，一根根地扎在他的心上。

林枫寒镇定了一下子心神，他的那位父亲大人既然已经"死"了，那么就不会留下线索给人追查。

但是，黄靖还活着，想到这里，林枫寒问道："黄靖现在在哪里？"黄靖和他父亲林君临交好，现在是唯一的线索。

许愿看了他一眼，说道："黄靖自幼好武，加上天生神力，早些年得名师指点，又在部队中混迹了几年，身手着实了得，一直都和你父亲关系很好。君临先生过世后，他就去了美国；在一年后，黄靖在美国遇到了美籍华人木秀先生，从此就给木秀做了贴身保镖，至今一直跟在木秀先生身边。"

"就是宝珠皇朝的大老板？"林枫寒有些木讷地问道。

"是的，就是那位宝珠皇朝的大老板。"许愿说道，"如果你想要更多地了解君临先生当年的事情，将来可以找黄靖问问。毕竟，令尊当年在北京养伤的时候，一直都是他陪同，他们表兄弟关系非常好。"

"好。"林枫寒呆呆地答应着。

马胖子拍拍他肩膀，说道："小林子，如果就这个案子分析来看，你父亲确实非常有本事，心思缜密之极。"

"是的。"许愿点头道，"这个栽赃嫁祸的案子，应该是早些就谋算好的。当初所有的证据都对令尊不利，事实上没有确实证据，警方也不会贸然抓人——而令尊确确实实也牵扯在此案中，他想要翻案，除非就是把某些人或者事供出来，可是，他什么也没有说，最后却能够逃脱出去，这其中我们所知道的为他而死的就有四个人。"

"哪四个人？"林枫寒几乎是本能地问道。

"其中两人，都是他身边的保镖，姓乌，是两亲兄弟。"许愿说道，"另外一个，就是那个为他偷盗资料的小警察蔡原，这人死得很惨烈，资料到手他就一把火烧毁，然后跳楼自尽，连隐瞒逃脱的打算都没有。另外一个，就是车里那具烧得面目全非的尸体，应该是你父亲的替身。"

马胖子点头说道："小林子，你有所不知——孟志泽说过，当初车里面的那具尸体，并非是随便找了一个人冒充，他身上的一些特征，包括身高体重，都和令尊一模一样，只有如此，才能够骗过那些警察，让他们确认死在车里的人就是君临先生。所以说，这具替身绝对不是随便找的，而是一早就安排好了的。"

"对！"许愿也点头道。这具替身，应该是君临先生在混迹千门的时候就准备下的，并非临时仓促准备。

只不过，对于林枫寒来说，那位林君临先生——他的父亲，终究已经过世二十年之久，他的悲痛，也让这些年的时间渐渐地磨灭，只有深深埋在心底的伤，不但没有好，反而更深更伤……

林君临身边的两个保镖，姓乌——应该就是乌老头的两个儿子，这老头并没有骗他，他的两个儿子，果然都是死在这次事故中，但不是死于意外，而是为他父亲而死，算起来，终究是他们林家欠着他的。

还有那个小警察蔡原，这人为林君临偷盗了资料之后自杀。

"他有何德何能，居然让这些人为着他前赴后继地去死？"林枫寒讽讽地问道。

"令尊确实有些过人之处。"许愿说道。

"不错！"马胖子说道，"不是确实有些过人之处，而是相当强大，用现在的话说，牛叉之极。"

林枫寒仔细地想了想，不管他那位父亲当年是怎么的牛叉之极，现在在名义上，他都已经死了——死于一场意外的或者不是意外的车祸。

剩下的，就是那个失踪的人？

"我妈呢？"林枫寒问道，"难道说，从此以后，我妈这个人就从这个世界上消失了？"

"你妈是周子赛的亲妹妹，如今周家富贵得很，如果你妈还活着，那么她势必会和周家联系。"马胖子说道，"但是，我们查过，这些年周惠娉都没有再次回过周家。"

马胖子说着，从资料袋最后面，抽出来一些东西，递给他道："这是我爷爷委托孟志泽弄到的东西，这个案子应该就是这样的：周惠娉嫁给林君临，本身就是一个阴谋。"

因为传说，当年孙殿英炮轰清东陵，做得并不机密，然后被千门的高手盯上，来了一个黑吃黑，其中一些价值连城的珍宝，落在了千门中。

"据说，其中给慈禧填棺的各种宝石，就有一千二百颗，另外还有翡翠念珠、荷叶伞等等稀世珍宝。

"新中国成立之后，千门瞬间销声匿迹，其中一部分高手带着珍宝，去了国外。周家在民国时期就是千门中人，知道你们林家的老底，据说当年千门中大部分的珍宝，都在林家手中。于是，就有了周惠娉嫁给林君临。

"而这个时候，君临先生又一统千门，似乎从侧面印证了千门珍宝都在林家手中的说法。"

"财帛动人心，我就是一个阴谋下的产物？"林枫寒愣愣地说道。

"小寒，你不要这么说。"许愿知道他心中不好受，忙着安慰道，"这事情你没有任何的错，只不过是被上辈人牵连。"

"你们说下去。"林枫寒看了一眼许愿，自己是没错，但自己到底算什么东西？

马胖子做了一个手势，示意许愿继续说下去，许愿点点头，说道："周惠娉嫁给君临先生之后，历时五年之久，也没有摸清楚当年的那批珍宝是不是在林家，但是，她也知道君临先生手中确实有些珍宝。

　　"然后她就联系自己娘家，蓄意策划了一场阴谋，她盗取了林家的珍宝，还把林家诸多资产席卷一空，然后立刻就出国了。君临先生知道实情后，焉有不恼恨的？自然跑去北京，找周家理论。

　　"但是在这个时候，周家早就布下了陷阱，打通关系，等着君临先生向下跳——于是，博物馆被盗、古玩走私案就这么落在了君临先生身上。周家筹算五年之久，以有心算计无心，君临先生自然是百口莫辩。

　　"然后周家又动用权势，把君临先生关在了新月酒楼。期间，他们家的人曾经几次秘密见过君临先生，想要逼问那批珍宝的下落。

　　"但当时的黄容轩和林东阁，也不是吃素的，各方面活动，才有了最后的结果。"

　　林枫寒只是愣愣地听着，这样的结果，似乎和父亲那份绝笔信的内容差不多，难怪父亲那封绝笔信写得遮遮掩掩，欲说还休。原来这个案子牵涉太广，远非一件元青花龙纹鼎这么简单。

　　"至于你母亲周惠娉，只有两种可能。"许愿看了林枫寒一眼，想了想，还是说道，"第一，她可能已经死了；第二，她改名换姓，以另外一种身份出现，如此一来，茫茫人海，想要找她，绝非易事。"

　　林枫寒有些茫然地说道："我找她做什么？"口中说着，他再次拿起一只酒杯来，倒满，然后狠狠地灌下去。

　　"小林子……"马胖子摁住他的手，说道，"别喝了。"

　　林枫寒看了他一眼，当即把那份资料整理了一下子，说道："你们吃吧，我累得很，想要睡觉。"

　　说着，他就这么起身上楼。

　　"喂……"马胖子想要叫住他，却被许愿制止住，说道："算了，让他冷静一下子，这种事情换成谁，一时三刻的都接受不了。"

　　马胖子把地上的碎瓷片收拾了一下子，然后坐下来，叹气道："我可从来没有想过，他们林家居然有这么大的来头，唉……"

　　许愿给自己倒了一杯酒，然后又给马胖子添满，说道："因为他的缘故，我特意打听了一下子千门的老底。千门传承悠久，民国时期又正值乱世，千门的力量不足以抗衡国家力量，但是他们想要做点儿别的，却是很容易。比如说，黑吃黑劫个清东陵，或者抢劫一些别的东西，都是轻而易举的事情。

　　"当年英法联军那批强盗，抢了圆明园，把圆明园无数珍宝掠夺一空，在归途中，据说就被千门拦截，但有没有成功就不知道了。"

第六十二章 千门天子

马胖子突然笑了一下子，说道："肯定是有成功的——目前国际上出现的一些古玩珍宝，各家大博物馆的珍藏，可未必对得上当年圆明园失窃的清单。这其中有一部分，肯定是散落在了某些民间收藏家手中，或者是一些国外收藏家手中，但另外的，可就难说了。"

"当年的事情绝非空穴来风。"许愿突然说道，"你想想，你那位好友房中的摆设。不说别的，那只碧玉西瓜，可是非常有可能就是当年慈禧老佛爷死后入殓枕头的玩意儿。他书房中的那些金器，大部分都是乾隆年间的。裕陵的珍宝，除了少部分现在收藏在台北博物馆，大部分东西，至今可都是下落不明。

"他爷爷死的时候，他可是一贫如洗，甚至连墓地都买不起，那么，就算他要做古玩生意，也需要有人给他提供货源，给他资金，对吧？

"你马胖子有钱，陈旭华也有钱，但是，你们要帮助朋友，顶多就是给钱给物，或者哪怕是给他安排一份只领薪水不干活的工作，都不是难事。

"可是，不是我笑话你，就你马胖子，想要收罗这些古玩珍宝，你做得到？"

马胖子笑道："我爷爷也雅好古玩，但是，我想要收集一些好的讨好一下子他老人家，都不是容易的事情——我没有这个本事的。"

"因为君临先生的事情，导致小寒的爷爷林东阁心灰意冷，再也没有涉足过古玩一行。"许愿不无感慨地说道，"但是，林东阁一死，千门中人就有人联系上了小寒，所以他才能够在短短的时间内，整顿家业，收罗古玩珍宝，也才有了他后来委托我查证周惠娉一事。如果他不怀疑，他岂会委托我查证这种事情？表面上，他父亲死于意外车祸，母亲病逝，可是一点悬疑都没有。"

马胖子把杯中酒一口饮尽，看了一眼许愿，说道："许先生，这事情到此为止吧。"

许愿一愣之下，随即就明白过来，马胖子怕他继续追查下去，然后涉及他这位好友林枫寒，所以，他不希望他再追查下去了。

"你放心，我没有吃撑了，不会再查下去了。"许愿哈哈笑道，"我只对盘玉有兴趣，能够看到这种稀世珍宝，已经是一种福气。"

"哈哈……"马胖子爽朗地大笑，说道，"这钱嘛，生不带来死不带去，够花就是了，再说，这世上遍地是黄金，想要赚钱，还不容易？"

这话要是别人说，许愿真会连着下巴都笑掉——就不怕口风太大，闪了舌头。

但是这话是马胖子说的，所以，许愿竟然赞同地点点头，他得承认，这个死胖子确实非常会赚钱。

"我就小林子这个朋友，所以，我一点儿也不希望他有事。"马胖子说道。

许愿拍拍他肩膀，笑道："胖子啊胖子，你把心放肚子里面就是了。"

马胖子也是聪明人，闻言焉有不明白的，当即相视一笑。两人言谈投机，喝了很多酒，大有相见恨晚之意。

但两人都没有想到，虽然这事情过去了二十年，对于林枫寒来说，依然打击很大。第二天起床之后，他就有些神思恍惚，迷迷糊糊的。许愿当即打了一个电话，让一个相熟的医生过来给他看看，发现有些发烧，倒也没什么大碍，于是打了针，配了药，就告辞离去。

年底，许愿和马胖子都忙碌得很，自然也没空儿理会他。原本两人都以为，他不过是一时半刻接受不了父母的事情，悲痛伤心，在所难免，过上几日，自然就好了。

但一连过了两三天，林枫寒依然是神思恍惚，马胖子就有些着急了，私下里找许愿商议，是不是把他送去医院治疗？但许愿想想，他这是心病，送医院也没用，反而更是让他闷得发慌。

"我看他就是太闲了。"许愿在考虑了片刻之后，终于说道，"他要是有事做，自然而然就会把这些事情淡化，反正，二十年都过去了，他对于父母的印象也模糊得很。要不，你找点儿事情给他做做？"

马胖子想着许愿说得有道理，但是想了想，他需要做什么啊？古玩生意从来都是三年不开张，开张吃三年的——难道他让林枫寒上大街上去兜售古玩不成？

许愿想了想，出着馊主意道："你那边不是很忙吗？他大学的时候，主修历史，还学了古汉语和文秘，另外还懂得一些别的旁骛——反正，他懂得很多，你把他带在身边，有事就支使他做着，哪怕没事，让他出去接触一下子人气，也比他现在闷在家里胡思乱想好。"

"好吧！"马胖子在考虑了一下子之后，点头答应着。

第二天一早，林枫寒还没有睡醒，就被他从被窝里面挖出来，塞进他那辆牛高马大的悍马车。然后，马胖子心情好得不得了，一路上哼着走调的小曲。

有了几天时间的缓冲，林枫寒已经从父母案件的阴影中渐渐地走出来，看着胖子一路哼着走调的小曲，终于忍不住问道："你要带我去哪里？"

"哈哈！"马胖子大笑不已，说道，"小林子，你不知道，我当初转学回北京的时候，就想着要是能够把你装口袋里面带回北京就好了。哈哈，那个时候我胖子没有实现的愿望，现在不是实现了？所以，我胖子开心得不得了啊不得了！"

林枫寒老老实实地闭嘴，看着窗外发呆。当年马胖子要把他装在口袋里面带回北京是希望有他给写作业，现在，这个坑爹的胖子，想要把他带去哪里，他根本不知道，随便他去吧。

马胖子想着，许愿关照的，找点儿事情给他做做，让他忙活一点，就没空儿胡思乱想，也没空去伤心他父母的事情了。但他这边的工作人员都是各负其责，他也找不出事情给他做，一个上午，他要开两个会，当即塞了一个笔记本给林枫寒，让他给他记录一下子会议纪要。

林枫寒的打字速度很快，他在"宝典"住了几天，这一点他还是知道的，足够胜任速录的工作。但是，当会议结束之后，马胖子瞄了一眼林枫寒的会议记录，顿时就傻眼了。

"小寒……你记录的这东西……谁看得懂？"马胖子看着林枫寒的会议记录，愣愣地问道。

马胖子公司的各部门经理，还有两个高级工程师、公关以及文秘等等，看到他们的马总带着一个容貌俊美、衣着奢华的年轻男子前来开会，本来已经各种好奇，但碍于马胖子的身份，也没有人敢问。

这个时候见了，都忍不住凑过来看着，一看之下，顿时也都傻眼了。

两个文秘都是小姑娘，见状，已经掩口笑个不住。林枫寒讪讪说道："我等下给你翻译过来，就好了……"他心中也委屈，他们说那么快，他哪里来得及记录？所以，他采用了纯文言文文本，这样一来，要打的字就少得多了。

"谢天谢地，幸好你不是我的文秘，我也没有指望你能够记录。"马胖子摸摸自己的胸口，还好还好，就没有对他抱太大的希望啊！否则，就这个会议记录，纯粹文言文文本不算，他连标点断句都没有，不是资深的古汉语研究学家，只怕是没人看得懂的。

有了这么一个前车之鉴，马胖子自然不敢对他抱任何希望，直接把他带回自己的办公室，丢了几张报纸给他打发时间。接下来的几天，他依然每天都把林枫寒带去自己的公司，正如许愿所说，就算他什么事情都不做，让他出去接触一下子人气，也是不错的。

果然，几天之后，林枫寒已经不像刚开始的时候天天神思恍惚，渐渐地恢复原本的精神。

这天午后，马胖子的高级助理齐先生匆忙来找马胖子，低声对他说了几句话。

马胖子顿时就皱眉了，沉思半晌，这才说道："不就是拍几张照片吗？怎么还这么麻烦？他不做，让他哪里凉快哪里待着去，我没空哄他，换个人就是。"

齐先生皱眉，忙着低声解释道："马总，如今这些明星们都大牌得很，现在要重新请人，只怕也来不及了。马上就需要配合做宣传工作，他挑这个时候闹脾气，就是瞧准了我们来不及换人了。事实上他的要求也不过分，就是希望和马总一起吃个饭而已。"

"我没空儿陪他吃饭，他不做，换人就是。"马胖子挥挥手说道，他这辈子，最讨厌被人要挟。

齐先生有些为难，想了想问道："既然这样，马总想要换谁？我也好和人家联系？"请明星做形象宣传大使，无非也就是钱的事情而已。

马胖子对于钱方面，一向给得很大方，但不知道这次请的这个明星，怎么就搭错了筋，以为自己是个人物，想要见见他们马总？结果他们马总不鸟他了。

马胖子对于这些知名明星并非很熟，想了一会儿，也没有想到一个合适的人来，抬头之间，正好看到林枫寒靠在沙发上，懒散着翻着报纸。

"喂！"马胖子走到林枫寒身边，叫道，"齐先生，你看我家小寒如何？"

齐先生愣了一下子，目光落在林枫寒身上。最近几天，他们这位马总总是带着这个年轻人一起出入，他们只知道这人姓林，并不知道别的，但是由于这位林公子从来没有插手过公司事务，所以，齐先生也没有在意过。

如今听得马胖子问，他竟然不知道如何回答才好。

"你看，我们家小寒俊美、温雅、高贵，拍几张宣传照片，肯定比那些明星好看。"马胖子笑呵呵地说道，"你联系摄影师，明天就开拍，服饰和车都不用道具，直接用真的。"

　　林枫寒原本只是愣愣地听着他们说，这个时候已经回过神来，看着助理齐先生一脸为难的模样，顿时就明白，当即忙着说道："胖子，你不要开玩笑，正经请个明星给你做宣传吧。这玩意儿，本来就是借助明星效应，我的照片，有个屁用啊？"

　　齐助理连连点头说道："马总，林先生说得有理。"

　　"嘿嘿嘿嘿……"马胖子怪笑道，"为什么小林子就不成？我连宣传词都想好了——王者强势回归，千门天子后裔！"

　　林枫寒脸色陡然大变，惊呼道："不成！"

　　"你先出去，我劝劝他。"马胖子看着齐助理说道。

　　"好。"齐助理答应着，当即走出办公室。

　　等着办公室只剩下林枫寒和马胖子两人之后，林枫寒这才问道："胖子，你要做什么？我可以给你拍几张照片，但这样的宣传词，绝对不能够用，我会被你害死的。"

　　"你难道不想见你父亲？"马胖子问道，"他当年混迹千门的时候，外号就是天子。如果他还活着，看到你的照片和宣传词，势必会来找你，比你在茫茫人海中想要找他，容易多了。"

　　"不成。"林枫寒断然拒绝道，"我要找他很容易，找到黄靖，问上一问，多少就能够知道。但是，一旦被你弄上这么一个宣传词，我从此永无安宁之日。你和许愿不是也怀疑，当年那批珍宝落在我们林家？如今，我爷爷已经过世，我父亲生死下落不明，被你这么一弄，我等于暴露在明处，不知道会有多少人盯上我。"

　　马胖子想了想，知道他顾忌的都是实情，但是，如果林枫寒想要追查当年的事情，就要有一个足够能够吸引人入彀的诱因，他这个宣传词，自然是再好不过。

　　有了足够的条件，才会让某些人沉不住气，自己露出马脚来，让一切事情明朗化。再想想，就算没有这个宣传，林枫寒就是当年林君临之子，也是瞒不住的。至少，古俊楠就知道，这个老头，不知道在当年的事情中，扮演着什么样的角色？

　　想来也不会光彩到哪里，毕竟，古家和周家有关系，当年林君临和周惠娉的婚事，又是古家一心撮合。

　　事后，林东阁带着林枫寒，孤苦伶仃，郁郁而终。而古俊楠却是春风得意，富贵双全。

　　"小寒，对不起。"马胖子轻轻地叹气，他只是想要帮帮这个好友，不想看到他这么颓废消沉。

"这些日子，一直都是你们在帮我。"林枫寒轻轻地叹气，说道，"如果没有你们这些朋友，我真不知道，我如何面对我自己。似乎，要说对不起的人，应该是我吧？"

"哈……"马胖子见他恢复以往的幽默，忍不住心情大好，说道，"要感激我？帮我拍宣传照呗！我想好了，车子就用那辆玛莎拉蒂总裁；珠宝嘛，等下我打电话找陈旭华借——咱不用道具，都用真的，你又比那个明星长得俊，拍出来的效果一定好。"

"你不怕搞砸了，我也不在乎偶尔做一次观赏型动物。"林枫寒见他开心，忍不住打趣道。

"哈哈……"马胖子大笑不已，观赏型动物？真亏他想得出来？但想想，这形象宣传？可不就是观赏型的？

第六十三章 观赏动物

许愿坐在沙发上，听着楼上传来沉重的脚步声，他就知道那是马胖子，因为林枫寒的脚步声没有这么重。果然，随着脚步声，马胖子一边整理着衣服，一边下楼。

"早上好。"许愿打着招呼。

"好！"马胖子随意地招呼了一声，如今，他和许愿都住在林枫寒这边，总免不了常常碰面的。

"小寒还没有起来？"许愿问道。

"我刚叫了他。"马胖子一边说着，一边也在沙发上坐下来，问道，"有事？"

许愿想了想，看了一眼马胖子，这才说道："我们上次说的事情，你问过他吗？"

"他不同意。"马胖子摇头道，"算了吧！"

许愿皱眉，他居然不同意，他不是想要追查当年的事情吗？

"抛出他的身份，用当年千门的那批古玩珍宝做诱饵，某些人自然就会坐不住，直接找上他。我们只要事先布置好，顺藤摸瓜，不愁查不出他父母的下落。"许愿皱眉说道。

"但同样的，他也会暴露出来，财帛动人心，他也害怕。"马胖子说道，"他父亲因为这事情被牵连，生死下落不明，他爷爷带着他，窝在扬州城，含辛茹苦把他抚养长大也不容易。"

许愿苦笑道："那么他什么意思，难道就这么算了？"

马胖子看了一眼许愿，突然说道："你这么热心做什么？"

"我承认，我有些好奇。"许愿老老实实地说道，"我也承认，我对于那批古玩珍宝有些兴趣，如果可以，我也想要看看。"

"你为什么这么肯定，这批东西就在小林子手中？"马胖子的脸色，突然变得有些不好看。

"不说那个合德蝠镯，"许愿突然冷笑道，"碧玉西瓜的来由我们都知道，他脖子上挂的如意金钱，可是当年乾隆老儿的东西，再想想他房中的摆设，我可以保证，林东阁死后，绝对有千门高层联系上了他。

"而且，这事情毕竟是他林家的事情，他势必也知道一些我们不知道的事情。"

"那又如何？"马胖子凑近他，压低声音，冷冷地威胁道，"那都是他的私事，和旁人无关。"

"胖子，你不要这么紧张。"许愿苦笑，知道这个该死的胖子误会了，当即低声说道，"我虽然有些好奇，但是，我没有恶意的，我也不想把这些奇珍异宝据为己有。只不过当他出现在多宝阁出售那件金缕玉衣残件的时候，只怕就已经被人盯上了。你认为，古老头已经老糊涂了，连自家亲戚的底细都不知道？"

"那老头老是老了一点儿，但想来还没有糊涂。"提到这个，马胖子心中也是烦躁。

"是的，所以这事情，就算小寒不想主动，我们也要做好准备。"许愿说道，"胖子，你还是准备一下子吧，免得真出了什么事情，我们到时候应付不及。"

马胖子点点头，他知道许愿说的是实情，当年周家为着这些东西，可以谋算布局多年，那么现在，天知道会有什么人，盯上林枫寒？

许愿想了想，还是忍不住问道："你有没有在国外给他开银行账号？"

马胖子只是笑笑，林枫寒对于这些事情根本一窍不通，正如许愿所说，他是学历史的，懂得中文，擅长诗文词赋，还懂得古文，书读得多，带着一股书卷气，但是，对于经济一道，他并非很懂。

对于他来说，没钱，一天两包方便面，有钱，顶多就是去街口的小饭馆偶然改善一下子伙食，日子还是这么过。

他没钱，自然也没有谁在意他这个人，但是，他现在有数亿身家，这还不算，他还有无数古玩珍宝——正如他自己所说，匹夫无罪，怀璧其罪，加上他两次去多宝阁，风头出尽，不知道有多少人在暗中盯着他。

"小林子很天真。"马胖子淡淡地说道，"或者，我应该这么说，他这些年的日子，都过得很是单纯。有时候，我真不想骗他。前几天，我借口生意上面周转不过来，他连想都没有多想，直接转了五千万给我。我在美国和瑞士都给他开设了银行账号，把钱转了过去。另外，我在国外也有一些生意，所以，我用这些钱给他投资了一些生意和不动产。"

站在楼梯的转弯处，林枫寒扶着墙壁，一动都没有动。两天前，马胖子找他的时候，他真是想都没有多想——做生意的人，有资金周转不过来，那是再正常不过的，所以，马胖子找他入股，他直接就同意了，反正，他对于钱的概念，从来都淡薄得很。

直到现在，他才知道，那个胖子只是担心他不会理财而已——马胖子会赚钱，最擅长的就是投资理财。

从小到大，他都被马胖子骗着，现在，似乎也没有一点改观。

许愿笑道："有你和陈大少在，想来当年君临先生的悲剧，再也不会发生了。"

"如果当年那批珍宝真的在小林子手中，那么，它就是小林子的，谁也别想动。"马胖子突然说道。

许愿轻笑，马胖子终究还是不放心他，说这句话，事实上就是警告他——但是，他真不是贪婪之人，和马胖子一样，他也算是有钱人，见过世面。

他很希望这批珍宝能够重见天日，不管是流入市场，还是将来林枫寒厚道，把某些稀有珍宝献给国家。只有如此，才会让更多的人，欣赏到这些珍宝的无上风采，而不是永远沉沦，甚至将来被人无意识地破坏掉。

林枫寒有些感慨，他有何德何能，能够结交马胖子这么好的朋友？所以，他故意放重了脚步，从楼上下来。

许愿和马胖子的目光，都落在了楼梯口，林枫寒今天穿着一身宝蓝色的真丝衬衣，领口有着细碎的小花，上面点缀着金丝。

许愿看了一眼，有些诧异，这应该是礼服的款式，没事穿这么奢华做什么？

"小寒啊，你今天打扮得这么好看做什么，相亲啊？"许愿故意问道。

林枫寒嘴角浮起一丝苦笑，前几天他一脑残，答应马胖子做一次观赏型动物，给他拍宣传照，原本以为不过就是拍几张照片，没什么麻烦，结果，那些摄影师抓着他折腾了几天，还没有弄好。

而马胖子还特意给他定制了各种奢华的礼服，为配合拍照，他最近连头发都理过。想想，他就感觉郁闷，看样子明星也不是那么好做的。

"我请了一个明星给我拍宣传照，结果，那个明星给我摆谱，我就让他滚蛋了。时间紧迫，再要请人也麻烦，所以，我就让小林子给我拍了。"马胖子嘿瑟地笑道，"这叫合理利用资源，你看看，我家小林子比那个狗屁倒灶的明星长得好看多了。"

"我第一次知道，观赏型动物真不是那么好做的。"林枫寒松了一下子脖子上礼服的纽扣，叹气道，"那些摄影师，一天让我换十几套衣服，逼着我摆各种姿势给他们拍照，我这几天脖子都是酸的。胖子，我强烈要求加薪。"

　　许愿看了一眼马胖子，又看了看林枫寒那身衣服，突然问道："胖子，服饰你没用道具？"

　　马胖子看了一眼许愿，说道："我以为你了解我，看样子你还是不了解，我难道能够让我朋友委屈地穿着借来的衣服去拍照？"

　　"哈哈！"许愿忍不住笑了出来，如果是别人，也许马胖子根本不在乎这些事情，但是，对于林枫寒，他是绝对不会让他受这等委屈的。

　　"别说是借来的衣服，就算是别人穿旧的，我也无所谓。"林枫寒笑道，"我小时候就一直穿人家的旧衣服，还不是长这么大了？再说，我本来就是做古玩生意的，这古玩不都是别人用旧的东西？"

　　"小寒，你是无所谓，但是如果那个明星知道不用道具的话，只怕会后悔得哭死。"许愿说道。

　　一般来说，明星被邀请拍这种宣传照片，所用的衣服、首饰、包括车子，都是借来之物，也就是照片看着光鲜而已。毕竟，那些国际名牌的衣服，有时候会贵得让你感觉真的没有一个谱。

　　"如果是请的人，我就算钱多人傻，也不会做这种事情。"马胖子摇头道，"这些衣服小林子事后也可以穿，不算浪费，反正无所谓，衣服嘛，总要买的。再说——这次用的华贵首饰，都是金玉堂提供的，如果不是小林子，换个人，我真没有这么大的面子，能够借来这些东西。"

　　"你们还要几天忙好？"许愿问道。

　　"怎么了？"马胖子问道，"你有事？"

　　"你总不能够天天把我主人这么带出去吧？"许愿故意说道，"小寒，你答应过我什么？"

　　林枫寒愕然，他答应过他什么的？

　　"你有什么话直接说，我最近这脑子有些不太好使唤。"林枫寒指着自己的脑子说道。

　　"你说过要告诉我那石头观音的秘密？"许愿说道，"你什么时候有空儿，对我科普一下子，你看，我都叫你主人这么久了。"

林枫寒这才想起来那尊石头观音的事情来，开始的时候，是洗玉药材没有找齐，后来他由于伤心父母的事情，一直郁郁寡欢，甚至差点儿弄出病来。

然后马胖子就把他当成自己的私有物品，天天带在车上，带去他公司显摆。再然后就被他折腾着做观赏型动物，拍摄宣传照片，如今还没有完全拍摄好，哪里有空儿理会这个？

"等把照片拍好了，让胖子把这些珠宝还给陈大少，否则弄丢了，我赔不起的。"林枫寒忙说道。

第六十四章 稀世瑰宝

　　许愿正欲说话，不料就在这个时候，突然门铃响。

　　"主人，你有客人？"许愿有些好奇，一边说着，一边已经向着门口走去，打开门，却看到一个相貌普通的小伙子站在门口。

　　"你找谁？"许愿微微皱眉问道。

　　"请问是林枫寒先生吗？"小伙子忙着说道，"有快递。"

　　"啊？"许愿这个时候才回过神来，原来是送快递的，"什么快递？给我。"

　　"对不起，必须是林先生亲自签收，还需要指纹验证。"小伙子一边说着，一边已经从车上取下电脑。

　　"怎么回事？"林枫寒忙走了过来，问道。

　　"林先生？"送快递的小伙子忙问道。

　　"我是。"林枫寒点头道，"谁给我的快件？"

　　小伙子忙着取出一份合同，递给他道："林先生，请你签个字，顺便摁下你左手中指的指纹，需要指纹核对。"

　　林枫寒愕然，茫然地看着许愿问道："现在收一份快递，都要指纹核对了？"

　　许愿也是一脸糊涂，不解地问道："没听说啊，喂，小伙子，现在快递都要求指纹核对了？"

　　"没有。"送快递的小伙子笑道，"这是国际航空快递，而且对方投了巨额保险，强烈要求如此，所以我们不得不慎重其事。"

　　"哦？"林枫寒满腹狐疑，由于有过被马胖子骗的经验，对于那份合同，他仔细地看了看，居然是中英文版本，确实是一份快递单子，而发货地点居然是缅甸。

　　缅甸？他这辈子都没有去过缅甸，自然也从来不认识什么缅甸的朋友。

"胖子……胖子……"林枫寒忙着叫道，"是不是你给我邮寄什么东西？"

马胖子也是满头雾水，说道："我又没有傻？我天天和你住在一起，我要给你什么东西，犯得着走国际航空快递？把这钱让别人赚了？"

林枫寒想想也对，马胖子习惯性地塞各种东西给他，他也早就习以为常。比如说，这次拍摄一组宣传照片，马胖子就给他定制了衣服和配饰，他也就这么收了，反正，马胖子从小就是这样，他现在不收，似乎也显得生分了。

他要塞东西给他，绝对不会玩得这么神秘。

"难道说，是那个老头？"林枫寒心中思忖着，乌老头就喜欢搞怪，这种风格，倒还真符合他。

"林先生，还是麻烦你签收一下子。"送快递的小伙子催促道。

"好吧！"林枫寒认定是乌老头所为，当即爽快地签字，然后蘸了印泥，摁了手印给他。

小伙子把他的指纹扫描进电脑，核对之后，笑道："确认无误。"说着，他才从汽车内，取出来一个小小的盒子，递给林枫寒道，"林先生，生日快乐！"

林枫寒这才恍惚想起来，今天是小寒，他的生日——年底了，小寒过后，就是大寒，寒尽便是年。

"你怎么知道小林子的生日？"马胖子呆呆地问道，林枫寒曾经无意中说过一次，但由于最近太忙，他都忘了今天是小林子的生日。

"对方特意关照，如果快递早到了，也要等着今天才可以送，因为今天是林先生的生日。"送快递的小伙子笑笑，然后看着林枫寒说道，"林先生，是你女朋友吧？想要给你一个惊喜？"

林枫寒摇摇头，他哪里来的女朋友，这种做事风格，真的很像很像乌老头，关于乌老头，他也不知道如何解释。

送快递的小伙子很是礼貌地告辞了。林枫寒关上门，找来剪刀开始拆快件，看着包装不大，也不知道是什么东西，但想乌老头出手不凡，又喜欢折腾一些古玩之物，他还是小心一点好。

许愿和马胖子也都是好奇，围着过来一起看着。

外面的包装拆掉，里面却是一个巴掌大小小巧的铂金首饰盒，上面用红色的钻石，镶嵌着一片枫叶。

"我靠！"许愿一见之下，忍不住骂道，"就这盒子也价值不菲，什么人这么靡费？”

林枫寒也感觉这个首饰盒真是太过靡费了：纯粹铂金打造不算，还用红钻镶嵌了一片枫叶，虽然都是细碎的小钻石，不是大颗的那种，但是，就这么一只首饰盒，只怕也要价值千万！他那些螺钿镶嵌金丝的首饰盒，和这个盒子一比，简直就是渣了。

“胖子，这玩意儿真不是你送我的？”林枫寒看着马胖子一直没有说话，忍不住问道。

“绝对不是。”马胖子摇头道，“我也好奇，谁送你这么奢侈的玩意儿？”

“打开看看。”许愿笑道，说话之间，林枫寒忙着小心地打开那只首饰盒。

“稀世瑰宝啊！”许愿看着盒子里面的东西，愣愣地说道。

林枫寒的目光也落在首饰盒里面，那是一块翡翠玉佩，他们三人都不是没有见过珠宝的人，甚至，林枫寒自己还收着一只上好的玻璃种艳绿镯子。

但是，当他看到这块翡翠玉佩的时候，他还是忍不住感慨大自然造物的神奇。这块玉佩是正圆形，直径大概有五厘米，厚度也有六七毫米，色泽是通体晶莹剔透的翠绿色。他和陈旭华交好，陈旭华曾经向他科普过各种翡翠知识。

所以，林枫寒知道，这种通透度和极端浓艳的正阳绿，用专业忽悠的话说，叫做玻璃种帝王绿，乃是翡翠中的极品。但是，如果仅仅如此，只怕许愿和马胖子还不至于称呼它是稀世瑰宝。

在这块翠绿中，有着一抹红火色，被人巧做雕饰，天然成了一枚枫叶的样子，看上去那枫叶就是栩栩如生。

陈旭华这个金玉堂的少东家曾经说过，在翡翠中，有着春带彩、福绿寿等等多种颜色呈现在一块翡翠上，这样的翡翠，如果色泽过度完美，水种上佳，价值都是不可估计的。

这块翡翠就是典型的双色翡翠，绿色和红色又是如此的和谐，自成图案，完美无缺，难怪连马胖子和许愿，都忍不住要惊呼是稀世瑰宝。

玉佩上面，雕刻着四个正楷小字——枫清影寒！

林枫寒的手指轻轻地抚摸着那熟悉的字迹，二十年了，这是他第一次收到他的生日礼物，让他瞬间就感觉，他并没有被遗弃，他不是一个孤儿。

许愿看着林枫寒嘴角温和的笑意，忍不住问道：“小寒，谁送你的？”

林枫寒看了看许愿，笑得很是开心，说道：“我不告诉你。”说着，他看见那块翡翠玉佩上穿着黑色的编制挂玉绳子，当即把那块如意金钱从脖子上取下来，把这块翡翠玉佩挂上，他还跑去洗手间，对着镜子照着。

"切！"马胖子忍不住骂道，"这显摆的！"

"真不是你送的？"许愿压低声音，问道。

"当然不是。"马胖子认真地说道，"你认为，我能够找到这等稀世珍宝？这玩意儿虽然就这么一小块，但是这个价钱，没有三五千万欧元是绝对拿不下的，问题就是——这东西比古玩还要稀罕，可遇而不可求。"

许愿点点头，心中也是明白，这样的翡翠，确实是可遇而不可求的，用专业忽悠的话说，真是讲究缘分了。

"就这首饰盒，也价值不菲，一般人拿不出手的。"许愿一边说着，一边拿起那只首饰盒，放在手中观赏。

让他感觉奇怪的是，一般这种首饰盒，都会标上是哪一家珠宝公司出的，就算是有人定制的，他们也会标上自己的标识。

但是，这只首饰盒没有，许愿找遍了整个盒子，也没有找到属于珠宝公司的标志，却发现这只首饰盒工艺精湛之极，绝对不是一般的小珠宝公司能够做出来的。

"我那位主人很高兴。"许愿笑道。

"看得出来。"马胖子看着洗手间，林枫寒还没有出来。

"他知道这东西是谁送的。"许愿再次说道。

"想来是的。"马胖子点头笑道。

这个时候，林枫寒已经打开洗手间的门走了出来。许愿笑道："小寒，你看，你脖子上有了好的玉佩挂着，不如把那枚如意金钱卖给我？"

"不卖！"林枫寒笑着说道，"我挂腰上，没事可以昵着玩玩，才不卖你呢。"

"你这么走出去，很容易遭贼的。"许愿鄙视道，"你知不知道，你身上这些东西，值多少钱？"

"我不卖的东西，和钱没有一点儿关系。"林枫寒笑呵呵地说道，"胖子，我们走吧，我请你吃早饭，哈哈……"他口中说着，便把那只首饰盒谨慎地收入保险箱中。

"好！"马胖子答应着，然后偕同林枫寒出门，坐在车上，发动车子的时候，他还是忍不住好奇，问道，"小林子，你偷偷告诉我，这玉佩谁送你的？"

林枫寒不想骗他，迟疑了一下子，还是说道："我父亲，二十年了，我第一次收到他老人家的生日礼物。胖子，我不再是孤儿了。"

马胖子有些愕然，半晌，才问道："你如何知道就是他？"

"我认识他的字迹。"林枫寒用手托着胸前的那块翡翠玉佩，笑道，"对于字迹，我不会认错。"

"瞧你这乐的。"马胖子见他开心，也是开心，笑道，"虽然如此说，还是小心一点儿好，财帛动人心，林叔叔也太出手豪阔了，当真不愧是千门天子。"

"对于我来说，不管这玉佩是稀世珍宝，还是一文不值的破石头，意义都是一样。"林枫寒说道。

"如此说来，你应该也知道你父亲在哪里？"马胖子试探性地问道，他心中多少有些明白，为什么他会拒绝他们利用他的身份，引出那些人了。

事实上，林枫寒一直都站在明处，抛不抛出他那个身份，问题都不大，但是，他却不想让某些人浮到明处来，比如说，他的那位父亲——千门天子。

"知道。"对于马胖子，林枫寒不想隐瞒什么，直接说道，"胖子，你不要问了，如果将来有缘，我也许可能会见到他，现在我只要知道他安好就好。"

"如果有什么需要帮助的，你说一声。"马胖子说道。

"哈哈！"对于这个问题，林枫寒忍不住笑起来，说道，"从小到大，你塞东西给我，我都收了，我们之间还能够分那么清楚？我会对你见外？"

马胖子闻言，也爽朗地大笑不已。

第六十五章 白玉观音

很快就到了年底，林枫寒在拍摄完那组照片之后，就不再跟着马胖子去他公司了。一来是他去公司也没有什么事情；二来由于那组照片的缘故，他模样长得好，加上衣着奢华，马胖子公司的一些小女生对他很是着迷，甚至一些大胆的，趁着马胖子不注意，常常偷偷地摸他。

林枫寒没有怎么接触过女孩子，对于这方面，完全没有应付的经验，被几个女生调侃，甚至毛手毛脚地摸过他的脸，害得他再也不敢去马胖子的公司。

在家无聊，他开始配置调制洗玉配方。

马胖子和许愿在忍受了他一个星期的刺鼻药味之后，这天，他让他们晚上都回来吃饭，说是有重要事情宣布。

晚上，林枫寒特意找了酒店订了酒菜送过来。等着他们一起回来，三人关了门，喝了几口酒，许愿忍不住，问道："我的主人，你今天这么神秘地约我们回来吃饭，到底是为什么？"

"你难道是看上了哪家姑娘，想要找胖子我给你说和说和？"马胖子也眯着眼睛，笑呵呵地问道，"我公司的销售部经理，还一直念叨着你。"

"你……"林枫寒想起那个销售部经理的彪悍，忙着说道，"胖子，不要开玩笑。"

"哈哈！"许愿忍不住笑道，"小寒，你这么大一个男人，居然如此腼腆害羞？提到女孩子居然会脸红？啧啧，你斗古时候的气魄，都哪里去了？"

"能不能不要说这个？"林枫寒苦笑，他这辈子都没有怎么接触过女生，而马胖子那边的销售部经理又实在彪悍之极，众目睽睽之下，他一直都是被调戏的那个。

"既然不是为着漂亮姑娘家，那你找我们做什么？"许愿笑问道。

"你不是想要知道那尊观音的事？"林枫寒笑道。

"哦？"许愿这才想起来，上次在多宝阁，林枫寒花了十八万二千块，买了一尊白石观音和一柄石如意。许愿看着好奇，曾经问过，但当时他卖了一个关子，事后接连很多事情，就把这个给耽搁下了。

年底，许愿也事多，就把这些事都忙忘掉了。

"怎么，你愿意说了？"许愿好奇地问道。

林枫寒点点头，说道："我答应告诉你的，总不能够食言，食言是会长肉的。"

马胖子把这么一句话念叨了两遍之后，终于明白过来，有个成语叫做——食言而肥！

"我靠！难道我看着就像是常常说谎的人？"马胖子实在受不了，忍不住就骂道，"这什么狗屁倒灶的用词啊？"

"哈哈！"许愿在想了想之后，才算明白过来，忍不住笑道，"我中国文字博大精深！"

"你常常骗我。"林枫寒看着马胖子笑道。

"切！"马胖子狠狠地鄙视他。

"来来来，主人，你说说，那石头观音有什么秘密？"许愿忙着说道。

"你自己去储物室看。"林枫寒说道。

"啊？"许愿愕然，心中有些狐疑，去储物室看？储物室有什么好看的？但是，出于好奇心，他还是站起来，向着储物室走去。

平时林枫寒的储物室门都锁着，今天却是没有上锁。许愿直接推开门走了进去，储物室里面的灯开着。

和所有人的储物室一样，林枫寒的这个储物室，一半在地上，一半在地下，里面有着工作台，还有货物架子，平日里就是摆放一些杂物。

如今，在一张很普通的工作台上，铺着旧棉布，上面立着一尊白玉观音，手持羊脂玉净瓶，面若秋月，眼若银杏，温和慈悲，栩栩如生。

这尊白玉观音像，通体都是晶莹剔透的润白色，只是观音身下的莲花宝座，却呈现润泽的枣红色。

那是枣红皮，有人巧妙地利用枣红皮做了莲花宝座，如此一来，却越发映衬着观音大士本身晶莹洁白，在灯光下看起来，当真宛如凝脂所做一般。

许愿愣愣地看着，他只看了一眼，就认出来，这尊白玉观音就是原本那尊石头观音，只是——原本明明就是石头啊？为什么如今却变成了羊脂白玉雕刻而成？这么大块的羊脂白玉雕刻成的观音像，玉质又是出奇得好，这是无价之宝。

"小寒……林先生……"许愿感觉，他的声音有些沙哑，他实在难掩心中的震惊。

这明明就是石头，为什么突然就变成了羊脂白玉？难道说，他竟然能够点石成金？不……不对，是点石成玉。

"我就在你身边，你不要叫这么大声。"林枫寒笑道。

许愿喜欢玉器，每次看到这样的东西，都会有些魔怔，林枫寒已经习以为常。

许愿转身就看到林枫寒站在他身边，不知道为什么，他突然感觉腿一软，身不由己就跪了下去。

"啊……"林枫寒知道，他有些魔怔，但没有想到，他竟然表现得这么强烈，忙着伸手就要拉他起来，说道，"许先生，许愿——你做什么，观音娘娘在那边，你跪错方向了。"

"主人……主人……你怎么做到的？"许愿结结巴巴地问道。

马胖子也是震惊莫名，这尊白石观音，他也是知道的。当初林枫寒买的时候，他和许愿、陈旭华都在，谁也没有在意过，但怎么都没有想到，这根本不是普通的白石观音，而是真正上好的羊脂白玉观音。

这样上好的羊脂白玉籽料，拇指大小的一点点，都要价值上百万，这么一尊白玉观音价值几何？

马胖子感觉，他的大脑也有些短路，然后他的目光落在观音像旁边的那柄白玉如意上。原本的如意不过是粗糙的石料，虽然雕刻工艺不错，但也没有丝毫特色。而如今却成了细腻宛如羊脂一般的玉石，只有在如意头上，有着枣红色的石皮，也是润泽细腻，光滑圆润。

"胖子，这个给你。"林枫寒拿起那柄白玉如意，递给马胖子道。

"送给我？"马胖子呆呆地看着他，这白玉如意虽然不如白玉观音那般价值连城，可也绝对价值不菲，他居然就这么送给他？

"你要是不收，那么，你把那两张房产合同还给我，然后你立刻给我收拾东西，从我这里滚出去。"林枫寒说道。

"啊……我收！"马胖子忙着说道，"这样的好东西，我怎么会不收？"他忙着把那柄白玉如意抱在手中，说道，"我送楼上我房间里面去。"

说着，他当真抱着白玉如意上楼而去。马胖子心中很清楚，他要今天不收林枫寒的这柄白玉如意，那么从此以后，他就会和他划清界线。

"许愿，出来喝酒。"林枫寒招呼道。

许愿直到这个时候，才算回过神来，忙着起来走到外面，忍不住问道："主人，你有点石成玉术？"

"我要有这个本事，我老早就发财了。"林枫寒忍不住笑道。

"那为什么……这白石头就变成美玉了？"许愿问道。

"这个秘密。"林枫寒笑得颇为得意，说道，"等着你给我把那尊白玉麒麟盘养好了，我就告诉你。"

他不说还好，一说之下，许愿就感觉心里似乎有着无数的蚂蚁咬着，难受得很，忙着说道："我的好主人，我甘愿给你做玉奴，你还是赶紧给我说说吧。"

这个时候，马胖子也下楼而来，同样的问题他也好奇得紧，林枫寒也不再卖关子，当即把洗玉药液的事情说了。

许愿和马胖子都称奇不已，感慨大千世界，无奇不有。

"这东西没什么用处的。"林枫寒笑着解释道，"虽然能够把古玉整旧如新，但是，也一样会破坏古玉的沁色。对于古玉来说，沁色是判断古玉年代的一个重要标志，没有沁色，古玉也不算古玉了。

"比如说，这尊白玉观音，我判断它是盛唐之物，但如今却没有了沁色，看着就和现代白玉制品一样，不能够作为古玩了。"

"纵然如此，它依然是盛唐之物。"许愿叹气道，"就算没有沁色，也一样不损坏这尊白玉观音的价值——它依然是价值连城之物。"

"说得也对。"林枫寒笑道，"毕竟，它本身就是上好的羊脂白玉——就我判断它应该是达到羊脂白玉标准了，是唐代皇室供奉之物，否则只怕也没有人有实力弄得如此上好的、大块的羊脂白玉雕刻成观音大士。"

"唐皇朝信仰佛教，有这等珍品，倒也在情理中。"许愿说道。

"许愿。"林枫寒对于许愿，早些时候确实很是尊重，至少也保持着基本的礼貌，但是，自从他被许愿跪拜过几次，许愿一激动，或者开心的时候，都会叫他主人，让他想要和他保持一点生疏礼貌也不能够。

因此对于许愿，他都是直呼名字。

"呃……主人有何吩咐？"许愿愕然问道。

"哈……我就是想要说，你看，我的货源真没有问题，没有千门给我提供货源的。"林枫寒故意说道。

"我……"许愿有些尴尬地笑道，"我的主人，我现在算是知道你的能耐了。"

"我家小林子还真有本事，这等奇珍异宝都能够被你淘到，那个卖佛像给你的人如果知道了，不哭死才怪。"马胖子笑道，"还有上次那个瓷器，叫什么来着，成化斗彩鸡缸杯？这等眼力，普通人是羡慕妒忌不得的。"

"我相信这等奇宝都会自行择主，福小命薄之人，强求不得。"许愿感慨地说道。

第六十六章　画圣真迹

年过之后，就是春天了，古街上也热闹起来。但是，林枫寒由于走高档精品路线，生意依然萧条之极，加上他没事喜欢看书看电视，懒怠招呼客人，生意就更加冷清了。

陈旭华也曾经笑话过他，一个月也没有开门做成一笔生意，幸好他不是靠着卖这些东西过日子，否则，他真要饿死，方便面都吃不起。

对于这个问题，林枫寒只是笑笑，他发现他真有一些性格缺陷：好逸恶劳，日子就是得过且过，并没有刻意地追求过什么；生意嘛，有人上门那是最好不过，没人上门，他也不会强求。

他打过电话给黄绢，但是黄绢回北京过年了，说是年后来扬州再说。对于这个理应是他表妹的黄绢，他不知道该当如何是好。

至于他那个神秘的姥爷乌老头，他尝试过打电话联系他，但是他的手机一直关机；乌老头说要来找他，却一直都没有出现过。

这天傍晚时分，许愿和马胖子竟然一先一后，回到"宝典"。

"你们吃过饭了吗？有给我带晚饭吗？"林枫寒从电脑前抬起头来，摸摸饿得饥肠辘辘的肚子，问道。

"我叫了酒菜，马上就会送过来。"马胖子把外面的衣服脱掉，就在他对面坐下来，端起他的茶杯就喝茶。

"有事？"林枫寒有些愕然，一般来说，虽然许愿和马胖子都住在他这边，但是，他们常常会忙着连着影子都摸不着。

鉴于他不喜欢出去吃饭的缘故，马胖子和许愿常常会给他带点晚饭回来，免得他老是吃方便面，最后死于营养不良。

这两人同时出现，还叫了酒菜，就意味着有事情。

"谈不上。"许愿说道，"对于你来说，应该算是好消息。"

"哦？"林枫寒满腹狐疑，对于他来说，算是好消息，他有什么好消息了？

很快，酒菜就送了过来，许愿付钱之后，就把送酒菜的人打发走了。马胖子过去，把门关上，然后招呼林枫寒坐下。

林枫寒见他们这等重视，忙着问道："你们先告诉我什么事情，免得我食不甘味。"

许愿闻言，忍不住看着马胖子笑了起来，而马胖子也是笑个不住，当即从一边的公文包里面，取出来一本宣传册子，递给他道："小林子，你自己看！"

林枫寒好奇，接过那宣传册子看了看，应该是某些古玩珠宝的宣传拍卖画册，上面有些有图案，有些却只有文字。

册子也就是薄薄的两页而已，看样子东西不多。林枫寒看得满腹狐疑，这东西给他看做什么，他对于古玩珠宝之类的东西确实有兴趣，但是，经过拍卖行拍出的，大部分都会经过炒作，价钱更是贵得找不到一个谱儿。

别说他没有钱多人傻，就算他钱多人傻了，也不会去参加这样的拍卖会啊？

但是，当林枫寒把那本薄薄的宣传册子翻到最后的时候，他的目光突然一滞，然后他就感觉他的思维有些短路了。

那是一只青花瓷，但不是明青花，而是元代青花，上面有着葵花花式，中间是团龙图案……

元青花龙纹鼎！

林枫寒嘴角忍不住抽搐了一下子，半晌，终于问道："这玩意儿哪里来的？"

"这是香港一家拍卖公司春季拍卖宣传册。"许愿解释道，"胖子的爷爷是他们家的资深会员，因此他们发了宣传册过来，邀请他爷爷参加。胖子的爷爷年事已高，不怎么想动，也没什么特别想要收上手的东西。前两天胖子回北京，无意中看到了，发现这个拍卖行这次拍卖的东西中，竟然有一只元青花龙纹鼎，而这个元青花龙纹鼎，竟然和你货架子上的一样？"

许愿说着，就走到一边的货架子上，取下来一只青花龙纹鼎——当然，这个青花龙纹鼎，就是林枫寒拿着照片，让景德镇一家瓷器生产厂家给他仿制的，绝对不是真品。

"据我所知，当年君临先生被人诬陷走私古玩，其中就有这个元青花龙纹鼎，而它原本却是你们林家之物？"许愿说道。

"是的。"林枫寒点点头，忍不住再次看向那份拍卖宣传册，然后问道，"什么时候拍卖？"

"下月五号。"马胖子说道，"我爷爷有邀请函，他老人家没兴趣，我就把邀请函带了过来，你要是有兴趣，可以去看看。"

"我林家的东西，我自然想要追回。"林枫寒说道，他最大的愿望，就是查清楚当年事情的真相，追回那批古玩珍宝，是博物馆的东西，自然要还给博物馆，是他们林家的东西，他也希望有朝一日能够回到他的手中。

但是，林枫寒心中很是清楚，当年那些人既然把东西卷了出去，自然不会留在手中，可能是能够变卖的都已经变卖了，其中某些珍宝，已经不知道流落何方，也许，这辈子也不能够再见。

如今，能够见到这只元青花龙纹鼎，已经是幸运之极。

随即，林枫寒就想到一件事情，急忙把那张拍卖宣传册子仔细地看了看，顿时他就傻眼了，这拍卖宣传册子竟然只有图文介绍拍卖出来的珍宝古玩，却没有起拍底价等等。

"胖子，这起拍底价是多少？"林枫寒忙着问道，他想要拍回这只元青花龙纹鼎是一回事，他有没有钱拍回来，却是另外一回事。

毕竟，在国际古玩市场上，元青花曾经拍出过二亿多的天价。如今这件元青花龙纹鼎，品相完好，釉色清雅润泽，底白色青，又是龙纹图案，天知道会拍出什么样的价钱？

"我知道你有兴趣，特意问过我爷爷，我爷爷说——这等拍卖，都是临时标出底价，事先只会告诉参拍者会有哪些东西，不会标底价的。"马胖子解释道。

林枫寒想了想，倒也明白了，凡是这等拍卖，都是会员制度的。想想，多宝阁那边的古玩珠宝拍卖，还都是会员制度，一般人根本不知道。

而凡是某家拍卖行的高级会员，自然都是一方富贾，家财万贯，看上的东西下手都够狠的，不会担心买不起，自然也不会关注底价，如果感兴趣，反正到时候去看就是了。

林枫寒盘算了一下子自己手中的现钱，现在，他手中只有六千万现钱可以动用，另外有五千万，马胖子不知道给他在国外投资了什么生意，如今也不知道能不能抽出现钱来。

想要参加这样的拍卖，而且还是势在必得，那么他至少要准备二亿左右现金，否则，一切都是空谈，他去了也就是看个热闹而已。

"许愿，你有没有喜欢字画的朋友？"林枫寒问道。

"怎么，你要出黄筌的那幅画？"许愿本能地问道，林枫寒这个时候要出字画，自然是筹集现金，准备去拍回那只元青花龙纹鼎。

普通古玩，哪怕是很好的，有个三五千万，也尽够了——可是元青花实在是难说得紧，毕竟，早些时候就拍出过二亿多的天价。

林枫寒在想了想之后说道："那幅画估计不好出手，上次胖子不是听说南京夫子庙那边有人放出风声，要出一张吗？可见，这鸟玩意儿要卖个高价也不容易。而且我那两张画大小一样，又是徐熙和黄筌的，一旦卖掉，想要再找一张般配，就再也不可能了。"

许愿点头道："徐熙和黄筌乃是五代时期花鸟画的巅峰代表，有着'黄家富贵，徐家野趣'的说法，大小一样的两幅画，又是这两人的，简直就是无价瑰宝，卖掉一张实在有些说不过去。"

"是的。"林枫寒苦笑，他想要拍回元青花龙纹鼎，就必须要舍出另外一件宝贝，想想，他还真有些心痛。

"那你想要出哪一张字画？"许愿好奇地问道。

"我卧房中的那张《瑶池仙子》。"林枫寒说道，"我要拍回那只龙纹鼎，付出的代价也够大的——你帮我问问，你有没有朋友对吴道子的《瑶池仙子》感兴趣，售价二亿，还价不卖。"

马胖子几次想要说话，都被许愿以眼色制止了，这个时候，他再也忍不住，惊呼道："小林子，你房中那张仙子图，是画圣吴道子的？"

他和许愿都问过林枫寒，那张《瑶池仙子》是谁的画？但是林枫寒不说，甚至问急了，他会来一句，现代摹本，看着好看，挂房中而已。

今天他想要筹集现钱去拍回元青花龙纹鼎，自然只能够说真话，交代出那幅画的来历。

虽然许愿早就料到，那张画来历不凡，但是，他怎么也没有想到，那张画竟然是画圣吴道子的作品！传说，画圣吴道子并没有作品传世，如此说来，这幅《瑶池仙子》，将会是画圣唯一的真迹？

这个代价确实够大！

"唐代之物，应该是吴道子没错。"林枫寒叹气，感觉自己是一个典型的败家子，当即说道，"我鉴定的，做不了准，但是如果有人要，就是这个价钱。"

"小林子，你忘掉了，你还有五千万在我这边？"马胖子突然说道。

"我知道，但是，就那五千万，还是不够。"林枫寒摇头道，"对于那只元青花龙纹鼎，我是势在必得，至少我也要筹备二亿现金才够。"

"前段日子，国际股票市场有些动荡，胖子我就有些按捺不住，拿着你的钱和我一些闲钱投了进去，然后小赚了一笔。"马胖子一边说着，一边像是看糊涂蛋一样地看着林枫寒，问道，"你从来没有查过你瑞士银行账号？"

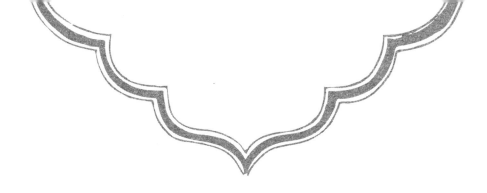

第六十七章 黑麟

林枫寒皱眉问道："你代理，我还看什么？"

"你现在爬去看一下子，OK？"马胖子摇摇头，真的，他就没有见过这么糊涂的人——他要是有些坏心，卷走他的钱，他只怕都不知道。

难道说，林家的人都是这么糊涂？

"哦？"林枫寒听得他这么说，当即走到书桌边，上网，接入瑞士银行，输入账号和密码，这些还都是马胖子教他的，否则，他也不懂。

查了一下子自己账号的余额，三千万？但是，这三千万是欧元……林枫寒扳着手指算了算，然后还不放心，查了一下子人民币和欧元的汇率，确认人民币和欧元的汇率大概在八比一的样子。

也就是说，一欧元等于八块钱人民币？虽然每天的汇率都有一些浮动，但是，上下波动不会太大。

三千万欧元，等于二亿四千万人民币？对于这个数字，林枫寒感觉脑袋瓜子有些转不过弯来。

"胖子……胖子……"林枫寒结结巴巴地叫道，"我哪里来的这些钱？"

"去年年底的时候，我找你要过授权代理，你亲自签字给我的。"马胖子说道，"你得相信，胖子我赚钱的能力和我的肉，一向成正比。"

"可是……"林枫寒竟然不知道如何说才好。

当初他给了马胖子五千万，如果在短短的两个月内，马胖子赚个一两千万，他表示能够理解，而现在，似乎有些夸张。

"这次是纯粹意外。"马胖子说道，"我当时给你买了一个人家的股票，结果，它在两个星期内疯涨，翻了五六倍，我看着不妙，立刻就出手了，全部抛空。结果我抛空不出两天，那家公司就宣布了破产，听说是被人恶意操作，倒是便宜了我们俩。"

"还有这种事情？"林枫寒完全不懂得股票之类的事情，听得一愣一愣的，但许愿听得马胖子这么说，立刻就知道是哪一家公司了。

前段日子，这家公司的破产事件闹得沸沸扬扬。作为一个商人，许愿自然也关心这些国际金融信息，自然也明白，这家公司就是被人恶意操作了一下子股市，然后被折腾得破产的。

但是，他真不知道，这个死胖子居然瞅准了机会，从中捞了钱，他可真不是普通的会赚钱。

"胖子，你这钱赚的……"许愿感慨地说道，"也太容易了。"

马胖子摇头道："这种东西终究不是正途，我要是迟疑一下子，希望赚更多的话，只怕最后连本带利都赔进去，包括小林子的五千万，一毛都不会剩。"

"你的意思是说，我现在有钱……不需要卖那张画？"林枫寒这个时候才算回过神来，既然有钱，他完全没有必要做败家子，卖掉那张《瑶池仙子》。

"我看那画挂你房里很漂亮的，没必要卖掉。"马胖子说道，"当然，如果你不喜欢，想要卖掉，我没意见。为钱的话，就没有这个必要了，别说你现在有，就算没有，难道我胖大爷是没钱的人？"

"你过年之前不是和我说，你资金周转不过来？"林枫寒眨巴眨巴大大的眼睛，不满地说道，"你又骗我？"

"哈哈！"马胖子看着他那模样，忍不住就要笑，说道，"你还学会卖萌了？你难道不知道，你现在的模样，看起来就很好欺负很好骗？"

林枫寒感慨不已，这个胖子真的非常非常会赚钱，重点就是，这个胖子还对他非常好，这样的朋友，他上什么地方去找啊？

"等着过些日子，我在国外给你投资一些不动产。"马胖子说道，"这钱啊，你就要让它能够生崽，一个变两个，两个变四个，四个变十六个——如果只是放着不动，那么就是一堆毫无意义的数字，如何能够搞活市场经济？想要收藏古玩，你就需要有别的投资赚钱，以此养藏，否则，古玩珍宝，谁玩得起？"

对此，许愿也是点头赞同，他也有钱，也爱个收藏，淘换淘换，总是有进有出的——马胖子不懂得古玩，但是对于经济之道，却是非常精通。

解决了钱的问题，林枫寒顿时大大地放松下来，又有了元青花龙纹鼎的下落，当年的案子，似乎正在逐渐浮出水面。他坚信，当年的事情终究会有水落石出的一天，那些丢失的珍宝，总有一天会被找回来。

晚上，在马胖子和许愿的劝说下，他也喝了很多酒，喝得有些糊涂。

接下来，在许愿的帮助下，林枫寒办理去香港的手续。但是，马胖子在得知他竟然从来没有出过远门，连飞机都没有坐过之后，各种不放心，当即订了机票，偕同许愿一起，前往香港。

拍卖定在了三月五号，由于林枫寒不放心，又是第一次出远门前往香港，因此三月三日下午，一行人就抵达了香港。而这次，马胖子居然摆着大房地产开发商的谱儿，带着保镖和助理，一行人在香港一家五星级酒店入住。

马胖子的齐助理跑去酒店前台办理手续，林枫寒好奇，忍不住四处看了看，他是真的第一次出远门，对于任何事情都好奇不已。

但就在这个时候，突然，他听得一声猫叫——喵呜！

林枫寒很是好奇，难道说，这地方还有猫不成？当即忍不住就向着猫叫声处看了过去——在酒店大厅一边的休息区，一个中年人带着四个保镖，怀里抱着一只通体漆黑，只有前面两个爪子有些白毛的大猫，正坐在沙发上。

"黑麟！"林枫寒看到这只猫，忍不住就轻呼出声。童年的记忆，尘封多年，却在这一刻，宛如是潮水一般，汹涌而上。

"黑麟五岁，小寒也是五岁，小寒记好了哦，不要老是忘记了！"奶奶的细语，似乎就在耳畔。

"小寒乖乖吃饭，否则，爸爸喂黑麟了，不理小寒了！"父亲温和的声音，就在他耳畔回响。

小时候，父亲养着一只大大的黑猫，叫做黑麟，黑麟和他同岁，陪着他度过了少不更事的童年。

记忆里，父亲过世后，奶奶天天抱着黑麟哭泣。那年的冬天，天特别冷，黑麟死了，奶奶病了，从此就再也没有好过……

林枫寒鬼差神使地向着那只猫走去！

"站住！"一个保镖挡住他，喝道。

那个中年人闻言，转过头来，目光落在林枫寒身上，然后，他抱住猫的手，忍不住微微地颤抖了一下子，但随即他就镇定下来，说道："让开！"

林枫寒让那个保镖一喝斥，也已经回过神来，黑麟已经死了，猫也不可能有这么长的寿命，这只不过是另外一只黑猫而已。

猫是一种可爱的动物，很多人都喜欢饲养一只，不算什么稀奇事情。

"对不起，打扰了！"林枫寒忙着道歉，说道，"我只是看到这只猫，想起童年之事，有些情不自禁。"

他口中说着，忍不住打量那个中年人：年约四十开外，容貌清俊端正，眉宇之间带着一股贵气，保养得体，抱着猫的那双手的手指，白皙修长——林枫寒看得出来，这人应该是那种极端富贵之人，和马胖子一样，带着助理和保镖。

而他在打量那个中年人的时候，那个中年人也在打量他。

"小友请坐。"中年人淡淡地开口，温和地笑道，"手下无礼，小友勿要见怪。"

"先生太客气了。"林枫寒口中说着，当即就在中年人的对面坐了下来，目光再次落在那只猫身上。

"小友也喜欢猫？"中年人笑问道。

"是的。"林枫寒点点头，看着那只实在酷似黑麟的大猫，忍不住问道，"能够让我抱抱吗？"

"好。"中年人一边说着，一边把手中的黑猫递给他，说道，"黑麟有些野，你小心点。"

"黑麟……"林枫寒只感觉，自己的心似乎被猫狠狠地抓了一下子，痛得有些难受，这只猫……居然也叫黑麟？

他有些木讷地抱过那只猫，大猫在他身上嗅了嗅，并没有排斥他，就在他怀里找了一个舒服的位置，窝了进去。

林枫寒伸手，抚摸着黑猫柔顺光滑的毛，低声问道："黑麟？"

他的目光落在黑麟的脖子上，那里用铂金链子系着一块玻璃种艳绿翡翠雕刻而成的如意富贵锁。

这样的精品翡翠，挂在猫脖子上，似乎有些过了。但是，吸引林枫寒注意的却是那如意富贵锁上面的字——长命百岁！

他忍不住伸手摸了上去，那只如意富贵锁正面是长命百岁，后面却是——初冰！

初冰是他的表字，这世上知道的人并不多。

林枫寒连着手指都忍不住颤抖了一下子，初冰……这只猫的身上，居然挂着他的名字？

"先生，初冰是？"林枫寒抬头，看着中年人问道。

"小儿的表字。"中年人温和地笑道，"小儿出生之时，有算命先生说过，命运多厄，恐不易养活。猫有九命，将表字寄予猫身，可借助猫之九命，躲开命中劫数，逢凶化吉。"

"原来如此！"林枫寒讷讷念叨着，半晌，他才镇定了一下子心神，问道，"先生贵姓？"

"免贵，姓木，木头的木。"中年人依然笑得温和。

第六十八章 失之交臂

　　就在这个时候，一个穿着黑色西装的中年男子匆匆走了过来，看到林枫寒怀里抱着的黑麟，顿时呆了呆，然后他的目光就落在林枫寒身上，似乎也有些呆滞。

　　随即，他俯下身来，在那位木先生耳畔低声说道："老板，酒店登记手续已经办理好了，您要休息吗？"

　　林枫寒看到这个穿着黑色西装的中年男子，他已经知道那位木先生是谁了。

　　马胖子的爷爷非常有本事，给他的那些资料中，附带了一些照片，其中就有黄靖的照片——虽然二十年过去了，黄靖显得有些老了，不复当年的英姿，但是，他还是一眼认了出来。

　　黄靖给美籍华人木秀做了保镖，这些年都没有离开过，那么，这个自称姓"木"的人，身份已经呼之欲出。

　　他就是宝珠皇朝的大老板——木秀！

　　林枫寒的目光落在木秀脸上，想要对照着寻找一些当年的熟悉记忆，但是，这人除了在眉宇间有些相似，余下的，却完全不同。

　　二十年过去了，他能够一眼认出黄靖来，可为什么他的容貌却完全变了？难道说，他竟然做过什么手术，改变了自己的容貌？

　　或者说，一切都是自己的幻想，他根本就不是那个人？

　　木秀站了起来，走到他面前，俯身从他手中抱起那只黑猫，然后，他一只手摁在他的肩膀上，用只有他才能够听到的声音，低声说道："你若安好，便是晴天！"

　　林枫寒目瞪口呆，而木秀已经抱着那只猫，在保镖的陪同下，转身离开。

　　"小林子，我怎么一个转身，你就跑了？"马胖子走了过来，说道，"你别乱走。"

　　"我靠！"这个时候，许愿也走了过来，说道，"小寒，那人是谁？好奢侈的猫，脖子上挂的居然是玻璃种艳绿翡翠，这么一小块，也要价值上百万好不好？他就不怕猫跑丢了？"

"黑麟不会跑丢的。"林枫寒的嘴角浮起一丝笑意。

"我真不知道，你居然还喜欢猫？"马胖子笑道，"等着回去了，我给你买一只，你养着？"

"等着回去了再说。"林枫寒笑笑，站起身来，问道，"酒店登记手续办好了？"

"办好了。"许愿好奇地问道，"小寒，那人是谁？"刚才，他和马胖子说了两句闲话，一个转身，就不见了林枫寒，再找，就发现他竟然在和一个陌生人说话，还抱人家的猫，所以，两人都是好奇不已。

"宝珠皇朝的大老板。"林枫寒说道，这等事情他隐瞒也没用，许愿要知道，打听一下子就好。

"我靠！"许愿忍不住骂道看，"难怪了，他家猫都挂着玻璃种艳绿翡翠，这要是他儿子，得挂什么啊？"

"陈旭华富有金玉堂，我也没见过他挂什么。"林枫寒笑道。

马胖子却是笑道："他儿子顶多就是像我家小林子一样，挂个稀罕的翡翠玉佩罢了，说不准他儿子身上的玉佩，还不如我家小林子，毕竟——这等稀罕的翡翠，也是可遇而不可求的。"

马胖子口中说着，心中却是一动，忍不住看了看林枫寒。能够寻觅到这等稀有翡翠的人，自然也不是一般人。

普通人纵然寻觅得稀罕翡翠，为着生活所迫，也会卖掉换取现钱，除非——那人是不差钱的。

想到那只镶嵌着红钻的首饰盒，马胖子心中一动，前不久陈旭华去扬州，无意中见到了林枫寒那块"枫清影寒"的翡翠玉佩，欣赏了一番，也是称赞不已。

对于那只首饰盒，陈旭华也看过，事后他对马胖子说起过——别看着那是小钻石，不是大颗的，以为不值钱。

这么多颗的小钻石，又是红色的，还要找出来如此均匀纯净的，真的非常难得，一般的珠宝公司都折腾不出来。至少，他不怕认怂，金玉堂就弄不出这么一只首饰盒。

那么，想要弄出来这么一只首饰盒，就必须是某个大珠宝公司，手中收罗着大量的钻石，才能够——挑选出纯净均匀的，然后镶嵌这么一只首饰盒。

普天之下，符合这个条件的珠宝公司不多——宝珠皇朝就是其中之一。

在酒店住下之后，马胖子就出去了。林枫寒问了一句才知道，他父亲在香港也有一些生意，让他过来打理一下子。

林枫寒忍不住骂了一句，这马家到底多有钱啊，怎么这生意遍地都是？

"喂，许愿，你在香港有没有生意？"林枫寒看着许愿靠在沙发上看电视，忍不住好奇地问道。

许愿的生意也做得很大，很杂，很会赚钱，这人只有看到古玉的时候，有些魔怔，别的时候都正常得很。

"没有，我又不是那个胖子。"许愿笑道，"你如果要出去逛逛，我陪你去就是。"

"有什么好逛的？"林枫寒问道。

"也没什么好逛的，但是既然来了一趟香港，不如四处走走？"许愿建议道。

"好。"林枫寒笑道，"今天累了，明天去看看，我都不知道，我居然还晕机。"他今天坐了飞机还坐了车，幸好早就准备了药，但还是感觉头痛得慌。

第二天，他和许愿出去闲逛了一天，倒也没有买什么。第三天下午二点的拍卖会，林枫寒偕同马胖子，还要许愿打车过去。

在拍卖会场的门口，他再次碰到了木秀，在保镖的陪同下，进入拍卖会场。看到林枫寒的时候，木秀温和地笑了笑，向他点头致意。

林枫寒也只是向着他笑了笑，算是打过了招呼。他们理应是这世上最亲近的人，可却对面不能相认，让他感觉心中有些苦涩。

进入拍卖会场，拿到拍卖牌，然后可以现场观看拍卖品。

这次，这家拍卖行拍出的东西有些多，还有些杂，除了珠宝玉器、字画古玩，还有一些国际奢侈品，琳琅满目，林枫寒看得有些眼花缭乱。

而那只元青花龙纹鼎，被安排在了后面，让林枫寒有些心焦。

拍卖开始，看着一样样他还不怎么看得上眼的东西，居然拍出了让他难以接受的天价的时候。林枫寒忍不住摸摸胸口，感觉这年头儿，钱多人傻的人，还是很多的。

许愿看上了一只清代康熙年间的金樽，起拍底价不过一百五十万港币，结果，一番竞价下来，最后价钱竟然飙到了五百六十万港币，让他不得不放弃。

"谁让你没事跑来这边要大款的？"林枫寒看着许愿一脸愤愤不平的样子，说道，"这样的玩意儿，我家也有，你买我的，岂不是好？"

"我……"许愿也是欲哭无泪，他也没有想到，那个纯金酒樽，会拍出这样的价钱啊？

"小寒，你刚才看过那个元青花，如何？"许愿忙着岔开话题，问道。

"东西没错。"林枫寒说道。

"没错儿就好。"许愿叹气道，"真变态，不知道那元青花龙纹鼎，会拍出什么样的天价来。"

"许愿，你这是在幸灾乐祸？"林枫寒忍不住白了许愿一眼，不满地说道，许愿拍个清代纯金酒樽，拍不下就算了。但是，他对于那只元青花龙纹鼎，却是势在必得，到时候如果有人竞价，势必出现一番血拼，想想，他就心痛不已，真当钱不是钱啊？

"没有没有，我就是感慨一下子。"许愿忙着说道。

"小林子，钱不是问题，没事的，有你胖大爷在。"马胖子拍着胸脯，豪迈地笑道。

许愿很想骂人，真的，在这种地方，还敢说钱不是问题的，也只有马胖子这种人了。

"谢谢！"林枫寒忙着道谢，没有马胖子，他真没有底气来这种拍卖会所参加这等天价拍卖的。

三人说闲话之间，拍卖品一样样的拍了出去。在林枫寒焦急的等待中，终于等到了那只元青花龙纹鼎被送上了拍卖台。

在主持人简单的介绍之后，起拍底价就是五千万，这个底价，让很多人都在心中骂了一句娘。

然后，竞价也出现了空前激烈，短短几分钟，已经从五千万港币的底价，一路飙升到了一亿多，在一亿一千万的时候，价钱停顿了一下子，林枫寒举牌，叫道："一亿二千万！"

和他竞价的，竟然是坐在他身边不远处的一个老者，带着浓浓的广州话口音，见状，忍不住就叫道："一亿四千万！"

说着，他还狠狠地瞪了林枫寒一眼，似乎林枫寒调戏过他家大闺女一样。

林枫寒心中也是恼恨不已，除了这个广州老者，别人似乎都已经放弃了，所以，他只能够再次举牌，叫道："一亿五千万！"

"一亿六千万！"广州老者一点也不准备放弃，再次出价。

林枫寒真的很想一巴掌拍死那个老者：这是我们林家的东西啊！你没事穷掺和什么啊？钱多人傻也不要在这里乱砸钱啊？

"一亿八千万。"就在这个时候，一个温和清朗的声音，淡然说道。

林枫寒抬头看了一下子，出价的人是十九号拍卖牌，那是木秀。广州老者狠狠地盯着木秀，看了看手中的拍卖牌，最后还是合上了牌子，没有说话。

"一亿八千万第一次，一亿八千万第二次……"主持拍卖的人开始询问。

"小寒？"许愿眼见林枫寒竟然不再出价，忙着叫道。

"算了。"林枫寒合上拍卖牌，说道。

"算了……"许愿感觉脑袋有些转不过弯来，叫道，"你疯了？"

"让给木秀先生吧。"林枫寒听着主持人已经宣布，十九号拍得元青花龙纹鼎，当即说道。

"可是……"许愿摇头道，"这是你家的东西，你不想追回了？"

"我等下去找木秀先生，问问他愿不愿意让出来，再这么竞价下去，没有意思的。"林枫寒说道，"难道你认为，我会比宝珠皇朝更有钱？"

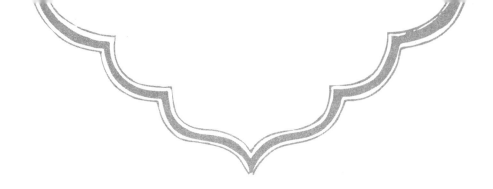

后记：你若安好，便是晴天！

许愿轻轻地叹气，明白他说的是实情，便不再说话。

那只元青花龙纹鼎，是这次拍卖会的压轴之物，拍出之后，就直接宣布结束了。林枫寒回到酒店，立刻就去前台询问，木秀先生是哪一个房间？他知道，木秀也住在这家酒店。

但是，他一问之下才知道，木秀今天中午已经退房了。林枫寒打听了一下子，才知道木秀今天下午的飞机飞缅甸。

他当即顾不上多问，忙着出门，拦了一辆出租车，直奔机场。

上了出租车，他才打了一个电话给许愿，让许愿给他查一下子，木秀订的哪一班航班——就算不为那只元青花龙纹鼎，他也很想再见木秀一面，哪怕一句话都不说也好。错过今日，若要再见，天知道是不是又要等二十年？

等着他赶到机场的时候，许愿才打来电话告诉他，木秀是私人飞机来香港的——拍卖会结束后，他就带着那只元青花龙纹鼎，在保镖的护持下，去了机场。这个时候已经离开香港，前往缅甸。

林枫寒握着手机，随便找了一张椅子坐了下来，看着机场人来人往，忙碌非常、热闹非常，他却感觉全身冰冷，他走了——他想要见他一面，都是如此地难。

手机似乎响过很多次，林枫寒一直都没有接，他一直呆呆地坐着。也不知道坐了多久，直到马胖子找到他，把他一通乱骂，他才算回过神来。

"你说，你这是做什么啊？"马胖子在他身边坐下来，拍卖会结束后，他还有点事情，就没有陪着林枫寒和许愿回酒店。

等着他回去，许愿告诉他，林枫寒去机场找木秀，至今还没有回来，手机也不接。马胖子担心他，无奈，只能够去机场找他，机场这么大，他又一直不接电话，马胖子四处寻找，最后才找到了他。

想想，他就想要把林枫寒抓起来，暴揍一顿。

"我只是想要见他一面，为什么都这么难？"林枫寒苦涩地笑，"奶奶死了，爷爷也死了，我就是一个孤儿。"

马胖子瞬间就明白，忙着一把掩住他的嘴巴，然后低声在他耳畔说道："小林子，你听着，木秀就是你父亲的事情，在当年的案子没有水落石出的时候，你对谁都不能够说。"

林枫寒不懂经济之道，不知道人心险恶，但是，他却是那等金钱权势中跌打滚爬出来的人，自然明白财帛动人心，当年的事情牵扯颇广，那些人还都隐藏在暗中，敌暗我明，天知道会如何。

林君临改名换姓，连老父过世都不敢露面，面对亲生儿子也不敢认，就意味着，这里面还有着他们不知道的隐情，让他心有顾忌。

林枫寒轻轻地点头，他看得出来，木秀很是在意他，但是，他却不敢认他。正如马胖子所说，当年的案子，有着他们不知道的隐情，不到水落石出的时候，他必须要坚守这个秘密。

元青花龙纹鼎已经出现了，当年的幕后策划者，想来也不甘沉寂，真相——终究会浮出水面。

两天之后，林枫寒和马胖子，还有许愿一起回到了扬州，他的生活再次回归原本的平静淡然。

但是，隐约之间，他总感觉，有着一种风雨欲来的压抑！

半月之后，林枫寒收到一份快递，依然是上次送快递的那个小伙子，依然是缅甸发出的快递，依然需要他的指纹核对。

收了快递之后，林枫寒打发走了送快递的小伙子，然后就关了门，开始拆包裹。

一层层的包裹拆开，里面，用柔软的棉布裹着一只瓷器，打开棉布，那只元青花龙纹鼎就这么呈现在他眼前。

白瓷细腻润泽，宛如羊脂白玉一般，上面的青花釉色清亮，龙纹精致，栩栩如生，似乎要从小鼎上飞出来。

这只元青花龙纹鼎品相完好，无碰无缺，也难怪价值不菲。

在包裹的最下面，有着一张淡绿色的信笺，叠成了方胜模样，林枫寒小心地展开，上面只有一排黑色正楷钢笔字——你若安好，便是晴天！

这是最近两年来，网络上很流行的一句话，但从木秀口中说来，他有些开心，还有些苦涩，更多的却是酸楚。

下面的落款，依然是"木秀"两字。

木秀于林，风必摧之！

太过优秀，未必就是好事，就如同这元青花龙纹鼎一样，太过精致完美，人人争夺，激起贪婪欲望，做出一些丑陋之事，反而不美。

林枫寒在考虑良久之后，小心地把那只元青花龙纹鼎收入保险柜。他考虑，等着当年的案子水落石出的那一天，就把这元青花龙纹鼎献给国家博物馆，让更多的人，可以观赏到青花瓷的无上风采。

第一卷·终